XIFANG YUYAN TUXIANG JIQI
BIANQIAN

西方寓言图像及其变迁

罗良清◎著

·广州·

版权所有　翻印必究

图书在版编目（CIP）数据

西方寓言图像及其变迁/罗良清著. —广州：中山大学出版社，2022.6
ISBN 978 - 7 - 306 - 07478 - 2

Ⅰ. ①西… Ⅱ. ①罗… Ⅲ. ①寓言—图像—叙述学—研究—西方国家　Ⅳ. ①I057

中国版本图书馆 CIP 数据核字（2022）第 047253 号

出 版 人：王天琪
策划编辑：李先萍
责任编辑：李先萍
封面设计：曾　斌
责任校对：卢思敏
责任技编：靳晓虹
出版发行：中山大学出版社
电　　话：编辑部 020 - 84110283，84113349，84111997，84110779，84110776
　　　　　发行部 020 - 84111998，84111981，84111160
地　　址：广州市新港西路 135 号
邮　　编：510275　　　　　传　真：020 - 84036565
网　　址：http：//www.zsup.com.cn　　E-mail：zdcbs@mail.sysu.edu.cn
印 刷 者：广州一龙印刷有限公司
规　　格：787mm×1092mm　　1/16　　17.875 印张　　301 千字
版次印次：2022 年 6 月第 1 版　　2022 年 6 月第 1 次印刷
定　　价：50.00 元

如发现本书因印装质量影响阅读，请与出版社发行部联系调换

目 录

总　论 ··· 1

第一章　古希腊《伊索寓言》图像叙事与图文关系 ·············· 41
第一节　《伊索寓言》插图的研究现状 ······························ 41
第二节　《伊索寓言》图像及插图本溯源 ··························· 45
第三节　《伊索寓言》的图像叙事 ····································· 59
第四节　《伊索寓言》的图文关系 ····································· 76

第二章　中世纪动物寓言集及其图像叙事 ···························· 89
第一节　中世纪宗教运动和动物寓言集 ····························· 89
第二节　中世纪动物寓言集源流及其研究 ························· 99
第三节　中世纪动物寓言的图像叙事 ······························· 112

第三章　文艺复兴时期寓言图像及里帕的《图像学》 ·········· 136
第一节　文艺复兴时期寓言图像和图像学概述 ·················· 136
第二节　里帕《图像学》的书名辨析和体例 ····················· 144
第三节　里帕《图像学》的拟人化形象 ···························· 152
第四节　里帕《图像学》的属像、母题及其变迁 ··············· 160

第四章　巴洛克时期彼得·保罗·鲁本斯的寓言画 ············· 170
第一节　17 世纪佛兰德斯的鲁本斯 ································· 171
第二节　鲁本斯寓言画的图像解码 ··································· 175

　　第三节　鲁本斯寓言画的属像及其母题 …………………… 192

　　第四节　17世纪后的寓言图像 ……………………………… 197

第五章　20世纪媒介技术视域下图像的寓言化及影像叙事 …… 204

　　第一节　媒介技术与图像的寓言化 ………………………… 204

　　第二节　卓别林寓言性电影的影像叙事 …………………… 209

第六章　21世纪寓言文本的跨媒介叙事 ……………………… 216

　　第一节　从文字到影像：寓言性文本的图像叙事 ………… 216

　　第二节　卡夫卡《变形记》及其跨媒介文本 ……………… 218

　　第三节　寓言性图像叙事视角的选择与聚焦 ……………… 221

　　第四节　寓言性空间再造与空间景观的视觉化 …………… 235

　　第五节　"门"与"窗"的隐喻 …………………………… 243

　　第六节　灵晕重构与寓言的跨媒介传播 …………………… 249

结　　语 ……………………………………………………… 255

参　考　文　献 ……………………………………………… 263

后　　记 ……………………………………………………… 281

总　论

寓言图像是与寓言相关的图像，它的产生与发展必然与寓言的产生与发展息息相关。在对西方寓言图像进行研究前，我们先梳理一下世界寓言的发展脉络，以便更好地说明西方寓言图像的复杂性，以及课题研究的逻辑起点。寓言图像概念的内涵和外延如寓言一样，在不断地发生变化，有狭义和广义之分。而寓言图像问题的研究也如寓言研究一样是一项长期而艰巨的任务。本部分在对资料的梳理和文本的分析中，逐步厘清寓言、寓言图像、寓言的图像化、图像的寓言化、寓言性图像等概念及其相互关系，进而阐明各章节体例，以便更好地呈现全书概貌。

一、世界三大寓言体系概述

寓言历史悠久，伴随着人类文明的产生、发展与传播，形成了世界三大寓言体系。中国、印度和希腊三个文明古国就是寓言最为重要的三大发源地。通常认为，古希腊寓言起源于公元前七八世纪，以《伊索寓言》为代表；中国古代寓言起源于公元前 10 世纪前后，比较能确定的是公元前 6 世纪，以先秦寓言为代表；① 关于古印度寓言的起源，普遍的看法是公元前 6 世纪佛教诞生时，以佛教徒编写的佛教寓言《佛本生故事》及其后形成的世俗寓言《五卷书》为代表。下面主要回顾世界三大寓言体系的基本情况，描绘寓言的世界版图，以便更清晰地进入西方寓言图像的相关问题研究。

（一）古希腊寓言和西方寓言

在西方文学艺术发展中，古希腊寓言与古希腊文明紧密相连，在克里

---

① 参见吴秋林著《世界寓言史》，辽宁少年儿童出版社 1994 年版，第 2 页。

特文明和迈锡尼文明的浸润下，同时吸收苏美尔、希伯来寓言及地中海周围地区的文明，不断发展和成熟，在民间口头文学基础上形成了举世闻名的《伊索寓言》，奠定了欧洲寓言发展的基础，树立了欧洲寓言的规范，即通过对非人类的动植物主角的叙事来讽喻现实的不合理性，形成了短小精悍、言此意彼、另有所指的经典寓言故事形态。到了中世纪，基督教文化在欧洲取得了统治地位，上到统治者下到普通百姓的生活都与宗教密不可分，绝大多数人都在宗教的框架内思考与生活。基督教文化影响了整个中世纪和文艺复兴时期的文学艺术创作和发展，以基督教内容为题材、以基督教思想为背景和以基督教教义来叙述的作品构成了中世纪的艺术特色。寓言文体在中世纪的发展也凸显了宗教的色彩——笃信上帝，为基督教的统治及其宗教僧侣的宣传布道服务。同时，伴随着市民文学的发展，新兴的市民阶级创作了用诗体写成的寓意作品。短小的寓言故事已经无法表达中世纪绚丽的生活，从而出现了长篇诗体寓言以适应表达复杂的宗教生活，如《列那狐故事》《玫瑰传奇》《巨人传》《金驴记》《木桶的故事》《天路历程》等，这些都是从宗教生活的角度出发来讽喻统治者而形成的以惩恶劝善为主题的训诫寓言作品。而中世纪基督教的经典文本《圣经》则成为寓言阐释的重要来源，对寓言理论的阐释性建构具有重要意义。

　　18世纪末至19世纪上半叶，西方战争不断，政治的黑暗、社会的不平等使得思想家们努力寻找启蒙的力量和新的精神寄托。而纷繁复杂的社会、新兴的城市工商业资产阶级和个人施展抱负的愿望对寓言文体的发展产生了重要影响。寓言从短小精悍的故事、长篇诗体向长篇叙事文体发展，以囊括丰富的社会现实，表征浪漫主义者饱满的情绪和伟大的抱负。寓言文体的虚构性和言此意彼及隐含讽喻意味的表达方式在浪漫主义时期获得了新的发展。例如，美国作家霍桑（N. Hawthorne）的《红字》中象征手法的运用和"红字"符号的象征意义，均批判了清教徒殖民统治的黑暗和教会的虚伪与不公。梅尔维尔（H. Melville）《白鲸》中对亚哈船长和白鲸莫比·迪克斗争的叙述，象征了人与自然的冲突，是对人类欲望的批判性思考。可见，浪漫主义时期长篇寓言小说已经逐步成熟，寓言小说成为继寓言故事、诗体寓言之后，又一重要的寓言文体形态。进入20世纪，诗歌、散文、戏剧、小说等文学样式进一步发展成熟，并出现了相互交融的趋势，文学的多元化发展是社会发展的必然。寓言的文体样式也从单一型走向了复合型,特别是寓言与小说的结合,促进了寓言小说向寓言性小说和寓言性作品的发展,使寓言小说成为20世纪以来重要的文学艺术样式,并影响着其他艺术形式的发展。卡夫卡、奥威尔等都是著名的寓言性小说家。

也就是说,在西方寓言的发展过程中,除传统的寓言故事外,长篇诗体寓言、寓言小说、寓言性小说、寓言性作品和寓言的图像化表达是随着社会发展及寓言文体形式多元化发展的结果,是寓言文体旺盛生命力和包容性的体现。

同时,寓言作为一种理论范畴也随之发展起来。古希腊时期,寓言主要用于说明哲理、论辩和道德说教,这些目的的实现要借助寓言故事生动活泼的表达形式。中世纪人们对《圣经》寓意的理解,使寓言阐释成为理解上帝的方法和通往神秘世界的重要途径之一。浪漫主义时期,诗人强烈情感的表达和对美好未来的向往,在作品中主要运用象征手法实现,如用玫瑰象征爱人,用白色象征纯洁等。此时,寓言重哲理的表达因此遭到排挤。然而,寓言毕竟一直活跃于文学艺术创作和文学理论领域,能指和所指断裂的特征,使其在现代社会获得更广阔的发展空间,它不仅是一种文学样式,还是重要的理论范畴。寓言在20世纪文学理论中得到高度重视,并生发出许多不同的理论形态。从狭义的文学文本到广义的泛文本的意义阐释,都离不开对文本言意断裂的寓言式阐释。21世纪图像时代的寓言变体,仍然在文学与图像关系中来考察寓言与图像的"联姻"对现代寓言文体和寓言理论的影响。也就是说,"寓言"作为一个概念,是包括文体和理论两方面的,即寓言文体和寓言理论各层面意义在不同历史时期交织在一起,只是各时期呈现的主要特征有所不同而已。

关于寓言作为一种文体和作为一种理论范畴的发展变迁,笔者曾经在拙著《西方寓言文体和理论及其现代转型》① 上篇部分做过详细论述,在此就不赘述。可以看到,西方寓言具有丰富的内涵,伴随着社会发展,其外延也在不断扩大。因此,关于西方寓言图像的研究,我们也应该重视其概念内涵和外延的变化,从而更好地把握西方寓言图像及其传播问题。

---

① 罗良清:《西方寓言文体和理论及其现代转型》,中国社会科学出版社2015年版,第29—56页。

（二）中国寓言

我国是世界上最古老的且文明未曾中断过的国家。我国寓言的发展从早期民间口头创作到有文字记载的历史，一般分为五个时期：先秦哲理寓言、两汉劝诫寓言、魏晋南北朝寓言、唐宋讽刺寓言和元明清诙谐寓言。①

关于我国寓言发展的背景许多书籍中都有记载，如《尚书》记载了从尧舜至公元前7世纪的史事，指出我国古代劳动人民的思想闪烁着理性的光辉，对自然、社会、政治都有深入思考，这为寓言的产生奠定了基础。特别是到了春秋战国时期，诸子百家争鸣，哲理散文兴盛，为寓言的繁荣提供了肥沃的土壤。《庄子·逍遥游》中说：

> 汤问棘曰："上下四方有极乎？"
> 棘曰："无极之外，复无极也。穷发之北，有冥海者，天池也。有鱼焉，其广数千里，未有知其修者，其名为鲲。有鸟焉，其名为鹏，背若太山，翼若垂天之云，抟扶摇羊角而上者九万里，绝云气，负青天，然后图南，且适南冥也……"

《庄子》第一篇寓言中关于逍遥物外的哲学思想和人生态度的叙述，假托了商汤时代的贤人，以鲲鹏、鴳对比论述，形象生动地论辩说理。彼时百家争鸣，各学派都喜欢用寓言来说理劝服，宣传自己的主张，争取当权者的认可，先秦寓言因而成为各种哲学政治主张的重要载体，先秦作为我国古代寓言的黄金时期，对后世寓言及其他文体的发展影响巨大。两汉时期，寓言主要劝诫人们遵守封建政治规范和道德规范，题材多继承了先秦故事。如刘向编撰的《说苑》和《新序》，淮南王刘安编写的《淮南子》等，它们都是汉代寓言的重要代表。同时，佛经通过西域传入中国。西汉哀帝元寿元年（公元前2年），西域大月氏国使臣伊存到长安讲授《浮屠经》（"浮屠"即"佛陀"），朝廷派博士弟子景庐跟随伊存学习佛经，《浮屠经》作为记述佛本生故事的经典，也是佛教传入我国的较早证明。魏晋南北朝时期长年战乱，民不聊生，传统儒学的地位受到挑战，玄

---

① 陈蒲清：《世界寓言通论》，湖南教育出版社1990年版，第187页。

总　论

学兴起，佛教兴盛，文学、思想界都发生了重要变化。寓言表达了对循规蹈矩礼法之士的辛辣嘲讽，开启了后世讽刺寓言的先河。如邯郸淳创作的我国第一部笑话集《笑林》，以笑话为题材，透出严肃深刻的寓意哲理。魏晋南北朝时期，还有一个最突出的现象是对佛经寓言的大量翻译和传播。印度佛经也正因为有大量的汉译本传世而得以在我国流传，如佛经寓言译本《杂譬喻经》《六度集经》《杂宝藏经》《大庄严论经》《百喻经》（又名《百句譬喻经》《百譬经》）《痴花鬘》）等。①

唐宋时期，寓言继承了先秦寓言的优良传统，吸收了佛经寓言的创作经验，又立足现实，创作了一批富有现实性和典型性的寓言形象，讽刺了社会现实，并渗透在诗歌、传奇、说唱文学中，如柳宗元的《三戒》《鞭贾》，署名为苏轼的《艾子杂说》等。元明清时期，文学样式丰富，寓言与其他文体交织，形成诙谐幽默的讽刺现实的文体特征，如明清时杰出寓言家刘基的《郁离子》，宋濂的《龙门子凝道记》《燕书》等。伴随着明清白话小说的发展，出现了长篇寓言小说，如吴元泰的《东游记》、佚名的《后西游记》和董说的《西游补》等。同时，《伊索寓言》成为最早传入中国的西方文学作品。此外，我国藏族、维吾尔族、蒙古族、傣族等各少数民族的寓言也有不少佳作流传。

直至现代，我国的寓言仍在不断发展，如鲁迅的散文诗集大量采用了寓言象征批评手法，备受人们喜爱，《野草》《故事新编》等早已家喻户晓。鲁迅曾精辟地指出寓言的重要意义，他说："寓言和演说，好像是卑微的东西，但伊索和契开罗，不是坐在希腊罗马文学史上吗？"② 茅盾、郑振铎、孙毓修等为我国寓言的整理、编撰、译介和研究做出了重要贡献。新中国成立后，冯雪峰、严文井、张天翼、金江、仇春霖等老一辈作家们仍不断从事寓言创作。同时，寓言文体在小说领域也有较大发展，如莫言的《生死疲劳》、张炜的《九月寓言》、王蒙的《活动变人形》等都采用了寓言式书写，对社会、生命、主体精神等进行了深刻的哲理表达，形成了独具风格的寓言性小说。

总之，我国寓言历史悠久、形态各异，寓言图像与绘画也伴随着文体

---

① 陈蒲清：《世界寓言通论》，湖南教育出版社1990年版，第133－134页。
② 鲁迅：《徐懋庸作〈打杂集〉序》，载《且介亭杂文二集》，人民文学出版社1977年版，第90页。

的发展而呈现不同的形态,有墓葬画、汉画砖、石窟壁画、唐传奇绘本、小说插图等。与此同时,印度佛教寓言故事和佛本生故事画对我国图像艺术的影响犹为深远,形成了蔚为壮观的石窟艺术。

(三) 印度寓言和佛教寓言

印度是一个充满神秘幻想色彩的国度,寓言也非常丰富,但是印度出现史料记载的时间比较晚,从而使寓言产生的确切年代难以考证。直至公元前 6 世纪,印度才有了比较可信的历史记载,在这个时期产生的佛教和耆那教都从民间故事中吸收养分以传播教义,由此出现了文字记载的寓言。印度作为一个文明古国,其教派众多,主要有婆罗门教、佛教和耆那教,这三种宗教的典籍文献保留了不少寓言故事。"但是,无论从数量或影响看,也无论从思想深度或艺术成就看,佛教寓言都应作为印度宗教寓言的代表。"① 印度佛教的产生大约是在公元前五六世纪,伴随着农业和手工业的发展,商业日益繁荣起来,宗教势力兴起,其中影响最大的是乔达摩·悉达多(约公元前 563—公元前 483 年,又名"释迦牟尼")创立的佛教。在佛教创立之前,印度人民在日常生活中创造了大量传说和寓意深刻的故事,这些故事被佛教徒吸收、改造和利用,以更好地在普通民众中宣传佛陀故事和佛教精神,最终形成了独特的佛教寓言故事。这些佛教故事随着民间故事和佛教注经释典的发展,逐渐形成专集。公元前 3 世纪,印度佛教开始编撰《佛本生故事》(又名《佛本生经》)。印度有雅语、俗语之分,雅语是梵文,佛说法时用的是俗语巴利文,今存巴利文《佛本生故事》中共有 547 个故事,是篇幅最大、最为著名的一部佛本生故事集。公元前 1 世纪,印度开始编撰《五卷书》(又译《五叶书》),共 78 则,其中 2/3 为动物故事。此书上承《佛本生故事》,下启其他故事集,是印度寓言发展史上的一座里程碑,先后传到波斯、阿拉伯和欧洲各国。②

《佛本生故事》以释迦牟尼为核心人物,假托释迦牟尼前世 500 多次转生的故事,通过吸收改造民间的动物或人物故事,对自然、社会、人生进行理性思考,是充满佛教教义哲理的寓言,故事影响深远。《五卷书》

---

① 陈蒲清:《世界寓言通论》,湖南教育出版社 1990 年版,第 129 页。
② 陈蒲清:《世界寓言通论》,湖南教育出版社 1990 年版,第 251 页。

总 论

共有约 90 个故事，基本由散文构成，常采用大故事套小故事的叙事结构。19 世纪，德国梵文学者本发伊（T. Benfey）认为："《五卷书》中绝大部分故事来源于佛教。"① 巴图也主张："佛教故事自应在《五卷书》吸取印度古老民间故事以至成书之前。那么，按常理佛教故事不是来自《五卷书》，而是《五卷书》利用了佛教故事，这种推断是完全可能的。"② 也就是说，《佛本生故事》早于《五卷书》，前者是后者创作的源泉。总体上看，印度寓言故事与古希腊寓言以动物为主不同，也不同于我国古代寓言以人物为主。印度寓言既有狮、虎、豹、猴、兔、驴、狗、猫等动物形象，又有国王、刹帝利、首陀罗、商人、渔父、法官、小偷等人物形象。且印度寓言的想象和思想内涵常常富有神秘的宗教色彩和哲理意味，"在印度，哲学本质上是唯灵的"，寓言则是它们的共同载体。③

从世界寓言传播来看，《佛本生故事》《五卷书》作为印度较早的寓言专集，不仅流传于印度本土，对他国寓言的影响也非常深远；不仅对南亚、中东各国影响深远，其影响还一路向西传到欧洲。从寓言故事内容来看，古印度寓言和古希腊寓言有紧密联系。《佛本生故事》中的"竹蛇本生""阎浮果本生""豹本生"等，与《伊索寓言》中"农夫和蛇""大鸦和狐狸""狼和小羊"的故事内容相似，寓意相近。这其中的亲缘关系可能是因为古希腊和古印度寓言具有共同的来源——古老的苏美尔寓言。"正如印欧语系是一个大系统一样，将印欧寓言看作一个大系统，并非毫无根据的一种假说。"④ 同时，印度寓言对我国寓言和我国佛教寓言发展也具有重要影响，如敦煌石窟、云冈石窟、龙门石窟的雕塑、壁画等都具有浓郁的佛教色彩。鲁迅在《〈痴花鬘〉题记》中也说："尝闻天竺寓言之富，如大林深泉，他国艺文，往往蒙其影响。即翻为华严之佛经中，亦随在可见。"⑤ "在信仰小乘佛教的国家里，像斯里兰卡、缅甸、老挝、柬埔寨、泰国等，任何古代的书都比不上《佛本生故事》这一部书这样受到欢迎。一直到今天，这些国家的人民还经常听人讲述这些故事，往往通

---

① 季羡林：《比较文学与民间文学》，北京大学出版社 1991 年版，第 345 页。
② 巴图：《〈五卷书〉蒙译考》，载《蒙古学信息》1997 年第 4 期，第 30 页。
③ 陈蒲清：《世界寓言通论》，湖南教育出版社 1990 年版，第 128 页。
④ 陈蒲清：《世界寓言通论》，湖南教育出版社 1990 年版，第 124 页。
⑤ 鲁迅：《〈痴华鬘〉题记》，《鲁迅全集》（第 7 卷），人民文学出版社 1958 年版，第 93 页。

宵达旦，乐此不疲。"① 当然，我国对佛经的译介为印度寓言的保存做出了巨大贡献，因为印度不善史料记载，而中亚细亚突厥族入侵，使公元10—12世纪的许多印度寓言和佛教典籍失传了。正如常任侠所说："佛经的原本和传入我国的中介文字本，多已失传，幸赖我国的译本丰富地保存着，这一份智慧的宝藏，颇足向世界夸耀。"②

从佛教图像来看，原始佛教没有雕塑绘画，多以佛陀的脚印、法轮作为礼拜的对象。直到阿育王时期，佛教雕塑绘画才开始逐渐增多，除了佛造像外，佛本生故事画也成为重要的题材。我国新疆、敦煌的壁画等都受到印度佛本生故事的影响。因此，对印度寓言图像的研究也应该立足于对佛本生故事画的追寻和探索，我国的石窟壁画是其中重要的组成部分。

除世界三大寓言体系外，还有波斯寓言、阿拉伯寓言、非洲寓言等，它们都具有浓厚的民族特色和民间色彩，其中非洲寓言深植民间。据资料记载，对非洲寓言的发掘主要是在非洲建立了现代国家之后，其中的资料难以获取。可见，全世界拥有丰富的寓言资源，确实值得我们关注。如果沿着世界寓言三大体系进行寓言图像的耙梳，毫无疑问是非常重要的研究，其工作量也非常庞大。值得注意的是在这三大寓言文明中，"最成体系最有继承性的是古希腊寓言之后的西方寓言。从古希腊寓言开始，以欧洲为主的西方寓言就已形成"③。特别是《伊索寓言》的发现使得整个古希腊寓言大放异彩，"影响着整个西方寓言及整个世界的寓言"④。所以，古希腊寓言作为西方寓言的代表就成为我们研究的逻辑起点，也是西方寓言图像研究的重要源头。因此，在世界寓言版图中，基于前期研究成果，本书主要聚焦西方寓言图像研究。

二、"寓言图像"相关概念梳理

在进入西方寓言图像研究前，我们必须先了解与之相关的重要的概念术语。从书名《西方寓言图像及其变迁》来看，本书的主要研究对象是

---

① 季羡林：《关于巴利文〈佛本生故事〉》，载《世界文学》1963年第5期，第73页。
② 常任侠：《佛经文学故事选》，上海古籍出版社1982年版，第1—2页。
③ 吴秋林：《世界寓言史》，辽宁少年儿童出版社1994年版，第2页。
④ 吴秋林：《世界寓言史》，辽宁少年儿童出版社1994年版，第3页。

总 论

"寓言图像",而寓言本身就是一个复杂的概念范畴。因此,在研究之前,我们应对"寓言""寓言图像""寓言的图像化""图像的寓言化""寓言式叙事""寓言图像变迁"等相关概念进行梳理,廓清寓言图像的内涵和外延,为后面各章的论述确定边界和理论范畴。

(一) 何为寓言

古往今来,关于寓言(allegory)概念的论述繁多。从词源学来看,allegory 来自希腊文 allos 和 agoreuein,前者指"其他""另外"(other),后者指"言说"(speaking),二者合在一起就是"另外一种言说"。英国库顿的《文学术语词典》指出:"allegory,相当于比喻,用一个故事(韵文或散文故事)表现双重含义(一个表面含义,一个深层含义)。它具有可读性,可以从两个层次进行理解和解释,其中有些具有三四个层次。它与 fable 和 parable 意义非常相近。"① 美国纽约标准参考读物出版公司出版的《标准参考百科全书》指出:"allegory 是一种叙述文体。它直接叙述某一情节,而目的在于暗示另一件事,以使读者明确了解并得到教益。其运用的讽喻手法通常是象征手法和拟人手法。allegories 经常宣讲伦理道德或精神教训,而有时则是对文学、政治或个人的讥刺。parables,fables and morality plays(道德剧),都是 allegory 的同类型。由著名作家所写的英语 allegory 典范作品有:班扬的《天路历程》,斯宾塞的《仙后》,斯威夫特的《格列弗游记》,德莱顿的《押沙龙与阿奇托弗》。作为一种叙述方法,allegory 本身可以被认为是一种修辞方式。"② 《牛津英语词典》对"寓言"一词的定义是:"故事、图画或其他艺术作品使用符号来传达隐藏或不可告人的意义,通常是道德或政治意义。"③ 在其定义中,寓言是视觉或叙事媒体使用一种东西来"代替"另一种隐藏的想法。

从对寓言的诸种界定中可以看到,寓言的基本要素是:寓言故事及寓意寄托,即寓言由寓体和寓意构成。拉封丹(lafontaine)形象地说:"一个寓言可以分为身体和灵魂两部分,所叙述的故事好比是身体,所给予人

---

① 陈蒲清:《世界寓言通论》,湖南教育出版社 1990 年,第 3-4 页。
② 陈蒲清:《世界寓言通论》,湖南教育出版社 1990 年,第 2-3 页。
③ The Oxford English Dictionary. Oxford: Oxford University Press, 1989, p.333.

们的教训好比是灵魂。"①因此，我们只有首先明确寓体和寓意之间的结构关系，才能进一步说明寓言与其他文学样式、其他概念范畴的联系和区别。寓言最初属于 agorrenuein（讲话）领域，而且讲述的意思并不是要表达的意义，即寓言故事除了书面意义之外，还有其他的所指含义；故事的关键不在于其本身，而在于某种观念，即某种外在于故事的东西，这种东西与读者的阅读紧密相关。因此，寓言是指用诗或散文形式写成的具有道德寓意的故事，它既是一种文体也是一种修辞方法和理论范畴。allegory 在国内被翻译为"寓言、讽喻、寓意、寓指"②等，这也说明了寓言内涵的丰富性。

　　作为一种文体，寓言故事不像抒情诗那样直接抒发感受，直接描绘现实，而是把哲理概念形象化、故事化；也不像叙事作品那样创造客观的文学形象来反映具体的现实，而是借助于通俗易懂的故事来阐发深刻的哲理和道德教训。因此，寓言创造出与其精神实质相适应的、能够表达这一概念的具体故事，以印证其合理性，加强说服力，使读者信服和接受这一哲理。这就是给思想穿上衣裳，赋以血肉，而使之形象化③的创作手法。可以说，对寓言而言先有意义，后有故事叙事，故事因概念的表达需要而生，二者之间没有必然的、内在的逻辑关系。正如前面在寓言词源分析中指出的，寓言是另有所指的表达，寓言的寓体言此，寓意在彼，构成了寓言意在笔先、言此意彼的特征。这些特征是寓言文体所特有的。不仅是短小精悍的寓言故事，长篇诗体寓言、寓言小说和寓言性小说也都具有这样的叙事特点，这些都是寓言性文本。这一特征使寓言不同于神话、小说、叙事诗、戏剧等文学样式。

　　但寓言性文学作品不完全等同于传统寓言短小精悍、"故事 + 哲理"的形式，它们主要以文本内的叙事关系寓指文本外的叙事关系，其语言符号具有丰富的想象性、象征性和深刻的寓意，读者有时需要仔细体会才能把握作品的深意。换句话说，寓言性成为现代主义文学的本质特性，寓言是其最基本、最核心的表意方式之一，在言意断裂的表现形式中深刻地展

---

① 陈蒲清：《世界寓言通论》，湖南教育出版社 1990 年，第 17 页。
② allegory 在国内有"寓言、讽喻、寓意、寓指"等不同的翻译，为了行文统一，都译为"寓言"。使用"寓意"主要是为了强调寓言所传递的意义内涵与其他文学样式的区别。文中有些引文中的"寓意画"实为"寓言画"（allegory painting, allegory image, allegorical icon）。
③ 参见公木著《公木文集》（第四卷），吉林大学出版社 2001 年版，第 548 页。

现了复杂的社会现实。美国学者迈德森（D. L. Madsen）明确指出："使寓言文本与其他文本得以区分开来的，是文本自身所显示出来的想象的结构和外部指涉系统之间的关系。"① 大部分现代主义小说，如卡夫卡、巴思、品钦等人的作品就是真正的寓言性文学。

　　寓言作为一种文学样式，经历了一个漫长的发展过程，即从传统寓言故事到长篇诗体寓言、寓言小说、寓言性小说等，从狭义到广义，从一种叙事文体到一种阐释理论和修辞方法。② 因此，通过叙述某一情节来暗示另外一件事，运用讽喻、隐喻、拟人、象征等手法，具有道德劝喻或意识形态表达功能，使读者从中得到教益的叙事，我们都称为"寓言式叙事"，这些文本都是"寓言性文本"。正如美国著名理论家杰姆逊（F. Jameson）所说："在传统的观念中，任何一个故事总是和某种思想内容相联系的。所谓寓言性就是说表面的故事总是含有另外一个隐秘的意义，……因此故事并不是它表面所呈现的那样，其真正的意义是需要解释的。寓言的意思就是从思想观念的角度重新讲或再写一个故事。"③ 而根据媒介载体的差异会有寓言性小说、寓言性图画、寓言性电影等不同艺术样式。当然，寓言图像的概念内涵不仅与"寓言"紧密相连，其自身也是一个逐渐发展变化的过程。

　　由此看来，寓言除了是一种文学样式外，还是一种特有的叙事模式和阐释理论。因此，只要具有"言此意彼""另有所指"的叙事特点的文本都可称为"寓言"，不同的媒介形态都可能运用寓言的叙事方式。寓言图像就是与寓言相关的图像，包括崖画、绘画、影像和拟像等。

（二）寓言图像的内涵和外延

　　文字和图像作为两种不同的媒介，形式的差异性决定了它们表意的不同。德国艺术评论家舒里安（W. Schurian）论述："图画就是一种'编了码'的现实，犹如基因中包含有人的编码生物类别一样。所以，图画总

---

　　① Deborah L. Madsen. *Allegory in American：From Puritanism to Postmodernism*. London：Macmillan Press，1996，p.123.

　　② 关于"寓言"作为文体、作为理论等内涵的详细论述参见拙著《西方寓言文体和理论及其现代转型》，中国社会科学出版社2015年版。

　　③ ［美］弗·杰姆逊：《后现代主义与文化理论——弗·杰姆逊教授演讲录》，唐小兵译，陕西师范大学出版社1987年版，第130页。

是比话语或想法更概括、更复杂。图画以一种在时间和空间上都浓缩了的方式传输现实状况，因而，图画也让人感到某种程度的迷糊不清，然而，图画在内容上比话语更为丰富——话语'容易安排'，但也容易出偏差。"①"大自然的多样化是更容易安置在图画里而不是在话语里的。当然，话语在信息传输时表达得清晰、有目的指向；然而多样性在话语里更容易失去。……话语有可能比图画真实或更真实，但是，同被现实性大大净化了的话语比较起来，图画中包含的观点具有更丰富的色彩、更丰富的内容，也更鲜艳夺目。"② 也就是说，人们在图像多义性与语言明确性的互文中获得更丰富的审美体验。"人能够经话语而超越自己独特的本性并成长，但人能够借助于图画（像）而获得广博、深远的学识。"③ 显然，用这"两种精神武器"来叙事，自然也是各不相同、各擅胜场的。④

寓言和图像的关系应该放到语言与图像、文学与图像的关系中来思考。通常人们认为文字来源于图画⑤，有些文字本身就是图画演变来的。⑥ 人类早期的文字就是一种图像，"考古学和文字学已经证明，包括楔形文字在内的所有早期文字都是一种'象形'，不过是一种简化了的图像，所以有理由推断文字的产生是由图像演化而来的，最早的文字都应该是表意的，表音体系不过是它的分流。"⑦ 原始崖画和象形文字的出现及其关系，是文字起源于图像的证据。对人类视觉而言，图像比文字更具有吸引力。而早期的图像文字，从某种意义上说，除了具有标识记录的作用外，还有祈福等作用，也就是"另有所指"的寓言图像的雏形。伴随着社会的发展，寓言图像在此基础上，与寓言文体和理论一样进一步完善，在不同的媒介中得到进一步发展。

---

① ［德］瓦尔特·舒里安：《作为经验的艺术》，罗悌伦译，湖南美术出版社2005年版，第268页。
② ［德］瓦尔特·舒里安：《作为经验的艺术》，罗悌伦译，湖南美术出版社2005年版，第268－269页。
③ ［德］瓦尔特·舒里安：《作为经验的艺术》，罗悌伦译，湖南美术出版社2005年版，第269页。
④ 龙迪勇：《图像叙事与文字叙事——故事画中的图像与文本》，载《江西社会科学》2008年第3期，第29页。
⑤ 参见唐兰著《古文字学导论》（增订本），齐鲁书社1987年版，第87页。
⑥ 参见伊斯特林著《文字的产生和发展》，左少兴译，北京大学出版社1987年版，第57页。
⑦ 赵宪章：《语图符号的实指和虚指》，载《文学评论》2012年第2期，第90页。

总 论

寓言图像，主要是指以图像的形式呈现寓言故事或具有寓言性内容的文本，即在图像的画面构图下指向别的意义，是"言此意彼""另有所指"的图像叙事。叔本华概括说："寓言画是这样一种艺术作品：它意味着不是画面上写出来的别的什么东西。……因此，寓言画总要暗示一个概念，从而要引导鉴赏者的精神离开画出来的直观表象而转移到一个完全不同的、抽象的、非直观的，完全在艺术品以外的概念上去。"① 正如寓言概念一样，寓言图像的内在叙事逻辑是不会改变的。但不可否认，图像载体的变化对寓言图像文本也会产生重要影响。图像是包括了一切以非语言文字存在的、与视觉直观密切相连的崖画、绘画、图画、图形、图表、影像、拟像等。从寓言文学的本体来看，进入图像时代后，寓言文学的叙事方式没有被图像吞噬，而是借助各种图像载体实现表达的具象化。也就是说，寓言图像不仅从寓言文学的发端之日起就是重要的艺术样式，而且随着媒介变迁表征出更丰富的内容，呈现了寓言的图像化和图像的寓言化的发展趋势。

1. 寓言的图像化

从岩石壁画到中国的龟甲、象形文字，以及西方的宗教绘画、祭祀巫术符号，它们都见证了寓言图像漫长的历史。如潘诺夫所言："在人类文化史中，最先创造出来的是与现实对象或现象大体相似的符号。"② 符号的相似性原则是为了能表达某种意味或仪式，即古人在悬崖峭壁留下的动物图形、简单的线条、图像等具有记录和记忆功能。人类学家的研究表明，这些图像还具有巫术和仪式功能，如神的世界的起源、神话人物等都是原始人想象和幻想的图像世界：战神雅典娜是穿着战袍的战士形象、爱神丘比特是携带爱情之箭的天使。在这些神话图像中，我们能感受到神话、寓言和图像的密切关系。"严格地说，寓言图像既不象征也不再现柏拉图的理念，它是理念本身。这一理念被想象成一种实体，并通过图像尽力地向我们展现，尽力透过我们的眼睛，进入我们的心灵。"③ 寓言图像

---

① ［德］叔本华：《作为意志和表象的世界》，石冲白译，商务印书馆1982年版，第328－329页。
② ［苏］叶·潘诺夫：《信号·符号·语言》，王仲宣等译，生活·读书·新知三联书店1991年版，第128页。
③ ［英］E. H. 贡布里希：《象征的图像：贡布里希图像学文集》，杨思梁、范景中编选，邵宏校译，广西美术出版社2015年版，第231页。

强调理念的可视化和可阐释性,其目的是"把那些本身并非视觉性的东西予以视觉化"[①]。因此,寓言的图像化主要包括以下内容。

  首先,图绘寓言故事是用以图配文或以图说文的形式来呈现寓言故事。寓言故事的形式特征是短小精悍,适合于图像的再现表达。伯克说:"如何用静态的画面来表现运动中的某个时间段面的问题,换句话说,如何用空间去取代或表现时间。艺术家必须把连续的行动定格在一张画面上,一般是定格最高潮的那一刻,而观赏者也必须意识到这个画面是经过定格的。画家面临的问题在于,如何表现一个过程的同时又必须避免留下同时性的印象。"[②] 其实这就是莱辛论述过的"最富于孕育性的顷刻"[③],因此,图绘的寓言故事是某种语言场景的定格与强化。如《伊索寓言》中"乌鸦和狐狸"的故事,讲述狐狸花言巧语,阿谀谄媚,不停地恭维乌鸦的羽毛很漂亮,歌声比百灵鸟还动听,目的是得到乌鸦嘴里的那块肉。最后,乌鸦抵挡不住狐狸的赞美,张嘴唱歌,最终失去了美餐。而"乌鸦和狐狸"的插图常常是画出狐狸花言巧语竭尽全力游说,乌鸦在树上叼着肉的那一刻,也是矛盾最激烈的时刻,读者在对图画的阅读中展开想象的翅膀,以狐狸谄媚的嘴脸和乌鸦无知的模样为索引,仔细品味寓言的寓意。如果图画定格在狐狸得到乌鸦嘴里的肉,则就丧失了广阔的想象空间,缺少了时空的流动性和想象性。这一点在后文关于《伊索寓言》插图的研究中会有详细论述。可见,寓言的图像化或寓言文本中的插图在可读语言和可视图像的互文中,很好地增强了读者的阅读兴趣,图画的魅力也为愈来愈多的出版商所重视。寓言的短小精悍及其寓意的生动性,使其更容易被图像化,也更易于通过图画来再现和重述,因为人类识字阅读过程需要经过长期的培养和引导,但人类天生就对图画有着强烈的兴趣。因此,现在很多纸质印刷文本更愿意用图画来讲述寓言故事。进入 21 世纪,图像成为重要的传播方式之一,如《伊索寓言》故事的插图版本繁多,我国出版的绘本就有几十种。在读图时代的激烈竞争中,出版商不得不转变出版策略,顺应读者读图的需求,营造一个轻松亲切、具象生动的

---

  ① [美]尼古拉斯·米尔佐夫:《视觉文化导论》,倪伟译,江苏人民出版社 2006 年版,第 5 页。
  ② [英]彼得·伯克:《图像证史》,杨豫译,北京大学出版社 2008 年版,第 199 页。
  ③ [德]莱辛:《拉奥孔》,朱光潜译注,人民文学出版社 1979 年版,第 83 页。

总 论

阅读环境。同时，这也证明了在图像时代，寓言存在形式转向图像化的必然性和重要性。

其次，随着社会发展，道德、宗教、抽象概念的传播，图像作为重要载体形成了寓言图说的形态。在贡布里希关于寓言和寓言图像的论述中，我们可以看到寓言图式书写的功能。"寓言意"即"言外有意"（aliaoratio），源自希腊语 allos（其他）和 agoreuein（公开的言说），表明它是"在公开的言说中传达出另一层意思"。"寓言图像"（allegoric imagery）在理性时代到来之前，通常被视作一种能将抽象的概念性语言转换成传统图像的"图式书写"（picture writing）。抽象概念中的各种"美德"与"恶行"，"情感"或"季节"，化身成一个个有形可感的"拟人形象"（personification），活跃在大量的寓言画中。德国哲学家海登瑞茨（K. H. Heydenreich）对艺术中的"寓言"定义颇能代表 18 世纪的普遍看法，即艺术家运用"寓言"这种方法，借由"象征式形象"（symbolic figures）及其他由惯例所确定之物，来表达精神理念和抽象思想。① 可见，从贡布里希的观点来看，早期狭义的寓言图像是把寓言故事中的抽象观念可视化，拟人形象化的表意说理成为寓言画的重要方式。学者陈怀恩对寓言包含的图像意义有较为详细的概括。他说，寓言图是盛行于意大利文艺复兴时期的一种绘画类型。寓言图一词源自希腊语"allegorein"，其意为"换言之"或者"代替物"，很明显的可以把它看作一种文字语言的转换概念，但是"allegorein"也有"用图像表达"的意思。中世纪时期，教会有时会将经籍中用来说明基督教教义的插图称为 allegory，似乎就兼用上述两种文字用法——用图像代替文字来表达意义。到了中世纪后期和文艺复兴时期，荟萃在佛罗伦萨和威尼斯的人文主义者格外看重这种图像表达方式。西欧绘画、法国枫丹白露宫（1541—1545）的装饰画作就充满各种寓意图；16 世纪初，荷兰、法国版画当中也常见寓言图的踪迹；17 世纪则以鲁本斯为凡尔赛宫所绘制的玛丽王后系列作品最负盛名，可以说是巴洛克时期寓言画的高峰。后世艺术史家甚至经常得面对"巴洛克绘画是不是都是寓言图"这类问题。② 然而，并不是使用了神话的绘画或图像

---

① E. H. Gombrich. "Icones Symbolicae: The Visual Image in Neo-Platonic Thought". *Journal of the Warbrug and Courtauld Institues*, 1948, 11（2）, p.163.
② 参见陈怀恩著《图像学》，河北美术出版社 2011 年版，第 153 页。

就是寓言画或寓言式艺术作品。在温克尔曼看来,"只有神话与历史相结合的历史画,才能将'思想''披'在图像之上,寓意才得以生产"①。"一个是'虚',即神话故事,一个是'实',即真实的历史。虚与实,神话与历史,对构成寓意而言,两者缺一不可。"②

所以,寓言的图像化既指寓言故事的图像再现,也指用寓言式方式图绘道德、抽象概念、宗教教义等,具有超出图像之外的寓意表达。如后面谈到的《伊索寓言》插图、中世纪动物寓言图像、里帕的拟人化寓言画,鲁本斯借由神话、拟人化形象来象征时代和历史的绘画等都属于寓言的图像化。这些寓言图像是承载着神话、宗教、历史寓意的另有所指的图像叙事。

2. 图像的寓言化

图像时代,寓言文本的最大变化就是从印刷时代进入电子信息时代,图像从静态的图画向动态的影像快速发展,并迅速占领了寓言阅读的市场。随着摄影术、有声电影和电视技术的发展,许多寓言文学文本被改编成影视剧、动画片等。这些动画片、影视剧成为寓言在现代重要的传播渠道和表现形式,同时也有利于传统寓言文本在现代社会继续繁荣发展。如现有卡通版的《伊索寓言》是传统寓言故事的影像化,迪士尼公司推出的动画电影《虫虫危机》的灵感来源于伊索寓言《蚂蚁与蚱蜢》,该故事主要讲述昆虫世界所经历的一段冒险之旅。美国寓言电影《动物庄园》则是根据奥维尔(G. Orwell)的同名寓言小说改编,讲述了发生在动物庄园里动物推翻人类统治后面临的新问题,影射了人类社会阶级专制统治的悲剧。还有卡夫卡寓言小说《变形记》的戏剧、电影改编,也讲述了关于人类生存的寓言。在中国也有《阿凡提的故事》《新寓言一族》《守株待兔》等寓言动画片,很受大众的喜爱。当然,也有些文本对寓言文学进行创造性的摹仿,迪斯尼公司制作的许多动画作品就是其中的成功代表。如家喻户晓的动画片《米老鼠和唐老鸭》,每集就像一个短小精悍的寓言故事,而整部动画片的寓言性表达方式从某个角度上看,与长篇诗体寓言《列那狐的故事》有着相类似的形式特征和审美效果。此外,《海底总动员》《玩具总动员》《怪物史莱克》等,这些作品都具有了传统寓言

---

① 高艳萍:《温克尔曼的希腊艺术图景》,北京大学出版社2016年版,第39页。
② 高艳萍:《温克尔曼的希腊艺术图景》,北京大学出版社2016年版,第39页。

总 论

故事的所有元素,通过影视技术手段来吸引更多人的目光。它们不仅仅是给儿童看的,对成人同样具有教育意义。从我国第一部长篇有声动画电影《铁扇公主》的故事叙事与改编来看,它就是一部寓言动画电影。《铁扇公主》以其生动的动画影像,有力地号召了全中国人民团结起来抗日,已经远远超越动画为儿童服务的刻板印象。

然而,这些寓言文本的图像化表达并不仅仅是寓言载体的改变,更主要的是探索了视听的娱乐化与表意的深刻性后和谐共存的再现方式。文本的审美表达突出了以影像视听的娱乐效果来承载寓言故事的深刻寓意。也就是说,寓言的影像化再现不同于一般的影视作品以消费、娱乐为主要目的,仍是以寓言的深刻性表达为主旨的影视叙事。在这些影像化的寓言文本中,观众仍然能体会到寓言作品言此意彼的深刻寓意,而影像表达则使寓意可视化。从某种程度上来说,随着寓言表意方式在哲理阐释、劝喻教育等方面的优势越来越得到重视,特别是后现代消费时代肤浅化、平庸化、扁平化和同质化等影像的涌现,图像的寓言化表达似乎成为越来越重要的叙事模式和叙事策略。

在寓言文体发展的变迁研究中,有传统寓言、长篇诗体寓言、寓言性小说和寓言性作品等不同文体。同样,寓言与现代技术及新媒体的融合也给媒介产品注入了新的活力,出现了大量的寓言性图像作品,寓言的表达似乎成为现代及后现代作品的一种存在方式。如广告、电影、电视、网络等影像艺术作为现代科技发展的重要产品,它们的出现对以文字书写为主的文学艺术样式产生了重要的影响和挑战,也为艺术发展带来了新的机遇与转折。

具体而言,主要表现为寓言性影像作品的快速发展,即图像的寓言化叙事风格的流行。图像的符号指意通过相似性和隐喻性来再现现实,寓言的表意方式也主要依靠相似性,二者在内容意义表达上具有亲缘关系。美国学者米歇尔(W. J. T. Mitchell)在谈论柏拉图寓言时,就指出这种"相似性"对图画和寓言的意义。他说:"柏拉图的寓言可在两种意义上说是一个形象:①它要求读者必须在精神中构建一个细腻场景或图画;②这个场景必须被阐释为一系列相似性或类比,把洞穴的场景比作人类境况。"①因此,在现代图像时代,许多广告宣传、影像艺术作品更善于用寓言的方

---

① [美] W. J. T. 米歇尔:《图像学》,陈永国译,北京大学出版社 2012 年版,第 116 页。

式来实现艺术的审美表达、审美批判和审美救赎，寓言借助新媒体影像技术实现了现代转型。米歇尔在《图像理论》中用本雅明"辩证意象"①的概念来论证图像的多重意义，一幅图像由多幅互不相关的意象叠合构成意蕴丰富的图景，以阐明画家的理念。实际上，米歇尔也隐喻地说明了图像的寓言性。如米歇尔对《鸭兔图》《我的妻子和丈母娘》《正方形》等图像的阐释，超越了符号学的理论范畴，把图形从符号象征中解脱出来，转向对图像本身寓意的阐释，即米歇尔认为这些图像的最大特点是具有自我指涉性的"元图像"。我们在这些图像的多义性中也能体会到与寓言多义性相似或相一致的叙事模式。因此，我们把这些特征称为图像的寓言性，从寓言性的角度来阐释这些"元图像"，我们可以读出不同的审美意味。如《鸭兔图》除了米歇尔指出的"多元稳定性"②"元图像"特性外，在寓言的世界里，它就是"阅读的阅读""解构的解构"，具有多重的隐喻性。从自然的层面看，它是一幅图像，一幅会给人造成困惑的图像：有人说它像兔，有人说它像鸭，有人说什么都不像，或者是属于别的未知的物种。为什么一幅图像会有这么多答案？从文化层面看，是不同主体的知识结构影响了其读图的结果，但每个人又都试图证明自我言说的合理性，从而造成了读图的多义性。从寓言的层面看，这是一幅充满隐喻的图画，图像叙事的虚指化，表面看是无确定表意的图像，事实上喻指了现代人生存状态的焦虑与不安——现代人无法确定自己的身份，无法自我表达与自我认同，在图像的狂欢下隐藏着无法读解的焦躁。如米歇尔所说："鸭—兔的'故居'是动物寓言和动物卡通世界，那里充斥着有关再现、

---

① 本雅明在《发达资本主义时代的抒情诗人》一文中，论述了波德莱尔诗歌救赎力量的来源，把浪荡游民、休闲逛街者、拾垃圾者、妓女、密谋家、醉汉、大众、世界博览会、拱廊街、商店等各自独立意象的叠合，称为"辩证意象"，又称为"辩证形象"。在这些看似不相关的暗淡的"星星"中，本雅明运用"星座化"的概念拼贴出具有丰富韵味的"星座"（constellations）——巴黎全景，隐喻地说明"理念"的存在方式。因为寓言的"星座化"特质，能在物质与意义的断裂中重拾价值整体，把难以完整表达的现象碎片通过审美变形的方式弥合破碎的情感，超越传统摹仿论对自然物质现实逼真再现的局限性，努力表达出对现实最深刻的情感体验，并取得了良好的审美效果。本雅明正是通过谈论文学文本中的辩证意象来阐明寓言在表面文字叙事下隐藏着的真正的救赎力量。实际上，本雅明是以图像化的叙事方式重述了寓言意义。

② 参见［美］W. J. T. 米歇尔著《图像理论》，陈永国、胡文征译，北京大学出版社 2006 年版，第 36 页。

现象和身份的问题。"① 这就是对现实社会现代人生活状况的比拟。在另一幅名为《我的妻子和丈母娘》的图画中,这种隐喻范围扩大到不同的文化背景、不同的地域、不同的民族、不同的性别主体对这幅画的读解。我们看到这已不再是一幅简单的人像画,无论画像画的是"妻子"还是"丈母娘"都已经不重要了,人们看到的是图画对传统绘画的挑战,它消解了对真实的摹仿而追求寓言的深刻性,即图像的寓言化表达。图像叙事不再是对现实逼真的摹仿,而是赋予图像深层意义。图像的隐藏义必须通过寓言式解读来实现图像叙事的表达与阐释。

总而言之,寓言图像的内涵和外延如"寓言"一样多义,并伴随着社会发展不断丰富。从古至今,一方面,寓言图像包括古希腊寓言故事的图像化、中世纪的宗教寓言画、文艺复兴以来的拟人化形象的寓言画、融合神话和历史内容的寓言画等,它们主要以静态的、单幅图像的另有所指为主;另一方面,伴随着科技进步、媒介变迁,寓言文体更加丰富,寓言图像包括寓言性文本的图像化、影像化、拟像化,从静态向动态,从单幅图画向连续影像的拓展,并发展成为寓言式图像/影像叙事方式和阐释方式。然而,不管是寓言的图像化还是图像的寓言化,它们都不是彼此替代的关系,而是彼此共存共生,即寓言图像是具有漫长的发展历程和极强生命力的一种艺术形式。

(三) 寓言图像变迁的概念内涵

本书对寓言图像的变迁研究主要集中在西方寓言图像发展历程中,即对古希腊时期、中世纪时期、文艺复兴时期、巴洛克时期及19世纪末以来寓言图像的发展研究。从人类发展的历史来看,语言的产生是真正意义上的人类传播的开端。从语言的产生之初到今天的信息社会,人类文明传播本身也经历了一个漫长的发展过程。传播是通过一定的媒介、手段或工具来进行的。根据媒介产生和发展的历史脉络,我们可以把迄今为止的人类传播活动分为以下几个发展阶段:①口语传播时代;②文字传播时代;③印刷传播时代;④电子传播时代。不过,这个历史进程不是依次取代的

---

① [美] W. J. T. 米歇尔:《图像理论》,陈永国、胡文征译,北京大学出版社2006年版,第45页。

过程，是一个依次叠加的进程。① 由此看来，寓言图像的发展过程及其不同媒介形式的研究本身就蕴含着传播的意义，就是对寓言图像在不同人类文明传播发展过程中出现的新的媒介形式及其叙事方式的差异研究，对在不同时代寓言图像承载的内容和传播的意识形态、政治、文化等的差异研究，特别是对寓言图像不同时期不同形态（插图、绘画、漫画、影像、拟像）的研究。因此，本书涉及的寓言图像"变迁"主要是探索伴随媒介发展，"寓言图像"概念的内涵和外延及其艺术形式的发展与变化。

具体而言，古希腊时期，寓言的口口相传及岩石壁画的出现初步奠定了寓言图像的基础。在西方，随着印刷机的出现，《伊索寓言》的插图得到了较好的传承与发展。传统的寓言图像主要是图绘故事中的角色形象或情节，是一种直观式的图像再现。因此，这些插图既是对当时社会动植物的记录，也体现了木刻、铜版、蚀刻、印刷机等技术发展对《伊索寓言》图像传播的影响。而我国的《庄子》寓言则与古希腊寓言有较大的区别，《庄子》寓言不是以动植物为主，也不够短小精悍，它不独立成篇，但却是篇章中的重要组成部分。而且《庄子》寓言的图像化再现比较少，往往是某个著名的寓言母题出现在画中以满足寄情山水的诗意表达，如"庄周梦蝶""子非鱼安知鱼之乐"等。从现代电子媒介技术发展来看，不论中外，寓言故事都成为寓言影像动漫的重要内容，但大多保持了传统寓言故事的情节和寓意哲理，实际上就是传统寓言故事的图像影像化再现。

在宗教盛行的中世纪，寓言图像"言此意彼""另有所指"的叙事特征有助于宗教的传播，特别是在不识字的教徒中传播，起到了宣传教义的作用。同时，中世纪动物寓言集中关于动物与《圣经》的互文书写与阅读成为当时的一种习惯，成为动物寓言图像图绘的内在规律，宗教的寓言思维成为当时的重要思想之一，并影响着文艺复兴时期寓言图像的发展。文艺复兴时期，圣像运动和特伦托公会对图像的批评，再一次证明了宗教寓言图像的宣传劝喻功能，图像中的拟人像、属像等在雕塑、绘画中反复出现，成为重要的图像标记。当时，最具代表性的是切萨雷·里帕的《图像学》一书，该书继承和发展了之前动物寓言集、徽志图、词源学等资料，形成了一套"拟人形象标准大百科"，为后世寓言图像创作提供了

---

① 参见郭庆光著《传播学教程》，中国人民大学出版社1999年版，第28页。

相对稳定的符号和母题,为图像学研究提供了阐释路径,从而促进了寓言图像的进一步发展与传播。里帕及其《图像学》成为时代的丰碑。彼时,寓言图像的发展呈现出了图像学的意味,但与之又有重要区别。

巴洛克时期,寓言图像的创作与发展呈现出新的特征,例如,佛兰德斯的鲁本斯把历史、政治、神话与寓言表达相杂糅,创作出了气势恢宏、色彩艳丽、充满丰富寓意的政治寓言画。鲁本斯的寓言画脱离了传统寓言文字文本的内容,但又有着神话、寓言角色的记忆,并进行融合式再创作,形成了独具特色的佛兰德斯巴洛克风格。鲁本斯融历史、神话、政治于一体的寓言画,至今仍然能向人们传递鲁本斯的历史记忆、神话观念和寓言叙述理念:玛丽·德·美第奇坎坷的一生以及她与路易十三之间的复杂关系,都在想象与现实、神与人及属像的交融中得以充分表现。

进入20世纪,摄影摄像技术的发展对传统绘画造成了一定的冲击,图像从静态向动态、从手工向机械复制的发展,使得寓言图像在媒介技术发展中呈现出新的影像化和拟像化。从早期卓别林的无声电影来看,影像化再现了资本主义社会贫民的生活现状,在喜剧性的夸张表演中,在逗人发笑的滑稽行动中,电影深刻地揭露了资本主义制度的悲剧性。然而,正是这种言此意彼的寓言性表达,使观众在含泪的笑中领悟了电影深刻的寓意哲理。也就是说,随着机械复制技术的发展,寓言图像的外延也在不断扩大,图像的寓言性成为现代寓言图像的重要特性,成为寓言影像化的内在本质。进入电子信息化时代,虚拟影像、人工智能等技术的发展,使得寓言图像在经过图像的寓言化后,又出现了寓言图像的拟像化,在人机互动的媒介叙事中,重构了寓言性艺术的深刻内核。如卡夫卡的寓言小说从文字到舞台,再到沉浸式互动电影的发展,以新的视觉表达再现了寓言文本的哲理内涵。

因此,寓言图像的"变迁"研究主要是在人类历史发展和媒介技术变迁的背景下,通过研究寓言图像在不同时期的主要形式,努力勾勒出西方寓言图像的变迁路径:从寓言文学、寓言的图像化(包括寓言插图、动物寓言画、宗教寓言画、政治寓言画)到图像的寓言化(包括寓言性图像、图像的影像化/拟像化)的基本发展脉络,以及各个时期媒介技术发展对图像传播的影响等。

三、西方寓言图像的发展背景

寓言图像与寓言文体和寓言理论不同，它并没有一个非常清晰的发展脉络，但它又蕴含在寓言的发展过程和人类视觉认知的历程中，仿佛散落的珍珠，需要我们细心找寻，认真串连，才能看到其绽放的夺目光芒。因此，我们在研究寓言图像的图文关系、寓言图像的形态和寓言图像的审美特征之前，需要仔细找寻西方寓言图像的足迹。

（一）古典时期寓言图像的雏形

在文字发明之前，画在悬崖峭壁上的图案、象形文字等符号就是最早的图像，它们不仅是客观的记录，同时也蕴含着仪式、图腾的象征意义。据资料考证，考古学家在西班牙阿尔塔米拉的洞穴石壁上发现了公元前15000年前的野猪、野牛、野鹿等动物图像；在拉斯科洞穴也发现了野马、鹿、牛的图画。史学家们认为，这些画不仅出于无目的"游戏"或是供"娱乐"的需要，更重要的是一种精神的寄托和愿望。如果这些画是为了给人们欣赏的，何不画在可供展览的宽阔的场所，而画在偏僻隐秘的山洞通道里呢？这些山洞里没有发现任何生活上或生产上的遗物。这说明，当时人们绘制这些壁画是为了一个严肃的迷信目的，是一种祈求狩猎丰收的"仪式"需要。① 绘画是另有所指的，而且是借用动物图像寄寓情感，这也许成为寓言图像寄寓特征的雏形，至少是关于动物图像最早的记载，说明了当时的动物图像已不是简单地模仿自然界的产物，而是具有表意功能的符号所指。

实际上，柏拉图在他的"洞穴"寓言中就已经从哲理的高度，阐述了影子图像蕴含的寓言韵味。或者说，用寓言图像叙事的生动性、形象性和具象性来说理已是古希腊时期一种重要的哲学思维。柏拉图用"洞穴"寓言的影子图像阐释了抽象的关于最高的"善"的理念和灵魂提升问题：洞穴寓指可见世界，"太阳之光"寓指最高的理念——善，从可见的现象世界上升到可知的理念世界，最后获得智慧之光，实现灵魂的转向，需要

---

① 《西方绘画的起源》，见般若人生网（http://www.mifang.org/bk/e61/p13.html），2017年10月4日。

总 论

破除幻象，需要花很大力气去学习，这对城邦国家的实践生活很重要，也是对"哲学王"和统治者的要求。也就是说，寓言的图像化可以使得观念化的、抽象化的理念获得对象化的表达，具有重要的阐释能力。然而，柏拉图却首先表达了其对寓言的反感，坚持认为，"它（寓言——笔者注）跟反映现实本质的思维方式相反，也就是说，它反映的不是，或者说基本上不是感觉和理性所确认的论据"①。事实上，这正是寓言的内涵，即讲述的故事与实际所指没有必然的联系，而是服务于其他目的。这种言此意彼的形式特征在重摹仿真实性的古希腊时期受到贬责是必然的。然而，当时哲学阐释又不得不依赖于寓言形式。虽然柏拉图曾批评寓言，但其著作却自觉或不自觉地运用寓言来表达超出抽象概念的真实，因为摹仿的艺术在柏拉图看来和真理隔着三层，是非真实的。柏拉图关于寓言的矛盾态度，在于寓言具有强大的阐释功能。而柏拉图关于艺术与真理、理念与艺术作品之间的关系论述，也说明了古典时期的人们已经具有了寓言图像的思维意识，能在言此意彼中找到表达寓意的路径。所以，柏拉图表达了木匠制造床时已经有了床的"理式"，我们在画家画的"床"中要看穿其理念的形而上的真理。

与此同时，新兴工商业主阶级向地主阶级争夺政权，掌握知识和辩论技巧的本领成为争夺政权者的必备条件，诡辩派应运而生，修辞学也获得很大发展，寓言的修辞功能也得以确立。如亚里士多德所言："寓言最宜用于政治言说；历史上的类似的例子很难找，寓言却容易编，只要像编比喻那样，能看出事物的相似之点就行了。"②寓言作为一种辞格，开始只是一种简单的论辩方法，明确用来劝喻、说明，最初以讲故事的形式实现这种道德说教的目的，如较早的《伊索寓言》中的《学飞的乌龟》《北风和太阳比威》《吃不到葡萄说葡萄酸》等，就是当时劳动人民按事物的内在逻辑、习性编了一些故事来寄寓思想，用生动具体的事物来说明抽象意义的说服方式。而《伊索寓言》也相应出现了一些图像，或是刻在石头上，或者是绘在花瓶上，或者是刻在木板上，但图像都比较简洁，主要是

---

① Edwin Honing. *Dark Conceit: The Making of Allegory*. Cambridge: Walker-DeBerry Inc, 1960, p. 8.
② ［古希腊］亚里士多德：《修辞学》，罗念生译，生活·读书·新知三联书店1991年版，第110页。

对故事对象的摹仿,对情景缺乏思考,难以从图像中体会寓言修辞的魅力。然而,早期图像的记录与创作为此后寓言图像的发展积累了经验。古典时期的人们向动物神灵的祈祷与宗教信徒们对圣像的崇拜具有相似性。

(二) 中世纪的圣像崇拜与寓言图像

进入中世纪,随着社会生产力的发展、基督教的盛行,宗教图像和寓言都成为宣传教义的重要工具。中世纪神学盛行,推崇上帝,认为美就是善,美与善的终极根源就是上帝,寓言阐释是表达上帝精神的方式。所以,中世纪的思想家们倾向于用寓言的方式来观察世界,认为自然是寓言的,通过思考自然,人们就能够了解上帝的思想,从建筑、绘画到经典文本的阐释都是如此。如美国学者迈克奎恩(J. MacQueen)所说,中世纪的教堂建筑都是"写在石头、玻璃和木头上的历史寓言"①。新柏拉图主义者厄里根纳(J. S. Eriugena)则在他的神学的世界循环图式中指出:"所有可以看见的事物无不包含着一个隐蔽的神秘的意义。"②这就是说,中世纪寓言是理解上帝的一种方式,只有通过对至高的上帝的阐释才能理解这种神秘的意义,因为上帝是一切的源头,自然界是上帝的映象和具体化。因此,对上帝之书——《圣经》不同比喻意义层的阐释就成为整个中世纪一种重要的社会现象。波兰哲学家塔塔科维兹(W. Tatakiewicz)认为,中世纪的"上帝在造物中实现着自身,以神奇和难以言喻的方式显现着他自己。他尽管无形,却变得有形;尽管难以理解,却变得易于理解;尽管不易窥见,却变得显而易见;尽管不为人知,却变得为人所知;尽管没有形式与形态,却变得具有美好的形态"③。而且"这样的象征对于没有知识的人具有无比的慰藉和迷人的力量,因为它们已经成了传达共同经验和共同希望的工具"④。寓言从各层面阐释艺术作品的寓意,力图把文本的意义最充分地显现出来。这种寓言式阐释使《圣经》广泛地、迅速地传播,成为当时乃至整个欧洲文明重要的文化源头。黑格尔(He-

---

① John MacQueen. *Allegory*. London and New York: Methuen Press, 1981, p. 40.
② [爱尔兰] 厄里根纳:《自然的区分》,转引自阎国忠著《基督教与美学》,辽宁人民出版社1989年版,第149页。
③ [波] 沃拉德斯拉维·塔塔科维兹:《中世纪美学》,褚朔维、李国武等译,中国社会科学出版社1991年版,第126页。
④ [英] 鲍桑葵:《美学史》,张今译,商务印书馆1985年版,第169页。

gel）从寓言构思特征的角度探讨了中世纪寓言流行的原因。他认为，艺术家普遍性观念的表达在涵括某种定性的寓言中表现出来，尤其是基督教要表现的普遍精神性的本质的东西，不能在现实生活不同的活的个体中表现出来，只能用寓言从《圣经》的人物、事件及其活动中表现这种普遍的真理。因此，"对具体表现的兴趣只能居于次要地位，对内容本身仍是外在的，最容易而且也最适宜满足这种要求的表现形式就是寓意（寓言——笔者注）"①。

在马勒（E. Mâle）看来，中世纪艺术的思想主要由图像表达出来，"所有这些被神学家、百科全书作者和圣经注释者作为要素规定下来的东西，都在雕塑和彩绘玻璃上得到了表现。我们应该试着表明工匠们是如何表现学者思想的，试着描绘13世纪大教堂提供给人民的普通常识教育的完整画面"②。马勒指出宗教画本身所具有的普遍的意义和常识教育的传播作用，由此概括了中世纪图像的一般特征："中世纪图像是手绘本"③，"中世纪图像是一种演算；神秘的数字"④，"中世纪图像是象征性的代码，艺术和礼拜仪式"⑤。他从图像的载体、图像的构成和图像的寓意三方面阐明了中世纪图像的特殊性不同于古典时期图像的朦胧性及其后期图像的复杂性，深刻指出了中世纪图像的宗教寓意。马勒还指出了动物寓言与中世纪艺术之间的密切关系，说明了古希腊时期的动物寓言故事在中世纪已经得到广泛关注。他说："即使在动物的习性中也要写下对人类始祖堕落的训诫，以供人类世世代代传阅。诚如所见，在动物寓言集中，除了有令人怀疑的基督教注释，还有最令人怀疑的古代科学。"⑥ 也就是说，中世纪时期，动物在图像的视觉呈现中具有重要的表意功能，承载着宗教教义

---

① ［德］黑格尔：《美学》（第二卷），朱光潜译，商务印书馆1996年版，第125页。
② ［法］埃米尔·马勒：《哥特式图像：13世纪的法兰西宗教艺术》，严善錞、梅娜芳译，曾四凯校，中国美术学院出版社2008年版，序言第3—4页。
③ ［法］埃米尔·马勒：《哥特式图像：13世纪的法兰西宗教艺术》，严善錞、梅娜芳译，曾四凯校，中国美术学院出版社2008年版，第2页。
④ ［法］埃米尔·马勒：《哥特式图像：13世纪的法兰西宗教艺术》，严善錞、梅娜芳译，曾四凯校，中国美术学院出版社2008年版，第6页。
⑤ ［法］埃米尔·马勒：《哥特式图像：13世纪的法兰西宗教艺术》，严善錞、梅娜芳译，曾四凯校，中国美术学院出版社2008年版，第17页。
⑥ ［法］埃米尔·马勒：《哥特式图像：13世纪的法兰西宗教艺术》，严善錞、梅娜芳译，曾四凯校，中国美术学院出版社2008年版，第43页。

宣传、劝喻的作用，为世俗教徒提供了"阅读"基督教内容的媒介，即寓言和图像的关系在关于基督教教义的宣传和阐释中已经紧密联系在一起了。教会开始用壁画、雕刻、天顶画等象征性形象来代表基督，将原有象征性的基督转向对圣物或圣像画的崇拜，从而使文化层次较低的民众能够更直观地领悟宗教教义，起到了很好的宣传教育作用。

赫伊津哈（J. Huizinga）深刻感受到中世纪宗教与图像之间的内在关系，他说："宗教总有转化为图像（image）的倾向。似乎只要赋予其可感知的形式，神秘感就可把握了。以可见之形来崇拜不可名状之物的需要，持续不断地造就着新形象。在 14 世纪，十字架和羔羊不再足以表达对耶稣的狂热之爱。另外，对耶稣之名的热爱偶尔也有凌驾于十字架之上的威胁。"① 这说明图像具有阐释神秘寓意和传播的功能。也就是说，"中世纪无论在语言和图像中都充满了象征性的事物内容指涉"②。

中世纪不但基督教昌盛，而且基督教内长期存在圣像崇拜，用圣像进行传教说理。也正是因为寓言图像的神圣性，一部分反对圣像的人感到担忧，他们认为崇拜圣像是对图像的迷恋，对偶像的崇拜，并不是对圣人的崇拜，不利于宗教教义的传播，因而大肆摧毁圣像。这就是历史上著名的破坏圣像运动。圣像崇拜和反圣像崇拜两派关于图像是否能真正显现上帝的形象问题，前者认为可以，后者认为圣像只是上帝的肉身，上帝的精神是不可视的。实际上，对这一问题的争论是帝国皇帝和宗教教会教皇之间的一场权力斗争。然而，无论如何，中世纪对圣像的传教说服功能的认知，使一部分圣像画和书籍装饰画遭到了销毁。同时，它也使得世俗艺术得到较大发展，一些艺术家由此改变创作风格，主要对以自然景物为背景的公共活动、竞技等场面进行描绘。

经过中世纪圣像运动和基督教的洗礼，圣像崇拜，或者说宗教图像的意义与功能获得肯定，对于不识字的信徒来说，圣像在视觉上帮助了认知。然而，在西方文学、绘画、雕塑、徽志等艺术领域中，丰富的形象符号的使用和象征并没有一个相对统一的理解和注释，这就给图像的观看、使用、阐释、交流与传播带来了一定的困难。"到 16 世纪末，基督教失

---

① ［荷］约翰·赫伊津哈：《中世纪的衰落》，刘军、舒炜等译，北京大学出版社 2014 年版，第 172 页。
② 陈怀恩：《图像学：视觉艺术的意义与解释》，河北美术出版社 2011 年版，第 49 页。

去了她的造型能力，只剩下纯粹的内在力量。"① 寓言阐经释义的方法也随之逐渐消减，但仍活跃在文学艺术领域。此后，就有人从图像志、徽铭等角度来探析寓言图像的规律和意义，并进入了对人的世界的关注，大量运用拟人像。

（三）文艺复兴时期的寓言图像

进入文艺复兴时期，随着欧洲经济崛起，城市中新的市民阶层要求个性解放，反对宗教教条的束缚、宗教教义的程式化，反对禁欲主义，要求尊重人的权利。所谓人文主义，就是强调在现实生活中人的权利，对人充满了信心，重视世俗性。这就与中世纪的封建文化和禁欲主义形成了对立。人文主义重视现实生活的乐趣、人的主体地位，反对神权，提倡人权，具有鲜明的进步色彩。文艺复兴时期人的觉醒和人文主义的兴起，促进了当时的经济、政治、文化和艺术的发展。

但这并不是说，在文艺复兴时期，宗教艺术就消解了。实际上，此时的宗教和艺术仍纠缠在一起，人文主义思想的发展成熟是一个渐进过程。宗教在文艺复兴时期仍有很大势力，而且宗教始终是当时人们重要的生活内容。在人文主义思想的影响下，文艺创作出现了新的样式。虽然艺术创作仍以宗教故事为题材，但多是以宗教为外衣，注入了新的内容和寓意，特别是艺术家开始注重表现个人风格。比如，随着手工业的发展、城市兴起和财富的积累，教堂不仅是宗教活动场所，还逐渐成为城市活动的中心。教堂的雕塑、壁画、天顶画等虽然仍是宗教题材，但人物形象的抽象化和概念化发展开始弱化，转向关注现实生活中"人"的存在与意义。虽然文艺复兴时期欧洲各国战争不断，但人本主义思想极大地推动了文艺复兴时期艺术的繁荣发展。

关于文艺复兴时期艺术的创作和发展，我们不得不提到美第奇家族对艺术发展的影响。美第奇是佛罗伦萨最有权势和财力的家族之一，家族成员非常喜欢艺术，该家族也以热爱艺术著称。美第奇家族重视人文科学研究，是艺术家和学者的长期资助人。特别是美第奇（C. D. G. D. Medici）在1435年成为佛罗伦萨的统治者后，这个家族开始迈入辉煌时代。贵族

---

① [法]埃米尔·马勒：《哥特式图像：13世纪的法兰西宗教艺术》，严善錞、梅娜芳译，曾四凯校，中国美术学院出版社2008年版，第461页。

阶级对艺术的喜爱确实可以促进艺术发展，但也可能使艺术的趣味贵族化，这也引发了一些人的不满。但是，总体来看，文艺复兴时期的艺术充满了宗教与世俗、贵族与平民的多重话语，伟大的画家们仍然在作品中讲述着时代的故事。例如，波提切利（S. Botticelli）为洛伦佐·美第奇画的《春》《维纳斯的诞生》等作品，在神话故事人物的构图中散发着画家淡淡的哀愁；达芬奇（L. da vinci）的《岩间圣母》《最后的晚餐》《蒙娜丽莎的微笑》等蕴藏的迷人奥秘，吸引了世世代代观者的注意；提香（Tiziano）著名的《世俗的爱和神圣的爱》用神话人物寓意对天上、人间情感的认知；米开朗基罗（Michelangelo）的西斯廷天顶画按照《圣经》记载来重新描绘人类历史；等等。这一时期艺术家的作品虽然形式各异，但大部分都以宗教为题材，在宗教的话语里表征着人的主体认知，具有较好的言此意彼的表达特征，呈现出独特的魅力。

艺术家们虽然大量使用神话人物，但事实上，进入文艺复兴时代，"人"的自我意识的觉醒，对宗教决定权威和对上帝（神）的怀疑，使寓言和神话走向了分化，古希腊神话的春天已经过去，古典寓言彻底脱离了神话的母体，获得新的生长力。因为，神话以"神"的世界为思维终点，在倡导个性解放、反对愚昧迷信的人文主义时代必然会走向终结，而寓言以探索人的现实关系为目标，在文艺复兴时期就获得了新的生长点。如但丁（Dante）的《神曲》就是一部伟大的寓言作品。但丁说他的写作主旨是"为了对万恶的社会有所裨益"。他采用了中世纪的幻游文学形式和寓意象征的方法来批判现实。薄伽丘（G. Boccaccio）的《十日谈》也是通过有理有据地讲故事的方式，在诙谐、幽默和讽刺中批判了封建君王的残暴、基督教会的黑暗和教士修女的虚伪、淫乱等，主张"幸福在人间"，被视为文艺复兴的宣言。拉伯雷的《巨人传》通过对荒诞不经的故事的描写，把现实与幻想交织在一起，让人们在笑中思考现实的困境。可见，寓言伴随着人的主体意识的确立，成为反思人类社会的重要表达方式。

（四）巴洛克时期的寓言图像

17世纪，封建君主制的贵族阶级与资产阶级之间既竞争又相互妥协，不同的文艺思潮也相互影响，新兴的人文主义思潮和封建的宗教意识互相博弈，也影响着这个时期的艺术创作。其中，最有特色的是巴洛克艺术风格，主要在建筑、绘画和雕塑中呈现。巴洛克艺术常以宗教故事为题材，勾勒出场面激烈、情绪强烈和色彩艳丽的画面，强调一种动态的、不平静的状态，增加了非理性的情感内容。同时，贵族阶级的享乐奢靡在巴洛克艺术中也有大量的表现。宗教的神秘性和世俗的欲望常常纠结在一起，既有狂热的情感，又有对现实的细致观察和冷静思考。这种奢华、夸张、幻象和怪诞的画风对整个欧洲都有重要影响。

佛兰德斯的巴洛克画派最具代表性。佛兰德斯天主教的教会力量强大，教会、宫廷和资产阶级都是艺术的赞助人，从而使佛兰德斯的艺术非常繁荣。教会还常常喜欢用大幅宗教画来装饰教堂，制造一种神圣、华丽而辉煌的艺术效果。"贵族和大资产阶级则要求表现神话、寓言，要求画世俗生活或狩猎场面……用以装饰邸宅和别墅。"① 因此，这些绘画画幅巨大，富丽堂皇，色彩浓烈，充满寓意与象征。在这种氛围的影响下，佛兰德斯的巴洛克艺术发展迅速，出现了以鲁本斯、戴克为代表的寓言画家。他们为宫廷、教会服务，作品多以神话和宗教题材为主，同时还加入了世俗精神，以身体的丰腴来表征巴洛克时期贵族享乐主义的浪漫色彩，使整个画面充满了戏剧性，不同于古典主义绘画的和谐宁静，也不同于象征的一致性，而是在能指和所指的寓意指称中，呈现出运动变化的、充满激情的绘画风格。

巴洛克艺术还有一个重要的特点就是女性裸体画非常多，而且侧重于肉欲给人带来的视觉冲击。这与巴洛克时期人们的生活丰裕、贵族的奢华风气影响着社会的发展相关，巴洛克画家由此乐于表现人体强烈的肉欲，便在作品中大量图绘了女性裸体。如鲁本斯《镜子前的维纳斯》就摹仿了提香的画作。提香笔下《照镜的维纳斯》中女性的身体普遍肥硕且丰盈，兼有女性的柔顺、热烈以及旺盛的生命力，这种造型风格曾经影响、持续了几个世纪。总体而言，巴洛克艺术奢华的画面、浓艳的色彩、裸体的肉感、寓意的象征风格影响着十八九世纪的艺术家，如法国的华多、德拉克洛瓦、雷诺阿，西班牙的委拉斯凯兹等人的绘画风格都与之相关。

当然，同时期还有表现平民生活的世俗画和静物画，而且随着贵族的衰落，巴洛克艺术的奢靡逐渐淡出。进入浪漫主义时期，寓言和象征之争使寓言遭到了诸多的批评，如黑格尔认为寓言的寓意是拟人化的、明确的、外在的、透明的，缺乏内在的、有机的自然联系。寓言不是谜语，而

---

① 邵大箴，奚静之编：《欧洲绘画简史》，天津人民美术出版社1987年版，第97页。

是"抱有明确的目的,要达到最完全的明晰,使所用的外在形象对于它所显现的意义必须是尽量通体透明的"①。他批评寓言人格化的直接表达,缺乏想象的审美深刻性,却又不同意把所有的艺术都看作是象征的,而是用"自觉的象征"来谈论寓言的内涵:属于第一阶段的有寓言(fable)、影射和道德故事之类的表现方式,形象与意义分裂不明显;属于第二阶段的有寓意(allegory)、隐喻和显喻,普遍意义的表达占据统治地位,形象分离出意义范围;属于第三阶段的是教科诗、描绘诗和古代箴铭。② 在这里,我们看到了黑格尔对寓言文体言意分离特征的肯定。英国浪漫主义画家、诗人勃莱克(Blake),他的诗歌和诗歌插画为寓言艺术的发展做出了开拓性的探索。他不但为自己而且还为米尔顿、但丁、莎士比亚等人的作品画插图。勃莱克有时以圣经故事入画,常用象征手法塑造怪诞形象来表现幻想世界及作家对自由的向往和对人类命运的关切的深刻寓意。由于他的作品独特,在当时并未得到足够的重视。而19世纪后半叶,印象主义、新印象主义和后印象主义用光学来指导艺术实践的方法,对寓言式艺术发展有着重要影响。特别是后印象派画家强调用主观情感去改造客观物象,要表现"主观化了的客观",要变形。③ 如塞尚(P. Cézanne)的《吸烟者》,高更(P. Gauguin)的《我们从哪里来?我们是什么?我们往哪里去?》等充满寓意和象征的作品一直影响着现代寓言影像艺术的发展。

(五) 20世纪以来的寓言图像

20世纪的"语言学转向"主要受到瑞士索绪尔(F. Saussure)和德国海德格尔(M. Heidegger)语言观的影响。索绪尔通过对符号和意指关系的研究,指出符号能指与所指之间的关系是人为的、任意的、约定俗成的,意义是由符号之间的关系来决定的。按照索绪尔的观点,语言是一种客观存在,受语言符号规则的制约,不同的规则系统里的语言的表达就具有不同的表意方式。同时,海德格尔说"语言是存在的家",把语言看成是存在的"本真"形式,是解释世界的方法,把语言、诗、思(逻各斯)和存在看成是不可分割的,彼此间可以互相替换,从而扩大了语言研究的

---

① [德]黑格尔:《美学》(第二卷),朱光潜译,商务印书馆1996年版,第122页。
② 参见[德]黑格尔著《美学》(第二卷),朱光潜译,商务印书馆1996年版,第31页。
③ 参见邵大箴,奚静之编《欧洲绘画简史》,天津人民美术出版社1987年版,第162页。

总 论

视点和意义价值。而过去的语言观把语言看作是人认知世界、表达世界的工具,它与被再现、被模仿、被表达的事物是同一的。海德格尔认为,真理的显现是一种语言性的显现。真理以艺术、科学或技术的形式显现,这些显现都是一种语言性的大事。只有在语言性的理解中,技术性的世界才得以表达,生活在这样的时代,我们应该寻求存在的真理,应该在遮蔽的现实中找寻真理。海德格尔认为,诗歌的语言即艺术的语言,能够让人们暂时摆脱物质的异化、技术的控制和欲望的陷阱,重新面对内心深处的宁静与自由,获得救赎的力量。海德格尔对技术的批判并不止于此,他还说:"从本质上看,世界图像并非意指一幅关于世界的图像,而是指世界被把握为图像。"[①] 海德格尔不是否定科学技术、图像,而是他看到近代科学的后果是主体性的膨胀,人们觉得自己无所不知。海德格尔认为我们已步入现代技术的深层困境,应该对存在和意义进行哲学反思,这种对表象世界的探索,实际上就是寓言式地把握图像世界的意义。进而探索现代资本主义社会下隐藏的现实真相,挖掘能指下丰富的所指寓意,寓言理论的发展也在20世纪走向了寓言图像的世界,寓言的阐释功能在现代社会获得了新的发展。

现代资本主义社会经历了工业革命后,科技得到高速发展,物质变得极为丰富,同时也伴随着人的精神世界的匮乏,内心的空虚、焦虑与恐惧,以及欲望的膨胀。如何面对和解决现代人的生存危机,成为理论家重要的任务之一。西方马克思主义者看到随着技术的发展和物质的极大丰富,摆脱极贫状态的工人享受着物质社会带来的舒适,沉醉于消费社会带来的快感,成为了丧失批判性的"单向度人"。关于如何应对和改变这种状态,马克思主义者认为要激起工人革命的斗志。西方马克思主义者从传统马克思主义无产阶级的革命意识中对现代技术文明、工具理性和意识形态进行的深刻的社会批评和文化批判,继而转向了对社会的反省和理论批评,为现代艺术的发展打下了审美批判的基础。如马克思主义者霍克海默、本雅明、马尔库塞、阿多诺从精英文化立场来批判大众文化的庸俗化,指出资本主义工业的意识形态控制深入大众生活,制造各种虚假幻象,走向商品拜物教。也就是说,象征的完满性和整体性表达已不适应现代社会的断裂式存在,而寓言的表意方式及其蕴含的劝喻教育意义在此获

---

① [德]海德格尔:《林中路》,孙周兴译,上海译文出版社2004年版,第91页。

得了一种新的批评路径,即文化批评路径。詹姆逊说:"文化研究是一种愿望,探讨这种愿望也许最好从政治和社会角度入手,将它看作是一项促成'历史大联合'的事业,而不是理论化地将它视为某种新学科的规划图。"① 文化研究是对资本主义社会审美批评的重要方式。特别是 20 世纪中后期以来,以消费为主要行为方式的大众文化,借助现代媒介和商业市场,使影像、时尚、娱乐、休闲、广告等大众文化形式充斥着整个世界,挤压了精英文化的生存空间,制约了现代人的生活方式和审美趣味,这就给现代知识分子在诠释与解读当代大众文化和消费文化的问题上提出了新的挑战。对这种图像的现代表征与阐释,如果追求象征的完整性、模仿的真实性和浪漫主义情怀,就无法表达现代社会发展的变化,不能适应现代审美需求的转向。换句话说,20 世纪中期兴起的文化研究,使人们的审美、阅读、生活等发生了重要变化,当代文化图景也呈现出新的研究领域和批评理论。

进入 21 世纪,图像伴随着媒介发展,极大地改变了人们的阅读方式。文字阅读似乎遭到图像阅读的挤压,视觉愉悦带来的观看危机也为广大学者所关注。同时,寓言和图像的关系也出现了新的形态。寓言式艺术另有所指的教育、劝喻功能,又被广泛运用于文本创作与批评。现代寓言的表达和阐释就是在平凡的、世俗的、碎片化现象中概括出深刻的、本质的、富有哲理的理论形态;在能指和所指的不确定性中揭示出同一形象可以表达多种意义,同一意义也可以由不同形象呈现出来的事实。因此,寓言不同于浪漫主义象征对总体性、明晰性、秩序性的意义表达,也不同于现实主义对客观世界的摹仿和逼真的反映,而是在无序的、非逻辑的、破碎的现象中担负起把感性和理性、现象与本质重新连接起来的重任。这种不和谐在现代社会表现得尤为明显,现代寓言理论就是从象征和寓言的差异出发,在对语言、时间、文化和社会的论述中生发出新的理论形态,寓言图像的创作就是伴随寓言理论发展的重要实践镜像,而图像的寓言化则是在视觉时代媒介技术对表现对象、观看方式和传播效果提出的新问题。

可见,寓言和寓言图像有着内在的亲缘关系。温克尔曼说:"寓意就是表示普遍(allegemein)概念的图像","寓意,就其广义而言,是通过

---

① [美]弗雷德里克·詹姆逊:《快感:文化与政治》,王逢振等译,中国社会科学出版社 1998 年版,第 399 页。

图像而影射概念，它也是一种普遍的寓言，尤其是艺术家的普遍语言"。①"寓言不是对观念的装点或修饰，而是对它的另一种的表达"。② 虽然，从文学艺术发展史来看，寓言图像（艺术）没有像古典主义、浪漫主义、写实主义、印象主义、后印象主义、达达主义那样形成"寓言主义"，但寓言作为一种文体、一种艺术样式、一种创作方法和理论，对文学艺术发展具有重要影响，我们更要重视寓言图像的不同媒介形态，从而更准确地把握其现实意义和价值。

四、选题及研究现状

从社会发展来看，文字与图像的关系密切，二者在人类认知世界中具有同样重要的作用。寓言图像的发展中也蕴含着寓言创作与思维独特的魅力。特别是伴随着印刷机、照相机、摄影机等媒介技术的发展，寓言的形态更多元化，传播也更广泛，一些经典寓言故事如《伊索寓言》《庄子》《动物庄园》《变形记》等被改编成影视作品，寓言的图像化、视觉化传播及图像的寓言化表达也越来越受到人们的关注和喜爱。但是学界对寓言图像的研究，对寓言图像的发展历史及其重要的作家作品的研究还不够系统。我国的相关研究，关于西方"语言转向"到"图像转向"，大力推介了潘诺夫斯基、贡布里希、米歇尔的图像学理论。米歇尔在20世纪90年代提出的"图像转向"，视觉时代的"观看"及其观看对象、方式等成为热点话题，我国国内也出现了大量从图像学视角展开研究的成果。

就目前的研究现状来看，近年来，文学与图像研究或者图像研究成为我国的研究热点，研究成果颇为丰富。第一，对于文学与图像的基本问题、关系史及发展历史的研究，最有代表性的是赵宪章主编的《中国文学图像关系史》丛书。该丛书立足于"图像时代"文学所面临的生存危机，采用编年史的研究方法，对中国从古至今的文学与图像问题进行断代研究，着重于对史料的梳理与分析，重点研究文学与图像关系演变的内在规律，为中国文学的图像研究提供了重要资料和理论总结。第二，对西方

---

① 高艳萍：《温克尔曼的希腊艺术图景》，北京大学出版社2016年版，第30页。
② Daniel Greineder. *From the Past to Future: The Role of Mythology from Winckelmann to the Early Schelling.* Peter lang: Bernu, 2007, p.29.

图文关系进行的历史探索，比如高建平梳理了西方的"图词之争"①。第三，图像叙事的跨媒介研究。龙迪勇主持的国家社会科学基金项目"文字叙事与图像叙事比较研究"探索了图像叙事的空间性、文图之间的关系，从"出位之思"的理论视角研究西方小说的音乐叙事问题②，同时，他从戏剧表演的跨媒介视角研究汉画像叙事的本质等问题③，为图文关系研究提供了新的视角。第四，对具体文本图像或插图的研究。如杨剑龙对鲁迅作品中插图的研究，乔光辉对明清戏曲插图的研究，赵敬鹏对《水浒传》插图的研究等，这些学者深耕名著经典的图文关系，发表了一系列具有代表性的文章。第五，运用寓言概念来研究电影、电视、短片等影视作品，以阐明影像如何实现深度叙事等问题。如《电影〈寄生虫〉的荒诞寓言与叙事类型》④《"怪物"、寓言与后民族电影》⑤《新中国革命题材电影中的寡母寓言（1949—1978）》⑥等，且研究成果每年都在增加。但这些关于影像、图像的研究，并不是寓言图像研究，只是使用了"寓言"术语，或者说是广义的寓言图像，我们称之为"图像的寓言化"现象。实际上，目前学界对真正的寓言电影，如影视改编的《变形记》《动物庄园》《格列佛游记》等的研究正在逐步展开。从我国目前的研究成果来看，在图像研究成为热点的背景下，"寓言"研究大部分是作为一种理论形态进入研究者的视野，真正把寓言作为一种图像，或从图像的寓言性视角来展开研究的成果还不够系统。第六，从我国对国外寓言图像的研究成果来看，主要是对某位作家作品的研究和介绍。例如，黄燕的博士论文专门研究了里帕《图像学》的版本历史和流变。此外，还有对本雅明德国悲悼剧寓言理论、德曼的语言学寓言理论、詹姆逊的民族寓言理论等的

---

① 高建平：《文学与图像的对立与共生》，载《文学评论》2005年第6期，第126-135页。
② 龙迪勇："出位之思"：试论西方小说的音乐叙事》，载《外国文学研究》2018年第12期，第184-196页。
③ 龙迪勇：《从戏剧表演到图像再现——试论汉画像的跨媒介叙事》，载《学术研究》2018年第11期，第144-178页。
④ 刘璐：《电影〈寄生虫〉的荒诞寓言与叙事类型》，载《电影文学》2020年第3期，第144-146页。
⑤ 峻冰，冯子倪：《"怪物"、寓言与后民族电影》，载《艺术评论》2020年第3期，第73-87页。
⑥ 张霁月：《新中国革命题材电影中的寡母寓言（1949—1978）》（博士学位论文），上海大学2011年。

分析，但从整体角度研究西方寓言图像相关问题的成果还不够充分。因此，"西方寓言图像及其变迁"的选题具有较高的理论价值和实践意义，围绕选题系统研究寓言图像的形态、寓言图像的图文关系、寓言图像的发展变迁，以及寓言文本在新媒体时代的跨媒介叙事和传播等问题就具有重要意义。

从国外研究来看，①西方图像学理论丰富，图像传播的意义及语图关系研究有丰富的成果。例如，图像研究者维姆萨特、米歇尔、贡布里希、利奥塔分析了不同的图像作品、图像话语和语图关系。他们构建的图像学理论成为图像研究的重要理论基础。但图像学者对寓言和图像的表征关系、寓言叙事中图像问题的研究还不够系统。②由于西方宗教的发展，宗教寓意画中教义的宣传及宗教图像与寓言的关系研究得到了一定的关注。学者或分析图像的寓言性，或运用寓言概念来分析某个艺术家或某个时代寓言与图像的关系。例如，研究普桑（N. Poussin）绘画的寓言风格，研究伊利莎白一世时期的图像政治寓言，研究19世纪美国建筑的寓言问题，研究经典寓言文本的图像问题（如《〈浪漫玫瑰〉中的寓言和图像学研究》）和研究视觉寓言（如《早期现代视觉寓言：隐含的意义》）等。③对具体寓言故事插图本的研究。如霍内特（E. Hodnett）的《〈伊索寓言〉在英国：17世纪〈伊索寓言〉插图主题的传播》[1] 主要研究了17世纪《伊索寓言》插图画家之间的继承关系或创新性发展，并根据不同画家之间的插图关系进行系统的归纳总结。④把寓言（allegory）和象征（symbol）作为一对概念范畴进行比较研究，分析寓言和象征插图中的寓意表达及其发展关系，从而把对寓言的研究从文体意义转向了概念范畴的意义研究。如威特考尔（M. Wittkouer）的论文集《寓言和象征的变迁》[2]，这本书汇集了威特考尔在30多年时间里所写的14篇文章。⑤从寓言图像创意发展与传播的角度，思考图像构图问题。如戈登（A. L. Gordon）教授等人在为儿童书籍做插图时，"努力创造出更富有想象力、娱乐性和吸引力"的插图。[3] ⑥从艺术科学的视角，思考寓言及其图像对认知的贡献。

---

[1] Edward Hodnett. *Aesop in England：The Transmission of Motifs in Seventeenth-Century Illustrations of Aesop's Fables*. Charlottesville：University Press of Virginia，1979.

[2] Rudolf Wittkower. *Allegory and the Migration of Symbols*. London：Thames & Hudson，1987.

[3] Alisa L. Gordon，Robert Barrett，Richard Hull. "Illustrations for Aesop's Fables：The Creation of a Series with a Preliminary Historical and Aesthetic Analysis". *ADMIN*，2013，11（14）.

如肯普（M. Kemp）的专著《西方艺术与科学中的人类动物》[①] 关注了视觉证据，而非口头证据。他认为"伊索"插图比其他媒体和流派的作品能更好地传达动物的"外在和内在维度"，重视寓言传统的价值。总体而言，国外既有对传统寓言图像的研究，也有对寓言作品等的研究。在后面分析《伊索寓言》的插图、中世纪动物寓言集的图文关系、里帕的《图像学》和鲁本斯的寓意画等章节中，我们还会分别深入介绍这些研究成果。从国外研究现状来看，西方寓言图像的传统和寓言图像丰富的作品与研究，对我国研究图像和图文关系具有借鉴意义，同时在对寓言图像的系统分析中，反观我国寓言图像思维发展的历程及我国寓言图像现代发展路径，以期更好地促进我国寓言图像的交流与传播。

因此，对西方寓言图像及其变迁的研究，既是图像时代图文关系研究中的重要组成部分，也是图像现代发展的重要表达形式。我们既要重视寓言图像的传统意义，更要看到寓言的图像化向图像的寓言化发展的现实，从而真正理清何为"寓言图像"、寓言图像的形态及其变迁问题，进而为寓言图像的繁荣发展添砖加瓦。

五、各章节体例

本书主要研究西方寓言图像及其变迁，以时间为线索，力图梳理出从古至今西方寓言图像的发展脉络和不同寓言图像的叙事逻辑。由于寓言、寓言图像的内涵和外延的丰富性和多元化，寓言图像的发展和研究并没有一个相对统一的模式和范围，寓言图像在不同时期具有不同的图说特点、叙事功能和传播特点。因此，本书采用历史与逻辑相结合的方法，以点带面，点面结合，以每个时期最具代表性的寓言图像作家、作品为研究对象，每章从时代背景、文学艺术发展历程、媒介特性等方面具体分析不同时期寓言图像的内涵和外延的变化，寓言图像的图文关系、图像叙事特征等，进而深入辨析、论证寓言的图像化和图像的寓言化之间的区别与联系，以勾勒出西方寓言图像的基本脉络、寓言图像叙事特点、寓言图像的形态变迁等问题。同时，在研究西方寓言图像时，立足中国语境和本土视

---

① Martin Kemp. *The Human Animal in Western Art and Science*. The Louise Smith Bross Lecture Series. Chicago：The University of Chicago Press，2007.

总 论

野,回顾和反思我国寓言图像的源起与现代发展,从而更好地为我国寓言图像的研究提供对话平台和理论基础,为我国寓言图像研究"抛砖引玉"。

具体而言,关于总论部分,首先,从世界三大寓言体系的概述出发,粗描寓言的世界版图。在中国、希腊和印度的寓言发展历程中,"最成体系、最有继承性的是古希腊寓言之后的西方寓言。从古希腊寓言开始,以欧洲为主的西方寓言就已形成"①。特别是《伊索寓言》使得整个古希腊寓言大放异彩,"影响着整个西方寓言及整个世界的寓言"②。所以,古希腊寓言作为西方寓言的代表就成为我们研究的逻辑起点,由此阐明选择西方寓言图像作为研究对象和研究源起的理论和现实依据。其次,梳理与"寓言图像"相关的概念。通过研究指出"寓言"具有"言此意彼""另有所指"的内涵,不管是作为一种文体、一种叙事模式还是阐释理论,其内涵始终没有改变。"寓言图像"是与寓言相关的图像,是寓言在不同媒介形态的呈现。文字和图像作为两种不同媒介,形式的差异性决定了它们表意的不同,寓言图像的内涵和外延也随着历史发展不断丰富,呈现出寓言的图像化和图像的寓言化的发展趋势。再次,从历史的角度,阐发了寓言图像的发展背景及其基本情况,指出古典时期岩石洞穴壁画中动物图像具有的仪式感是寓言图像的最初来源;中世纪广泛存在的圣像崇拜,使得许多图像成为宗教教义宣传的载体;文艺复兴时期"人"的意识觉醒、人本主义思想的发展使拟人化形象成为表达抽象概念的重要修辞方法,并比附着与之相应的属像,从而形成了具有图像志意义的寓言图像;巴洛克时期,在贵族和教会、神圣和世俗的博弈中,寓言画融合了历史的和神话的话语,表达了丰富的寓意;20世纪以来的寓言图像受到摄影技术发展的影响,内涵和外延都发生了重要变化,形成了图像的寓言化发展趋势。

关于寓言的图像化研究主要集中在第一章到第四章,各章针对不同时期重要的寓言图像、作家作品进行了点面结合的理论研究,概括出不同寓言图像形态,探讨了不同寓言图像的图文关系和寓言图像的叙事特征等问题。

第一章主要对《伊索寓言》的图像和插图本进行版本溯源,研究图

---

① 吴秋林:《世界寓言史》,辽宁少年儿童出版社1994年版,第2页。
② 吴秋林:《世界寓言史》,辽宁少年儿童出版社1994年版,第3页。

像叙事的特点，总结《伊索寓言》图像的叙事规律是：强调角色对峙的状态、图像再现角色的对比关系；强调故事的反转情节，在图像中标出矛盾项，打破人们的思维惯性；图像通过强调时空并置的方法来实现叙事叠加，增强寓意哲理；图像用拟人化手法，隐喻式地再现现实。通过对《伊索寓言》图文关系的研究，归纳总结出图以文绘、直接图说，以图扩文、偏离主题，以文补图、图说缺席，文图互补、彰显寓意四种关系。其次，中世纪宗教盛行，《圣经》成为重要的表意内容，而宗教教义的表征与传播在各种图像创作中得以彰显。在博物学、词源学、自然史等学科影响下发展起来的独具宗教寓意的动物寓言集及其图文本，成为寓言图像的重要形式，它既不是动物学书，也不是自然史，而是宗教教义宣传与传播的重要载体，即动物寓言的图像成为中世纪教徒最重要的阅读文本。其中，拉丁语版的《阿伯丁动物寓言集》和《阿什莫尔动物寓言集》精美的插图本是欧洲中世纪最流行的文本，它们的图像具有独特的叙事逻辑和视觉魅力，至今仍绽放着迷人的韵味。

第二章详细分析了在中世纪宗教运动和圣像崇拜中，动物寓言图像的发展流变及其研究现状，总结了中世纪动物寓言图像的叙事逻辑及其母题发展的图像特征。文艺复兴时期人的觉醒和人本主义对古代艺术的推崇，使得艺术作品中对人的表达与崇拜达到了新的高度。此时，新柏拉图主义的神秘论和亚里士多德的唯智论共同影响着人们对哲学理性概念的认知。在寓言图像发展视域中，对抽象概念的图绘与视觉表达走向了新的方向，呈现出新的图绘方式。艺术家们迫不及待地使用古典象征形象，一方面从多个角度丰富了艺术作品的内涵，另一方面代表了艺术家本人对古典文化的熟稔。然而，繁复的古典形象也给艺术家带来了不少困扰，就在这时候，一本图像志手册应运而生，即1593年里帕《图像学》(*Iconologia*)的出版。美学家温克尔曼认为《图像学》是"艺术家的圣经之一"[①]。

第三章通过辨析里帕《图像学》的书名和体例，指出里帕的《图像学》具有图像志的意义。《图像学》作为抽象概念——图像化的归纳总结，其拟人化形象手法和属像表意功能，为人们的寓意图创作提供了文本依据。该章进而从抽象概念的属像意义及其母题意义来阐明《图像学》蕴含着历史的、文化的和时代的价值。里帕的《图像学》正是以其具有

---

① 陈怀恩：《图像学：视觉艺术的意义与解释》，河北美术出版社2011年版，第155页。

教谕性的图像来阐明抽象概念，使不可视成为可视的，为后人提供了图像志文本，也为图像学的发展奠定了基础。在特伦托会议天主教和新教徒的争论中，图像不再仅供人们随意的消遣，大量寓言画的出现，融合了各种文化特色。寓言画从文艺复兴时期到17世纪也有了进一步发展，不仅关注抽象概念的视觉呈现，同时还与历史现实紧密融合，形成了独特的巴洛克寓言画。鲁本斯就是其中的杰出代表，他的寓言画，特别是组画《玛丽·德·美第奇一生》构建了亦真亦幻的神话和历史的迷人空间，成为绘画史上的经典。同时鲁本斯的创作风格、创作手法等对众多弟子（如著名的凡·戴克）及其后的艺术家有重要影响，形成了佛兰德斯画派。

第四章深入分析鲁本斯《玛丽·德·美第奇一生》的寓言组画，通过时空并置、神人叠置的叙事策略突破了现实政治话语的束缚，用裸露的女性身体来遮蔽和表达意识形态的话语，进而实现了历史现实的神话化和审美化。该章进一步研究了鲁本斯寓言画的属像和母题，再次阐明寓言图像的内在逻辑关系。同时，该章也概述了17世纪后寓言图像在经典寓言图像、具有图像志意义的寓言图画的影响下，虽然有衰落趋势，但继续得到延续和发展，特别是进入20世纪，寓言图像在媒介技术的发展中也呈现出新的形态和叙事特征。

第五章和第六章主要研究20世纪以来，在图像的寓言化发展趋势下，寓言性文本的影像化及其跨媒介叙事等问题，并指出影像的寓言式书写丰富并拓展了图像寓言化的外延，即伴随技术发展，寓言图像新的媒介形态和不同的叙事策略越来越丰富，也越来越复杂。首先，在媒介技术视域下，分析了20世纪媒介技术对寓言的影响，不仅表现为寓言媒介形态的多元化，而且扩大了寓言图像的外延，图像/影像的寓言性书写逐渐发展成为一种独立的叙事模式。如第五章研究了默片时代卓别林的无声电影，在资本主义工业化机器大生产时代的奇观影像中，以卓别林滑稽的肢体语言、喜剧式的情节设计，寓言式地表达了都市异化的现实和人的悲惨境遇，从而总结出寓言性电影悲喜剧式的美学风格。其次，随着机械复制技术发展，特别是进入21世纪，VR（Virtual Reality，虚拟现实技术）、AI（Artificial Intelligence，人工智能）虚拟影像技术对传统文学艺术产生了重要影响，进而也给传统寓言图像的视觉表达带来了挑战，呈现了寓言文本的跨媒介叙事与传播的发展。第六章通过对寓言作家卡夫卡经典的寓言小说《变形记》及其戏剧和互动电影不同媒介的文本的研究，在文学阅读、视觉观看和互动电影的跨媒介叙事中，深入探索寓言的影像化叙事策略及其现代传播问题，以期为寓言视觉化和影像化提供可资借鉴的实践经验和理论总结。

  结语部分主要从整体上进一步反思寓言图像的现代性问题。在视觉时代，寓言图像似乎脱离了文字文本而独立存在，但图像的寓言化表达仍以"言此意彼"为其内在的叙事逻辑，仍以影像符号讲故事的方式来表意说理，仍以劝喻教义为主要目标。与狭义寓言图像相比，图像的寓言化不仅强调图文关系、抽象观念表达的拟人化手法、以及历史与神话相融合的寓意内涵，还通过图像的寓言式叙事和阅读来表达深刻的寓意，抵抗现代社会阅读的碎片化和意义表达的肤浅化。寓言图像叙事的形式既能满足受众的视觉欲望，又能为反思现代社会问题提供寓言式的审美路径。也就是说，不管寓言图像如何变化，寓言表意的深刻性和阐释的多义性始终不会改变，图像可以在寓言的世界里获得新的视野和拓展，寓言也终将走向新的繁荣。当然，在图像消费时代，寓言图像也必然受到商业性、消费性和娱乐性的挑战，它的发展并不是一帆风顺的，我们对此要保持警惕，避免盲目乐观。

第一章　古希腊《伊索寓言》图像叙事与图文关系

《伊索寓言》是古希腊民间流传的经典寓言，短小精悍，形象生动，通俗易懂，被称为"西方寓言的鼻祖"。据资料研究，其作者伊索可能是生活于公元前6世纪的一个奴隶。这些寓言最初属于口头传说，在伊索死后大约3个世纪才被收集起来。那时，人们认为各种各样的故事、笑话和谚语都出自他的手笔。《伊索寓言》是最早的书籍之一。最初，《伊索寓言》涵盖了宗教、社会和政治主题，其也被用作道德指南。从文艺复兴开始，《伊索寓言》被特别用于儿童教育，它的道德维度在成人世界中通过雕塑、绘画和其他说明性手段的描绘，以及改编成戏剧和歌曲而得到了强化。从文学交流来看，《伊索寓言》也是流传到中国最早的外国文学作品之一，大概在十六十七世纪之交，意大利传教士利玛窦将《伊索寓言》引介到中国。随着《伊索寓言》的口头传播和印刷术的发展进步，《伊索寓言》的图画也逐渐被人们知晓和重视。如今《伊索寓言》绘本丰富，已成为家喻户晓的通俗读物。但直至今日，《伊索寓言》图像及插图的意义和研究还不够充分系统。因此，《伊索寓言》插图本的发展变迁，《伊索寓言》插图的构图逻辑、插图说理的方式，《伊索寓言》图文之间的关系及其传播等都值得我们去研究。

第一节　《伊索寓言》插图的研究现状

在国内外的绘画史研究著作中，学者很少专门谈论寓言绘画或插图，这可能因为《伊索寓言》中的图像相较于童话、神话、小说的图画或插图来说数量较少，而且是伴随印刷技术的发展，它仅仅作为文字文本的其中一部分而存在，所以没有引起足够的重视。

西方寓言图像及其变迁

相比国内图像研究热潮，我国对西方文学插图尤其是《伊索寓言》插图的研究少之又少。首先，笔者在中国知网（CNKI）[①] 以"《伊索寓言》"作为主题词，共检索到349篇论文，主要包括单个《伊索寓言》故事研究、翻译研究、教学设计研究、《伊索寓言》文体研究等。但以"《伊索寓言》插图"为主题词检索时，只有《世界文学》刊登了几幅雷克赫姆（A. Rackham，又译为拉克汉姆）为《伊索寓言》英文版创作的插图（2016年11月），而不是对插图的专门性研究。当把关键词"《伊索寓言》插图"的检索范围扩大到"摘要"时，也只有3篇文章的摘要部分提到"《伊索寓言》插图"（田香梅《怎样引导学生阅读经典》，《甘肃教育》2016年第20期；《"孩子们应该知道的"系列图书》，《全国新书目》2012年第6期；张守义《本期国外版画简介》，《读书》1987年第4期），但这3篇文章都不是专门研究《伊索寓言》插图，只是在介绍《伊索寓言》文本时提到《伊索寓言》插图，或者是刊登《伊索寓言》插图的原画。然后，笔者进一步把"《伊索寓言》插图"关键词的检索范围扩大到"全文"时，一共出现了284条搜索结果。这些论文基本上没有研究插图，而是集中在《伊索寓言》的出版、教材、儿童教育等方面的介绍和研究，也没有关于《伊索寓言》插图本体、《伊索寓言》文字和图像以及《伊索寓言》图像传播等方面的专门研究。在国内目前还未发现《伊索寓言》插图的研究专著或者说寓言插图的研究专著。仅有2篇硕士论文中涉及相关问题。一篇是台湾长荣大学视觉艺术研究所陈锦辉的硕士论文《寓言题材之绘画创作研究》，作者从绘画创作的题材研究出发，探讨了寓言题材绘画创作的基本问题，主要以中国神话《夸父追日》为例来研究绘画技法问题。另一篇是山东工艺美术学院房祥莉的硕士学位论文《〈伊索寓言〉经典形象视觉化设计研究》，作者着重于从制作材料方面和立体三维的角度，探索运用超轻黏土塑造全新的动物视觉形象，通过对《伊索寓言》动物形象的借鉴分析和研究，进行故事形象再设计的视觉传播实验，希望生产的新的产品能够在海报、手机主题界面、书籍等载体中获得更好的传播效果。由此可见，相关研究还比较匮乏和不足。因此，与《伊索寓言》插图本的悠久历史及现代绘本的多样性相比较而言，《伊索寓言》图像和插图研究是一个值得大众深挖的课题。

[①] 检索日期为2019年10月10日。

第一章 古希腊《伊索寓言》图像叙事与图文关系

从国外《伊索寓言》插图研究资料来看，专门研究《伊索寓言》插图的专著也不多，研究的内容主要包括以下几方面：①梳理17世纪《伊索寓言》插图本的主要版本及其延续关系。如霍内特（E. Hodnett）《〈伊索寓言〉在英国：17世纪〈伊索寓言〉插图主题的传播》主要研究了17世纪《伊索寓言》插图画家之间的继承关系或创新性发展，并根据不同画家之间的插图的关系进行系统的归纳总结。这本书具有目录索引和资料归类的特征，把17世纪《伊索寓言》主要插图的延续情况进行了分类和整理，并总结了一套代表插图承袭关系的说明符号。这种历史索引考古方法为研究寓言插图提供了新的视角，值得我们关注。这本书虽明确以《伊索寓言》插图为研究对象，介绍了不同插画家为同一作品所画的不同插图，但仍未对《伊索寓言》插图母题进行专门的文本研究，更多地从历史角度进行资料的概括总结，以条目形式介绍了17世纪主要的《伊索寓言》插图画家。②研究某个插画家的作品时，涉及其所画《伊索寓言》插图的介绍。如霍内特的专著《弗朗西斯·巴洛：英国第一位英语图书插图大师》主要研究17世纪英语书籍插画家弗朗西斯·巴洛的作品及其在英语插图界的地位，该书将巴洛作为《伊索寓言》重要的插图画家并对其作品进行分析。③把寓言（allegory）和象征（symbol）作为一对概念范畴进行比较研究，分析寓言和象征插图中的寓意表达及其发展关系，从而把对寓言的研究从文体意义转向了概念范畴。如威特考尔的论文集《寓言和象征的变迁》，这本书汇集了威特考尔在30多年时间里所写的14篇文章。对他来说，艺术交流经验使寓言和象征的比较成为一项有益的研究，没有什么比一种文化接受和改变另一种文化形象更吸引他了。在这些文章中，他涉猎广泛，寻找这些"迁徙"的符号，试图深入研究艺术家赋予它们的意义，或他们无意识地传达的意义。每一篇论文都有其原始的插图和笔记。④研究《伊索寓言》插图的创作时，提出《伊索寓言》插图创新性发展问题。如戈登教授等人[①]在为儿童书籍做插图时，研究了《伊索寓言》及其插图的特征，简要回顾了几位主要插画家，并选定以"乌龟和兔子""城里老鼠和乡下老鼠""狐狸和乌鸦""狮子和老鼠"以及"蚂蚁和蚱蜢"为主要研究对象，努力创造出更富有"想象力、娱乐

---

① Alisa L. Gordon, Robert Barrett, Richard Hull. "Illustrations for Aesop's Fables: The Creation of a Series with a Preliminary Historical and Aesthetic Analysis". *ADMIN*, 2013, 11 (14).

性和吸引力"的插图。⑤在一些艺术作品中讨论了以动物为主角的作品创作和图像审美,其中涉及《伊索寓言》动物主角及其讨论时,关注并研究了《伊索寓言》插图的部分问题,讨论了人与动物、自然的关系等。例如,肯普①的专著《西方艺术与科学中的人类动物》② 关注了视觉证据,而非口头证据。他认为"伊索"插图有可能比其他媒体和流派的作品能更好地传达动物的"外在和内在维度",并挑战了笛卡儿式的动物(没有理性或感性的畜生)和人类(只有理性和思想的人类)的划分。⑥有些学者从社会伦理的视角研究了《伊索寓言》插图与社会的现实关系,如艾奇逊(K. Acheson)的《十七世纪英国〈伊索寓言〉》③。作者在这篇文章中,强调了《伊索寓言》插图作为一种特殊的表现形式的价值,通过文本分析提出"文本的问题引出了人类社会道德行为和政治正义的更大问题,而插图问题则引出了更大的自然状态问题,以及人与自然的关系问题"④,进而拓宽了《伊索寓言》插图分析的现实意义和价值,并将其提升到了哲学层面。作者说:"17 世纪晚期的《伊索寓言》使它们的观赏者转向现代最重要的认识论问题:自然对人是什么?人对自然是什么?"由此,可以看到西方关于《伊索寓言》插图的研究已经从本体研究拓展到社会学、科学、哲学领域,这是我们国内研究尚未涉及的领域。

从目前国内外的研究现状来看,研究《伊索寓言》插图的专著很少,关于《伊索寓言》插图的文本细读与分析的研究成果不够系统。如对《伊索寓言》插图本的发展、插图的构图逻辑、图文之间的关系、媒介发展对于《伊索寓言》图像的影响、《伊索寓言》插图本对我国《伊索寓言》插图及其出版的影响、《伊索寓言》的图像传播等问题的研究都不够充分。也就是说,《伊索寓言》作为一种古老的、重要的文学体裁,其图像和插图研究必然是文学与图像研究中的重要组成部分,其插图的研究必

---

① 马丁·肯普(Martin Kemp)是牛津大学艺术史教授,长期以来致力于研究科学与艺术的关系,1990 年出版著作《艺术的科学》。

② Martin Kemp. *The Human Animal in Western Art and Science*. The Louise Smith Bross Lecture Series. Chicago: The University of Chicago Press, 2007.

③ Katherine Acheson. "The Picture of Nature: Seventeenth-Century English Aesop's Fables". *Journal for Early Modern Cultural Studies*, 2009, 9 (2), pp. 25 – 50.

④ Katherine Acheson. "The Picture of Nature: Seventeenth-Century English Aesop's Fables". *Early Modern Cultural Studies*, 2009, 9 (2), pp. 25 – 50.

第二节 《伊索寓言》图像及插图本溯源

古希腊时期，奴隶、平民教育水平低下，不识字，也难以阅读，寓言的阅读与传播主要依靠口口相传和观看图像。《伊索寓言》经过几个世纪的口口相传得以流传，而印刷术的发明是《伊索寓言》和其插图得以广泛传播和发展的重要原因。从起源来看，《伊索寓言》图像的出现与发展可能早于文字文本，因为对于没有文化的奴隶、平民而言，图像的阅读比文字的阅读要容易得多。而且，《伊索寓言》是寓言的鼻祖，寓言图像和寓言插图本的源头就在《伊索寓言》，此后拉封丹、克雷洛夫、莱辛等人创作的寓言都以《伊索寓言》为蓝本，除此也就没有比之更早的插图本了。

不论国内外，《伊索寓言》图像和插图本发展到现在，已经有成千上万种，从公元前五六世纪到 21 世纪，插图风格从写实到虚构，从模仿自然到拟人卡通想象的发展，从为说理服务向儿童画风格发展等，版式各异，风格多样，形成了独特的图文体和图文本。然而，国内外关于《伊索寓言》图像和插图本的源起、发展的资料并不多。《伊索寓言》与《圣经》一样，作为西方重要的文学瑰宝，它的意义和价值从古至今都得到人们的认可。苏格拉底、柏拉图、亚里士多德及黑格尔都认为，《伊索寓言》是哲学文学艺术领域的重要一员。汤森（G. F. Townsend）曾说过："《伊索寓言》译成了更多的欧洲语言和东方语言，过去和今后，世世代代都有读者，犹太人读，异教徒读，穆斯林和基督教徒也读。目前，这些寓言不仅并入了文明世界的文学中，而且家喻户晓，各国居民在互相交流和日常交谈中常会脱口而出。"① 那么，《伊索寓言》的图像和插图从起源到现在也必然是世界文明中重要的部分，通过对其图像和插图发展史的研究就可以窥见早期西文图像发展的特点。

就国内而言，已出版的《伊索寓言》的插图大多数是面向儿童的绘

---

① ［古希腊］伊索：《全本〈伊索寓言〉》，李长山等译，中国对外翻译出版公司 2003 年版，序言。

本插图，一些非少儿版的《伊索寓言》插图主要沿用了西文不同版本中的插图，有时同一译本中出现了不同时代、作者、风格的插图。这也从另一个方面反映出国内对《伊索寓言》插图的搜集和研究不够重视，也不够充分。而且国内在出版《伊索寓言》插图本时，更多是从版式装帧、视觉愉悦的角度出发，大部分插图本没有提到或说明插图的来源，就直接借用国外不同时期不同插画家的作品并集结成册，更没有谈到插图与文字之间的关系，这些版本就弱化了《伊索寓言》插图的作用及插图对故事传播的意义和审美价值。由于历史久远，许多《伊索寓言》插图及其印刷本已经丢失，还有不同版本的《伊索寓言》的插图风格复杂多样，我们很难一一介绍。本研究主要对15世纪印刷机发明后出版的英译《伊索寓言》插图本及著名插图家的作品进行梳理和介绍，力图为读者廓清《伊索寓言》插图本的主要发展脉络，并进一步为《伊索寓言》的图文研究积累资料。

一、《伊索寓言》插图的起源

据资料考证，19世纪晚期，考古学家才在西班牙阿尔塔米拉洞穴洞顶和墙上发现了公元前15000年前的野猪、野牛、野鹿等动物图像。直到20世纪上半叶，才在法国拉斯科洞壁和洞顶上发现了公元前12000年前的野马、鹿和牛的图像。此后，人们才认同绘画始于史前洞穴壁画，并折服于先人的创作与发明。"史学家们认为，这些画不仅出于无目的的'游戏'或是供'娱乐'的需要，更重要的是一种精神的寄托和愿望。如果这些画是为了给人们欣赏的，何以不画在可以展览的宽阔场所呢？而画在偏僻隐秘的山洞通道里呢？这些山洞里没有发现过任何生活上或生产上的遗物。这说明当时人们绘制这些壁画是为了一个严肃的迷信目的，是一种祈求狩猎丰收的'仪式'需要。"① 绘画内容除动物构图外，还另有所指，而且是借用动物图像寄寓情感，这也许成为动物图像寄寓特征的雏形，至少是关于动物图像最早的记载，说明当时的动物图像已不再是简单地模仿自然界的产物，而是具有表意功能的符号所指。

---

① 《西方绘画的起源》，见般若人生网（http://www.mifang.org/bk/e61/p13.html），2017年10月4日。

第一章 古希腊《伊索寓言》图像叙事与图文关系

同时,从现有的资料来看,明确指出《伊索寓言》绘画年代的是科林斯石板彩画和杯底绘画①。从这两幅图考据的年份看,基本上是伊索(公元前6世纪或公元前6世纪前半期)②生活的年代。科林斯石板彩画刀刻了狐狸和乌鸦的故事,从残片来看,简单刀刻了狐狸和乌鸦的状态,同时,根据残存的文字可以推测出乌鸦在树的上方。虽然刀刻水平尚显粗陋,却能吸引大众的兴趣。简单的石刻画作为最早的寓言图像,反映了当时人们对自然界的认知水平。杯底绘画则运用了夸张的手法,图中头大身子小的伊索与同样直立而坐的狐狸面对面,伊索手拿锤子,狐狸右爪弯曲朝上,似乎在与伊索辩论。这拟人化的绘画风格,表征出当时画家不同的审美趣味。

国外研究资料也提到过《伊索寓言》插图,但具体时间未明确标注。戈登教授说:"《伊索寓言》从第一次出现在一个只有狐狸和葡萄的花瓶上开始,人们就通过图画来讲述《伊索寓言》。这些寓言通过手抄本进行描绘,后来在1461年,由一位不知名的艺术家将这些寓言以木刻的形式呈现在第一本印刷插图书中。从15世纪到17世纪,《伊索寓言》的每一个新版本都重新配上了版画,这些版画在构图和风格上非常相似。"③ 从现存欧洲最古老的印刷品来看,古腾堡发明了活字印刷术的印刷机,对文字材料的复制与传播有很大的帮助。汤森教授也指出:"这些寓言也是通过印刷机才得以广泛流传的作品之一。早在1475—1480年,阿库修斯(B. Accursius)就印刷出版了普拉努得斯编辑的《伊索寓言》。随后,卡克斯顿(W. Caxton)在五年内把这个寓言集译成英文,并于1485年用自己的印刷机在威斯敏斯特教堂印刷出版。"④

就寓言图像而言,在此之前,画家们就有使用与刻板印刷工作原理相同的印章和图章,刻板印刷术对图像的传播起到了重要作用。14世纪末,欧洲就开始使用木刻、铜板刻印圣像、纸牌。而从目前《伊索寓言》插图本来看,早期的插图也多为木刻本、蚀刻本。《伊索寓言》插图本从十

---

① [古希腊]伊索:《〈伊索寓言〉》,王焕生译,人民文学出版社2008年版,插图页。
② [古希腊]伊索:《〈伊索寓言〉》,王焕生译,人民文学出版社2008年版,第1页。
③ Alisa L. Gordon,Robert Barrett,Richard Hull."Illustrations for Aesop's Fables:The Creation of a Series with a Preliminary Historical and Aesthic Analysis". *ADMIN*,2013,11(14).
④ [古希腊]伊索:《全本〈伊索寓言〉》,李长山等译,中国对外翻译出版公司2003年版,序言。

五十六世纪才开始逐渐发展起来。"虽然这些寓言故事在早期就有插图，但印刷术的发明使插图受到了极大的影响，成为我们画报历史的主要部分。在 15 世纪结束之前，有 20 多种不同的插图版本。最早的是《蒙达维》版、《乌尔姆》版、《维罗纳》版，它们都出版于 1476 年至 1479 年之间，是 15 世纪最好的书籍之一。"① 可见，从 15 世纪第一个《伊索寓言》插图本开始，印刷术和版画技术的发展为《伊索寓言》插图本的发展奠定了良好的基础，《伊索寓言》插图本逐渐增多，也越来越受到读者的喜爱。"下个世纪（16 世纪）将有更多不同的方法。新的蚀刻技术允许更自由地画线；阴影和细节更容易渲染。而插图，尤其是盖拉尔茨（M. Gheeraerts）的插图，表现了对动物的敏锐观察。景观和背景也变得更加复杂。"② 1567 年，佛兰德斯艺术家盖拉尔茨创作了一系列版画，其中细节比 1461 年木刻版画更逼真。克莱恩（F. Cleyn）和霍拉尔（W. Hollar）以最小的改动对盖拉尔茨的版画进行模仿。巴洛（F. Barlow）对这一古老的主题进行了重塑，在作品中加入了戏剧和变化。"他的系列是英国插图中最精致的；在接下来的几个世纪里，艺术家们一直在模仿他。"③ 因此，我们主要以印刷术发明后，寓言插画家的作品来回顾《伊索寓言》插图本的发展简况。

二、西方《伊索寓言》插图画家

伴随着印刷术、照相术等媒介技术的发展，《伊索寓言》插图的创作出现了新的风格和样式，每个插图画家各有特色，为《伊索寓言》图像的发展与传播做出了重要贡献。接下来我们按照时间顺序，介绍几位重要的插图画家。

（1）盖拉尔茨（1520—1590）。他是一位敏锐的创新者，在以木刻和雕刻为主导技术的时代进行了蚀刻实验。盖拉尔茨主要以画鸟类和动物闻

---

① John J. McKendry. *Aesop*：*Five Centuries of Illustrated Fables*. London：The Metropolitan Museum of Art，1964，pp. 7 - 8.

② John J. McKendry. *Aesop*：*Five Centuries of Illustrated Fables*. London：The Metropolitan Museum of Art，1964，p. 8.

③ Alisa L. Gordon，Robert Barrett，Richard Hull. "Illustrations for Aesop's Fables：The Creation of a Series with a Preliminary Historical and Aesthic Analysis". *ADMIN*，2013，11（14）.

第一章 古希腊《伊索寓言》图像叙事与图文关系

名,他为《伊索寓言》蚀刻了107个寓言插图,主要出现在佛兰芒语的版本中,同时为法语版的《伊索寓言》添加了18幅插图,他的插图本被翻译成好几种语言。盖拉尔茨成为英国第一个已知的蚀刻师和第一个印刷纯文字插图的、有个人风格的插画家。除了优先考虑的问题,他的蚀刻插图很重要,因为它们向英国人介绍了一种早期木刻所不知道的自然主义。[①] 盖拉尔茨的版画具有现实主义,加入了人、服饰、背景等,风靡欧洲。

盖拉尔茨将书籍插画的品位从贵族式的偏远转变为民主式的直接参与,他的创作在这个过程中扮演了一个谦逊而明确的角色,以他在传统的鹰和蜗牛插图中加入了渔夫图案为代表。[②] 贫民入画在16世纪是极大的进步与挑战。画面呈现出了人与自然的和谐,以动物视角来看人类的忙碌与辛苦。高空中鹰和蜗牛俯视下的人类是如此渺小,渔夫们拼命地拉着纤绳,更远处海上的渔民在渔船上撒网。这幅画以写实风格、拟人化视角真实地再现了日常生活,深化了人们对现实的认知。这是受文艺复兴时期主要以人为本的人文主义思想影响的结果。此外,盖拉尔茨的插画还表现出了模仿自然的写实风格。

盖拉尔茨的插图被其他插画家竞相模仿。这两幅插图(图1-1、图1-2)都是关于《狐狸和鹤》的寓言故事,从图中的风景和动物来看,具有相似性。图1-1是盖拉尔茨为寓言故事作的版画,图1-2是萨德勒的模仿之作,这说明当时盖拉尔茨的版画具有重大的影响力。寓言插图在模仿中得以传承,同时,"盖拉尔茨是克莱恩和巴洛的主要来源"[③]。

---

① Edward Hodnett. *Aesop in England: The Transmission of Motifs in Seventeenth-Century Illustrations of Aesop's Fables*. Virgina: University of Virginia Press, 1979, p. 7.

② Edward Hodnett. *Aesop in England: The Transmission of Motifs in Seventeenth-Century Illustrations of Aesop's Fables*. Virgina: University of Virginia Press, 1979, p. 8.

③ Edward Hodnett. *Aesop in England: The Transmission of Motifs in Seventeenth-Century Illustrations of Aesop's Fables*. Virgina: University of Virginia Press, 1979, pp. 32 - 33.

图1-1 《狐狸和鹤》
（盖拉尔茨版）

（资料来源 Ægidius Sadeler, Theatrum morum, Pragae: Gedruckt bey Paul Sesse, 1608, p. 97.）

图1-2 《狐狸和鹤》
（萨德勒版）

（资料来源 https://journals.openedition.org/episteme/1697。）

（2）文艺复兴时期伟大的人文主义者斯坦豪厄尔（H. Steinhowel，1412—1482）早期为《伊索寓言》（1479年）做的插图也具有重要影响。罗拉教授说："在十五十六世纪期间，斯坦豪厄尔的寓言被翻译成许多不同的欧洲语言，同时还有大量的木刻画（近200幅）被复制。这些木刻作品展示了一种雄心勃勃的尝试，即使用单幅插图描绘寓言故事的情节，同时也展示了插图本身如何产生新的故事版本，并成为讲故事传统的一部分。"[①] 笔者通过网络查询到了斯坦豪厄尔的3个不同版本的《伊索寓言》插图本，包括在美国国会图书馆找到了1479年版斯坦豪厄尔的《伊索寓言》（德文本），曼海姆大学提供了1501年版斯坦豪厄尔《伊索寓言》（拉丁文版）的图片，以及1521年版斯坦豪厄尔的《伊索寓言》（西班牙文本）。这3个版本之间具有明显的相似之处，从插图来看（图1-3、图1-4、图1-5），《狼和小羊》这一寓言故事在不同版本中的插图不同，但实际上插图之间非常相似，只有小部分的修改。

---

① Laura Gibbs. "Aesop Illustrations: Telling the Story in Images", http://journeytothesea.com/aesop-illustrations/.

第一章 古希腊《伊索寓言》图像叙事与图文关系

图1-3 《狼和小羊》（德文版）
（资料来源 http://mythfolk-lore.net/aesopica/aesop1501。）

图1-4 《狼和小羊》（拉丁文版）
（资料来源 http://mythfolk-lore.net/aesopica/aesop1501。）

图1-5 《狼和小羊》（西班牙文版）
（资料来源 http://mythfolk-lore.net/aesopica/aesop1501。）

比之盖拉尔茨的蚀刻作品，斯坦豪厄尔的版画更显粗糙，只是用简要的曲线雕刻出寓言中提及的动物。此外还有克莱恩（1582—1658），他是一位出生于德国的画家和挂毯设计师，在英国生活和工作。1651年，克莱恩绘制并蚀刻了第一版《伊索寓言》的版画。虽然画风比较简单，但它们是第一部"现代"英语伊索丛书的插图。克莱恩插图本的意义在于，正如我们稍后将详细展示的那样，"它们是连接盖拉尔茨和霍拉尔，连接欧洲大陆和英格兰的桥梁"①。

可见，这一时期的插图主要是木刻版画，线条粗犷，多以直线、斜线为主，对自然界动植物进行摹写刻画。但也正是十五十六世纪《伊索寓言》插图家们的努力，影响了此后寓言插图的发展。例如，盖拉尔茨和斯图豪厄尔的版画及其风格影响了十七十八世纪自然主义和写实主义风格。

（3）霍拉尔和巴洛是17世纪最重要的《伊索寓言》插画家。麦肯德里（J. J. McKendry）说，17世纪有两个英语版本的《伊索寓言》插画很突出。巴洛的插图本首次出版于1666年，体现了一种自由的、愉快的、朴素的自然主义。与之形成鲜明对比的是霍拉尔的版画。霍拉尔是17世纪中期来到英国的流动艺术家，他在那里完成了大部分最好的作品。他为1665年和1668年的版本雕刻了非常精美的版画，结合了对自然最细致的观察，并经常描绘他去过的地方的背景。尽管他的大部分作品都是原创

---

① Edward Hodnett. *Aesop in England：The Transmission of Motifs in Seventeenth-Century Illustrations of Aesop's Fables*. Virginia：University of Virginia Press，1979，pp. 9 - 10.

的，但其中的一些作品，包括《狮子和老鼠》，几乎完全是从盖拉尔茨那里"借"来的。① 这两位插画家的插图本对《伊索寓言》的传播具有非常重要影响。

霍内特在1687年对《伊索寓言》插图主题的变迁进行研究时也指出，很少有英国文学作品像《伊索寓言》那样版本众多，从1484年卡克斯顿的第一版到1687年的版本，几乎所有的媒介和艺术家，包括一些曾在英国工作过的最优秀的插画家，都创作了一些寓言插画。"其中，17世纪的蚀刻师霍拉尔和巴洛最为杰出。"② "霍拉尔和巴洛所作的《伊索寓言》插画在17世纪的英国书画中独占鳌头。"③ 巴洛是17世纪最多产的书籍插图画家和版画家之一，其作品涉及自然历史、狩猎、娱乐、政治、装饰和设计。巴洛被称为"英国体育绘画之父"，是英国第一位野生动物画家。巴洛的插图能非常精确地描绘各种动植物，但同时又充满了丰富的隐喻。"弗朗西斯·巴洛（1626？—1704年）是最著名的英国体育版画之父和英国第一位鸟类和动物画家，但他也是第一位出生在英国的重要蚀刻师和第一位主要的英语书籍插画家。"④ "（弗朗西斯·巴洛的）《伊索寓言》110幅插图（1666年）和《伊索寓言》第二版31幅插图（1687年）构成了整个《伊索寓言》插图史上最精致、最令人愉悦的系列之一。"⑤

但是，巴洛首次出版于1666年的插图本《〈伊索寓言〉与他的生活》（英语、法语和拉丁语版）大部分都在伦敦的一场大火中消失了。书中有112幅插图，包括扉页上的插画《伊索与动物》。书名页显示该书是1665年所写。英语、法语和拉丁语的三个版本都有自己的插图版式：一个法国散文版式，一个英文诗歌版式，还有一个拉丁散文版式。如此多的插图要么令人难忘，要么非常有名，要么两者兼而有之。

---

① John J. McKendry. *Aesop：Five Centuries of Illustrated Fables*. London：The Metropolitan Museum of Art，1964，p. 9.

② Edward Hodnett. *Aesop in England：The Transmission of Motifs in Seventeenth-Century Illustrations of Aesop's Fables*. Virginia：University of Virginia Press，1979，p. 1.

③ Edward Hodnett. *Aesop in England：The Transmission of Motifs in Seventeenth-Century Illustrations of Aesop's Fables*. Virginia：University of Virginia Press，1979，p. 51.

④ Edward Hodnett. *Aesop in England：The Transmission of Motifs in Seventeenth-Century Illustrations of Aesop's Fables*. Virginia：University of Virginia Press，1979，pp. 10 – 11.

⑤ Edward Hodnett. *Aesop in England：The Transmission of Motifs in Seventeenth-Century Illustrations of Aesop's Fables*. Virginia：University of Virginia Press，1979，p. 11.

第一章 古希腊《伊索寓言》图像叙事与图文关系

这本书有一些奇怪的特点：在不同的页面上，纸张是不同的。插图（包括英文诗句）与散文文本分开印刷，清楚地印在纸上，两者并不总是很好地吻合。巴洛的112幅充满活力的作品——这些作品是他自己蚀刻下来的——给盖拉尔茨插画的持续影响注入了新的动力。

霍拉尔是17世纪最多产和最有成就的图形艺术家之一。他是波希米亚人，以雕刻和版画而闻名。霍拉尔学会了铜雕刻的技巧和蚀刻的新技术，可以使用更精细的色调，因此，他作品中的动物毛发或毛皮等细节通过手工雕刻到他蚀刻过的盘子上，非常生动逼真。本尼希（维也纳阿尔伯蒂纳博物馆前首席馆长）曾盛赞，"霍拉尔是有史以来最伟大的蚀刻师之一，巴洛则是有史以来最伟大的插画家之一"①。这一事实使人们更加重视对他们关于《伊索寓言》的插图设计和技法改进的研究。

（4）在15世纪，简单的木刻或金属切割是唯一可能的复制手段，而到了19世纪，蚀刻、雕刻、木刻、平版印刷和照相凹版印刷都是可行的。木雕的发明，使《伊索寓言》出现了前所未有的版本。19世纪，毕维克（T. Beuick）推广了这种技术，极大地提升了版画创作的水平，被誉为"木口木刻之父"。而在此之前主要是"复制木刻"，就是一人作画另一人刻制，画家只能依照画稿一丝不差地刻出，完成复制图像的任务，缺乏主观能动性。毕维克开创了"创作木刻"的新方法，就是他自画自刻，在刻的时候，自由地发挥特有的表现力。② 毕维克最初为一本命名为《寓言选》的图书做插图时，用铜板雕刀在黄杨木的横截面上刻制图像。这种方式很快成为最常用的制作插图的方法。鲁迅对此也赞不绝口："毕维克的新法进入欧洲大陆，又成了木刻版画复兴的动机。"20世纪30年代中国兴起的新兴版画运动也受此影响。毕维克还是一位严谨的艺术家，他以科学家的眼光来研究动物界，先后出版了《四足动物史》和《英国鸟类的历史》，其中的版画逼真写实，这在他的寓言插画中可见一斑。

早在1931年，鲁迅在《介绍德国作家版画展》一文中，专门为创作版画的由来做了详尽的追述。他说："欧洲的版画，最初也是或用作插

---

① Edward Hodnett. *Aesop in England: The Transmission of Motifs in Seventeenth-Century Illustrations of Aesop's Fables*. Virginia: University of Virginia Press, 1979, p.12.

② 王琦：《创作木刻的开路人——托马斯·毕维克》，载《名作欣赏》1981年第3期，第125－126页。

图，或印成单张，和中国一样的。制作的时候，也是画手一人，刻手一人，印手又是另一人，和中国一样的。大家虽然借此娱目赏心，但并不看作艺术，也和中国一样。但到19世纪末，风气改变了，许多有名的艺术家，都来自己动手，用刀代了笔，自画，自刻，自印，使它确然成为一种艺术品……现在谓之'创作版画'，以别于古时的木刻，也有人称之为'雕刀艺术'。"① 在《毕维克精选的〈伊索寓言〉和其他寓言》中，毕维克巧妙地将美丽的插图与主要以大自然为主题的寓言相融合，创造了包括《蚂蚁和蚱蜢》《树木和荆棘》《猎犬夫妇》《水星和樵夫》《狗和鳄鱼》《垂钓者和哲学家》等插画，使《伊索寓言》成为一本非常吸引人的书。

19世纪，在众多的寓言插图本中，比较精致的是克兰（W. Crane）的《婴儿的〈伊索寓言〉》。该书于1887年首次出版，插图精美，故事是用打油诗的方式讲述的。这个插图本主要以彩图为主，删减了文字说明，用图中嵌字的排版方式，为儿童绘本的发展奠定了基础。这个版本的插图与文字往往在同一版面中，与以往黑白插图及写实风格有重要区别，也更具有趣味性。这一时期的寓言插图因技术发展，呈现出更精美的创作效果，对故事环境、背景有了丰富的呈现与展示，画面也更优美。

（5）到了20世纪，《伊索寓言》插画家除了延续插图的写实风格外，还形成了不同的风格类型，如英国插画家拉克汉姆的创作风格。拉克汉姆是从1850年到第一次世界大战爆发前最著名的画家之一。在整个职业生涯中，他形成了一种独特的风格，将萦绕心头的幽默与梦幻般的浪漫结合在一起。在文本的旁边，他的插图进一步完善和阐明了《伊索寓言》的高超故事。拉克汉姆《伊索寓言》插图本②，与以往的插图本相比较呈现出了极大的风格变化。他的画透露着神秘与奇幻的气氛，笔法流畅。既不同于忠实《伊索寓言》故事的写实风格，也不同于模拟自然界原貌的自然主义，又不同于克兰充满童趣的卡通风格，也与盖拉尔茨、斯坦豪厄尔、巴洛、霍拉尔、毕维克等人的风格相异，开创了20世纪变形、讽刺的幽默风格，在构图上也呈现出与众不同的画面。

拉克汉姆的《伊索寓言》插图本包括彩色插图和黑白插图，其中彩

---

① 鲁迅：《鲁迅全集》（第八卷），人民文学出版社1981年版，第322页。
② Arthur Rackham illustrated. *Aesop's Fables：A New Translation by V. S. Vernon Jones*. New York：Doubleday，1912.

第一章 古希腊《伊索寓言》图像叙事与图文关系

色插图 13 幅，黑白插图 51 幅，共计 64 幅插图。在版本设计上常常用一页纸的版面来书写一个标题，并空出一页来加以强调；或者是用一个版面来排版一张插图，绝大部分插图占据一个版面。少部分是文中嵌图，以上图下文为主，还有少数几则寓言故事有 2～3 幅插图，像连环画一般完整地叙述出故事内容，呈现出寓言的哲理，充满了拟人的、想象的和魔幻的色彩。

这一时期，纽约大都会艺术博物馆还出版了一本重要的插图本，虽然不是某一位插画家的专门作品集，但收集了 5 个世纪以来重要的寓言插图，即《〈伊索寓言〉插图 500 年》。英国翻译家卡克斯顿译出《伊索寓言》（1848）以来，英译本至少有 20 种，其中散文本 8 种，诗体本 12 种。[①]《伊索寓言》插图本发展到现在已经有上千个版本，纽约大都会艺术博物馆出版的这个版本把 500 年来主要的插图与《伊索寓言》相配合，即这本书给每个《伊索寓言》故事配一幅插图，而且插图来自不同的画家，整个历史长达 500 年，可以让读者速览 15—20 世纪 500 多年中《伊索寓言》插图的不同风格。这些插图有木刻、蚀刻画、挂毯装饰、简笔画。而且这个版本是一个故事对应一幅图的版式，有助于引起读者关注和增加趣味性。

《〈伊索寓言〉插图 500 年》的编撰者麦肯德里在前言中说，在这一版本的寓言中，每一个插图都或多或少与同时代的译本相匹配。对于一些故事，文本和插图来自同一个来源。《伊索寓言》英文版的第一个印刷版本是卡克斯顿的《伊索寓言》，出版于 1484 年，它是卡克斯顿自己从早期的法语版本翻译而来的，这似乎是一个世纪以来唯一的标准英语版本。1585 年，提倡拼写改革的教育家博洛卡重新翻译了《伊索寓言》，这一版本的独特之处在于，它采用了博洛卡特有的拼写风格（与所有旧版本一样，《伊索寓言》在这一版本中已被标准化）。这个版本的插图为我们系统地研究《伊索寓言》插图问题提供了新的资料，也是快速浏览《伊索寓言》插图发展史的重要资料。

（6）进入 20 世纪后，伴随着照相术、摄影技术的发展，《伊索寓言》图像的媒介形态发生了较大变化，以《伊索寓言》为内容的寓言动画大

---

① 参见［古希腊］伊索著《伊索寓言诗 365 首》，黄昊炘译，陕西师范大学出版总社 2017 年版，第 1 页。

量出现，原因是《伊索寓言》的动植物主角和拟人化的叙事风格特别适合动画改编，而且寓言式动画也成为重要的影视类型。

　　进入 20 世纪，随着社会的发展、人们对社会现实认知的深入以及技术的进步，寓言故事的内容从早期的思辨哲理转向了对儿童的启蒙。因此，20 世纪以后，《伊索寓言》多以儿童读物的形式出版，插画也更多样化，更趋向卡通化。并且随着媒介技术的发展，以影视动漫形式创作的寓言故事也丰富了寓言图像的风格。这些儿童图书插画家的作品，一方面受到原插图的影响，另一方面有些插画家又呈现出一种全新的诠释与创作。如荣获了 1935 年奥斯卡最佳动画短片奖，由迪士尼出品的八分多钟动画《龟兔赛跑》，这部动画就是对《伊索寓言》中《乌龟和兔子》故事的重新演绎。该动画讲述了一只有"蓝色飞毛腿"之称的巨兔和一只老态龙钟、步履蹒跚的老乌龟进行赛跑的故事，以影像视听语言，构建了龟兔赛跑的场景，森林公园里的动物各具情态。全片最重要的是乌龟和兔子之间有趣的行为及比赛过程中有趣细节的表达，兔子不是因为睡觉耽误时间，而是贪玩，乌龟则以坚持不懈的爬行赢来了胜利。动画作为一种时空艺术的视听享受确实更有利于寓言的叙事与传播，这也使《龟兔赛跑》的寓言故事成为动画中的经典。此后，越来越多的动画创作以寓言故事为题材，借鉴了这种幽默又深刻的叙事方法。

　　又如，在 1989 年至 1991 年间，法国电视台以 50 个《伊索寓言》故事为基础，重新改编为 *Les Fables géométriques*，还发行了 DVD 版。这些充满特色的寓言卡通动画广受欢迎。在 1983 年，日本还制作了《伊索寓言》的衍生漫画版和一部儿童电视连续剧，我国也出现了以《伊索寓言》故事为内容的动画小短片，均深受大众的喜爱。也就是说，20 世纪以来，媒介技术的发展大大促进了《伊索寓言》图像的创作、发展和传播，并为动画影视发展带来了新的创意。如美国出品的《虫虫危机》《疯狂动物城》等动画电影，我们似乎都能从中看到《伊索寓言》的影子。

三、国内《伊索寓言》插图情况

　　自从 20 世纪中叶《伊索寓言》被介绍到中国后，国外《伊索寓言》插图本的丰富性和悠久的历史，也受到国内读者越来越多的关注。事实上，国内有关《伊索寓言》的插图本也有不少，但著名的原创插画家则

第一章 古希腊《伊索寓言》图像叙事与图文关系

比较少。从早期的插图本来看,我们主要是照搬了国外译本中的插图,而现代版的《伊索寓言》插图本则多为儿童绘本,缺乏独具一格的原创性。我国最早的《伊索寓言》插图本是周作人编译,由人民出版社出版。比较有特点的是孙毓修翻译的版本。这个版本的排版借鉴了我国题画诗的特色,在每幅图画下面都添加了一行文字,或叙事,或点题。这本书中的插图几乎都是直接借用国外插图,而且大部分标题改写了《伊索寓言》"××和××"的模式,以概括寓意的形式进行文本书写,如《北风和太阳》改写为《风日争胜》,《路人与熊》改为《甲乙遇熊》等。

从插图来看,方平编译的《伊索寓言》(插图本)[①] 的插图比较简洁,主要参照 Grosset & Dunlap 的版本插图本(1947)、G. Townsend 的英译本和 V. Jones 的英译本这3个英译本进行翻译,并沿用了原版插图,只是译者在翻译和排版时,在每则寓言的页末最后一行用一句话概括了寓意,使读者能更直观地理解故事哲理。但这些插图本基本上是出于装帧的需要,并不是有意识地重视插图在文本中的作用和意义。直到上海科学技术文献出版社 2004 年出版系列双语西文原版名篇时,特别地提到插图的影响力。该套丛书中的《伊索寓言》(插图寓言)[②],其英文部分由澳大利亚民俗学家、19世纪最受欢迎的童话改编家之一的雅各布斯(J. Jacobs)选编,插图由英国插图画家海韦编绘。至 20 世纪初,《伊索寓言》的英文版本已有数百种之多,但雅各布斯的英文本简洁明快、通俗易懂、语言隽永,海韦的插图别具一格、情景交融、精致凝练。因此,这一版本在 20 世纪初的 10 年间一版再版,是影响最大、流传最广,最受读者喜爱的版本之一。[③] 在编译该书的过程中,编辑完全采用了原书的绘图与版式,力图保持原作的版本特征,让读者能够领略原著的风采。

2005 年,我国出版的《伊索寓言》(全集·插图版)[④],共收集了 500 多篇寓言故事,分为 6 个部分,每个部分根据寓言主角的不同予以分类整

[①] 方平编译:《伊索寓言》(插图本),上海译文出版社 1994 年版。

[②] 这套"徐家汇藏书楼西文精品"系列插图寓言双语丛书包括《伊索寓言》(英汉)、《拉封丹寓言》(法汉)、《列那狐的故事》(德汉),均为上海科学技术文献出版社 2004 年版。

[③] 参见王仁芳、王惠庆等编译《伊索寓言》(插图寓言),上海科学技术文献出版社 2004 年版,第 3 页。

[④] [古希腊] 伊索:《伊索寓言》(全集·插图本),杜雷图、陈书凯编译,蓝天出版社 2005 年版。

理。该书的插画选用了法国插画家杜雷（G. Dore）的插画。1832 年 1 月 6 日，杜雷出生于法国斯特拉斯堡，青年时代到巴黎。年轻时，杜雷立志以创作插画为业，并自学成才。15 岁时，他的第一部作品《赫克力斯的业绩》石版画问世，引起了大众的关注，而后其不断有作品问世，数量可观，如《失乐园》《神曲》《圣经》《堂吉诃德》等插画作品。杜雷已被公认为数百年来最优秀的插画家之一。1883 年，杜雷死于中风。杜雷版的素描插图具有线条细腻，精美流畅的特点，该书出版时在保持原作基础上进行了色彩的调整，给国内读者呈现了不同的风格。

我国著名翻译家黄杲炘多年来一直持续不断地翻译和介绍《伊索寓言》的插图，出版了包括散文体、诗体、韵文等不同文体的译本，并重视搜集《伊索寓言》插图，为我国读者呈现《伊索寓言》原图的风貌。其中比较有特色的是《伊索寓言 500 则》（插图本修订本）[1] 和《伊索寓言诗 365 首》（插图本修订本）[2]。关于前一本书的插图，黄杲炘说："现在本书的插图来自另外 3 种英译《伊索寓言》，即 Harpers & Brothers 1927 年版译本，Ginn and Company1915 年的少年版译本（译写者 J. H. Stickney），The Viking Press1933 年版译本（Roris Aritzybasheff 译写，篇目选自 1722 年的 Croxall 版与 1484 年的 James 版）。插图作者分别为 Louis John Rhead（1857—1926）、Charles Livingston Bull（1874—1932）和 Boris Artzybasheff（1899—1965）。本书中的第 1 则到第 313 则寓言来自第一本，第 314 则到第 338 则来自后两本，为一般译本所无。"[3] 后一本书的插图主要出自 1484 年那不勒斯木刻。这两个版本让国内读者领略了寓言插图原图的风貌。此外，在我国众多寓言插图本中，《漫画西方智慧：伊索寓言》[4] 对《伊索寓言》进行改写，并注入了现代人喜爱的漫画元素，增加了每则寓言的插图数量，类似于连环漫画，从而使这本书完全呈现出现代

---

[1] ［古希腊］伊索：《伊索寓言 500 则》（插图修订本），黄杲炘译，陕西师范大学出版总社 2016 年版。
[2] ［古希腊］伊索：《伊索寓言诗 365 首》（插图修订本），黄杲炘译，陕西师范大学出版总社 2017 年版。
[3] ［古希腊］伊索：《伊索寓言 500 则》（插图修订本），黄杲炘译，陕西师范大学出版总社 2016 年版，第 8 页。
[4] 参见周巩固主编《漫画西方智慧：伊索寓言》，段研文字，郑东升画，吉林摄影出版社 2003 年版。

风格。

通过对国内外《伊索寓言》插图本的梳理，我们可以看到，15世纪后，随着印刷术的发展，木刻、蚀刻技术的成熟，《伊索寓言》插图有了较大的发展，特别是盖拉尔茨、霍拉尔、巴洛、毕维克、海韦、克莱恩、拉克汉姆等画家的作品在世代相传中不断创新，他们创作的插图既有联系又有不同，这为研究西方早期文学与图像关系提供了新的思路和方向，为现代《伊索寓言》图像研究提供了宝贵资源。《伊索寓言》插图经历了从真实的模仿到客观的描绘，再到想象虚拟的风格发展。我们也可以看到寓言插图不同于神话、童话、传说和小说插图的虚构性，《伊索寓言》插图恰恰是通过虚构的故事，在真实的动物世界中创造性地折射出人类世界的百态。《伊索寓言》插图与其他文体插图的不同归根结底在于寓言文体的特殊性。

第三节 《伊索寓言》的图像叙事

从对《伊索寓言》图像及其插图起源的研究可以看到，《伊索寓言》插图并不是作为独立的艺术现象存在的，《伊索寓言》图像和插图离不开《伊索寓言》的文字叙事。而寓言叙事不同于其他文体风格，寓言叙事的诉求是以理服人而不是以情悦人，也不同于其他文体故事虚构的情感抒发，《伊索寓言》图像另有所指、言此意彼的寓意表达成为其重要的叙事逻辑，我们应该从《伊索寓言》独特话语叙事特征、文体特征和审美表达中探究其图像叙事的逻辑起点和内在规律。

寓言作为一种特殊的文学样式，其文学叙事必然会对图像叙事产生影响，即寓言图像叙事与寓言故事叙事具有内在的一致性。寓言作为一种口口相传的民间艺术，其文字叙事对图像叙事的影响随着时间的推移表现得越来越明显。孙海婴就曾说："寓言这种文学体裁不像小说，没有曲折、生动的故事情节，也没有丰满的人物形象；从形式上看，寓言插图和童话插图大同小异，二者都是以动画形象为主，如果只是把动物形象加以变形，再加些帽子手杖之类，就会成为童话插图；而寓言重在通过动物的故事，提炼出深刻的思想和哲理，有着童话中所没有的社会内容，二者的内涵有着很大的不同。"① 我国著名画家黄永玉也在谈寓言插图说理寓意的独特性时说，比如一个蛤蟆在青草池塘边，只会无意识地咯咯地叫，但寓言作者却叫他充当反动统治者的帮闲鼓手，盲目地替作为反动统治的蛇的反动行为大擂其鼓，那么，这样的蛤蟆就是以反动统治者的帮闲的身份，借用蛤蟆的躯壳出现的，而不是蛤蟆本身。②（见《雪峰寓言》中《鼓手的蛤蟆》）可见寓言插图中的动物活动，并不像童话中的动物活动那样单纯，而是"人的复杂的思想和社会活动跟动物形态的结合，构成了寓言插图的独特形式"③。这种插图的独特形式如何入画出相和表意说理，就成为画家们需要深入思考的问题，也是观者的观看之道。也就是说，《伊索寓言》插图因其文本特性表征出不同于其他文学艺术插图的特征，即童话插图的唯美性、神话插图的想象性、小说插图的叙事性等都不同于寓言插图的抽象化和象征性。因此，图像叙事逻辑的研究成为《伊索寓言》插图研究的重要课题。

　　文字和图像作为两种不同的媒介，形式的差异性决定了它们表意的不同，"对于寓言插图来说，最重要的不是动物形象的可爱与否，而是绘画风格与寓言主题的契合程度，正如黄永玉所说，要把寓言中这种抽象的思想用绘画的方式，使之得到形象化的表现，又使插图具有符合寓言风味的特色，是有一定难度的"④。在《伊索寓言》图像源起和版本的研究中，我们可以看到《伊索寓言》插图本丰富多彩，不同的画家呈现出不同的风格特征。然而，《伊索寓言》同一故事的插图虽然有构图差异，有不同的画风，但作为同一叙事文本的视觉重述，它们肯定具有内在的图像逻辑，在努力使寓言抽象思想得以形象化表达时肯定遵循着某种规律。本节主要以《伊索寓言》英译本插图为主要研究对象，在《伊索寓言》插图本发展历史的背景下，对《伊索寓言》插图的图像叙事逻辑、入画规律进行深入细致的归纳总结，以期阐明寓言图像的独特性及其对文本阅读与传播的影响。具体而言，《伊索寓言》图像和插图的叙事逻辑包括以下四

---

① 孙海婴：《从寓言插图的特点看董克俊〈雪峰寓言〉（续编）插图》，载《新美术》2012年第2期，第63页。
② 黄永玉：《创作〈雪峰寓言〉插图的几点经验》，载《美术》1954年第3期，第9页。
③ 黄永玉：《创作〈雪峰寓言〉插图的几点经验》，载《美术》1954年第3期，第9页。
④ 孙海婴：《从寓言插图的特点看董克俊〈雪峰寓言〉（续编）插图》，载《新美术》2012年第2期，第63页。

第一章　古希腊《伊索寓言》图像叙事与图文关系

个方面。

一、角色对峙·图像再现

《伊索寓言》主要以自然界的动植物为主要叙述对象，同时从《伊索寓言》标题的格式来看，在330篇寓言故事中，就有267篇的题目基本上为"××和××"的格式，[①] 这种叙事格式为插图提供了准确的可模仿的真实对象。赵宪章对文图关系有深刻的认识和精辟的理论总结，他说："图像作为视觉对象只能再现'有'，而不能再现'无'。"[②] 这就指出图像作为最基本的表意符号，有具象性、直观性和可视性特征，这也是图像重要的表意方式。也就是说，对于现实事物的图绘，如柏拉图的模仿说一样，这是图像叙事最基本的方法。就《伊索寓言》而言，其中的"有"就是文中谈到的动植物等角色形象，它们是自然界的真实存在，同时也是插图入画的基本元素。

《伊索寓言》故事中相对固定的角色数量为插图提供了准确的再现对象。通常情况下，《伊索寓言》故事中提到的角色一般为两个或两种，少数为一个、三个或四个。仅从题目我们就能看到这个规律，如《狐狸和山羊》《农夫和蛇》《鹿和狮子》等。因此，《伊索寓言》的插图基本上都会再现故事中提到的角色形象，而不会模糊故事叙事的对象及其关系。而神话、传说、童话和小说角色的复杂关系往往给插图入画及阅读带来距离。所以，早期《伊索寓言》的插图基本上是对两种动物外形的模仿与再现。斯坦豪威尔在16世纪为德文版、拉丁文版和西班牙文版三个不同版本的《伊索寓言》故事《狼和小羊》分别配图（图1-3、图1-4、图1-5），版画都采用了直线、曲线线条，刻画了狼和小羊两种动物，但三个版本的插图都不够逼真。从画面看，狼像狗，羊又似乎有着猪一样肥胖的身体，身上的毛发也只是用简单的直线刀刻。这反映了早期人们对自然界认知的局限和雕刻技术的不完善。但随着对动植物认知的深入，插图的精美度有了极大的提高。

当然，《伊索寓言》的插图也不是简单地再现动植物的外形特征，不

---

① ［古希腊］伊索：《伊索寓言》，罗念生等译，人民文学出版社1981年版，第1—13页。
② 赵宪章：《诗歌的图像修辞及其符号表征》，载《中国社会科学》2016年第1期，第171页。

然就成了动植物学图画。《伊索寓言》的插图常常在再现中发掘角色关系的内在张力,丰富插图的叙事能力。插画家们抓住了《伊索寓言》故事角色间的强弱对比关系,在绘画中充分展示两者间内在的对立关系,进而提升为矛盾的促发点和入画的起点。如图1-3至图1-5,狼都在高处,羊都位于河流的下游,曲线构成的河流既把狼和羊分隔两边,又将狼和羊之间的矛盾对峙关系可视化。在插图中,我们能感受到羊面对狼时存在着生命危险。图画在这种二元的对峙状态中完成故事叙事,对社会现实进行理性的反思和批判,做出一种关于真善美丑的价值判断。虽然插图画风比较粗犷,刀法比较简单,但画家却真实地刻画出了角色的状态,也就是二者之间的对峙关系,表征出寓言插画本身所具有的表意方式,在行动的描绘中完成叙事。正如亚里士多德对情节的定义,"情节是对行动的完整模仿"。如对发奋图强、善良等正面价值的肯定和赞誉(乌龟、小羊),对恃才自满、邪恶愚蠢等负面价值的否定和批判等(如兔子、狼、狐狸)。可以看到,图像对立关系的描绘抓住了动作所具有的叙事功能。这里的插图对象不仅是对寓言故事主角的客观再现,更重要的是把二者的对峙状态和情境进行了空间呈现,构成行为矛盾的促发点。卡尔维诺的"零时间"理论认为"零时间"的对峙状态隐含了多种可能性。该理论为《伊索寓言》插图的对峙研究提供了理论支撑。

  关于诗与画的媒介差异及其叙事特征,莱辛有过精辟的论述,他在《拉奥孔》中说道:"绘画由于所用的符号或模仿媒介只能在空间中配合,就必然要完全抛开时间,所以持续的动作,就不能成为绘画的题材。绘画之于那个满足于在空间中并列的动作或是单纯的物体,这些物体可以用姿态去暗示某一种动作。诗却不然……"① "绘画……只能运用动作中的某一顷刻,所以就要选择最富于孕育性的那一顷刻,使得前前后后都可以从这一顷刻中得到最清楚的理解。"② 这说明绘画(图像)在表达空间时具有比诗歌优越之处,"用姿态去暗示某一种动作",实质上就是卡尔维诺强调的"零时间"在空间纵深、立体和时间过去、未来的交汇处。

  卡尔维诺描述"零时间"时说:"我感觉我已经不是第一次陷入这样的情境了:刚刚放出箭的弓在我向前伸的左手中,我的右手向后收着,箭

---

① [德]莱辛:《拉奥孔》,朱光潜译,人民文学出版社1979年版,第89页。
② [德]莱辛:《拉奥孔》,朱光潜译,人民文学出版社1979年版,第83页。

第一章 古希腊《伊索寓言》图像叙事与图文关系

F悬在空中,在它自身轨迹的三分之一处,那边一点,狮子L也悬在空中,也在它轨迹的三分之一处,张着血盆大口伸出利爪作势向我扑跃而来。"① 卡尔维诺强调,"我在这里讲的是只是这只狮子L和这枝箭F,它们现在刚到它们各自轨迹的三分之一","我更愿意说我所见到只是空间,箭在空间所处的点"②。从表面上看,卡尔维诺的"零时间"似乎与莱辛的"高潮来临前的顷刻"相类似。实际上,莱辛从诗与画的关系说出了绘画叙事逻辑;卡尔维诺则更强调过程,而且这个过程可能导致不同的结果,即暗含的二元的、对立的乃至相反的结果。《伊索寓言》角色本身就蕴含着二元对立关系,寓言插图以"零时间"为逻辑点,重述故事的对峙状态,完美地解释和强调了《伊索寓言》插图的特殊性。卡尔维诺讲述了一个关于"狮子"的故事,我们也同样在《伊索寓言》中选取一个关于"狮子"的寓言故事——《狮子和老鼠》,看看《伊索寓言》插图中这种"零时间"对峙状态如何带给我们想象的空间,如何构建丰富的寓意。

在《狮子和老鼠》这则故事的系列插图中(图1-6),不管是哪个时期的插画家,都共同选取了把狮子的"大"和老鼠的"小"做了最夸张的强化和对比。图中狮子怒目圆睁,厚实的爪子置于老鼠的身上,而不是狮子把老鼠拍死或吃掉。此时,老鼠抬着头望着狮子,狮子若有所思的画面就带给人们想象的空间:老鼠是快速逃出狮子的手掌还是狮子瞬间把老鼠压扁,老鼠是活着还是死去,从这些插图来看皆有可能。同时,从自然规律来看,强大的狮子必然能战胜弱小的老鼠。卡尔维诺的"零时间"确实高度概括出了这种对峙关系中蕴含的丰富的叙事内容。两个角色在对峙阶段,谁胜谁负或者接下来会发生什么事情,充满了多种可能性。这种"零时间"的凝固入画,使故事角色对峙的矛盾情境成为图像多义性的促发点。

又如在《狼和小羊》的故事中(图1-3、图1-4、图1-5),我们并未看到关于"狼吃羊"的明确的文字叙述,而是一种合规律的经验判

---

① [意]卡尔维诺:《宇宙奇趣全集》,张密、杜颖、翟恒译,译林出版社2012年版,第199页。
② [意]卡尔维诺:《宇宙奇趣全集》,张密、杜颖、翟恒译,译林出版社2012年版,第200页。

断,"这时狼对小羊说:'尽管你很善于辩解,难道我就不把你吃掉?'"①。如果按照卡尔维诺的"零时间"理论来观看插图,除了狼吃羊的可能性外,还有可能"因河面太宽,狼过不了河,羊跑了",因为插画家选择了对峙的空间布局,没有把狼和羊放置在河岸的同一边,而是分置不同河岸,形成对抗,从而既保持了画面的平衡,又把角色内在的冲突性视觉化。

图1-6 《狮子和老鼠》

(资料来源 http://mythfolklore.net/aesopica/aesop1501。)

因此,寓言故事角色对象具象化再现,突出二元对立的思维关系,选取"零时间"的对峙状态是插图重要的叙事逻辑。然而,当事件并未按照常规发展,就会引发想象和争论。在这种二元对立的思维方式中,就有可能带来惯性思维的误区与反转,这也是《伊索寓言》插图叙事逻辑的另一个起点。

二、反转情节·矛盾标出

反转情节或情节反转,或称为反常规的情节,就是指不同于正常规律或逻辑的情节设置,这也是故事情节重要的叙事手法。这种反常规或者说反转情节往往都是为了突出某个人物、事件或问题,最终可以让观者注意到其差异性和特殊性。《伊索寓言》一般有两个主角,插画基本上都图绘出故事中的两个主角,并且常常是 A 与 B 的相遇,或 A 发出行动,影响了 B,或 B 反作用于 A,导致了事件的反转,用亚里士多德关于悲剧的定义就是"突转",事件发生了转向。在《伊索寓言》的插图中,常常是通

---

① [古希腊]伊索:《伊索寓言》,王焕生译,人民文学出版社2008年版,第92页。

第一章 古希腊《伊索寓言》图像叙事与图文关系

过反转情节来标出故事矛盾项,非常态的绘画标出,打破了人们的惯性思维和叙事逻辑,强化了图像哲理寓意叙事。

在《伊索寓言》的插图中,情节反转的时间流动性要在空间的共时性中出相,一般都采用"标出"或"蒙太奇动作"来完成。"标出性"概念是 20 世纪 30 年代,布拉格学派的俄国学者特鲁别茨柯依(N. Trubetzkoy)在给朋友雅克布森的一封信中提出的,后在语言学领域得到不断阐述,意义也很复杂。1963 年,语言学家格林伯格(J. Greenberg)将其定义为:"当语言中有 x 特征,也有 y 特征时,非标出组分即不包含 x 的组分。"① 1994 年,语言教学专家艾利斯(R. Ellis)说:"某些语言特征,相对于其他更'基本'的特征而言,以某种方式显得比较'特别'。"② 雅各布森不仅在语言学领域使用标出性来研究语音、语法、意义,而且还指出其在"美学和社会研究"领域也大有作为,只是还未充分展开。赵毅衡概括说:"在语言学研究中,判断'标出性'的一个重要标准是'使用频率',通常较少出现和使用的就是'标出项'。……有意把异项标出,是每个文化的主流必有的结构性排他要求:一个文化的大多数人认可的符号形态,就是非标出,就是正常。"③ 赵毅衡在构建符号学理论时指出,"非标出的被称为'正项','标出项'被称为'异项',介于二者之间的'非正非异'的则被称为'中项'"④。

常态项是非标出的,异项具有标出性,由此引发人们的关注和重视。《伊索寓言》的文字叙事在时空叙事中可以详述故事情节,而图像的空间性使其缺失了时间性,只能在空间的标出中强化图像叙事功能。而且《伊索寓言》能指与所指的分离、言此意彼的语言叙事潜在地蕴含着逆转的可能性。《伊索寓言》的插图就是通过"标出"弱项的反转命运和结局,以特殊的方式叙述着故事的非常规发展方向。如《兔子和乌龟》按照自然规律,在常态情况下,兔子跑得快,乌龟爬得慢,这是毋庸置疑的。如果插画家按照常识以兔子跑在前、乌龟在后的情景入画,就不能引

---

① Joseph Greenberg. *Some Universals of Grammar with Particular Reference to the Order of Meaningful Elements*. Cambridge:MIT Press,p.73.
② Rod Ellis. *The Study of Second Language Acquisition*. Oxford:Oxford University Press,1994,p.134.
③ 赵毅衡:《文化符号学中的"标出性"》,载《文艺理论研究》2008 年第 3 期,第 6 页。
④ 王强:《"标出性"理论与当代新闻文化》,载《新闻界》2015 年第 23 期,第 25 页。

起观者的注意。恰恰相反，大部分插画家都不约而同地在画中表现了乌龟超越兔子的反转情节和结局。但是，《伊索寓言》一部分插图强调了结果而忽视了反转叙事的重要性。

在插画家温特（M. Winter）和克莱恩（W. Crane）的插图中（图1-7、图1-8），这两幅插图都选取了乌龟比兔子先到达终点的叙事为视觉表达内容。在插画中，兔子都在乌龟后面猛追，但就在到达终点的那一刹那还是未能追上乌龟，紧张的比赛落下帷幕。而在寓言故事的视觉呈现中，一般选取乌龟和兔子赛跑的结果入画，也许这是为了直观地呈现出寓言故事的重点。插图如果图绘赛跑过程中兔子跑得很快、乌龟爬得很慢的常态，那么也许它只能是一幅童话故事插图，不能给人新的思考契机。

图1-7 《兔子和乌龟》
（温特版）
（资料来源 https://www.gutenberg.org/files/19994/19994-h/19994-h.htm。）

图1-8 《兔子和乌龟》
（克莱恩版）
（资料来源 http://mythfolklore.net/aesopica/crane/53.htm。）

在格兰德维尔（J. J. Grandville）这幅转向结局的木刻版画（图1-9）中出现了一个裁判，在终点点出了故事的结局，乌龟跑得比兔子快，对于不了解这个故事的读者而言，就必须反推故事图画内容。从叙事学视角来看，结局往往是故事的终点。然而，在《伊索寓言》故事叙事中，插图对结局的视觉化表达，反而可能成为读者阅读想象的契机，因为插图

第一章 古希腊《伊索寓言》图像叙事与图文关系

刻绘的是一种反常规的景象。按照自然规律来说,乌龟不可能跑得比兔子快,当读者看到插画时,就会产生疑问,进而回溯事件发展,找到反常规结果的原因,而文本则补充了说明图中的结果。在王焕生的译本①中,插图师则把两个情节叠合在同一空间中,即兔子睡觉和乌龟率先到达终点,清楚地交代了寓言故事的主要核心内容,读者也能在图像中读出其中的因果关系——因为兔子中途睡觉,所以乌龟最先到达终点,进而在图像叙事中自然地引申出了寓言的寓意和哲理。译者王焕生指出:"这则故事是说,奋发进取往往会胜过恃才自负。"② 这就比只图绘比赛结果或者只图绘兔子在睡觉、乌龟在爬行的单一场景(如前面的几幅图)更具丰富的寓意、直观的可读性和寓意哲理表达的可视性。

图1-9 《兔子和乌龟》
(格兰德维尔版)

(资料来源 Aesop. *Aesop*: *Five Centuries of Illustrated Fables*, by John J. McKendry, selector, Published 1964 by The Metropolitan Museum of Art. Introduction, p. 70.)

可见,王焕生译本中的插图不但标出了反转情节和结果,而且在酣睡的兔子、爬行的乌龟和代表终点的旗杆的构图中,充分阐明了反转情节的原因及故事结局,还标出了作为弱者的乌龟的角色性格及其中的隐喻。与

---

① [古希腊]伊索:《伊索寓言》,王焕生译,人民文学出版社2008年版,第143页。
② [古希腊]伊索:《伊索寓言》,王焕生译,人民文学出版社2008年版,第142页。

西方寓言图像及其变迁

王焕生译本中插图相比,图1-9中乌龟和兔子激烈冲刺的场景和比赛结局虽然也标出了弱者,但未能完成故事前后情节对比反转叙事,而王焕生译本中插图中兔子和乌龟这一静一动的蒙太奇画面对比就更具戏剧性和想象性。在非常态项的绘图中,乌龟作为标出项则为观者带来非常规的思考和想象的空间。哲理的叙事、言此意彼的修辞效果由此产生。剧情反转表现在兔子睡觉、乌龟继续前行,插图标出了反转情节,同时也在插图中把结果标出。标出性的反转情节给人以新奇陌生的感觉,在其标出项的反常中牵引观者思考其中的深层原因:乌龟为什么跑得比兔子快?因为兔子骄傲自大、盲目自信。反观自身,人类如兔子般做事,也必然会遭遇失败,当引以为鉴。可见,寓言插图的标出性就是为说理服务,其文化渊源是跳出传统插图的叙事性框架从而转向深邃的理性叙事与表达。

情节的反转还可以在两幅或多幅插图中展现,或者是在一幅插图中呈现多个情境,进而标出弱者反转的命运。如《鹿和狮子》这则寓言,在王焕生译本中的插图①,画家以阴刻的曲线把鹿和狮子的形态栩栩如生地复现出来,并把寓言叙事的时间进程在同一空间中呈现出来。图上部1/3的空间刻画了狮子在后面追赶鹿,鹿在前面拼命地逃跑,前腿几乎要跑出了画面左边的边界。下部2/3的空间刻画了鹿逃走后身体朝向画面的右侧,头回望左边,似乎在看看狮子是否追上来了。同时,在头顶树枝的缠绕交错中又画出了鹿角被树枝挂住,无法逃脱时鹿的悲哀与绝望。没有透视,只有平面的黑白对比,强化了画面的张力和形式感。情节的反转在于鹿逃脱了狮子的猎杀,却没摆脱自身引以为傲的鹿角所带来的麻烦,从而引发了人们的思考。鹿在临死前自语道:"我真不幸,我原以为会背叛我的东西救了我,我原引以为傲的东西却让我丧了命。"②从而比拟人类社会的生存哲理,"同样,危难时那些遭怀疑的朋友常常会成为救助者,而那些非常受信任的朋友却常常会成为背叛者"③。

《伊索寓言》插图标出弱者和反转情节,通过反常规的图像叙事,讲述图像之外的叙事哲理。但并不是所有的《伊索寓言》插图都能把故事和哲理同时可视化,仅有在图像具有转折、对比或比较之处才能折射出寓

---

① [古希腊]伊索:《伊索寓言》,王焕生译,人民文学出版社2008年版,第48页。
② [古希腊]伊索:《伊索寓言》,王焕生译,人民文学出版社2008年版,第49页。
③ [古希腊]伊索:《伊索寓言》,王焕生译,人民文学出版社2008年版,第49页。

第一章 古希腊《伊索寓言》图像叙事与图文关系

意哲理,只有一种情境或无反常规的图像叙事是难以承担深刻的寓意表达的。

三、时空并置·图像多义

插图作为一种空间艺术,时间的线性叙事受到一定的限制。尤其是《伊索寓言》插图通常以单图为主,而寓言故事情节充满了转折,单幅插图的有限空间往往难以容纳故事的叙述和寓意的表达,因此,一些插画家运用了并置时空的方法以实现叠加叙事,更好地阐述哲理。同时,并置空间的叙事还可以实现复调式对话。

"并置"由美国批评家弗兰克(J. Frank)在《现代小说中的空间形式》一书中提出,他说:"并置是指在文本中并列地置放那些游离于叙述过程之外的各种意象和暗示、象征和联系,使它们在文本中取得连续的参照与前后参照,从而结成一个整体;换言之,并置就是'词的组合',就是'对意象和短语的空间编织'。"[①] 图像的并置就是把不同时间的叙事叠加在同一空间中表意。插图的"并置空间"就是指在一幅或一组插图中综合了多个空间场景的叙事,叙述出多义的图像内涵或形成不确定的图像叙事。

在这个过程中,寓言故事角色之间可能不具有明显的强弱力量对峙,而是在不同场景竞争的不平衡中形成冲突与矛盾,从而强化了并置空间的叙事内容,完成寓意的图说。如黄杲炘译本中《狐狸和鹤》的插图[②],这幅那不勒斯木刻版画以不同边框装饰着《伊索寓言》的插图,把古希腊时期的花纹、神兽作为装饰。与图 1 - 10、图 1 - 11 相比,我们就能更清楚地看到并置空间的图像比单一空间图像更具哲理讲述能力和阐述功能。我们在图 1 - 10 和图 1 - 11 叙事视角的转换中,看到狐狸舌头的优势、鹤喙的长处,从而了解其中的冲突。但由于不同空间的叙事并置,故事时间的先后顺序未能明确,最终导致黄杲炘译本中的插图哲理寓意仍存在多义

---

① [美]约瑟夫·弗兰克:《现代小说中的空间形式》,秦林芳译,北京大学出版社,1991年版,译序Ⅲ。
② [古希腊]伊索:《伊索寓言诗365首》,黄杲炘译,陕西师范大学出版总社 2017 年版,第 139 页。

的叙事：首先是狐狸挑起的事端，还是鹤有意刁难？但如果把狐狸和鹤的习性置于《伊索寓言》的故事语境中，我们就能得出其中的叙事逻辑：生性温和的鹤遭到狡猾狐狸的戏弄后用智慧进行反击，从而表达了"别玩弄作人的把戏，人家还你常加利息"①的哲理。

图1-10 《狐狸和鹤》
（恩斯特版）

（资料来源 Aesop. *Aesop's Fables*：*With text based chiefly upon Croxall*，La Fontaine，and L'estrange. Illustrated by Erenst Griset，J. B. Rundell editor，London，Paris & New York：Cassell，Peteer，Galpin & Company，1883，p. 31.）

图1-11 《狐狸和鹤》
（拉克汉姆版）

（资料来源 Aesop. *Aesop's fables*，Illustrated by Arthur Rackham，New York：Heinemann，1912，p. 65.）

我们甚至可以找到三个场景组合成一个画面的序列。如《伊索寓言》中《想要国王的青蛙》这则故事的插图（图1-12）并置了三个场景于同一画面，讲述着宙斯满足青蛙想要一个国王的请求。一开始，宙斯把一根圆木扔给青蛙，图中可以看到宙斯把木头扔到了左边。起初，青蛙们对木头溅起来的水花感兴趣，后来青蛙们讨厌了这个国王就跳到木头上。接着，青蛙们请求宙斯再派一个国王，宙斯照做了，可是新国王鹳几乎把青蛙们都吃掉了。这个插图将几个空间场景并置，丰富了画面意义。

---

① ［古希腊］伊索：《伊索寓言500则》，黄昊炘译，陕西师范大学出版总社2016年版，第145页。

第一章　古希腊《伊索寓言》图像叙事与图文关系

图1-12　《想要国王的青蛙》

（资料来源 http://mythfolklore.net/aesopica/aesop1501/21.htm。）

又如在《鹞子、老鼠和青蛙》的插图中（图1-13、图1-14、图1-15），虽然拉丁语、德语和西班牙语版的插图不完全相同，但构图逻辑是基本一致的，鹞子抓着老鼠，老鼠的腿和青蛙的腿绑在一起。画面就让我们产生疑问：鹞子怎么抓住老鼠和青蛙的？老鼠和青蛙为什么会绑在一起？同时又会被这略带滑稽的画面所逗笑，而插图的寓意就在多义的图像中闪现理性之光，使人们不禁思考画面的符号指向。

图1-13　《鹞子、老鼠和青蛙》
（拉丁语版）

（资料来源 http://mythfolklore.net/aesopica/aesop1501/3.htm。）

图1-14　《鹞子、老鼠和青蛙》
（德语版）

（资料来源 http://mythfolklore.net/aesopica/aesop1501/3.htm。）

西方寓言图像及其变迁

图1-15 《鹞子、老鼠和青蛙》
(西班牙语版)
(资料来源 http://mythfolklore.net/aesopica/aesop1501/3.htm。)

与之相对，单幅插图对一个场景事件的呈现方式难以形成冲突和矛盾点，如《狐狸和鹤》的图像，在恩斯特的插图（图1-10）和巴洛的插图（图1-16）中，狐狸面对水罐时的状态，无法描绘出狐狸与鹤之间的矛盾。观者看到的是鹤把长长的嘴巴放进了狭长的水罐中叼起了一块肉，狐狸在旁边无法把嘴放入狭长的水罐中。对于不熟悉这个寓言故事的读者而言，从叙事视角来看，恩斯特的插图从鹤的视角强调了长喙的作用，而狐狸只能束手无策。如果仅从巴洛的插图（图1-16）来看，无法补充寓言的哲理"狐狸遭遇了狐狸式的反击"，也就很难完整地补述出图像的前因后果：狐狸曾经用平底碟装着豆子汤宴请鹤，鹤根本无法喝到汤，之后才有了图中鹤回请狐狸的故事。此外，单幅插图也难以阐释出寓言的哲理，即如原文说的："狐狸遭遇了狐狸式宴请"①。

因此，并置空间的图像叙事可以更完整地图绘出故事内容，完成场景再现，丰富画面的意义。但同一空间的并置无法清晰地呈现时间的流动性，同时画面场景的叠加会造成意义解读的模糊性和多义性。关于插图的分析，从黄杲炘译本的《狐狸和鹤》的插画中，我们难以判断是狐狸还是鹤的小聪明反被聪明误；在《想要国王的青蛙》的插画中，也难以阐明上帝对青蛙的态度、青蛙的命运以及青蛙与鹳的关系；在《鹞子、老鼠和青蛙》的插画中，鹞子抓住了老鼠，未曾想还从水里拖出了一只青蛙，青蛙怎么和老鼠绑在一起的不得而知。然而，也正是在《伊索寓言》

---

① [古希腊]伊索：《伊索寓言》，黄杲炘译，陕西师范大学出版社2017年版，第137页。

第一章 古希腊《伊索寓言》图像叙事与图文关系

插图空间并置、图像的多义性中延长了观看时间及增加了思考的难度,达到了审美陌生化的效果,进而反思图像潜在的寓意。

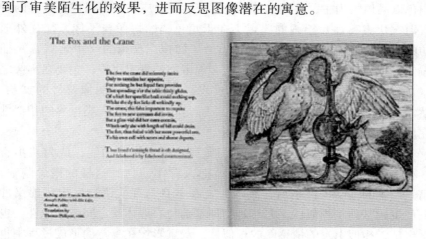

图 1-16 《狐狸和鹤》
(巴洛版)

(资料来源 Aesop. *Aesop*: *Five Centuries of Illustrated Fables*, by John J. McKendry, selector, Published by The Metropolitan Museum of Art. Introduction, 1964, p.45.)

四、拟人化手法·隐喻式表现

《伊索寓言》以动植物为主角讲述人类社会的道德伦理,在语言文本中大量采用了拟人的、夸张的、变形的手法来实现其意义修辞的转换与表达,在插图中,这也成为重要的图像叙事逻辑。寓言故事叙事的拟人化主要表现在非人类角色具有人的言说、思维能力。然而,在插图中,这种修辞策略的图说则表现出不同的路径。插图中的动植物无法展示其言说能力,却能从装扮、动作和表情进行拟人化的夸张变形再创作,从而转移观者视线,在动植物与人自我主体的比拟中实现情感移动,强化了拟人化效果。

与神话、传说、小说多以人为原型不同,寓言故事以动植物为原型。因此,寓言故事插图多为动植物图像,少有人物图像,主要以动植物图说人类现实,这就需要变形的改装。文字叙事的拟人化可以通过比喻、类比的方式来实现,而图像的拟人化既不能完全以人为原型,也不能完全以物为对象，只能在人与物之间，像与不像之间寻找逻辑基点。《伊索寓言》的角色以动植物为主，在现实自然世界有客观对应物，可以进行真实的再现。但《伊索寓言》绘画的要点不在于角色描绘得像与不像，往往外形摹仿的不像更能引起人们的注意和思考。如拉克汉姆的《伊索寓言》插图偏向于拟人化的角色创造，而不是客观事物的真实再现，主要在不像之像（图像）之间引起观者的注视与反思，从而解读出图像符号的寓意。当然，寓言图像也不完全排斥逼真性，而是在动植物与人类世界的相似性中完成哲理阐述，即隐喻的修辞表达。

有学者就从隐喻视角高度概括了寓言的隐喻修辞功能，认为"寓言是一种语篇隐喻。动物寓言运用了'把人看作动物'这样的概念隐喻，其寓意产生的基本条件是寓言故事的文本本身与现实语境发生了语义冲突，产生的基础是相似性，尤其是物理基础与心理体验之间的相似性，也包括由情景相似引发的情感间的相似性。双重影像在寓意的形成过程中也起了重要的作用，它是寓言得以生动的源泉，也是寓言具有强大生命力的深层原因"①。《伊索寓言》插图强调本体和喻体的相似性，通过类比来实现审美移情和哲理阐释。亚里士多德曾形象地概括了隐喻的修辞效果："想恭维人，就从属于同一类而比较美好的事物中取得隐喻字；想挖苦人，就从比较丑陋的事物中取得隐喻字。"② 在寓言插图的阅读中，观者也常常采取"把人看作动物"的隐喻模式，源领域是动物的寓言故事，目标领域是人生哲理，通过相似性类比来连接自然界和人类社会，这就是视觉寓言阅读的隐喻性。寓言插图的视觉隐喻就常常在拟人化和变形的图像中，寻找人与物的相似性而完成图像再阐释。如拉克汉姆的《伊索寓言》插图偏向于拟人化的角色创造，大部分动植物都穿着衣服，像人一样打扮，在《螃蟹和它妈妈》的插图中，穿衣穿鞋的螃蟹，像人一样直立行走。而在霍拉尔的木版画中，沙滩上两只螃蟹前爪相交，旁边几只贝壳，远处海面上有航船、岸边劳动的渔夫。与这种现代的写实构图相比，拉克汉姆的《螃蟹和它妈妈》变形和拟人化的构图，几乎模糊了螃蟹的外形，插图中只有两只螃蟹和远处的云、树、山等风景，擦除了远处的船

---

① 莫国辉，章礼霞：《隐喻在动物寓言中的运作机制》，载《淮南师范学院学报》2006 年第 1 期，第 103 页。

② ［古希腊］亚里士多德：《范畴篇 解释篇》，方书春译，商务印书馆1986年版，第 165 页。

第一章 古希腊《伊索寓言》图像叙事与图文关系

和劳动的渔夫,因为,拟人化的插图已经把两只螃蟹的行为隐喻为人类世界的言行思维。寓言故事的讲述中补充了图意,母蟹叫小蟹不要横着走,小蟹让母蟹做示范,图中歪歪扭扭的脚印说明了直立前行对于螃蟹来说是不可能的。这则故事讲述了"规劝容易,做起来难"的寓意,人类的世界何尝不是如此呢?

又如《北风与太阳》插图,拉克汉姆用大量直线强化北风的强劲,用曲线凸显太阳的高温,增强了风力和热度的视知觉,北风、太阳、路人和草等用刀锋版的线条构成,北风瘦骨嶙峋的手指、狰狞的面孔夸张地呈现出一种冲突与矛盾。将北风和太阳类比为人脸、人手的创意,让人感知到图像的现实性和拟人化手法。瑞德(L. J. Rhead)的《北风和太阳》插图①与之相比,其中太阳和北风分别以笑脸和怒目代替,从而用拟人化手法呈现出了行人面对的两种自然力的状态。这两幅画都选择了路人从图右边进入,抓紧披风顶着北风,身体前倾困难行走的状态,左图路人的帽子被风吹跑,脸被吹皱,努力爬坡,右图路人借助拐杖蹒跚前行。在这些意象的叠加中,我们似乎看到了北风和太阳谁更强大,谁能让路人衣服掉落的解读。这种图像叙事拟人化和矛盾性,增加了图像读解的时间。

即使是以人为主的插图,拉克汉姆仍然以变形夸张的隐喻修辞来增强插图的内在张力和视觉冲击力。如在《跳蚤和人》的寓言故事中,作者并没有对"人"的性别、年龄、外貌进行文字描写,而插画家拉克汉姆却深入地刻画了一个带眼镜、满脸皱纹、头发稀松的充满沧桑感的老人形象。这个老人的脸占据了画面 2/3 以上的空间,而跳蚤只是指尖上一个小黑点。老人和跳蚤之间的力量悬殊对比,隐喻了跳蚤此时的命运只有两种——被捏死或被放了。这幅画正是通过大与小的视觉冲突,通过用一张充满岁月痕迹的老人的脸与老人指尖上几乎看不见的跳蚤之间的对比,带给人深刻的反思,阐明不管岁月如何流逝,"小恶与大坏一样都有害"②,从而隐喻了人生大道理。

可见,《伊索寓言》的文体特征是"言此意彼"、故事+寓意(哲

---

① [古希腊]伊索:《伊索寓言500则》(插图修订本),黄杲炘译,陕西师范大学出版总社2016年版,第156页。
② [古希腊]伊索:《伊索寓言500则》(插图修订本),黄杲炘译,陕西师范大学出版总社2016年版,第172页。

理),在图像叙事中如何实现言此意彼的哲理表达就需要在插图中找到哲理的逻辑起点,找到"矛盾点"来强化哲理叙事的可能性和可行性。也就是说,不同于小说叙事图像的时间性和明见性,《伊索寓言》的插图强调空间性和矛盾性,在拟人化的虚构故事中反映人类社会的关系与人生哲理。如文字叙事中的对峙、反转和反常规的情境,可以引导一种溢出画面的空间思考,而不是清楚地再现文字。《伊索寓言》的插图强调的不是再现性而是表现性,不明晰的图画叙事需要想象和语象的介入,哲理的表达在图像的不协调处溢出意义,或者说在图像的反常规中得到增补,文字意义的哲理通常隐藏在图像的不可见处。

第四节 《伊索寓言》的图文关系

图像学家米歇尔说,语言和图像作为表意符号有着重要的区别:语言的再现不能像视觉那样再现它的客体——即不能将客体呈现在眼前。它可以指涉一个客体,描写它,联想它的意义,但却不能像图像那样把客体的视觉面貌呈现给我们。词语可以"引用",但绝不能"看见"客体。[①]《伊索寓言》故事的哲理在图像中是看不见的,有些寓言插图只是简单的角色再现,并没有呈现出故事情节、行动要素等,必须借助语言文本的阅读才能实现图文一体的审美体验,完成图像的隐喻修辞叙事。《伊索寓言》插图的非叙事性和隐喻修辞的哲理表达,使寓言文字与图像之间的关系也不同于其他文学题材的插图。利奥塔(J. F. Lyotard)说,对于文本来说,最重要的不在于它的意义,而在于它之所为和它之所激发。它之所为即它所包含和传递的影响力。它之所激发即使这种潜在的能量转化为其他事物——文本、绘画、图片、影片、政治行动、决策、性高潮、反抗行为、经济上的进取心等。[②]《伊索寓言》插图的意义不仅仅是愉悦视觉、装饰文本,更重要的是它所包含和传递的影响力。

---

① 参见 [美] W. J. T 米歇尔著《图像理论》,陈永国、胡文征译,北京大学出版社 2006 年版,第 138–139 页。

② 参见 [美] 道格拉斯·凯尔纳,斯蒂文·贝斯特著《后现代理论——批判性的质疑》,张志斌译,中央编译出版社 1999 年版,第 192 页。

第一章 古希腊《伊索寓言》图像叙事与图文关系

我们知道,《伊索寓言》文字叙事重在"言此意彼"的哲理阐述,《伊索寓言》文体的特性决定其故事叙事和寓意阐释之间存在缝隙,需要审美移情和阐释才能读出其中的寓意哲理和韵味。《伊索寓言》插图的对峙、反转、空间叠加等入画逻辑,使寓言插图的图像叙事以可见的图像隐喻不可见的哲理。然而,《伊索寓言》插图的非叙事性、不确定性使插图的独立叙事在单幅插图中难以形成完整的叙事,与小说多幅插图之间互文性构成的时间性、叙述的连贯性形成对比。正如贡布里希所说:"我们天生具有一种通过一致与不一致、相同与相反等先验范畴来判断经验的能力。"[①] 我们就在图文的多样关系中,探索《伊索寓言》的插图对于文本而言的功能是什么,或者说文字对图像表意有何影响,对哲理阐述的再现功能是什么,插图如何与文字发生关系,如何表述哲理等,这都是《伊索寓言》图文研究的重点。

一、图以文绘,直接图说

《伊索寓言》插图本中许多插图的对象就是寓言故事中动植物主角的直接图像化。寓言故事的主角多以自然界的动植物为主,和小说、童话、神话、传说等虚构的角色不同,不管什么年代的插图,在主要角色的图绘中都不会有太大的区别,都是对自然界的模仿与再现式图绘。早期寓言插图也主要是依文绘图,客观地呈现寓言故事中的某些事物、场景。

插图客观真实地摹仿寓言故事的角色外形,不做过多的修饰、改变和添加。这种主要以角色再现为主的插画大多只是起到装饰作用,未进入图文的叙事关系。以故事主角及其动作或状态作为直接的绘画对象,力图模仿一种真实性,能从中看到人们对自然界的认知不断随着时间的推移而更细致更真实。以《狐狸和葡萄》的插图为例,我们看到早期画家画的狐狸像只狼,木刻的版画也比较粗犷。这些插图全都取景于故事内容:"狐狸正饥饿,看见葡萄架上挂着一串串葡萄,很想摘,但摘不着。"[②] 插图

---

① [英]E.H.贡布里希:《秩序感——装饰艺术的心理学研究》,范景中等译,湖南科学技术出版社1999年版,第127页。

② [古希腊]伊索:《伊索寓言》,王焕生译,人民文学出版社2008年版,第11页。

并没有以"狐狸离去时,自言自语地说:'它们还是酸的'"[①]的情节入画。因为狐狸自言自语表达主观感受的意境难以真实地再现,也难以画出葡萄的"酸"。而故事的寓意"有些人也是这样,他们本来能力弱,办不成事情,却推诿于时机不适宜"[②],更难以成画,所以这类插图能画出具体角色对象及其动作却难以描绘出内心情感和理性哲理。同时,受早期条件限制,对具体对象的刻画方式也会有所不同。王焕生译本中引用的德译本插图是15世纪的木刻版画,阴刻直线和曲线的交织勾勒出了狐狸在葡萄架下的情境,但受刻印技术的限制,狐狸外形的刻画则略显生疏。王焕生译本中引用的英译本插图中的狐狸外型像狼,缺乏狐狸该有的狡黠。后面几幅插图则随着对动植物世界认知的深化和刻印技术的发展,插图画面都比之前的要真实灵动,狐狸毛发的质感在细密的点线结合中充满了生机。在王焕生译本《狐狸和葡萄》的插图中还有劳动工具、人类生活环境场所入画,背景环境的添加,也说明了《伊索寓言》故事越来越接近人类日常生活,插图努力勾连起寓意哲理与日常生活的关系。

  图以文绘的插图可以使故事内容更直观,体现了审美的直观性,直接呈现了故事的角色,但也因这种简单的直观而缺失了韵味,类同于某些动物学插图,仅仅展示了动物觅食的习惯和习性。因此,图以文绘如果脱离文本的语境,有可能变成动物学意义上的科学图片。如《伊索寓言》中著名的《海狸》故事,西方学者就从科学的视角考察了这个故事描写的严谨性。事实上,并非如寓言故事中所说的因为海狸睾丸的药用价值,所以当它被捕猎时,海狸为了保命会自毁睾丸。而寓言故事插图将侧重点放在海狸和猎人之间被捕与捕猎的关系上,画出了猎人捕海狸的真实状态,难以图说海狸为自保而自我阉割的想象性叙事。

  因此,原始艺术主要是写实性的,《伊索寓言》作为古老的艺术样式,其图文关系必然是以直接图绘、摹仿自然为前提的。正如格罗塞所说:原始的造型艺术在材料和形式上都是完全模仿自然的。除少数的例外,都从自然的及人为的环境中选择对象,同时用有限的工具写得尽其自然。……原始造型艺术的主要特征,就是将这种对生命的真实和粗率合于

[①] [古希腊]伊索:《伊索寓言》,王焕生译,人民文学出版社2008年版,第11页。
[②] [古希腊]伊索:《伊索寓言》,王焕生译,人民文学出版社2008年版,第11页。

第一章 古希腊《伊索寓言》图像叙事与图文关系

一体。①《伊索寓言》插图以文直绘就成为原始艺术的重要规律之一,也是其图文之间最直接的表征关系。

二、以图扩文,偏离主题

《伊索寓言》短小精悍,与神话、传说、童话和小说在篇幅上的巨大差异,决定了寓言故事不能展开关于人物、环境、情节等的详细叙述,简洁的叙事内容使插图的指向更具体、更明确。大部分寓言插图的内容有很大的相似性,但也有一些插图不以故事内容为核心,采取了偏离主题的方式。所谓偏离主题,是指插图图绘的内容在文字叙事中未被提及,或者不是主要的故事情节,插图偏离主题赋予了语言叙事更丰富的内容,即插图拓展或补充了新的叙事信息,为文字叙事提供了新的阅读视角和审美感受,以图像的视觉呈现调动人们对故事内容的再补充和再思考。

从经典寓言故事《兔子和乌龟》的语图关系来看,关键在于如何解读从兔子和乌龟的图绘演变成《龟兔赛跑》的原型,进而深化寓言故事的内涵。在对这些插图不同叙事内容的比较中,我们也许能在插图与寓言的偏离中找到其寓意演化的路径,阐明寓言插图补偿寓言文体因短小精悍带来的叙事空白,实现以图扩文的叙事逻辑。

在《伊索寓言》里,各种版本《兔子和乌龟》的寓言故事几乎都没有提到第三个角色,"乌龟和兔子争论谁跑得快。他们约定了比赛的时间和地点,出发了……"② 最后随着口口相传和人们对故事的解读,直接变成了龟兔赛跑,并指向奋发的乌龟赢了骄傲的兔子,"这则故事是说,奋发进取往往会胜过恃才自负"③。然而,《兔子和乌龟》寓言的插图却常常偏离了故事的主题叙事。

从《兔子和乌龟》的早期插图来看,就已经有其他动物出现在插图中。萨洛蒙(B. Salomon)④ 的版画(图1-17)和巴洛的版画(图1-18)非常相似,都加入了狐狸。从萨洛蒙版画看,狐狸耳朵长,既像驴

---

① [德] 格罗塞:《艺术的起源》,蔡慕晖译,商务印书馆1984年版,第144-145页。
② [古希腊] 伊索:《伊索寓言》,王焕生译,人民文学出版社2008年版,第142页。
③ [古希腊] 伊索:《伊索寓言》,王焕生译,人民文学出版社2008年版,第142页。
④ 伯纳德·萨洛蒙(1506—1561):法国画家、绘图员和雕刻师。

又像狼。从空间上看，兔子、狐狸和乌龟呈三角关系，兔子和狐狸看向乌龟，似乎对乌龟的决定产生怀疑，而乌龟高高昂起的头也表达了他不甘示弱的回应。巴洛这幅图与前一幅图不同，兔子、乌龟和狐狸三者成三角形站位，似乎在讨论着"比赛路线"。从空间关系来看，狐狸背对着观者，构图的重点就转向了兔子和乌龟，而且兔子和乌龟的视线都指向狐狸，因此，图像叙事的进程似乎更进一步，从狐狸和兔子质疑乌龟到兔子和乌龟等待狐狸发号施令开始比赛。在巴洛的版画中乌龟和兔子表现出重心后移准备出发的姿势，强化了故事的紧张感。如果不看插图下面的文字，纯粹从版画构图来看，这就是一幅动物写生画。这幅画充分运用大自然景观和光影对比，用密集的直线和斜线雕刻出动物的立体感。光从左上方照射过来，狐狸拉长的影子和兔子身后黑色阴影形成的茂密树林，再现了大自然动物的真实状态。然而，结合图下文字叙事，我们从图中能够读出画家巴洛对动物姿态选择的意味：兔子和乌龟趴在地上，身体重心后移，做出要出发奔跑的状态，似乎等待着狐狸的发令。与之相对，画得像狼的狐狸身体呈直立略微前倾的放松悠闲状态，说明狐狸没有进入到这场竞赛中，只是一个旁观者。可见，只有在文字的补充中，我们才能读出这是一个寓言故事，而不是一幅动物版画。

图1-17 《兔子和乌龟》
（萨洛蒙版）

（资料来源 https://aesopsbooks.blogspot.com/2017/06/aesop-illustrations-by-bernard-salomon.html。）

图1-18 《兔子和乌龟》
（巴洛版）

（资料来源 Aesop's Fables with his life: in English, French and Latin. By Francis Barlow. London: Printed by H. Hills Jr. 1687, p.141.）

第一章 古希腊《伊索寓言》图像叙事与图文关系

英国插画家拉克汉姆的插图（图1-19）更明显地表征出插图偏离主题、扩展文本叙事内容的特点。图1-19中虽然标注了《兔子和乌龟》的标题，但从画面上仍难以辨认出这个家喻户晓的寓言故事。故事的场景从户外转向室内，鹳鸟、熊、狐狸、老鼠、兔子和乌龟在同一空间里，这在《伊索寓言》插图中是不多见的构图和角色展示，甚至在拉克汉姆绘制的插图中，这也是角色最多的一幅。这些动物角色从前往后依次逐级排列上升，形成梯形结构，也引导着读者的视线从前景到背景，从低处到高处，完成画面分层叙事：兔子、老鼠和乌龟为同一空间，熊和狐狸为一组，两只鹳鸟为一组。在第一个话语场，一个类似于休闲的公共空间里，兔子托着腮帮捂着嘴嘲笑乌龟的速度，老鼠也同样嘲笑乌龟的不自量力；在第二个话语场，狐狸倚着墙、双手抱于胸前，熊端着装有水罐和水杯的茶托靠着门框，似乎被话题吸引，想看看乌龟和兔子是否真的会比赛；在第三个话语场，两只鹳鸟在墙角凳子旁站着，叼着烟，一边远观，一边似乎在打赌比赛的结果，又似乎在说着乌龟可笑的决定。这三个话语场共同构成了拉克汉姆充满独特韵味的插图。在拉克汉姆的这幅画中，所有的动物都像人一样站立，穿着人的衣服，拥有人的双手，只有乌龟仍然趴在地上，动物的本性表现得最真实。在构图中，我们能够看到拉克汉姆对乌龟弱势地位的强化与强调。从空间布局来看，前景到远景的动物体形在逐渐增大，视觉焦点在不断上升，视点从低处到高处的上移也强化了乌龟体形的弱小，隐喻这是一场力量悬殊的较量，似乎不用真正比赛就能预见比赛的结果。

此外，从动物造型上看，拉克汉姆的插图基本上都采用了拟人化手法，动物不仅像人那样直立行走，而且都穿上了西服、马甲，戴上围巾，披着披风等，拥有与人一样的双手。这幅图只有乌龟没穿上衣服，保留了生物界中乌龟的基本外观，这不禁让人思考其中的原因。从故事叙事来看，也许没有一个人会相信乌龟能获胜，正如人类都是容易骄傲的。拉克汉姆的构图选取了非主要情节，给读者们留下了更多的想象与空白，拉长了故事叙事的时间。从《伊索寓言》原文来看，兔子是骄傲的，自认为其速度很快，在赛跑中途去睡觉了；乌龟脚踏实地，勤勤恳恳，所以它获得了最后的胜利。这使语图的能指与所指之间产生了裂缝，它们指向了复杂的人类世界，而不是动物界的生物性讲述。兔子成了容易骄傲的人的隐喻，乌龟则成为默默无闻、吃苦耐劳的象征，当然这种隐喻和象征是在特定场景中才产生的化学反应，不同的情境故事则不同。兔子在其他寓言故事中可能是胆小怕事的象征，如《野兔和青蛙》寓言就讲了一只认为自己懦弱的兔子，故事的侧重点与《龟兔赛跑》故事不同，但无论如何，两者都是以兔子这种动物的习性为前提的寓意哲理建构。

图1-19　《兔子和乌龟》
（拉克汉姆版）

(资料来源 Aesop. *Aesop's fables*, Illustrated by Arthur Rackham, New York：Heinemann, 1912, p.92.)

可见，图像的补述十分重视文字留白的张力，图像偏离主题的出相则引发了寓言图文关系的新视点。也就是说，以图扩文的图文关系，就是在寓言插图偏离主题叙事的裂缝中，插图增补了文字意义，为图文的阅读创造了新的语象和语义，从而更好地为哲理叙事与阐释提供新的视点。《龟兔赛跑》的故事为什么广泛流传？因为它是超越常识的叙事，乌龟在赛跑中赢了兔子，引发我们反思故事的前因后果，这些缺席的文字成为插图的内容，插图扩充了文意，深化了寓意哲理。

三、以文补图，图说缺席

所谓以文补图，是指寓言故事中出现的关键情节或反转情节无法在插

第一章 古希腊《伊索寓言》图像叙事与图文关系

图中完整呈现,即图说的缺席,造成插图叙事的模糊性和不确定性,需要用文字叙事来补充图像叙事的缺失,从而完成图文阅读,把握寓意。如《狐狸和鹤》这则寓言,不同版本的插图不同,插图的数量也不同。有的只有一幅插图,有的有两幅,或者是一幅插图描绘了多个场景。

单幅插图(图1-20)不能阐释出完整的故事,人们也无法读出图中的意义。也就是说,单幅插图并不能把这种前后的对抗关系或者矛盾冲突呈现出来,图说的缺席,需要通过文本阅读来补充图像意义的完整性,体现哲理寓意的深刻性。寓言故事转折前后两种情形的对比,如果无法呈现在同一图像空间中,就无法完成叙事和表意,哲理的意味也无从谈起。因此,只能借助文字阅读来补充插图的空白,否则,此类插图并不能承担起图说哲理的功能。但是,即便是在同一插图中描绘多个情境,却因空间的共时性也难以明言时间的历史性,从而造成图说的困难。黄杲炘译本中的插图和拉克汉姆的插图虽然画出故事的两个情境,但仍有空白与缺席。并置空间的时间性如何表述?是按照近大远小的绘画规律,还是从上到下的阅读顺序?这些问题在插图中难以明确从而造成了阅读的困难。如果是从上往下看,首先是鹤戏弄了狐狸,后被狐狸识破而进行反击。如果是近大远小,先大后小地观看,则是鹤反击了狐狸的戏弄,得出狐狸聪明反被聪明误的图像叙事。拉克汉姆的插图则因图间插文从而按照阅读的顺序进行了编排,从上到下的顺序使两幅插图间具有了时空与因果的承续关系。

图1-20 《狐狸和鹤》

(资料来源 https://fablesofaesop.com/the-fox-and-the-stork.html。)

又如《狐狸和山羊》的寓言故事，我们从王焕生译本中[①]的插图来看，在一处破旧的井边，一只狐狸倚在井沿，应该是掉到井里出不来；一只山羊在井边往井里探望，在和狐狸说着什么；从井边的摇杆和茂盛的杂草来看，这是一口枯水井。然而，由狐狸和山羊的强弱对比，我们可以判定，狐狸此时无法对山羊造成伤害。它们之间会发生什么故事就需要文字的补充。但在图1-21中，我们看到的情况恰恰相反，是山羊在井里，狐狸在井外。从图像推测，估计是狐狸骗了山羊，山羊落入陷阱。然而，不管羊与狐狸谁在井里，都不能阐明文字叙事的内容，必须在文中补充图像缺失的对立和反转关系，才能使读者解读出其中的寓意和哲理。也就是说，语言文字叙事反转的或对比的情节如果不能入画，就等于省略了文字内容，即图说的缺席，由此必然带来对图的误认与误读。如《狐狸和羊》的插图，在童话故事中，它有可能是一只狐狸哄骗山羊的故事。但寓言是为哲理服务的，狐狸如何哄骗？山羊为何会上当？从中的启示是什么？这是寓言插图图说的诉求。这就决定了在阅读这个寓言故事和插图时，读者不会把寓言插图错认为童话插图。但是，图像的缺席使有限的图像叙事无法表征寓言故事的矛盾、冲突，探求只能从文字中找到补充的图意，这就是以文补图的入口和图省文显的图文关系。这也说明图像缺席或空白，使得图文阅读更依赖于文字叙事逻辑来把握哲理。不管图中狐狸和山羊谁在井里，其寓意都是因其反转的情节而使哲理更具说服力，即狐狸诱骗了山羊，山羊轻信狐狸而使自己陷入困境。这告诉我们，"聪明的人应该首先认真考虑事情的结果，然后再着手去做"[②]。

这些同一故事不同插图的图文，只是因为角色空间位置的改变带来了表意的区别。或者说，单幅寓言插图难以说明和表征出寓言的反转情节，此时只能在文字叙事的补充中，完成图像叙事的演绎和意义的完善。否则，就有可能造成意义的模糊、缺失乃至误读。

四、图文互补，彰显寓意

图文互补指《伊索寓言》的文字和插图互为印证和补充，从而使图

---

① ［古希腊］伊索：《伊索寓言》，王焕生译，人民文学出版社2008年版，第6页。
② ［古希腊］伊索：《伊索寓言》，王焕生译，人民文学出版社2008年版，第6页。

第一章 古希腊《伊索寓言》图像叙事与图文关系

图 1-21 《狐狸和山羊》

(资料来源 Aesop's Fables with his life: in English, French and Latin. Newly Translated. Illustrated with one hundred and twelve sculptures. By Francis Barlow. London: H. Hills Jr, 1687, p. 121.)

文语义丰满充实,更好地彰显寓意。事实上,《伊索寓言》的阅读本身就是一个互文关系。霍内特说:"读者的反应仍然存在,这是一个很少被关注的话题。据推测,读者通常在阅读文本之前就'阅读'了《伊索寓言》的插图,因为它通常占据了寓言开始的那一页。在过去,除了孩子们之外,一定还有很多'读者'依赖于图片和传闻,因为他们没有受过教育,读不懂文字。在一幅图画中,寓言的完整性和清晰度因寓言内容的不同而不同。一只躺在地上的狐狸抬头看着树上的一只公鸡,这只能说明它们是故事的中心人物,而寓言可能会记录下它们的对话。一只躺在地上的狐狸抬头看着树上叼着食物的乌鸦,这说明狐狸想要食物。寓言的情景越具体、越独特,就越能使人理解其意。单独观看时,最难与恰当的寓言故事联系起来的木刻作品,是那些只展示动物之间对话的作品。"[1] 也就是说,

---

[1] Edward Hodnett. Aesop in England: The Transmission of Motifs in Seventeenth-Century Illustrations of Aesop's Fables. Virginia: University of Virginia Press, 1979, p. 18.

西方寓言图像及其变迁

《伊索寓言》作为人类千百年来的经典，早就潜存在人们的无意识中，互文阅读已经成为重要的经验。插图是重要的互文中介，霍内特说："文学文本插图画家的主要作用是描绘、解释和强化特定文本的意义。他的成功首先取决于他能够理解作者意图的智慧和想象力，但他的理解只能在他的艺术范围内得到体现。他还有一个次要的功能，就是提供一种与文本不同但互补的审美体验，就像酒配菜一样。这些普遍接受的前提在实践中往往被忽视。大量的插画家，包括寓言插画家，已经满足于在一幅画中'讲述故事'，甚至仅仅是展示他们想象的角色可能的样子。"[1] 因为"用图像清楚无误地表达任何事情都是十分困难的"[2]，所以在图文"互补"的互文中，提供一种"不同但互补的审美体验"是图文重要的内在关系。

如《狮子和老鼠》在《伊索寓言》中是关于一只狮子和一只老鼠的故事，但在版画中却出现了两只老鼠。如果仅从插图来看，狮子抓住老鼠、狮子被绑和老鼠咬绳子救狮子的几个情节并置于同一空间，已经是比较完整的图说。但这却会让读者误读为是一只狮子和两只老鼠的故事：一只老鼠被狮子抓住了，另一只逃跑了；或者形成狮子捕食老鼠，老鼠咬断狮子脖子上的绳子去救狮子，形成前后矛盾的语义关系。文意在插图中是难以阐明的，这幅插图既不是以图扩文，也不是以文补图的关系，而是必须通过图文互文才能理解这两只老鼠是同一老鼠，它们在不同时空与狮子发生的故事被展示在同一空间中。也就是说，插图是有先后的时间关系和事件的因果逻辑关系的，并在同一空间中呈现：狮子逮住老鼠后又放了它，后来狮子被猎人网住，老鼠咬断绳子救了狮子。通过文字与图像的互文梳理，解开"两只老鼠"之谜后，关于《狮子和老鼠》的插图就容易解读了，从而读出"时运变幻莫测，有时甚至强者也需要弱者帮助"[3] 的哲理。

又如《老狮子》这个寓言故事讲述的是"狮子很老了，躺在地上等死。野猪和公牛攻击狮子，驴看到了，也过来欺负狮子……"这些动物在不同的时间分别对狮子做出报复攻击，有先后顺序，但插画家消解了时

---

[1] Edward Hodnett. *Aesop in England: The Transmission of Motifs in Seventeenth-Century Illustrations of Aesop's Fables*. Virginia: University of Virginia Press, 1979, p. 17.

[2] [美]阿瑟·阿萨·伯杰：《眼见为实——视觉传播导论》，张蕊等译，江苏美术出版社2008年版，第79－80页。

[3] [古希腊]伊索：《伊索寓言》，王焕生译，人民文学出版社2008年版，第90页。

第一章 古希腊《伊索寓言》图像叙事与图文关系

间的流动性,构建了空间的同一性,野猪、公牛、驴在同一空间中攻击狮子,画家把这三次攻击放在了同一个画面中(图1-22)。如果没有文字的补充,从插图中有可能会解读出动物们团结起来与狮子对抗,得出"团结就是力量"的道理。然而,老狮子的遭遇说明了"当有人失去往日的尊贵和荣耀时,甚至怯懦者也会嘲笑他遭遇的不幸"①的道理。因此,虽然插图完整呈现了故事情节,但由于时间的空间化表达消解了时间性,导致插图的多义性、不明确性,需要文字叙述的精准性"打补丁"来完成图文互补。

图1-22 《老狮子》

(资料来源 http://mythfolklore.net/aesopica/aesop1501/16.htm。)

在以图直绘、以图扩文、以文补图、文图互补的图像逻辑中,基本上不会出现图像意义悖反、多义的情况。如德国艺术评论家舒里安论述道:"图画就是一种编了码的现实,犹如基因中包含有人的编码生物类别一样。所以,图画总是比话语或想法更概括、更复杂。图画以一种在时间和空间上都浓缩了的方式传输现实状况,因而图画当然也让人感到某种程度的迷糊不清,然而,图画在内容上比话语更为丰富——话语'容易安排',但也容易出偏差。"②"大自然的多样化是更容易安置在图画里而不是在话语里的。当然,话语在信息传输时表达的清晰、有目的指向;然而多样性在话语里更容易失去。……话语有可能比图画真实或更真实,但是,同被现实性大大净化了的话语比较起来,图画中包含的观点具有更丰

---

① [古希腊] 伊索:《伊索寓言》,王焕生译,人民文学出版社2008年版,第211页。
② [德] 瓦尔特·舒里安:《作为经验的艺术》,罗悌伦译,湖南美术出版社2005年版,第268页。

富的色彩、更丰富的内容,也更鲜艳夺目。"① 也就是说,读者在图像多义性与语言明确性的互文中获得更丰富的审美体验。"人能够经话语而超越自己独特的本性并成长,但人能够借助于图画(像)而获得广博、深远的学识。"② 显然,用这"两种精神武器"来叙事,自然也是各不相同、各有所长。③ 在《伊索寓言》中,文图就是在各自擅长的领域,将文字叙述图像化,精确地能指图像,完成互文性叙事,彰显寓言寓意。

可见,不管是哪一种图文关系,都表明了《伊索寓言》插图独立叙事的局限性,因为《伊索寓言》是为哲理服务的,以劝服说理为诉求,不以抒情叙述为最终内容,《伊索寓言》插图的叙事难以表达"画不就"④ 和深邃的意义,必须在文字背景中才能发挥图像叙事的优势和魅力;因为《伊索寓言》哲理譬喻的叙事特征,"画不就"之处在于对"寓意"的图绘,只能通过阐述来实现寓意的图说。所以,阐释的逻辑起点就在于图文关系处,即图像逻辑起点"对峙""反转"和"结局",并在此处进一步思考图文之间的关系,"对峙"是可见的"以图补文",直接可视化的角色对比;"反转"是隐蔽的"以文补图",由单幅插图的时空缺失或者是多幅插图的矛盾构成,以文补充图像叙事的局限性;"结局"是想象性的"文图互补",消解叙事过程的故事结局需要从规律性中推测延伸出结局的非常规性叙事。

---

① [德] 瓦尔特·舒里安:《作为经验的艺术》,罗悌伦译,湖南美术出版社2005年版,第268页。
② [德] 瓦尔特·舒里安:《作为经验的艺术》,罗悌伦译,湖南美术出版社2005年版,第269页。
③ 龙迪勇:《图像叙事与文字叙事——故事画中的图像与文本》,载《江西社会科学》2008年第3期,第29页。
④ 参见赵宪章《诗歌的图像修辞及其符号表征》,载《中国社会科学》2016年第1期,第170页。

第二章 中世纪动物寓言集及其图像叙事

　　古希腊时期，寓言是平民百姓借物寓意，表达境况和情感，具有劝诫和说理作用，"言此意彼，另有所指"的叙事。到了中世纪，寓言故事的创作与使用得到了进一步发展，以动植物为主角的故事表达在基督教教义劝诫中起到重要作用。中世纪自然史和动植物学的发展，对动物的描述和图绘在中世纪教堂雕塑、门廊、玻璃窗画、天顶画中有明显体现，但这不是简单的动物图绘，不同于动物学对动物的科学研究，而是通过对动物特点、习性的介绍和阐释，使其充满宗教意味和寓意，为"文盲"理解教义服务。特别是中世纪动物寓言集的丰富和发展，形成了独特的关于自然、动物、宗教的寓言书写，成为了解中世纪艺术、科学、社会的重要文本。这些文本也是中世纪特有的，如十二十三世纪在英法等国风靡的动物寓言集。本章主要从对中世纪的宗教发展和圣像运动的分析中，阐明中世纪宗教教义劝诫和传播与动物寓言图像的关系，进而在中世纪动物寓言集源流的探索分析中，进一步阐明中世纪动物寓言插图的特征、图文关系及其主要母题的发展演变，表明动物寓言图像作为中世纪的视觉媒介，不仅对基督教发展、宗教传播具有促进作用，也对文学艺术、科学发展具有重要意义。

第一节 中世纪宗教运动和动物寓言集

一、中世纪宗教崇拜与寓言释经

　　古希腊神话对神界和冥界的描写，是对人间现实的一种隐喻性表达，引导人们深入感知超验的精神义谛，了解人间困境的根源和拯救方法。马可奎恩（J. MacQueen）曾明确指出，后来的神学家把古希腊神话故事当作基督教救赎的寓言来理解，是精神层面的解释。① 对探索人类精神领域的寓言理论的研究，在古希腊柏拉图的著作中已有论述，柏拉图被认为是"对各种寓言传统都有重要影响的奠基人"②。柏拉图的理念论构造了一个超验的、不可见的、最高的精神世界，一切都是对其进行模仿或者是模仿的模仿，寓言就是对这个世界的象征性表达，具有解释理念世界的功能。到了中世纪，基督教思想渗透欧洲文化生活的各个领域，上帝成为最高真理的象征，因此，人们的文艺创作都是为了实现这种最完美的善，都是对上帝言行模仿的想象性表达。这时期的象征融入了寓言表达形式，成为《圣经》释义的一种方法，成为通向神的世界的途径以及连接人类世俗生活和精神世界的桥梁。

中世纪寓言的显著特征是不以神话的神秘性为主，而是较直观的寓意说教，诗人和读者都很清楚虚构艺术作品说的是什么。在基督教的统治下，这种明确的寓言表达备受恩宠，因为基督教在罗马晚期逐渐国教化，极大地影响了欧洲人的思想，并在中世纪一千多年的历史中统治了一切学术领域。基督教的特征是对上帝的无限崇拜和信仰，所有一切事件都是上帝旨意的结果。也就是说，在中世纪，人们如果想了解事物的本质或理由，他们既不会探究它，去分析其结构，也不去追索其起源。他们只会仰望天空，相信自有理念昭示。这种把一切归到某一普遍类型上去的倾向，可以看作是中世纪精神的一个根本缺陷，因为这就不能获得辨明和描述个性特点的能力。③ 中世纪的精神、物质、思想、情感等一切现象都具有共同本质或起源，它们都是上帝的造物，上帝就是真理。人们相信，在上帝这里，一切事物都不是虚无的，所有的世间万物都具有一种先验意义，需要理解和阐释。中世纪的基督徒把《圣经》看成上帝之书，世界的全部知识都存在于《圣经》中，它是一部百科全书式的经典。基督教教会对其进行广泛的传播和阐释，实际上是为了传达基督教教义，实现道德教化，规诫世人，满足其意识形态统治的需要。因此，围绕《圣经》展开

---

① John MacQueen. *Allegory*. London and New York：Methuen Press, 1981, p. 4.
② John MacQueen. *Allegory*. London and New York：Methuen Press, 1981, p. 7.
③ 参见［荷兰］赫伊津哈著《中世纪的衰落》，刘军等译，中国美术学院出版社 1997 年版，第 223 - 224 页。

第二章 中世纪动物寓言集及其图像叙事

的各种阐释活动尤为盛行,这种运用"寓言""隐喻"或"象征"寻找字面义之外天启意义的方法称为"寓言释经法"。① 也就是说,从不同层次对《圣经》文字叙述的阐释都统称为"寓言义"。这在但丁对自己作品《神曲》的解释中得到了明确的理论概括:"为了对我们所要说的话有清楚的了解,您们要知道这部作品(《神曲》)的意义不是单纯的,毋宁说,它有许多意义。第一种意义是单从字面上来的,第二种意义是顺从文字所代表的事物得来的;前一种叫做字面的意义,后一种叫做寓言的,或秘奥的意义。"②

中世纪的"上帝在造物中实现着自身,以神奇和难以言喻的方式显现着他自己。他尽管无形,却变得有形;尽管难以理解,却变得易于理解;尽管不易窥见,却变得显而易见;尽管不为人知,却变得为人所知;尽管没有形式与形态,却变得具有美好的形态"③,而且"这样的象征对于没有知识的人具有迷人的力量,因为它们已经成了传达共同经验和共同希望的工具"④。寓言从各层面阐释艺术作品的寓意,力图把文本的意义充分地显现出来。这种寓言式阐释使《圣经》广泛地、迅速地传播,成为当时乃至整个欧洲文明重要的文化源头。黑格尔从寓言构思特征的角度探讨了中世纪寓言流行的原因。他说,艺术家普遍性观念的表达是在涵括某种定性的寓言中表现出来的;尤其是基督教要表现的普遍精神性的本质的东西,不能在现实生活不同的活的个体中表现出来,只能用寓言从《圣经》的人物、事件及其活动中表现这种普遍的真理。因此,"对具体表现的兴趣只能居于次要地位,对内容本身仍是外在的,最容易而且也最适宜满足这种要求的表现形式就是寓意(寓言——笔者注)"⑤。"在中世纪,一切唯实论归根到底是神人同形同性论。如果有人想给一个理念赋予独立的本质属性,并希望使它一望而知,唯一的办法就是用拟人化的方式。这就是符号表征与写实主义转化为寓言的地方。寓言是投射在肤浅的想象力之上的象征手法。歌德将寓言和象征做了这样的对比:寓言把象征

---

① 《简明不列颠百科全书》第9卷,中国大百科全书出版社1986年版,第127页。
② [英]鲍桑葵:《美学史》,张今译,商务印书馆1985年版,第207-208页。
③ [波]沃拉德斯拉维·塔塔科维兹:《中世纪美学》,褚朔维、李国武等译,中国社会科学出版社1991年版,第126页。
④ [英]鲍桑葵:《美学史》,张今译,商务印书馆1985年版,第169页。
⑤ [德]黑格尔:《美学》(第二卷),朱光潜译,商务印书馆1996年版,第125页。

转换为语词,又把语词转换为形象。"①

德国哲学家和"狂飙突进"运动之父哈曼(J. G. Hamann)明确说明了寓言在文学表达中的重要地位。在象征表达占主要地位时期,他的文学思想努力把神秘主义、新柏拉图主义、虔诚主义与德国的浪漫主义贯穿在一起。他用从语言产生的神圣性来论述其诗歌理论:他继承自古希腊以来认为上帝是最高真理的观点,认为整个世界都是上帝的语言,诗歌是对上帝语言的摹仿。诗歌与宗教没有本质区别,是原始的宗教,是一种"天然的预言"。② 因此,一切诗歌都是神圣的,《圣经》不但是福音,是表现上帝神圣性的创作,而且是最高级的诗歌,是具有寓言性的诗歌。哈曼反对只承认《圣经》是一种象征性解释的观点,他相信具有讽喻性和教诲性的寓言和寓言阐释,认为整个自然就是表现上帝神圣性和威严的一个大寓言,因为"最新的美学和最老的美学旨义毫无二致,简言之:'敬畏上帝,尊崇上帝'"③。可见,哈曼的诗论既有中世纪以来关于寓言阐释表达神圣上帝之言的意思,又扩大了诗歌等文学作品的表达范围,使寓言的表达形式和寓言阐释理论显现在浪漫主义诗歌创作中。当然,浪漫主义时期也有一部分诗人对寓言和象征不加区分,把它们看成是诗歌表达的必然手段,诗歌具有比拟性和譬喻性。他们对寓言的驳斥是有所保留的,认为文学的寓言性特征是不能够完全忽视的真实存在。

因此,"中世纪人说,他们寻求一切事物里的'道德'、隐含的寓意、重要的伦理意义。每一场历史或文学事件都有可能成为一句格言、一个文本或一句谚语。正如《旧约》和《新约》有神圣的象征性纽带一样,任何事件爆发时,总有可能用引自《圣经》、历史或文学的范例来加以鉴别"④。但寓言式阐释在中世纪仍然摆脱不了神学色彩,宗教的集体性居于中心位置,个人化的情感表达在这里受到了压抑和忽视,"宗教气氛的

---

① [荷兰]约翰·赫伊津哈:《中世纪的秋天》,何道宽译,广西师范大学出版社2008年版,第218页。
② [美]雷纳·韦勒克:《近代文学批评史》(第一卷),杨岂深、杨自伍译,上海译文出版社1997年版,第239页。
③ [美]雷纳·韦勒克:《近代文学批评史》(第一卷),杨岂深、杨自伍译,上海译文出版社1997年版,第239页。
④ [荷兰]约翰·赫伊津哈:《中世纪的秋天》,何道宽译,广西师范大学出版社2008年版,第247页。

第二章 中世纪动物寓言集及其图像叙事

极端饱和状态和显著的以形式表达思想的倾向"① 成为个人和社会生活的主要内容,一切形象象征意义和寓言阐释义的表达在宗教渗透下被形式化、固定化,而且象征的绝对化把艺术思维引向对上帝精神世界的感悟和认同,极大地束缚了艺术发展的天地,直到在文艺复兴时期重视人的价值理论中才逐渐隐退。

二、中世纪破坏圣像运动与宗教寓言图像书写

中世纪不但宗教盛行,而且在基督教内长期存在圣像崇拜,在绘画、壁画、玻璃窗画等中用象征性符号或形象来代表基督,使原来对基督的崇拜转向对图像、圣物的崇拜。也正是因为寓言图像的神圣性和道德劝喻功能,一部分反对圣像的人感到担忧,他们认为崇拜圣像是对图像的迷恋,是对偶像的崇拜,并不是对圣人的崇拜,不利于宗教教义的传播,因而大肆摧毁圣像,这就是历史上著名的"破坏圣像运动"。对圣像的既爱又恨是破坏圣像运动的结果。特别在八九世纪期间,拜占庭帝国发生了较大规模的破坏基督教会圣像、圣物的运动。圣像崇拜和反圣像崇拜争议的焦点在于图像是否能真正显现上帝的形象和意旨。前者认为可以,后者认为圣像只是上帝的肉身,上帝的精神是不可视的。实际上,这一争议是帝国皇帝和宗教教会教皇之间的一场权力斗争。然而,无论如何,中世纪对圣像传教说服功能的批判,使君士坦丁堡圣索菲亚大教堂遭到破坏,一部分圣像画和书籍的装饰画也遭到了销毁。与此同时,世俗艺术得到较大发展,一些艺术家改变创作风格,主要对以自然景物为背景的公共活动、竞技等场面进行描绘。

圣像、圣物确实有助于基督教教义的阐释与传播。从经济、文化水平来看,中世纪时期,大众整体的教育素养较低,只有主教和少数僧侣能够进行文字阅读,俗世的人大部分是文盲,若要宣传宗教教义,传播宗教道德,阐明宗教寓意,就必须使信徒们能够"阅读",具有阅读能力。而基督教圣像、圣物的视觉化能够较好地在他们心中构成形象、形成记忆,"宗教情感往往转化为形象。中世纪的心态使人相信,一旦以图像的方式

---

① [荷兰] 赫伊津哈:《中世纪的衰落》,刘军等译,中国美术学院出版社1997年版,第159页。

将神秘的图像呈现在眼前，人就能够把握神秘现象。于是，用可见符号崇拜难以名状现象的需要就不断创造了新的形象。"① 这也是中世纪记忆术强调的记忆方法之一。也正是因为圣像、图像的形象记忆产生的传播效果，使对偶像崇拜的论争异常激烈。但不管是推崇还是反对圣像，他们都看到了图像具有表达教谕功能。拉丁教会的理性思想常常强调这种危险，以免因混淆图像和原型而导致偶像的崇拜，至少避免了在东方教会中发生图像崇拜。根据教皇格雷戈里一世的著名宣言，图像只能用来向文盲传授《圣经》。严格地说，就是要注意防止把图像看得过重，而应该只把它当成图画文字。② "米尔克（J. Mirk）在反对破坏图像时曾说：'图像和图画是文盲的书本，如果看不到它们，我敢说成千上万的人无法在心中想象基督被钉上十字架的情景。'加朗代的约翰也讲过图像的作用：'你应视教堂中的雕像为模范，把它们化为鲜活难忘的画面记在心中。'"③ 不管破坏圣像运动是出于政治、经济还是军事原因，圣像、圣物确实对文化程度较低的世俗民众的宗教教育起到了重要作用，并有助于基督教教义的广泛传播，这也是中世纪宗教教义图像化、寓言化的重要特征。因此，在教堂雕塑、教会地下墓穴绘画、壁画中都运用了象征性的符号和形象来寓指基督及基督信仰等。赫伊津哈说："我们不崇拜图像，而是崇拜图像表现的上帝，因为上帝的形象在这些图像里。图像仅仅是为了向头脑简单的教徒显示信仰什么的手段，因为他们不熟悉《圣经》。"④ "为了让一般人能够理解宗教信仰，清晰可见的形象足以，从精神上去理解信仰就完全成为多余之举。在表现三位一体、地狱火焰、各种圣人的图像里，你看到的是形象、色彩和形式，这样的图像和抽象的信仰之间，不存在区隔的距离和空间。……所有这些再现的手段都直接从图像走向信仰。这些形象在脑子里

---

① ［荷兰］约翰·赫伊津哈：《中世纪的秋天》，何道宽译，广西师范大学出版社 2008 年版，第 215 页。
② 参见［英］E. H. 贡布里希著《象征的图像：贡布里希图像学文集》，杨思梁、范景中编选，广西美术出版社 2015 年版，第 201 页。
③ Willene B. Clark, Meradith T. McMunn. *Beasts and Birds of the Middle Ages*: *The Bestiary and Its Legacy*. Philadelphia: University of Pennsylvania Press, 1989, p. 14.
④ ［荷兰］约翰·赫伊津哈：《中世纪的秋天》，何道宽译，广西师范大学出版社 2008 年版，第 175 页。

第二章 中世纪动物寓言集及其图像叙事

界定清晰、外观分明,凡是教会所要求的关于现实的一切都存在于图像里了。"①"图像是为头脑简单者准备的书。"②

经过中世纪破坏圣像运动和基督教的洗礼,圣像崇拜或者说宗教圣教的意义与功能得到了发展和肯定,对于不识字的圣徒来说,圣像提供了视觉认知上的对象化和具象化。"中世纪晚期思想的基本特征是强势的视觉性。……那时的思想几乎完全靠视觉性观念实现。一切用视觉术语来表达。……直接用事物外貌来表达的倾向使图像成为更有力、更完美的手段;相反,文字手段就不如图像。"③ 而且"宗教总有转化为图像(image)的倾向。似乎只要赋予其可感知的形式,神秘感就可把握了。以可见之形来崇拜不可名状之物的需要,持续不断地造就着新形象。在14世纪,十字架和羔羊不再足以表达对耶稣的狂热之爱。另外,对耶稣之名的热爱偶尔也有凌驾于十字架之上的威胁"④。

然而,在西方文学、绘画、雕塑、徽志等艺术中,丰富的形象符号的使用和象征并没有相对统一的理解和注释,这就给图像的观看、使用、阐释、交流与传播带来了一定的困难。"到16世纪末,基督教失去了它的造型能力,只剩下纯粹的内在力量。"⑤ 用寓言阐经释义的方法也随之逐渐消减,但仍存在于文学艺术领域。此后,就有人从图像志、徽铭等角度来探析寓言图像的规律和意义,并进入对人的世界的关注,大量运用拟人像。其中有大量的动物拟人像、寓意图像。也就是说,"中世纪无论在语言和图像中都充满了象征性的事物内容指涉"⑥。宗教、寓言和动物图像具有内在关系,在中世纪共同为不识字的信徒提供视觉化的宗教教义并进行寓意传播,他们需要认真阅读视觉图像的构成要素及其寓意,动物寓言

---

① [荷兰] 约翰·赫伊津哈:《中世纪的秋天》,何道宽译,广西师范大学出版社2008年版,第174页。
② [荷兰] 约翰·赫伊津哈:《中世纪的秋天》,何道宽译,广西师范大学出版社2008年版,第175页。
③ [荷兰] 约翰·赫伊津哈:《中世纪的秋天》,何道宽译,广西师范大学出版社2008年版,第310页。
④ [荷兰] 约翰·赫伊津哈:《中世纪的衰落》,刘军、舒炜等译,北京大学出版社2014年版,第172页。
⑤ [法] 埃米尔·马勒:《哥特式图像:13世纪的法兰西宗教艺术》,严善錞、梅娜芳译,曾四凯校,中国美术学院出版社2008年版,第461页。
⑥ 陈怀恩:《图像学:视觉艺术的意义与解释》,河北美术出版社2011年版,第49页。

就是其中重要的组成部分和寓意载体。

三、中世纪动物寓言与动物寓言集

在考虑神的创造物时，中世纪时期的思想常常寻求寓言的解释和象征关系。人们认为，无论是真实的还是想象中的野生动物和家养动物，其意义都超出了它们自身，它们提供了道德指导。人们研究了它们在自然界中的地位，不是出于自身的目的，而是为了学习人的一生。神造物的目的是启发人，居住在其中的野兽、鸟类和鱼类也是如此。像其他所有东西一样，甚至它们的名字也意味着某些东西，这就是中世纪时期如此强调词源的原因。确实，动物的存在是具有说教性的，救赎性目的并不是那么重要。

在西方神话造物世界里，动物具有丰富的意义，常常超出它们自身的生活习性。从古希腊时期的寓言故事开始，寓言起源于将动物或植物拟人化的传统，可追溯至史前时代。这种拟人化的手法中蕴含的万物有灵观念在古希腊神话、《荷马史诗》、《圣经》中也大量运用，这也是原始人原生态的思维方式。在前面关于《伊索寓言》的分析中，我们知道，动植物不但会说话，而且与人可以进行无障碍交流，动（植）物与动（植）物之间、动物与植物之间，动（植）物与人之间的对话成为寓言叙述的基础。从《工作与时日》中《鹞鹰和夜莺》这个最早的寓言故事到最完整的寓言集《伊索寓言》，我们知道寓言不是为叙述而叙述，而是为劝谕而叙述，因此在拟人化的叙述表达中，为了实现教谕的目的，就要从类比的角度来完成寓言故事的叙述，实现其寓言化表征。如亚里士多德所言："寓言最宜用于政治言说；历史上的类似的例子很难找，寓言却容易编，只要像编比喻那样，能看出事物的相似之点就行了。"[①] "寓言的第一个任务就在于把人和自然界某些普遍的抽象的情况或性质，例如宗教、爱、正义、纷争、名誉、战争、和平、春、夏、秋、冬、死、谣言之类，加以人格化，因而把它作为一个主体来理解。这种主体性格无论从内容看还是从外在形象看，都不真正在本身上就是一个主体或个体，它还只是一个普遍

---

① ［古希腊］亚里士多德：《修辞学》，罗念生译，生活·读书·新知三联书店1991年，第110页。

第二章 中世纪动物寓言集及其图像叙事

观念的抽象品,只有一种性格空洞形式,其实只是一种语法上的主词。一个寓言的东西尽管被披上人的形状,却没有一个希腊神、一个圣徒或是任何一个真正主体的具体个性:因为要使主体性格符合寓言的抽象意义,就会使主体性格变成空洞的,使一切明确的个性都消失了。"① 黑格尔指出,寓言中抽象化的概念具有主体性格特征,它们是寓言叙事表征意义的重要途径,人格化的叙事是其寓言表达的渠道,是寓言普遍性的结构。因此,抽象化的概念原型是指以抽象的、概念化的词语来指称、命名人、事、物,赋予其普遍性,同时用人格化的方法使其具有情感性和社会性,直接表达作者的感情、价值取向、审美判断和创作意图,使读者通过阅读比较容易把握文本的主旨。

因此,具有道德的形象或抽象概念成为寓言叙事的主题和意旨,特别是中世纪基督教具有绝对统治地位,宗教势力强大,对民众的思想实行禁锢和宣传渗透,在宗教的强制下,人们的不满情绪只能通过隐喻、寓言的方式表现出来。而寓言的表达方式与时代的日常生活相结合,在某种程度上达成同一,具有同意识形态相抗争的否定、解构、祛魅甚至救赎的力量,与神话的神圣统一性有重要区别,即中世纪寓言不仅仅是宣传教义的重要方式,而且具有了表达叙述内容之外的功能和价值。普鲁塔克是最先使用"寓言"这一术语的古典作家,他的定义简洁并抓住了事物的本质:"叙述是一件事而理解的是另一件事。"②

但寓言不同于一般文学因感情表达需要而开始的创作,逐步上升到思想层面,它从抽象概念出发,通过具体故事反映现实,是理性认知的感性表达,是抽象概念的具体化,通过动物故事来表意说理是其重要内容。如郑振铎所说,寓言的历史,可追述到极古。彼时,世界还在童年,野蛮人的思想,以为万物都是与人类一样,是具有灵魂的,会说话、会思想、会做如人类所做的行动。于是动物乃至植物的故事,为这种童心的民族所创造、所传说。于是动物便披上了人的衣饰,说人所说的话,做人所做的事。寓言亦由此而兴起。在这时,寓言还只有一个躯壳,即故事本身,还未具有它的灵魂,即道德的训条,他们为说故事而说故事,并不含有教训之意。也许这些故事,多少带有些解释自然现象的意思,但绝未带有道德

---

① [德]黑格尔:《美学》(第二卷),朱光潜译,商务印书馆1996年,第122页。
② 赵白生:《民族寓言的内在逻辑》,载《外国文学评论》1997年第2期,第26页。

的观念。自旧世界至新世界,自冰岛至澳大利亚洲,这些动物的故事都在流传着。在这些初始传说故事之后,我们才见到真正的所谓"寓言"。①因此,古希腊自然哲学的发展为理性思维的发展奠定了基础。寓言故事中动物角色披上人的外衣,讲述着现实社会的道德伦理,这成为中世纪文学表达的重要方式之一,也是中世纪动物寓言得以快速发展的重要原因之一。

在马勒看来,中世纪艺术的思想主要由图像表达出来,"所有这些被神学家、百科全书作者和《圣经》注释者作为要素规定下来的东西,都在雕塑和彩绘玻璃上得到了表现。我们应该试着表明工匠们是如何表现学者思想的,试着描绘13世纪大教堂提供给人民的普通常识教育的完整画面"②。马勒指出宗教画本身所具有的普遍的意义和常识教育的传播作用。马勒还指出了动物寓言与中世纪宗教艺术之间的密切关系。他说:"即使在动物的习性中也要写下对人类始祖堕落的训诫,以供人类世世代代传阅。诚如所见,在动物寓言集中,除了有令人怀疑的基督教注释,还有最令人怀疑的古代科学。"③也就是说,寓言和图像的关系在关于基督教教义的宣传和阐释中已经紧密联系起来了。"动物寓言集的功能与中世纪布道相似:用能让人记住的方式教导基督徒道德规范,这种教育方式就像牧师赖德瓦尔(J. Ridevall)和霍尔科特(R. Holcot)的布道。"④麦卡洛克也认为:"动物寓言集在描述动物时,结合了具体故事和插图,内容平易朴实、容易记忆,读者能凭借记住的内容回想起基督教要义或道德劝诫。"⑤"贾尔达……宣称'世上所有的动物、水中所有的鱼、空中所有的鸟'等等,组成了一部自然之书,只要阅读方法对头,就能证明和补充《圣经》。鹈鹕是耶稣及其博爱的预示,珍珠是圣母诞生的预示。认识到

---

① 参见郑振铎编《印度寓言》,商务印书馆1925年版,序。
② [法]埃米尔·马勒:《哥特式图像:13世纪的法兰西宗教艺术》,严善錞、梅娜芳译,曾四凯校,中国美术学院出版社2008年版,序言第3—4页。
③ [法]埃米尔·马勒:《哥特式图像:13世纪的法兰西宗教艺术》,严善錞、梅娜芳译,曾四凯校,中国美术学院出版社2008年版,第43页。
④ Willene B. Clark, Meradith T. McMunn. *Beasts and Birds of the Middle Ages*:*The Bestiary and Its Legacy*. Philadelphia:University of Pennsylvania Press,1989,p. 12.
⑤ Florence McCulloch. *Medieval Latin and French Beastiaries*. North Carolina:University of North Carolina Press,1962,p. 22.

第二章 中世纪动物寓言集及其图像叙事

这一传统中固有的潜力是很重要的。"[①] 鹈鹕的泣血就是耶稣为子民受难的动物寓言故事和动物寓言图像再现（详见本章第三节）。

也就是说，在中世纪基督教教义表达和传播的过程中，动物寓言及其图像发挥了重要的媒介功能，形成了中世纪特有的动物寓言集。它不同于动物学、自然史等对动物的客观描述，而是既有对现实动物的描写，也有对神话的想象性动物的创作，承载着特有的宗教寓意，并一直影响着后世的寓言创作与表达。《博物论》和逐渐发展成熟的动物寓言集作为宗教教义表达、传播的教材，是重要的寓言文本，在科学和艺术之间充分阐释了《圣经》的寓意，成为了解中世纪艺术和宗教的重要文本。因此，动物寓言集的发展与变化值得我们深入探索，以阐明其特有的动物寓言图像劝喻说理的叙事逻辑。

第二节 中世纪动物寓言集源流及其研究

动物寓言集"就是那类描述动物'特性'以得出道德伦理、宗教教诲的集子"[②]。然而，中世纪的动物寓言集并不是一开始就具有道德寓意、宗教教义的内涵的，也不是一开始就有成系统的动物寓言集版本的，而是经历了数个世纪的传承、发展和变化，直到中世纪中晚期在西方形成了动物寓言集，成为宗教教义宣传、教化的重要手段。

一、动物寓言集溯源

在中世纪之前，动物故事在文学艺术中已经被记载了几个世纪，但这些故事作为宗教教义的重要构成，是基督教把它们变成了宗教寓言，使中世纪的动物寓言集具有劝喻说理、另有所指的特征。

---

① [英] E. H. 贡布里希：《象征的图像：贡布里希图像学文集》，杨思梁、范景中编选，广西美术出版社 2015 年版，第 198 页。

② [法] 米歇尔·帕斯图罗：《中世纪动物图鉴》，王烈译，上海社会科学院出版社 2020 年版，第 19 页。

具体而言，动物寓言集最早的雏形可以追溯到公元 2 世纪的《博物论》①，其作者现已难以考证，一般认为是无名氏用希腊语写的，后来被翻译成拉丁文的《博物论》。但也有人认为 physiologus 最初是指人名。"我们手稿的最早作者是博物学家。他的信息可能来自家谱中显示的任何或所有来源，但事实是，公元 2 至 5 世纪之间出现了一个绰号为'Physiologus'的匿名人士，也许是在埃及，并写了一本关于野兽的书，可能是用希腊文写的。这本书很成功，被南北方翻译成叙利亚文、亚美尼亚文和埃塞俄比亚文。我们拥有的最早的拉丁语译本是在 8 世纪。"② 最初的《博物论》文本描述了 40 多种动物，继续发展后积累了更多的动物和特别的道德解释。法国历史学家帕斯图罗（M. Pastoureau）说："《博物论》……这是一本博物专著，篇幅较短，描写了 40 多种动物（以及几种石头）的本性和特征，并作出宗教和道德的诠释。"③

　　也就是说，《博物论》是一本"畅销书"，被翻译成欧洲和西亚的大多数语言。据说，它还是继《圣经》之后在欧洲流传最广的书籍之一。几个世纪以来，该文本出现了许多版本。目前留存的插图版《博物论》抄本寥寥无几，现存最早的大概是 9 世纪伯尔尼版的《博物论》，图像风格主要受晚期古典主义的影响，该书的编排方式在中世纪中晚期动物寓言集中可以看到。《博物论》被译成多国文字，但只有拉丁语版流传至中世纪。由于动物寓言集和《博物论》的内容和排版基本一致，两者之间的界限就很难确定。但随着编撰者的不断补充和完善，这些抄本和早期的《博物论》相比发生了较大的变化。大约在 7 世纪，塞维利亚的伊西多尔（Isidore）④ 写了一本《词源学》，这本百科全书取材于老普林尼（Pliny the Elder）等古典作家的著作，其中有一部分是关于动物的。当博物学与词源学和其他文献相结合时，被称为动物典籍的书就诞生了。克拉克（W. B. Clark）在探索中世纪动物寓言集发展时也说："增加了改编后的主

---

① *Physiologus*，在国内译为《生理学》《生物学》《博物学家》《博物论》等。与现代《生理学》不同，应该译为《博物论》较妥帖。
② T. H. White. *The Bestiary: A Book of Beasts*. New York: G. P. Putnam's Sons, 1960, p. 232.
③ ［法］米歇尔·帕斯图罗：《中世纪动物图鉴》，王烈译，上海社会科学院出版社 2020 年版，第 280 页。
④ Isidore 被翻译为依西多禄、伊西多尔，本书统一译为"伊西多尔"。

第二章　中世纪动物寓言集及其图像叙事

教圣·安布罗斯（St. Ambrose）《创世六日》的相关内容，再结合伊西多尔《词源学》中的一些材料，这样的集合称其为动物寓言集更为恰当。"[1] 不断增补的动物条目使动物寓言集自成一体，目前已知的最早的动物寓言集是10世纪的，结合了伯尔尼版《博物论》的文字内容和塞尔维亚的伊西多尔《词源学》的章节内容，以及赫利索斯托姆语录的动物寓言，麦卡洛克将其称为B-Isidore（B-Is）版。现在，"我们将在拉丁语版《博物论》基础上进行增补或改编的著作都称作动物寓言集，又把拉丁语版《博物论》分为Y、C和B版本"[2]。

从内容来看，《博物论》对动物进行了分类，包括四足兽、鸟、蛇和岩石等，其中关于岩石的记录较少，只有几则。书中不仅记录了动物的特性，还阐释了其象征意义，并对人和动物之间的关系进行了区分。随着社会历史发展，动物寓言集从不同文化中吸收了大量的资源，"这本书在最初的核心内容之外又加入安波罗修（Ambroise）、奥古斯丁（Augustin）等基督教早期教父的说法，并从西方文化三大基础著作——老普林尼的《自然史》（1世纪）、索利努斯的《奇物集》（3世纪）和塞尔维亚的伊西多尔的《词源学》（7世纪）中选取了很多片段，还从医书中摘了一些内容，尤其是迪奥科里斯（Dioscoride，1世纪）和盖伦（Galien，2世纪）的作品"[3]。在吸收这些文本内容的基础上，有关动物寓言的抄本越来越丰富，当《博物论》与《词源学》等文本结合在一起时，就诞生了具有一定类型特征的《动物寓言集》。"这些动物图鉴又借用其他文本的内容，并被翻译成地方语言，或以地方语言仿写。"[4] 但这些书籍在关于动物的说法、分类和插图等方面各不相同。

具体而言，动物寓言集的抄本和印刷本在不断发展，在十一十二世

---

[1] Willene B. Clark, Meradith T. McMunn. *Beasts and Birds of the Middle Ages: The Bestiary and Its Legacy*. Philadelphia: University of Pennsylvania Press, 1989, p. 3.

[2] Willene B. Clark, Meradith T. McMunn. *Beasts and Birds of the Middle Ages: The Bestiary and Its Legacy*. Philadelphia: University of Pennsylvania Press, 1989, p. 3.

[3] ［法］米歇尔·帕斯图罗：《中世纪动物图鉴》，王烈译，上海社会科学院出版社2020年版，第23页。

[4] ［法］米歇尔·帕斯图罗：《中世纪动物图鉴》，王烈译，上海社会科学院出版社2020年版，第280页。

纪，动物寓言集的韵文本在教堂修道士中备受关注，亚里士多德《动物志》①描写的动物构成、习性、外貌特征、繁殖等在13世纪被借用在动物寓言集和百科全书中。可见，动物寓言集并不是独立发展的，而是在吸收其他文化基础上，融入了不同文本，即"动物寓言没有特定的作者。这是一本合集，一种博物学家的剪贴簿，随着人手的增加而不断增加。它的来源可以追溯到最遥远的过去的口头传说，它的影响力已扩展到整个文学领域，正如在注释中所看到的那样，乡下人仍在重复其一些观点。"②特别是从加洛林王朝开始，拉丁文的动物寓言集成为百科全书中的重要部分。大量的动物典籍手稿都是用拉丁语写成，拉丁语在中世纪是学者和神职人员的常用语言，还有更多的手稿是用方言写的，主要是法语。拉丁语动物典籍主要是英国的产物，虽然也有一些是在其他地方，如法国生产的。他们的作者或编纂者是未知的，书籍一般由几个不同的组或"家族"的手稿组成。在法国，出现了几种方言的诗歌典籍。大约在13世纪初，热尔瓦伊斯和克勒克一起，用诺曼法语方言写下《动物寓言集》；博韦（P. Beauvais）写了两种版本的法国散文《动物寓言集》。因此，现存多为法语动物典籍的副本。

　　随着抄本的变化，动物寓言集和《博物论》在插图风格和内容上的区别也越来越明显。《博物论》中的动物描述常常充满神学色彩，或者是神秘的神怪传说；动物寓言集则延续和传承了寓言的特征，主要注重道德伦理等寓意哲理的表达与论述，具有说教意味。"动物寓言集像《博物论》一样，成为布道者写作时常用的素材。它的另一个用途很可能是充当修道院教材，因为早期的动物寓言集都发现于修道院。……它为宗教和世俗人士提供了在道德修行和基督徒灵修（Christian spirituality）方面的教义。牡鹿象征着基督徒，它们跨越重重危险海域，终抵新牧场，并投入全新的宗教生涯。温顺克制的白鸽，则是对孀妇禁欲的劝诫。"③ 13世纪

---

① ［古希腊］亚里士多德：《动物志》，颜一译，收录于《亚里士多德全集》第四卷，苗力田主编，中国人民大学出版社1990年版。
② T. H. White Made. *The Bestiary: A Book of Beasts*. New York: G. P. Putnam's Sons. 1960, p. 231.
③ Willene B. Clark, Meradith T. McMunn. *Beasts and Birds of the Middle Ages: The Bestiary and Its Legacy*. Philadelphia: University of Pennsylvania Press, 1989, p. 3.

第二章 中世纪动物寓言集及其图像叙事

富尼瓦尔（R. D. Fournival）的《论爱的动物寓言集》[1] 延续了动物寓言集的主题和说教本质，并把书中动物的特性用作嘲讽正统的道德标准。麦卡洛克说，现在已知的动物寓言集仅有两本没有说教寓言。[2] 由此看来，从内容上，动物寓言集继承、补充和改写了《博物论》，同时延续了古希腊时期寓言故事言此意彼、另有所指的言说方式，在中世纪凸显了为基督教义服务的特征。"中世纪的动物典故与其说是关于动物的，不如说是宗教理想的流露。在它们身上可以看到野兽的行为，有些是人类想要模仿的，而另一些则是人类不想模仿的。因此，动物寓言的设计是这样的，读者会注意到动物的美德和堕落行为，并避免后者。而且，动物被证明是一种有效的媒介，可以通过它来教授宗教和道德理想。"[3] 从插图来看，如麦卡洛克所发现的，《博物论》书籍中少有插图，而动物寓言集大部分配有插图。约 12 世纪成书的《阿伯丁动物寓言集》和《阿什莫尔动物寓言集》就是动物寓言图文书的重要代表，其中精美艳丽的插图至今仍绽放着迷人的光芒。关于中世纪动物寓言图像的发展，克拉克认为"一方面是因为修道院的学习方式和 12 世纪流行的书籍配插图相关；……另一方面是野兽-寓意/道德（beast-moral）类书籍用作教材的结果，插图书适用于那些没有掌握读写能力的人，例如修道院里的俗人（lay-brothers），在图像的帮助下他们更容易记住教义"[4]。

尽管动物寓言集和《博物论》两者之间有很多共同点，但动物寓言集或"动物之书"不只是《博物论》的扩展。动物寓言集描述了野兽，并以此描述作为寓言教学的基础，通过其他宗教的、博物的内容使文字寓意更进一步。它不是"动物学教科书"，它不仅是宗教教科书，还是对已知世界的描述。"在用象征手法描述自然界的著作中，最奇特的当数动物寓言集，因为那里混杂了异教信仰和基督教信仰。……著名的《博物论》

---

[1] Richard de Fournival. *Le Bestiaire d'Amour*. Pairs: Gabriel Bianciotto, 2009.
[2] Florence McCulloch. *Medieval Latin and French Beastiaries*. North Carolina: University of North Carolina Press, 1962, pp. 46 – 47.
[3] Tim Carroll, Ken Cliffe. *The Medieval Bestiary A Complete Handbook of Medieval Beasts*. Georgia: White Wolf, 1991, p. 9.
[4] Willene B. Clark, Meradith T. McMunn. *Beasts and Birds of the Middle Ages: The Bestiary and Its Legacy*. Philadelphia: University of Pennsylvania Press, 1989, p. 4.

就是一本充满象征意义的动物寓言集"①，此后被翻译成各种版本并流传下来。马勒说，动物寓言集"还获得了基督教神父的支持，奥古斯丁、安布罗斯和格里高利教皇经常引用书中的理论，使奥顿的霍诺里斯等传教士也毫无顾虑地引用了书中具有象征意义和教导意义的解释，而博韦的樊尚、格朗维拉的巴托洛马厄斯和托马斯·康迪普拉唐乌这类博学者不但没有轻视寓言，还把它列入科学材料的范围之内"②。"简而言之，如果我们被问及完整的动物典藏的'作者'，我们只能把一根手指放在第233页的系谱树的中间，先前的资料在那里汇集。"③ 继《博物论》之后，塞维利亚的伊西多尔（《大事记》第十二册）和圣·安布罗斯参考了《圣经》和七十士译本的经文，扩大了宗教信息面。他们和其他作者自由地扩展或修改了先前存在的模版，不断地完善道德相关的内容。动物寓言集从某种角度上说，是较早融合了艺术与科学观念的书籍，其中的插图既有客观科学的真实性，又充满了中世纪人想象的、怪诞的、神造的艺术魅力。如马勒所说："书中融合了他们（中世纪的人）对世界的看法，对《圣经》的注释，甚至对爱的梦想。事实上，该书成为他们生活中的一部分。"④

随着宗教势力的不断扩大，异国风物的交流使得宗教中的动物形象塑造越来越丰富，既有现实动物、外来动物还有虚构的动物形象在诸多图像作品中，成为具有寓意象征的神兽。因此，中世纪的动物寓言集包含对西欧本地物种、外来动物以及在现代被认为是假想动物的详细描述和插图。对动物的描述包括与该生物有关的物理特征（尽管这些特征在生理上通常是不正确的），以及该动物所代表的基督教道德。即"动物寓言集的描述有一种系统化的倾向。动物寓言集中的动物形象与宗教、道德规范以及基督教文学作品的传统相符，把动物分成'干净'和'不干净'两类，代表了正义和邪恶之间的斗争。"⑤ 这样的描述通常伴随着动物的艺术插

---

① ［法］埃米尔·马勒：《哥特式图像：13世纪的法兰西宗教艺术》，严善錞、梅娜芳译，曾四凯校，中国美术学院出版社2008年版，第42页。
② ［法］埃米尔·马勒：《哥特式图像：13世纪的法兰西宗教艺术》，严善錞、梅娜芳译，曾四凯校，中国美术学院出版社2008年版，第42页。
③ T. H. White. *The Bestiary: A Book of Beasts*. New York: G. P. Putnam's Sons, 1960, p. 234.
④ ［法］埃米尔·马勒：《哥特式图像：13世纪的法兰西宗教艺术》，严善錞、梅娜芳译，曾四凯校，中国美术学院出版社2008年版，第42页。
⑤ ［法］埃米尔·马勒：《哥特式图像：13世纪的法兰西宗教艺术》，严善錞、梅娜芳译，曾四凯校，中国美术学院出版社2008年版，编辑序第16页。

第二章 中世纪动物寓言集及其图像叙事

图,"动物寓言集可以说是动物之书,这种融合了动物习性描写和传说的故事集,常配以插图向人们传递精神或道德上的教义。自中世纪以来,源出或从中隐身而出的传统主题在诸媒介中俯拾即是。动物寓言集中的文字和图像常是中世纪文学和艺术中许多故事和图像的来源"①。所以马勒认为必须复兴中世纪的观念,"用中世纪对《圣经》的解释来看待中世纪的图像"②。"约翰·米尔克(John Mirk)在反对破坏图像时曾说:'图像和图画是文盲的书本,如果看不到它们,我敢说成千上万的人无法在心中想象基督被钉上十字架的情景。'加朗代的约翰也讲过图像的作用:'你应视教堂中的雕像为范本,把它们化为鲜活难忘的画面记在心中。'"③也就是说,中世纪动物寓言集中的插图也充满了宗教的意味,其目的如贝丽尔·罗兰所说:"我可以推测,动物寓言集和说教类著作讲述道德准则选择的方式,目的是让读者将一系列图画印在脑中,通过回想图画记住道德教训。……生动的动物形象配合相关的文字,暗示着动物寓言集是通过眼睛和耳朵塑造'心灵之眼'可见的图像,再将图像和文字配合,将神秘的教义和道德准则印在记忆中。"④

可见,动物寓言集来源丰富,版本众多,本章主要以科里(M. J. Curley)版的《博物论》为参照,该书是中世纪最流行且被广泛阅读的书籍之一,其中包含野兽、石头和树木的寓言,无论是真实的还是虚构的,其匿名作者都注入了基督教道德和神秘主义的精神。科里认为这里的动物受到基督教思想影响,带有神学构思的动物形象,是为了以自然的动物故事类比和联想,最终劝喻教训,以凸显上帝的特性。⑤ 伴随着介绍这本特殊文本的起源、历史和文学价值的引言,该书还复制了1587年罗马版的20个木刻画。《纽约时报》书评人索科洛夫(R. A. Sokolov)说,这本优

---

① Willene B. Clark, Meradith T. McMunn. *Beasts and Birds of the Middle Ages: The Bestiary and Its Legacy*. Philadelphia: University of Pennsylvania Press, 1989, p. 1.
② [法]埃米尔·马勒:《哥特式图像:13世纪的法兰西宗教艺术》,严善錞、梅娜芳译,曾四凯校,中国美术学院出版社2008年版,编辑序第14页。
③ Willene B. Clark, Meradith T. McMunn. *Beasts and Birds of the Middle Ages: The Bestiary and Its Legacy*. Philadelphia: University of Pennsylvania Press, 1989, p. 14.
④ Willene B. Clark, Meradith T. McMunn. *Beasts and Birds of the Middle Ages: The Bestiary and Its Legacy*. Philadelphia: University of Pennsylvania Press, 1989, p. 20.
⑤ Michael J. Curley. *Physiologus*. Austin: University of Texas Press, 1979, pp. x – xv.

雅的小书……仅是从1587年的罗马版复制的木刻画就值得这个价格①。同时，对动物寓言图像的研究以12世纪的插图本《阿伯丁动物寓言集》、《阿什莫尔动物寓言集》、卡罗尔的《中世纪动物寓言集：一本完整的中世纪动物手册》②、帕斯图罗的《中世纪动物图鉴》③ 为主，后两者的插图大部分在前两者中几乎都能找到。本章通过对这些书籍的细读，考察中世纪动物寓言图像独特的叙事逻辑。

二、研究现状及意义

从《博物论》《词源学》《自然哲学》等到《中世纪动物寓言集》的成熟，经历了数个世纪的发展。然而，中世纪后，动物寓言的书写就逐渐沉寂，长期以来得不到足够重视。因为从表面看，中世纪动物寓言集是描述动物习性，图绘动物外形，史学家对有关动物内容不感兴趣。一直到19世纪，文学史家、圣经传记家、图像学家想呼吁大众研究和重视动物寓言集，但研究成果还不够丰富。法国的历史学家和作家富兰克林（A. Franklin）以给中世纪动物寓言集"挑错"为乐，而且是"以今度古"，并没有从中世纪文化来研究动物寓言。④ 一直到20世纪，法国历史学家帕斯图罗在60年代读书时期做论文开题报告时，仍难以让导师接受他研究"中世纪动物寓言集"的论题，"这在他们看来毫无价值，因为其中的主角——动物登不上历史舞台"⑤。因此，即使动物寓言集的发展可以追溯到古希腊晚期，但研究者寥寥，卡拉克认为这些研究不早于20世纪。詹姆斯的《动物寓言集》和麦卡洛克的《中世纪拉丁语和法语动物寓言

---

① Michael J. Curley. *Physiologus*. Austin：University of Texas Press，1979，pp. x – xv.
② Ken Carroll, Tim & Cliffe. *Medieval Bestiary：A Complete Handbook of Medieval Beasts Paperback*. Georgia：White Wolf, 1991.
③ ［法］米歇尔·帕斯图罗：《中世纪动物图鉴》，王烈译，上海社会科学院出版社2020年版。
④ ［法］米歇尔·帕斯图罗：《中世纪动物图鉴》，王烈译，上海社会科学院出版社2020年版，第46页。
⑤ ［法］米歇尔·帕斯图罗：《中世纪动物图鉴》，王烈译，上海社会科学院出版社2020年版，第271页，注释17。

第二章 中世纪动物寓言集及其图像叙事

集》是目前动物寓言集研究的两大奠基之作。①

当然，随着时间的推移，国外研究成果不断丰富，主要包括两大类：一是关于博物学、动物寓言集等的翻译介绍，如科里（M. J. Curley）的《博物学：一本关于自然知识的中世纪书籍》②。《博物学》是中世纪最受欢迎的书籍之一，书中研究了真实的动物、虚构的动物、石头、树木等。在中世纪宗教思想的影响下，作者加入了基督教道德的、神秘的教义，并介绍了相关动物的起源以及历史和文学价值，书中还复制了1587年的20多个木刻插图，对于了解中世纪的博物学具有重要意义。莫里森编辑的（E. Morrison）《动物之书：中世纪的动物寓言集》③ 不仅仅是一本目录索引，它对中世纪文化中的动物传说和形象都有极为详尽的介绍，用动物寓言故事阐释了中世纪对动物的运用及其象征意义。书中有超过270幅彩色插图，探索了动物寓言集及其对中世纪艺术和文化的影响，甚至是对现代艺术家的影响。卡洛尔（T. Carroll）和克里夫（T. Cliffe）的《中世纪动物寓言集：一本完整的中世纪动物手册》④ 介绍了不同动物类型，如兽类、鸟类、鱼类等的基本特征，并配有200多幅插图。

二是关于动物寓言集中某类动物个性、特征和宗教教义寓言内涵的研究，或关于动物寓言文本、意识形态、文化等的研究。如克拉克（W. B. Clark）和麦克姆恩（M. T. McMunn）编辑的《中世纪兽类与鸟类：动物寓言集及其遗产》⑤，该书编者充分认识到中世纪动物寓言集的重要性及其对文学艺术的影响。编撰文集的目的是证明动物寓言集的研究范围和种类，以及中世纪动物寓言集研究方法，并着重介绍了一种鸟类的发展传统。巴克斯特（R. Baxter）的《中世纪的动物寓言集及其使用者》⑥ 主要

---

① Willene B. Clark, Meradith T. McMunn. *Beasts and Birds of the Middle Ages: The Bestiary and Its Legacy*. Philadelphia: University of Pennsylvania Press, 1989, p.6.

② Michael J. Curley. *Physiologus: A Medieval Book of Nature Lore*. Chicago: University of Chicago Press, 2009.

③ Elizabeth Morrison, Larisa Grollermond. Book of Beasts: The Bestiary in the Medieval World. J. paul Getty Museum. 2019.

④ Tim Carroll, Ken Cliffe. *The Medieval Bestiary: A Complete Handbook of Medieval Beasts*. Georgia: White Wolf, 1991.

⑤ Willene B. Clark, Meradith T. McMunn. *Beasts and Birds of the Middle Ages: The Bestiary and Its Legacy*. Pemsylvania: University of Pennsylvania Press, 1989.

⑥ Ron Baxter. *Bestiaries and Their Users in the Middle Ages*. London: Sutton Publishing, 1998.

研究拉丁语动物寓言集文本和插图的组织和内容变化，以及它们使用方式变化之间的联系。在哈希格（D. Hassig）的《中世纪动物寓言：文本、图像、意识形态》①这本专著中，作者首先对文本和图像进行分析，介绍了采用肖像学和符号学的方法来研究意象的路径，同时也考虑了这些作品的审美维度。此外，它挑战了普遍存在的论点，即动物寓言集是为宗教沉思而收集的标准文本和图像。通过追溯它们在几个世纪中不断变化的功能，并在中世纪思想史的背景下评估它们，动物寓言被证明是一种动态的体裁。

也就是说，对动物寓言集的研究与其漫长的历史相比较而言是远远不够的，其丰富性、深刻性、神秘性和哲理性等都值得我们系统而深入地探究。因此，现在研究中世纪动物寓言集的目的不应该仅限对版本考证、文本传承，而应"更好地了解动物图鉴的作者如何论述每个物种的本性、特点、隐义，然后将这论述放在不同的语境中，更好地勾勒出中世纪时人与整个动物界的关系"②。

在我们国内，关于西方中世纪动物寓言集的研究在逐渐增多，目前研究成果主要包括两方面。

（1）从中世纪动物寓言相关资料的译介来看，主要有贝丽尔·罗兰的《记忆术与动物寓言集》③。文章从记忆的角度，追溯了记忆术的发展历程及其在中世纪让俗人学会记忆的作用，并指出动物寓言集中的动物形象及其插图图像对基督教道德规范的教导和宣传具有重要作用。动物插图是教育的中介，可以激发人们的记忆力。克拉克（W. Clark）等的《〈中世纪的异兽与灵鸟：动物寓言集及其遗产〉导论》④这篇译文简述了动物寓言集的历史、插图变化、研究成果和《中世纪的异兽与灵鸟：动物寓言集及其遗产》这本书各章的主要内容。还有一篇译文是魏久志翻译的

---

① Debra Hassig. *Medieval Bestiaries: Text, Image, Ideology*. London: Cambridge University Press, 1995.

② ［法］米歇尔·帕斯图罗：《中世纪动物图鉴》，王烈译，上海社会科学院出版社2020年版，第48页。

③ ［加］贝丽尔·罗兰：《记忆术与动物寓言集》，载《中国美术学院学报》2020年第9期，第105—113页。

④ ［美］威伦·克拉克，梅拉斯·麦克蒙：《〈中世纪的异兽与灵鸟：动物寓言集及其遗产〉导论》，载《新美术》2020年第9期，第98—104页。

第二章　中世纪动物寓言集及其图像叙事

威特科尔的《鹰与蛇》，在其博士论文《象征的图像与殡葬观念的变迁》① 附录中。这篇文章围绕鹰和蛇斗争图像的起源，结合社会发展历程，探索其在非古典文明、希腊与罗马、文艺复兴与巴洛克等时期不同的寓意表达，其中涉及中世纪动物图像的研究。维特科夫尔的《东方奇迹：怪物史上的一项研究》② 这篇译文以怪异动物为研究对象，作者认为这是"东方奇迹"，并重点研究了西方人对印度怪物的理解，其中探讨了中世纪动物寓言和基督教的关系及其在中世纪文学艺术中的作用等。在《哥特式图像：13 世纪的法兰西宗教艺术》③ 这本研究中世纪艺术的专著中，马勒在对中世纪图像发展和自然、历史、《圣经》等关系的研究中，对动物寓言的源流和象征寓意等进行了探寻。而 2020 年译介出版的法国历史学家帕斯图罗的专著《中世纪动物图鉴》④ 是目前我国最新的关于中世纪动物寓言研究的专著译本，是对中世纪动物特性、象征等研究的集大成之作。帕斯图罗借鉴了安波罗修、奥古斯丁、老普林尼、索利努斯、伊西多尔、亚里士多德等不同作者对动物外形、行为、习性和寓意的理解和认知，其中有数百幅来自世界各地的珍禽异兽的手抄本插图，着实让人惊艳，为我国读者深入了解基督教文化影响下的中世纪动物寓言和中世纪人的奇思妙想提供了丰富的资料，也是研究中世纪动物寓言的重要文献资料，值得我们深耕细读。

（2）从中世纪动物寓言的研究成果来看，我国学者这些年也开始关注中世纪动物寓言与宗教等的关系，主要研究成果包括四个方面：①对中世纪动物寓言集的发展及其相关资料的介绍。例如，包慧怡长期关注中世纪动物等相关问题的研究，她的论文《虚实之间的中世纪动物寓言集》⑤ 介绍了中世纪动物寓言集的主要来源，阐释了中世纪动物寓言集中的动物在解读中世纪人的宇宙观、宗教观、自然观和解经释义中的重要作用。动

---

① 魏久志：《象征的图像与殡葬观念的变迁》（博士学位论文），上海大学 2016 年，第 268－283 页。
② ［英］维特科夫尔：《东方奇迹：怪物史上的一项研究》，载《美苑》2006 年第 8 期，第 20 页。
③ ［法］埃米尔·马勒：《哥特式图像：13 世纪的法兰西宗教艺术》，严善錞、梅娜芳译，曾四凯校，中国美术学院出版社 2008 年版。
④ ［法］米歇尔·帕斯图罗：《中世纪动物图鉴》，王烈译，上海社会科学院出版社 2020 年版。
⑤ 包慧怡：《虚实之间的中世纪动物寓言集》，载《读书》2009 年第 9 期，第 153－160 页。

物并不一定是来自现实的客观反映,其主要是通过类比与联想来反映中世纪的精神世界和社会现实。②对某种动物形象及其与基督教教义寓意之间的关系研究。例如,李冰清的《五感寓意画:以欧洲中世纪艺术为例》①一文从五感寓意画作为一种古老的修辞法的发展历程,追根溯源地探索了从五感理论到五感寓意画的历史,结合画中具体动物分析,阐明五感寓意画既是一种艺术的观看方式,也是社会实践和宗教发展的结果。小满《西方神兽 中世纪宗教艺术中的动物》②一文从中世纪时间概念出发,描述了中世纪的人们对动物充满了喜爱,包括"普通动物、外来动物和虚构动物",这些动物在中世纪基督教中具有不同的象征意义,但有些已经无法确认。中世纪的动物图画反映了当时人们强烈的好奇心和丰富的想象力,使宗教教义得到较好地传播。吕华的论文《浅析象征主义绘画中的几种动物图像》③ 在对欧洲中世纪、文艺复兴到 19 世纪艺术作品的象征意义,特别是动物形象的分析中提到了中世纪动物的寓意,但论述较简单,也未涉及图文关系。③研究中世纪雕塑或象征文化时,从动物形象和装饰等视角,阐释中世纪动物图像的宗教、政治、文化等功能。例如,张国荣的《论欧洲中世纪教堂中动物雕刻的图像根源》梳理了中世纪动物图像的功用及其与希腊化时代的自然知识手册《生理学》《百科全书》《辞源学》《动物寓言》《通鉴》《教会之境》等的关系,并从历史角度研究了动物寓言集的形成过程及其重要的时代意义。王美艳的《中世纪西欧建筑中怪兽饰的起源和类别》④ 从怪兽饰、怪诞图案的概念内涵出发,研究怪兽饰的源起,分析了各种怪兽在建筑中的实用功能、装饰功能,并把各种怪兽进行分类,研究了动物怪兽、人性怪物和混合杂交怪物的形成、特征和寓意象征。吴岩岩的论文《关于中世纪罗马式建筑雕塑的表

---

① 李冰清:《五感寓意画:以欧洲中世纪艺术为例》,载《艺术学研究》2019 年第 10 期,第 90 – 105 页。
② 小满:《西方神兽 中世纪宗教艺术中的动物》,载《东方艺术》2007 年第 9 期,第 22 – 33 页。
③ 吕华:《浅析象征主义绘画中的几种动物图像》(硕士学位论文),中国美术学院 2016 年。
④ 王美艳,赖守亮,邓志强:《中世纪西欧建筑中的怪兽饰的起源和类别》,载《株洲师范高等专科学校学报》2006 年第 6 期,第 33 – 36 页。

第二章 中世纪动物寓言集及其图像叙事

现性》①在研究欧洲中世纪罗马雕塑的图案时,指出其中出现了很多动物,当时人们把动物当作装饰形式来理解。作者主要谈论了动物形象的表现性,关于动物图像与文字书写和传播之间的关系并未涉及。④在对其他文化发展的研究中,把中世纪动物寓言作为比较对象的相关内容。例如,张亚婷《中世纪英国动物叙事与远东想象》②一文即关于从13世纪至14世纪英国动物寓言,包括拉丁文作品、虚构游记和骑士文学中的动物叙述及关于印度和中国等远东的想象性叙事,阐明欧洲大陆人认为远东既是富庶文明之地,又是如原始社会般充斥着野蛮的世界。陈怀宇的专著《动物与中古政治宗教秩序》③主要研究了中古时期佛教动物形象的发展,将我国丰富的史料和西方中世纪的动物形象进行了比较研究,尤其是书中第五章深入系统地研究了我国和欧洲中世纪动物形象在宗教、政治、历史和科学等领域的象征寓意,是我国较早、较全面地研究动物象征寓意及其隐喻等丰富内涵的专著。但全书主要以文字叙事为主,缺乏图像的视觉实证,对图文关系缺乏充分的研究。

综上,从中世纪动物寓言集的丰富性和我国的研究成果来看,关于中世纪动物寓言的相关研究在我国仍需要进一步展开,包括中世纪动物寓言的内容、特征,动物插图的寓意,动物寓言母题及其发展,动物寓言集中的图文关系等。正如麦卡洛克所说:"虽然人们意识到每个主题都没有被详尽地研究,许多问题还没有解决,但人们希望对中世纪人的想象力推理有一定的洞察,他们不断地寻求对未知或鲜为人知的事物的逻辑解释。"④因此,接下来我们主要在英文资料的基础上,尝试探索中世纪动物寓言集中的图文关系,以管窥动物作为宗教教义宣传中介的特征及其表意路径、中世纪动物寓言与当时现实的关系等。也就是说,"在古典和中世纪时期,每一类动物在宇宙中都有其位置和功能,但随着十八十九世纪现代动物学的兴起,人们看待它们的方式更倾向于采用经验主义而非拟人隐喻的

---

① 吴岩岩:《关于中世纪罗马式建筑雕塑的表现性》(硕士学位论文),中国美术学院2012年,第50-53页。

② 张亚婷:《中世纪英国动物叙事与远东想象》,载《外国文学研究》2016年第6期,第73-82页。

③ 陈怀宇:《动物与中古政治宗教秩序》,上海古籍出版社2012年版。

④ Florence McCulloch. *Mediaeval Latin and French Bestiaries*. North Carolina: University of North Carolina Press, 1962, p. 79.

视角"①。因此，我们研究中世纪动物寓言集的图像不能脱离基督教盛行的中世纪这一时代背景以及以教育劝诫和宗教教义宣传为主要目的的历史语境。

第三节 中世纪动物寓言的图像叙事

一、中世纪经典的动物寓言图文书

从前面对中世纪动物寓言集的追溯中我们看到，作为"动物书"的寓言博采了自然史、动物志、词源学、阐经释义等内容，在虚实的动物图像中，展示着中世纪人的思维方式和认知体系。动物寓言集的文字与图像都不完全是对自然的模仿与复制，而是富含了中世纪人们的创作与智慧，其图文结合的精美排版是中世纪欧洲最受欢迎的书籍形式。"恰如十二世纪法国修士弗伊洛德休在拉丁文《鸟类书》②的序言中所言，他决心要'用图画来启蒙头脑简单的人的心智，因为那些几乎无法用心灵之眼看到的事物，他们至少可以用肉体之眼看到'。对于大多不识字的平信徒，就像翁贝托·艾柯所说：'图像是平信徒的文学。'"③

动物典藏手稿通常附有插图。到了12、13世纪，动物寓言集进一步发展成熟，其中图文并茂的《阿伯丁动物寓言集》和《阿什莫尔动物寓言集》写成时，动物寓言集在英国变得特别流行。它们是欧洲中世纪最流行的文本：一本描写动物的书，描述了动物——真实的和想象的——以及它们在当时基督教信仰体系中的含义。这些图片为不识字的公众提供了一种"视觉语言"，他们知道这些故事（传教士在布道中使用它们），当他们看到描绘的野兽时，他们会记得道德教育。动物形象随处可见：它们不仅出现在动物典故中，也出现在各种手稿中；教堂和修道院的外墙和内

---

① Willene B. Clark, Meradith T. McMunn. *Beasts and Birds of the Middle Ages*: *The Bestiary and Its Legacy*. Philadelphia: University of Pennsylvania Press, 1989, p.1.

② 12世纪，法国修士弗伊洛德休的拉丁文《鸟类书》就是希望用图画来启蒙不识字的信徒。书中集合了许多精美的图画。

③ 包慧怡：《虚实之间的中世纪动物寓言集》，载《读书》2009年第9期，第153页。

第二章　中世纪动物寓言集及其图像叙事

壁都有用石头雕刻的动物形象，以及用木制家具雕刻的动物形象，起到了装饰作用，也有画在墙上，做成马赛克，并被编织成挂毯。正如《中世纪动物寓言集大百科》中所指出的那样，"无论它们是忠实的仆人和仁慈的伴侣，是幽默寓言或戏仿的主题，是代表危险或邪恶的野生动物，还是来自远方、真实或虚构的奇怪生物，它们在书中的地位与它们在当时的生活和文化中的地位一样重要"①。"每一种善行和罪孽，皆可从动物寓言集中找出，而动物蕴含的教义则是人类尘世生活的典范。"②

阿伯丁大学图书馆收藏的《阿伯丁动物寓言集》和牛津大学博德利图书馆收藏的《阿什莫尔动物寓言集》，都是彩色手稿动物寓言集，包含了100多种动物故事和详细的寓言描述。③ 画作中精湛的技艺暗示着这两本书有相似的画家和抄写员，它们在风格和材料上也有相似之处，因此可能是在同一时期内完成的，并且两者都是用当时最好的材料制成的。④ 但《阿伯丁动物寓言集》中的角色比《阿什莫尔动物寓言集》中的角色更丰富，更具有活力。俄罗斯艺术历史学家穆拉托娃（X. Muratova）认为这两本书是"属于同一艺术环境下不同艺术家的作品"⑤。由于它们"惊人的相似之处"，学者们将它们描述为"姐妹手稿"。英国中世纪研究学者詹姆斯（M. R. James）认为："《阿伯丁动物寓言集》是《阿什莫尔动物寓言集》在1511年的复制品。"⑥ 而且，《阿伯丁动物寓言集》和《阿什莫尔动物寓言集》的最初赞助人被认为是社会的高级成员，如王子、国王或其他高级教会官员。

具体而言，《阿伯丁动物寓言集》创作于12世纪。这本动物寓言集蕴藏着丰富的知识与宗教观念，彰显了隐喻的力量。在中世纪，隐喻的修辞手法非常流行，动物的象征意义更是被演绎到了极致。动物被赋予犹如

---

① The secret meanings behind the beasts in a medieval menagerie, (https://www.atlasobscura.com/articles/medieval-bestiary-allegories), 2020-10-12.

② Umberto Eco. *The Name of Rose*. New York: Harcourt Brace Jovanovich, 1983, p.79.

③ Willene Clark. *The Second Family Bestiary: Commentary, Art, Text and Translation*. Cornawll: The Boydell Press, 2006, p.68.

④ Willene Clark. *The Second Family Bestiary: Commentary, Art, Text and Translation*. Cornawll: The Boydell Press, 2006, p.68.

⑤ Xenia Muratova. *Workshop Methods in English Late Twelfth-Century Illumination and the Production of Luxury Bestiaries*. Philadelphia: University of Pennsylvania Press, 1989, pp.53-63.

⑥ M. R. James. *The Bestiary*. Oxford: Roxburghe Club, 1928, pp.55-59.

人类的情感和性格特征。动物不再是一般意义上的动物，而是世界创造的奇迹。动物隐喻可以传授知识，但更重要的还是传递道德理念和宗教教义，插画是这种教育方式的一个重要组成部分。《阿伯丁动物寓言集》是一本镀金的装饰手稿，有100多幅图画，其中103幅是文中插图，有2幅是全页彩插，而有16幅插图被抠掉，原因不明，至今仍无法找回。书中有很多微画像，并用当时最好的颜料、羊皮纸和金箔制成。手稿的某些部分，如对开本第8页甚至有褪色的银叶。可见当时的赞助人有足够的钱来提供这些材料，所以艺术家和抄写员在创作手稿的时候可以享受创作的自由。艺术家们接受了专业的训练，并尝试了一些新技术，比如用重洗、浅洗、深色粗线和对比色。《阿伯丁动物寓言集》里的水绿色并未出现在《阿什莫尔动物寓言集》里。坎特伯雷（Canterbury）被认为是最早生产这些插图的地方，因为在13世纪，坎特伯雷就以制作高端豪华书籍而闻名。

从图文内容来看，《阿伯丁动物寓言集》金质背景上绘制的高品质插画几乎没有受到时光的残蚀。插画色彩以蓝色和粉红为主色，颜色依旧鲜艳动人，白色则被用于突出动物身体的线条和形状。艺术家们凭借丰富的想象力绘制出了他们从未见过的传奇动物。在书中，对开本的第1页到第3页描述了创世纪：艺术家们用一个大的完整页来说明手稿中《圣经》创造场景的重要性。对开本第5页展示了亚当，一个被金叶包围的巨大人物，高于其他角色，主题是"亚当命名动物"——从这里开始了手稿中兽类部分的汇编，其中图像描述了四足动物、牲畜、野兽和兽群。与《阿什莫尔动物寓言集》相比，对开本第9页附近缺少了一些可能包含羚羊、独角兽、猞猁、狮鹫、大象的图像。在对开本第21页附近，还缺少牛、骆驼、驴、和部分马（马属）等。在对开本第15页也丢失了一些本该包含鳄鱼、螳螂和天蝎的图像。这些遗失的作品是通过与《阿什莫尔动物寓言集》和其他相关的动物书比较得出的。[1]

《阿什莫尔动物寓言集》大约是公元1200年到1220年在英国东区的一个城市彼得伯勒（Peterborough）制作的。这本书对100多种动物进行了详细的寓言性描述，书中插图色彩鲜艳。画师为了使矿物颜料溶解并且附着在羊皮纸上，使用了调和剂，即酸性较强的驴尿，还包括粪便，这些

---

[1] Elizabeth Morrison, Larisa Grollemonde. *Book of Beasts: The Bestiary in the Medieval World*. Los Angeles: J. paul Getty Museum, 2019, p.35.

第二章 中世纪动物寓言集及其图像叙事

一度大受画师的欢迎。想必那时的手稿本上充斥着的奇异气味，正是这些独特的动物气息，与画面中的动物相得益彰，至少在嗅觉上，是极为真切的。因此，画师在该书插图中使用了很有特色的白色高光突出动物身体，背景因镀金而熠熠闪光，该书现收藏于牛津大学博德利图书馆。这本动物寓言集大约有130张插图，大部分为文中插图，全页插图并不多，一共有6张。《阿什莫尔动物寓言集》相当充分地展示了欧洲中世纪最流行的文本种类之一：这本书的内容全部关于野兽，描述了各种动物——既有真实的，也有想象的——以及这些动物在当时基督教信仰体系下的含义。

由此可见，《阿伯丁动物寓言集》和《阿什莫尔动物寓言集》是中世纪最具代表性的图文文本，后世许多动物寓言书插图都在这两个文本的基础上不断发展与充实。这两个文本是中世纪动物寓言集图文本的典型代表，书中至今依然色彩明艳的插图让人叹为观止，吸引着世世代代人们对它的崇拜与钻研。

二、中世纪动物寓言图像的叙事逻辑

在中世纪动物寓言集中的动物有一部分来自现实世界，但是即便如此，动物插图的叙述与现在的动物形象仍有一定的差距。一方面是受中世纪各方面水平的限制，动物的图像化技术不成熟；另一方面是不同地域动物存在种类、习性等的差异，中世纪艺术家难以把握所有动物的形态。但无论如何，书中现实动物的插图较虚构动物插图而言，较易被人辨认。而非现实的虚构动物则需要在对文字叙事进行阅读的基础上才能较好地识图。图像的优势就是没有语言认知的障碍，因此，我们以成熟的、拉丁语版的《阿伯丁动物寓言集》和《阿什莫尔动物寓言集》的插图及英文的文字叙述来研究其中的图文关系。

我们知道，所有的动物寓言集都是讲述真实和想象的动物行为的故事集子。我们不能指望这种书有多科学，尽管它的许多描写也相当准确，但它至少有一半的内容是用来记载各种动物的奇异传说的。它的真正目的是使用比喻来解释自然，并通过道德和精神层面的说教将其与基督教义相联系。其中的一些内容常常附有大量图解，而且往往充满嬉戏和幽默。中世纪很多手抄本中的动物与现实有一定的距离，有些狮子画得不像真正的狮子，形象还有点怪异，有可能是因为艺术家参考了古老的动物寓言集，在

风格方面受到了原本已经变形的形象的影响。与第一章《伊索寓言》的狮子插图相比，我们更能确认古典时期插图对中世纪的影响。随着时间发展，中世纪动物寓言图像的叙事也逐渐形成了自己独特的风格。

整体而言，动物寓言常常是以对一种动物的介绍为一章，并配有一幅插图，插图大部分是彩绘。插图有大有小，有时是整页插图，有时是小幅插图，有时是整页插图被分成若干小块。插图在卷首、文中或文末不同位置。这都与时代、文化和寓意象征有关。其中，我们看到动物形象真实与否并不是最重要的，主要是为表意说理、为传播教义服务。因此，"图像不能什么都说，也不能什么都画，要选择、分级、压缩、合并，有时还要添加或编造一些内容"①。具体而言，中世纪动物寓言集插图依据图文发展主要呈现出以下几种关系。

（1）用全幅或大面积彩图凸显全书主旨。在《阿伯丁动物寓言集》和《阿什莫尔动物寓言集》中，关于基督与万物起源的大幅或全页彩图奠定强化了文本的劝喻教义功能。从前面的分析研究中，我们知道中世纪动物寓言故事既继承了寓言故事言此意彼、另有所指的叙事模式，又与基督教思想的宣传与传播紧密相连。因此，在《阿伯丁动物寓言集》和《阿什莫尔动物寓言集》中大部分是微型插图，而在这两本书的开篇，都有基督创世、创造万物和亚当为动物命名等大幅或全页插图。在镶金背景下，基督的形象完全不需要文字的叙事就已深入人心，这也许就是圣像的魅力。而在图中，除了基督像外，日月星辰、花鸟鱼虫、百兽都在耶稣面前，这也形象地阐明了神造万物，万物皆为基督服务的寓意象征，从而为后面各种动植物的象征说明奠定了基础。《圣经》作为一个隐形文本就贯穿在整个中世纪动物寓言集的叙事中。如帕斯图罗所说："动物图鉴研究动物，首先描绘其外形，然后寻找并揭示其隐义，论述的依据包括《圣经》（动物图鉴里满是对《圣经》的引用）、基督教早期教父以及亚里士多德、老普林尼、索利努斯、伊西多尔等古代权威人士的说法。所出现的每种动物都有隐义。"②

---

① ［法］米歇尔·帕斯图罗：《中世纪动物图鉴》，王烈译，上海社会科学院出版社2020年版，第39页。
② ［法］米歇尔·帕斯图罗：《中世纪动物图鉴》，王烈译，上海社会科学院出版社2020年版，第20页。

第二章 中世纪动物寓言集及其图像叙事

如在《阿伯丁动物寓言集》和《阿什莫尔动物寓言集》亚当给动物命名的插图中，画师图绘了创世纪第六天，上帝创造了亚当，并交给他一个任务，就是给创造出来的动物命名，有狮子、鹿、马、牛、羊、狗、猪等，似乎奠定了整本书中各种动物为《圣经》服务的基调。从图像上看，亚当衣裳的蓝色和红色也成为动物的主要色彩，形成了视觉上的呼应。亚当端坐在椅子上，右手高举伸出两个指头，似乎一一指向不同的动物。图中动物各具形态，或昂首，或匍匐，或行进，或回首，或蠢立，围绕着亚当接受命名，从而有了动物与人类相连的图证，确认了人类具有超越动物存在、动物为上帝服务的所指。动物寓言以《创世纪》中创世故事的重述开始，亚当是第一个为所有动物命名的人，这是一件很重要的事，所以这个场景经常出现在有插图的动物传说中。塞维利亚的伊西多尔认为动物的名字很重要。他相信，对每一种动物名字的词源学研究将揭示动物的某些性质。通过书中一开始出现的上帝造万物的大幅插图，营造了一种《圣经》的互文本阅读，特别是对于中世纪不识字的信徒而言，上帝的圣像深入他们的内心。在信奉基督教的西方，人们普遍认为自然界，即所谓的"自然之书"，已经被上帝安排好，为人类提供了教导的来源。这个想法至少部分是基于《圣经》中的诗句，比如《约伯记》中的"但问问动物，它们会教你；或者问问天上的鸟，它们会告诉你；或对地说话，地必指教你。或让海中的鱼指示你。这一切谁不知道这是耶和华的手所作的呢？凡活物的生命和世人的气息都在他手中。"据说动物具有它们并非偶然具有的特征，上帝创造它们的这些特征是为了作为正确行为的例子，并加强《圣经》的教导。也就是说，所有的创造物据说都反映了创造者，并且学习关于创造者的知识，这有利于研究这个创造物。出现在动物寓言书一开始的插图对于整个文本的阅读就具有独特的意义。

（2）单一角色静止图像的再现性和装饰性。中世纪动物寓言集文本记录了100多种动物，文中的插图有一部分直接图绘了动物的外形，比之古希腊时期插图的简单图绘具有更强的装饰性。每幅动物插图以烫金为背景，显得富丽堂皇，至今仍具有强烈的视觉冲击力。因此，这些图像虽然只是描绘了一种动物的微型插画，却各具姿态，灵动诱人，图底的色彩完美融合。

不管是《阿伯丁动物寓言集》还是《阿什莫尔动物寓言集》中的天鹅插图，都是在金色背景下图绘了白色天鹅修长的脖子、脚等。虽然在

《圣经》中没有提及天鹅,但从天鹅的婉转叫声及洁白羽毛等特征中,它常常被认为"像布道者一样,用高低抑扬的宣讲引人皈依"①。这里主要是起到装饰性作用。又如关于蝙蝠的插图,在这两本书中几乎完全相同(图2-1、图2-2)。蝙蝠张开双翅,面向读者,那有点狰狞和恐怖的面部,传递着人们对蝙蝠这种动物的情感。在中世纪,人们认为它长着老鼠的身体和狮鹫的耳朵,它因为习惯在夜间出没,所以完全成为负面的动物,常常被认为"魔鬼钟爱蝙蝠,蝙蝠也把他无羽之翼借给魔鬼,让它在夜晚飞去参加巫师密会"②。这些对现实动物的图绘在书中既是为了装饰,也赋予其特殊的情感。显然,这些插图主要是起到装饰性作用,并吸

图2-1 《蝙蝠》
(阿伯丁版)
(资料来源 https://digital.bodleian.ox.ac.uk/objects/faeff7fb-f8a7-44b5-95ed-cff9a9ffd198/surfaces/501aac48-1ed7-4f6e-bb41-1150a1e35d8/。)

图2-2 《蝙蝠》
(阿什莫尔版)
(资料来源 https://www.abdn.ac.uk/bestiary/ms24/f51。)

---

① [法]米歇尔·帕斯图罗:《中世纪动物图鉴》,王烈译,上海社会科学院出版社2020年版,第175页。
② [法]米歇尔·帕斯图罗:《中世纪动物图鉴》,王烈译,上海社会科学院出版社2020年版,第203页。

第二章 中世纪动物寓言集及其图像叙事

引着读者的注意。这种插图的单一性使教谕寓意难以从图像中获得,需要文字语言的介入。

同时,书中还有一部分虚构动物的插图,也是直接图绘和创作出来的。这些虚构的动物插图不仅仅具有装饰性,还充满想象性,并在一定程度上引导人们去思考虚构形象的意义。如独角兽是西方自古以来非常重要的动物意象,是一种神兽。虽然关于独角兽的想象与描述众多,"不过大家都认为独角兽是一种杂合动物,身体各部分借自其他动物,唯一特别的是前额中间长着笔直的角,又亮又长,可达三四英尺或更长。这只角能辟邪,东西碰一下它就能将其净化,接触到毒物、毒水就会流血,实乃珍奇之物"①。由此很多人想捕捉独角兽,但又难以捕获,独角兽只会被童贞女的味道吸引。后世关于独角兽的传说仍不断发展,构图也有不同。如《阿伯丁动物寓言集》和《阿什莫尔动物寓言集》中的插图(图2-3、图2-4)只是创造性地再现独角兽的图像,装饰了版面。观者只能在这

图2-3 《独角兽》
(阿伯丁版)

(资料来源 https://www.abdn.ac.uk/bestiary/ms24/f15。)

图2-4 《独角兽》
(阿什莫尔版)

(资料来源 https://digital.bodleian.ox.ac.uk/objects/faeff7fb-f8a7-44b5-95ed-cff9a9ffd198/surfaces/03fc92a7-db79-4c48-b48a-10c6703491a/。)

---

① [法]米歇尔·帕斯图罗:《中世纪动物图鉴》,王烈译,上海社会科学院出版社2020年版,第81页。

种虚构的组合式的图像中思考这种动物的意义。而后来关于独角兽的图像越来越丰富,出现了多角色图像的描绘。在多角色图像中,通过故事角色再现,描绘独角兽被引诱、被猎杀的情节,完整地画绘关于独角兽的传说。而其中女性与独角兽相互依偎的构图,把神圣与圣洁的寓意直接传递出来,把独角兽象征"'圣母之子'耶稣,少女象征圣母,大腿代表教会,前额独角代表圣父圣子乃是一体,所以无需两角"①的意义表征出来。这种具有故事性的构图方式在《阿伯丁动物寓言集》和《阿什莫尔动物寓言集》中也有不少,后面我们再详细论述。

(3) 定格动作,姿势图像的索引性。姿势图像的相关内容来自于《基于人体姿势引导的时尚图像生成算法》②一文。论文研究模特当前姿势,生成其他各种不同姿势,迁移到其他目标姿势的生成图像的算法,更好地为广告提供更多的姿势图片和信息。这篇文章虽然是基于广告模特姿势生成图像算法的研究,但从中我们可以得到启发:姿势是有指示和迁移作用的,能为下一个动作提供指引作用。在现有图像动物姿势的研究中,我们看到动物寓言图像就具有这样的特征,通过角色姿势及其之间的关系来表征出寓意,因此,我们称为"姿势图像"。借鉴这种分析视域,仔细研究中世纪动物图像的姿势,我们发现它与单一动物图画具有不同的构图逻辑和意义表达。

在《阿伯丁动物寓言集》和《阿什莫尔动物寓言集》的插图中,有一部分图像描绘了定格画面中的动物姿势。与单一图像静止的动物不同,这里的动物呈现了姿势动作,而且这些姿势具有图说的能力,即姿势图像呈现并突出了文字描述中角色的特性、习惯或寓意。虽然有些插图只图绘了一种动物,但不同于前面的直接再现性,这里的动物蕴含着姿势、动作和行为等,为其他叙事服务。这种姿势的表征不一定是莱辛强调的"高潮来临前的那一顷刻",它可以是一种常态的展示。这些姿势主要起到指示和引导功能,因为这种图像是为寓意服务的,尤其是对于不识字的信徒而言,它主要是引发信徒对教义的认知与接受。如《阿伯丁动物寓言集》

---

① [法]米歇尔·帕斯图罗:《中世纪动物图鉴》,王烈译,上海社会科学院出版社2020年版,第83页。
② Wei Sun, Jawadul H. Bappy. "Pose Guided Fashion Image Synthesis Using Deep Generative Model". [J/OL]. Computer Science, 2019:V2 [2020 - 1 - 4]. https://arxiv.org/pdf/1906.07251.pdf.

第二章　中世纪动物寓言集及其图像叙事

和《阿什莫尔动物寓言集》中关于蛇的插图（图2-5、图2-6）造型基本一致，它们都不是单一静止的动物图绘，而是展示了蛇蜕皮的姿势，捕捉了动作进行时用以表征蛇的特性及寓意：一条正穿过洞口、蜕皮的蛇。在这里，蛇的姿势是穿越洞口和蜕皮的结合，意指人要和蛇一样，在追随上帝的过程中，通过努力和过去告别。在这种姿势图像中，观者不仅会辨认图中动物，还对动物的动作姿势造型进行探析，进而思考动物姿势的意义。

图2-5 《蛇》
（阿伯丁版）

（资料来源 https://www.abdn.ac.uk/bestiary/ms24/f71。）

图2-6 《蛇》
（阿什莫尔版）

（资料来源 https://digital.bodleian.ox.ac.uk/objects/faeff7fb-f8a7-44b5-95ed-cff9a9ffd198/surfaces/8b7f9460-2747-4689-8b2b-8407a01f215/。）

又如老鼠的插图，在中世纪其形象常常与猫相混淆。《阿伯丁动物寓言集》和《阿什莫尔动物寓言集》这两幅插图（图2-7、图2-8）中的上面那幅都画了猫，《阿什莫尔动物寓言集》图中的猫爪下还有一只小动物；下面一幅图画的都是老鼠，如果不进行指示说明则难以辨认出猫爪下的老鼠。但正因为下面一幅图绘了老鼠的姿势，我们看到老鼠叼着奶酪，从而为猫和老鼠插图的区别提供了指示：正在吃奶酪的是老鼠。在这幅插图中猫和老鼠画得实在太相像了，但我们在符号图像的指示中还是能辨认出老鼠偷吃奶酪，猫捉住老鼠的关系。又如鹤的插图（图2-9），虽然画了鹤群的单一图像,但图中左边最前面的一只鹤与其他鹤有一个明显不同的姿势,这只鹤单腿站立,另一只腿的爪子上抓着一块石头。这就吸引了观者的注意力:为什么这只鹤与众不同?通过文本我们知道,这个石子被称为"警醒"。鹤群在睡觉时,由年长者站岗。"为了不睡着,它单腿独立,另一腿折起来收在肚子下面,爪子里抓着一个小石子。如果睡着,小石子就会掉下来砸到脚,把它砸醒。……这些机灵的哨兵被比作看护羊群的牧羊人,不眠不休,以虔诚的信仰作为'警醒'"①。可见,鹤的姿势图像对其生活习性的解读具有重要的指示说明和标出作用,观者在细小的动作姿势中能更好地把握动物图像的寓意。

图2-7 《猫和老鼠》
(阿伯丁版)

(资料来源 https://www.abdn.ac.uk/bestiary/ms 24/。)

图2-8 《猫和老鼠》
(阿什莫尔版)

(资料来源 https://digital.bodleian.ox.ac.uk/objects/faeff7fb-f8a7-44b5-95ed-cff9a9ffd198/surfaces/48525995-1eb0-4117-8398-283b8b0cb4c2/。)

(4)多角色图像和三格图像的叙事性。中世纪动物寓言图像中还有一些具有较强叙事功能的故事图像,这些图像往往把寓言故事中的角色关

---

① [法]米歇尔·帕斯图罗:《中世纪动物图鉴》,王烈译,上海社会科学院出版社2020年版,第188页。

第二章 中世纪动物寓言集及其图像叙事

图2-9 《鹤》
(阿什莫尔版)
(资料来源 https://www.abdn.ac.uk/bestiary/ms24/。)

系完整地呈现出来，即把角色、情节和结果较完整地表述出来的图像，我们称之为多角色图像。如上面提到的独角兽被捕获的场景就是多角色图像，图像图绘了独角兽因喜好童贞女的气味，寻味而来，依偎在其身边，由此被身穿盔甲手拿长矛和盾牌的士兵所猎杀。在图像中，多个角色完全呈现，把人们的目光带向了角色关系中，从而把握了独角兽象征耶稣、少女象征圣母的宗教寓意，故事代表着对圣洁的追寻。这种单幅多角色图像的叙事主要是在同一空间中表征出时间的流动性。

在中世纪的动物寓言图像中还出现了类似现代连环画的连续图像，但它不是单幅图像的连续图绘，而是在一幅图像中分成三部分，形成为同一动物从不同层面进行图说的三格画。这些三格画的图像关联，完成了图像的叙事表达，是时间性和空间性的融合叙事。如《阿什莫尔动物寓言集》中狮子的插图就是其中的重要代表。三格画描绘了人们赋予狮子的几个传统特征：第一幅图中，小狮子死于产后，三天后却在母狮子的吼叫中复活，这显然是对基督复活的象征表现。第二幅图中，狮子对面前匍匐的男人表示出同情心。第三幅图中，狮子对小公鸡表示出敬畏之心，这些都是符合道德行为准则宣传的一般说教。然而，不管动物图像画得像还是不像，这不是重点，因为从前面论述中可以看到，动物书是为宗教象征服务的。动物主要是道德教义的载体,它们为不识字者传递思想。因此,在狮子插图的三格画中,不是简单的狮子图像再现,而有植物、人和姿势、动作入画,形成了一个话语场。

关于鹈鹕的描述一直都与基督拯救众生的宗教道德故事相关联,如布封①在《自然史》中对鹈鹕滴血故事的描述。布封写到:"鹈鹕吸引了博物学家很多的注意和兴趣,一方面是因为这种水禽相貌奇特,它个头高,喙下长着一个大食囊;另一方面在于'鹈鹕'这个名称在历代传说中声望很高,在无知民族的宗教象征中又非常神圣。在古代的传说中,人们把鹈鹕描绘成撕开自己的胸脯,用鲜血来喂养全家的慈父形象……"② 布封对鹈鹕宗教象征的记录也说明了中世纪动物寓言集的重要影响。在插图中,鹈鹕的故事得以完整地表达(图2-10)。这幅三格画通过将花卉分割成三个菱形,从左往右分别讲述了小鹈鹕出生几天后饿得厉害,用喙去啄父母讨吃的。左边第一个方格中,下面有只小鹈鹕的喙与上面大鹈鹕相接触;中间一幅图则讲述了小鹈鹕惹怒了鹈鹕爸爸,鹈鹕爸爸去啄小鹈鹕,由于力气过大把小鹈鹕啄死了,鹈鹕爸爸后悔地离开巢穴;鹈鹕妈妈伤心欲绝,哀鸣不止,用嘴刺破了两肋,把血洒在孩子身上,让它们起死回生。这个鹈鹕妈妈用血复活小鹈鹕的故事,常常被基督教比作三日后令其子复活的上帝,或者说比作因拯救人类而死在十字架上的基督,有时还比作圣母。鹈鹕成为奉献和仁慈的标志,成为一些神职人员和教会中徽章和印章的图像。由此,鹈鹕死而复生的故事,通过插图得以形象、生动、完整地叙述出来,这种故事与《圣经》中基督的复活形成了完美的互文。

可见,多角色图像和三格画都具有较强的叙事性,但是多角色图像的叙事主要强调时间的空间化表达,缺乏线性的叙事功能。而三格画则实现了时间性和空间性的叙事转换,较完整地表征出故事和寓意内容。这也反映出中世纪的艺术家和画家对于故事内容的深刻认识。

通过对中世纪动物寓言集插图构图分析,可以看到,中世纪的作家、画家、艺术家们具有丰富的想象力,深刻的哲理思维,对自然界、人类社会、道德教义等进行了深入思考。中世纪动物寓言图像追求的不是动物学

---

① 布封(Buffon,1707—1788),原名乔治·路易·勒克莱克(Georges Louis Leclerc),18世纪法国博物学家。

② [法]乔治·布封:《自然史》,陈焕文译,江苏人民出版社2011年版,第124页。

上的逼真写实，而是充满艺术韵味的审美表达，读者在观看图像中把握另有所指的寓意。此外，这些动物寓言图像不是一成不变的，而是不断发展变化并表征出丰富的画意与寓意。下面就以虚构动物凤凰为例，进一步分析中世纪动物寓言图像的叙事特点。

图 2-10 《鹈鹕》

（资料来源 https://www.abdn.ac.uk/bestiary/ms24/。）

三、凤凰母题的图像叙事及其发展

中世纪动物寓言图像除了《阿伯丁动物寓言集》和《阿什莫尔动物寓言集》中固定的图像外，随着时间的发展不断变化，同一动物形象的图文叙事也随之发生变化，丰富着不同的动物图文关系。也就是说，在同一动物寓言故事中所配的插图也大有不同。[1] 下面就主要以古老的凤凰虚构图像为出发点，研究中世纪动物寓言母题的图像叙事特点。

凤凰（phoenix）又名长生鸟，在中西方都是一种古老的神话动物，但具有不太相同的文化历史。在中国古代传说中，凤凰是百鸟之王，《淮南子》载："羽嘉生飞龙，飞龙生凤皇[2]，凤皇生鸾鸟，鸾鸟生庶鸟，凡羽者生于庶鸟。"淮南王刘安认为凤凰是飞龙之子，在一定意义上说明了

---

[1] T. H. White. *The Bestiary: A Book of Beasts*. New York: G. P. Putnam's Sons, 1960, p. 125.

[2] "皇"同"凰"。

凤凰是祥瑞、高贵等的象征。在西方欧洲传说中，凤凰又叫不死鸟，其来源是亚述人不死鸟和埃及太阳鸟相混合的结果。在西方，关于凤凰的描述同样具有悠久的历史。古希腊历史学家希罗多德（Herodotus）在《历史》中首次描述了凤凰这一神话动物，此后凤凰就反复出现在作家、艺术家的笔下。如奥维德的《变形记》（公元1世纪），卢坎的《法撒利亚》（公元1世纪），老普林尼的《自然史》（公元1世纪），伊西多尔的《词源学》（公元7世纪），勒克莱尔的《动物寓言集》（公元13世纪），安格里克斯的《所有权》（公元13世纪），曼德维尔爵士的《游记》（14世纪）第七章等作品中都有关于凤凰的描述。伴随着各时期的发展和不断丰富，在中世纪的动物寓言集中，关于凤凰的描述主要有两个版本。

第一个版本：凤凰是生活在印度的鸟，当它活到500岁甚至更久的时候，它会飞到一棵乳香树上，用香料填满翅膀，在那里点燃火，之后它就被火吞噬焚烧了。第二天，人们会在灰烬里发现一只小虫子，散发着甜甜的味道，虫子变成了小鸟，第三天又变成了凤凰。然后凤凰会回到它原来的地方。①

第二个版本：凤凰是一种紫色或红色的鸟，生活在阿拉伯半岛。任何时候世界上都只有一只活着的凤凰。当它老了的时候，它搭起柴堆和香料并爬上去。在那里，它面向太阳，火被点燃；它用翅膀扇火，直到自己被完全烧毁。有人说，是太阳点燃了火焰；又有人说，凤凰用喙撞击石头，或者在柴堆里收集块状的香料摩擦产生火花。旧凤凰死去，新凤凰重生。②

关于凤凰故事的各个版本基本上都是结合了上述内容，具体叙事虽有不同，但都承认了凤凰是一种古老的神话动物，有死而复生或者不死的特性，它常常成为永生的象征。正如麦卡洛克所说："所有版本都一致认为凤凰象征具有重获生命权力的基督。"③ "我们的主耶稣基督展现了这只鸟

---

① Florence McCulloch. *Mediaeval Latin and French Bestiaries*. North Carlina：The University of North Carolina Press，1962，p.158.
② Willene B. Clark, Meradith T. McMunn. *Beasts and Birds of the Middle Ages*. Philadelphia：The University of Pennsylvania Press, 1989, pp.75–77.
③ Florence McCulloch. *Mediaeval Latin and French Bestiaries*. North Carolina：The University of North Carolina Press，1962，p.158.

第二章　中世纪动物寓言集及其图像叙事

的性格,他说:我有权柄舍了命,又能取回来。"① 正因为如此,在基督教盛行的中世纪,凤凰重生的故事常常被认为是一个基督死亡和复活的寓言。《阿伯丁动物寓言集》中说:"凤凰也象征着正直的人的复活,他们采集了美德的芳香植物,为死后恢复以前的精力做准备……相信死而复生的信念就像凤凰会从灰烬中复活一样不是个奇迹……看看鸟类的本性如何为普通人提供了复活的证据;圣经所宣扬的,自然的作用证实了这一点。"据说凤凰会给那些犯了罪的人带来希望,就像基督的牺牲为救赎提供了承诺。也就是说,中世纪的动物不仅仅是想象的结果,更是中世纪人们寄寓宗教道德教义的载体。在中世纪,人们对动物寓言的想象性大于对真实性的追寻,因为它主要是为传教劝解服务,主要让俗世之人看懂和接受。"不管动物寓言集的作者是谁,他自创作过程中肯定极大地发挥了自己的想象力。建立在圣经之上的传统象征意义对他几乎毫无帮助,因为书中记载的都是神话中怪物,如:鹫头飞狮、长生鸟、独角兽,或是旧约中不曾出现的印度动物,所以他必须编撰大量的道德意义来补充他对动物的描述。尽管如此,他发明的象征意义依然十分精彩,中世纪的人无可挑剔地接受了它们,甚至从来没有人想要证明书中故事的可靠性。"② 因此,在中世纪我们可以看到各种形态的凤凰图像,并能体会不同图像对不识字信徒具有的传播效果和影响力。

中世纪关于凤凰(长生鸟)的插图在不同世纪不同画家手中有不同的表达方式,我们搜集了各大博物馆、图书馆的凤凰图像,如阿伯丁大学图书馆、大英博物馆、博德利图书馆、菲茨威廉博物馆、法国国家图书馆,并对这些图像进行了对比研究,发现关于凤凰的图像有单一图像的装饰、姿势图像的指示性和连续图像的叙事等功能。这些图像虽然面对同一故事文本,却具有不同的入画焦点,根据目前查询到的关于凤凰的三十多幅图像及其与文本的关系,我们发现图像主要有三种叙事逻辑。

(1)对凤凰静止状态的描绘以增强可视性。这些凤凰图的造型主要来自现实鸽子、鹅、鸡等的外观,个别突出了凤凰有冠的特征,总体而言

---

① T. H. White. *The Bestiary: A Book of Beasts*. New York: G. P. Putnam's Sons, 1960, p. 126.

② [法]埃米尔·马勒:《哥特式图像:13世纪的法兰西宗教艺术》,严善錞、梅娜芳译,曾四凯校,中国美术学院出版社2008年版,第43页。

似乎与一般的鸟类无异,未能图绘凤凰再生的特点。虽然许多图像都标注为"凤凰",但实际上并不能从图中识别。图2-11来自贝内克珍本图书馆,创作于12世纪末,但插图只展示了一只冠毛鸟。图2-12中凤凰的插图来自特鲁瓦市图书馆。有人认为12世纪的鸟类书是圣维克多德休(Hugh of Saint Victor)写的,而其中彩色线描的鸟类图像有30多幅,都非常相像。图像中这只凤凰看起来像鹅,也没有图绘出它与火相关的习性。图2-13的凤凰插图约为公元1110—1130年所作,目前保存在牛津大学博德利图书馆。虽然仍是单只鸟的静态图像,但比之前面两幅呈现出了有冠的特征,而且文字标识了凤凰用嘴整理它的羽毛的动作,这就可能暗示凤凰从灰烬中重生的状态,但始终未能表明凤凰的习性。图2-14的凤凰插图大约来自13世纪,现收藏于英国莫顿学院图书馆,这幅画和图2-13一样强调了有冠是凤凰的一个特征,但仍是相对简单的工笔画。凤凰的习性、情态都难以在这种单一图像中呈现。图2-15的凤凰插图约1190—1200年诞生于佛兰德斯,同样是对凤凰的描绘,但这幅图画强调了是"一只有金色翅膀的凤凰"。当时色彩颜料的发展和使用,确实为中世纪动物图像增添了迷人的风采,金黄色也显示出了凤凰的"高贵"品格,但仍未能图说凤凰的寓意。

图2-11　《凤凰》
（藏于贝内克珍本图书馆）
（资料来源 http://bestiary.ca/beasts/beastgallery149.htm#。）

图2-12　《凤凰》
（藏于特鲁瓦市图书馆）
（资料来源 http://bestiary.ca/beasts/beastgallery149.htm#。）

第二章 中世纪动物寓言集及其图像叙事

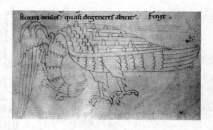

图 2-13 《凤凰》
（藏于博德利图书馆）
（资料来源 http://bestiary.ca/beasts/beastgallery149.htm#。）

图 2-14 《凤凰》
（藏于莫顿学院图书馆）
（资料来源 http://bestiary.ca/beasts/beastgallery149.htm#。）

图 2-15 《凤凰》
（作于佛兰德斯）
（资料来源 http://bestiary.ca/beasts/beastgallery149.htm#）

可见，在这些单一静止的动物图像中，学院中世纪的人对虚构动物图像的视觉表达是一个逐渐摸索的过程，主要是在对现实动物模仿基础上的再创造，逐渐从外形、色彩等角度思考凤凰的特性。但这些图像确实完全无法表征出道德寓意、宗教教义的内涵，这也说明了中世纪动物图像的叙事在特定语境下也不一定具有另有所指的功能。

（2）对事件发生前的图绘，即凤凰自焚前的准备工作，铺垫情绪。凤凰衔着树枝的插图（图 2-16）约出现在 13 世纪，现藏于法国国家图书馆。这只凤凰嘴里衔着树枝，它前面还有一小堆树枝。这种情态可能是凤凰的本能行为，从中可以看出凤凰在寻找做窝的树枝，而在动物寓言集中则是凤凰寻找树枝准备搭建燃烧的祭坛。此时的凤凰图像已从简单的鸟的图绘走向了凤凰情态的摹写。图 2-17 约为 13 世纪中期的作品，现藏于博德利图书馆,图中的文字说明凤凰用木头和香料搭建作为火葬的柴堆。在图中未看到"火"的造型或符号,可以推断凤凰仍是在做准备工作。在后面关于凤凰燃烧图像的分析中,就能更清楚地看到这个图像是关于凤凰为燃烧做准备工作的叙事。

图2-16 《凤凰》
(藏于法国国家图书馆)
(资料来源 http://bestiary.ca/beasts/beastgallery149.htm#。)

图2-17 《凤凰》
(藏于博德利图书馆)
(资料来源 http://bestiary.ca/beasts/beastgallery149.htm#。)

在同样的凤凰为焚烧做准备工作的图像中,有些图像已有了较大的发展,即凤凰图像从外形、用色到构图等在同一语境中发生了较大的变化,丰富了图像内容。如图2-18大约在公元1230—1240年间完成,现藏于博德利图书馆,画中金色背景是用金属油墨复制的,色彩明亮,一只凤凰在准备火葬时收集芳香的树枝。图2-19藏于梅尔曼诺博物馆,虽然没有使用金色,但红、蓝、绿色彩的使用也彰显出图像构图的细密精美。图2-20大约创作于15世纪,现藏于梅尔曼诺博物馆,一只长着华丽长冠的凤凰用小树枝搭起了火葬堆。整体来看,这三幅图中凤凰的外形逐渐有了变化,不再是对自然鸟类的摹写,而是加入了想象性元素。其中,图2-20的凤凰造型明显借鉴了孔雀的外观,并把孔雀羽毛作为凤凰的冠毛,以夸张的笔法凸显凤凰与众鸟不同的美艳姿态。同时,这些图像都在图绘凤凰时以树、花等植物作为背景,花木的形色也各不相同,这就反映出中世纪人们对自然的观察和记载也越来越丰富。虽然关于凤凰的文本并没有明确说明凤凰所选取的树枝和香料到底属于哪一种,但从图像来看已经种类多元,其文本叙事的想象性开始初露端倪。

第二章 中世纪动物寓言集及其图像叙事

图2-18 《凤凰》
（藏于博德利图书馆）
（资料来源 http://bestiary.ca/beasts/beastgallery149.htm#。）

图2-19《凤凰》
（藏于梅尔曼诺博物馆）
（资料来源 http://bestiary.ca/beasts/beastgallery149.htm#。）

图2-20《凤凰》
（藏于梅尔曼诺博物馆）
（资料来源 http://bestiary.ca/beasts/beastgallery149.htm#。）

可见，这些以凤凰的准备工作为入画内容的插图，和对凤凰外形摹写一样未能独立叙述出图中凤凰的行为方式和图说指向。虽然画出凤凰寻找树枝的形态，但也有可能指向做窝或搭建祭坛。然而无论如何，在凤凰重生的故事语境中，在凤凰为自焚准备木柴的图像中催生了既悲壮又勇敢的情绪。当然，这些图像确实难以实现独立叙事表意，即凤凰象征基督重生的寓意，插图在书籍中仍是以装饰性为主，以吸引更多的读者和拓宽书籍的销路。

（3）以故事核心内容入画，图绘主题，彰显寓意。在凤凰的寓言故事中，自焚和重生是故事的核心内容，在关于凤凰的插图中，也多以这两种图像为主。正如弗洛伦斯·麦克洛克所说："最通常的姿势是凤凰拔取树枝做成祭坛柴堆或者是站在燃烧的巢穴中。"[1] 而且这些绘画都集合了火、祭坛、柴堆和凤凰的意象，共同构建燃烧的图景。然而，在这些具有相同符号的图像中，我们还能够辨析出凤凰自焚和自焚后重生的内容差异。"也就是说，当我们观察动物形象——或者几乎任何一组中世纪形象——很快就会发现，在一组手稿中，在同一份手稿中，在不同的形象中，甚至在单一的形象中，没有一个单一的装置以同样的方式运作。侧面位置在一种情况下可能表示邪恶，正面位置可能表示善良，而在其他图像中，这些含义可能相反。在某些情况下，相同的图形元素在不同的上下文中显然表达了相同的意思，但这绝不是一致的模式。因此，每幅图像都需要进行内部分析，然后才能与阐明同一主题的其他图像进行比较。"[2] 都是对凤凰重生故事的图绘，都是鸟在火中的构图，通过对图2-21，图2-22的比较可以看到，虽然构图要素相似，但前一图像基本上是火焰包围着凤凰，凤凰双翅合拢，

图2-21 《凤凰》

（资料来源 http://bestiary.ca/beasts/beastgallery149.htm#。）

图2-22 《凤凰》

（资料来源 http://bestiary.ca/beasts/beastgallery149.htm#。）

---

[1] Florence McCulloch, *Mediaeval Latin and French Bestiaries*. North Carolina: The University of North Carolina Press, 1962, p. 160.

[2] Debra Hassig. *Medieval Bestiaries: Text, Image, Ideology*. London: Cambridge University Press, 1995, pp. 20-21.

第二章 中世纪动物寓言集及其图像叙事

静止在火焰中接受燃烧的洗礼。在后一图像中,凤凰在火焰中展翅飞升,正欲离开燃烧的祭坛。因此,前一图像指向了凤凰自焚的图意,后一图像则象征了凤凰自焚后的重生。在这些插图中,凤凰重生故事的时间差在视觉图像中一目了然,也反映了中世纪人们对凤凰燃烧前后情节的重视、对火的崇拜、对重生的敬畏,如耶稣的重生救赎被反复地书写。

同时,在这些凤凰自焚前后的图像中,凤凰的形象似乎被凤凰的行为所淹没,也就是说凤凰自焚的图意凸显在整幅图中。特别是红色、黄色的亮色调火苗几乎抢夺了灰色调凤凰的视觉中心,从而强调了"燃烧"的主题核心,进而观者在视觉注视中转移到凤凰的寓言故事,而不是聚焦于凤凰的形象特征,从而把握了"重生"的寓意,即基督复活重生的核心。

在这里要特别指出,在《阿伯丁动物寓言集》和《阿什莫尔动物寓言集》中的凤凰图像(图2-23、图2-24)构图比其他的图像多了一个"太阳"的意象,即插图正上方出现了太阳符号。在图像中,凤凰转身面对太阳,拍打着翅膀。在中世纪的寓言集中,有的说太阳是火的源泉,有的说是凤凰用树枝和石头摩擦起火。由此来看,这里凤凰振动翅膀就有可能是在燃烧中拍动翅膀扇火,然后被火吞噬。同样,这幅画也可以表现为凤凰从灰烬中复活,正在扇动翅膀离开。在这多义的图像中,观者的想象更丰富,寓意表达也更完整。此外,在凤凰插图中,有一幅现藏于大英图书馆的图像(图2-25)与其他图像构图不同。这幅画把凤凰准备祭坛树枝和在祭坛上自焚两个情节同时入画,却没有图绘凤凰重生的场景。在这幅创作于1250—1260年,略晚于《阿伯丁动物寓言集》和《阿什莫尔动物寓言集》版的图像中,我们好奇为什么不用三格画图绘完整的凤凰寓言故事,也许,在宗教盛行的背景下和悠久的凤凰传说中,凤凰重生与基督复活之间的寓意已深入大众心里,高高的祭坛已能彰显神圣的意味,"这只鸟,即使没有理由也没有任何人向它解释,却经历了复活的古老事实,尽管有这样的事实,即鸟类是为了人类的利益而存在,而不是为人类生存的"[1]。"我们的主耶稣基督展现了这只鸟的性格,他说:我有权柄舍了命,又能取回来。"[2] 从某种意义上说,自焚前和自焚中的勇敢比自焚后涅槃的重生更荡气回肠,更能让中世纪的信徒们感受到耶稣基督的伟大。

---

[1] T. H. White. *The Bestiary: A Book of Beasts*. New York: G. P. Putnam's Sons, 1960, p. 127.
[2] T. H. White. *The Bestiary: A Book of Beasts*. New York: G. P. Putnam's Sons, 1960, p. 126.

图 2-23 《凤凰》
(阿伯丁版)

(资料来源 https://www.abdn.ac.uk/bestiary/ms24/。)

图 2-24 《凤凰》
(阿什莫尔版)

(资料来源 https://digital.bodleian.ox.ac.uk/objects/faeff7fb-f8a7-44b5-95ed-cff9a9ffd198/surfaces/4fea61f7-d24a-49d6-ad8c-bbd1c58aa/。)

图 2-25 《凤凰》
(藏于大英图书馆)

(资料来源 http://bestiary.ca/beasts/beastgallery.htm#。)

总之，尽管大多数关于凤凰的插图都遵循着同样的情节，但在大小和颜色上却没有那么一致，凤凰大多被描述为蓝色和紫色，亦或深红色，还有一些动物传说把凤凰描绘成是白色和棕色。罗马博物学家老普林尼在其公元1世纪的著作《自然史》中描述说，凤凰像老鹰一样大，颜色为黄色、

第二章　中世纪动物寓言集及其图像叙事

紫色和玫瑰色。这些叙述的差异在图像构图的多样性中也表现得淋漓尽致，我们看到凤凰图像包括早期对鸟类尤其是鹰的简单摹仿，缺乏动态叙事功能；后期逐渐对凤凰的造型、色彩、形态等有了更深入地思考和表达。但总体而言，在中世纪关于凤凰重生的各种构图中，并没有一个固定的模式或者图说重点，在他们看来，凤凰的整个活动都是为了基督重生的意象而服务的，因此，不管是自焚前、自焚中还是自焚后的图像展示都努力营造一种神圣性，而高高的祭坛或类似祭坛的造型、金光闪闪的背景、熊熊的烈火等成为最重要的符号象征。在凤凰母题的图像叙事逻辑中，我们确实也能体会中世纪宗教至上的思维方式，以及动物寓言图说宗教教义的魅力，即中世纪动物寓言图像的独特叙事功能。

第三章　文艺复兴时期寓言图像及里帕的《图像学》

第一节　文艺复兴时期寓言图像和图像学概述

一、文艺复兴时期寓言图像的继承与发展

16世纪，欧洲艺术开始大量使用寓言主题，然而，从西方古典艺术发展来看，寓言式表达和拟人化传统在古代哲学思维和中世纪的典籍和图像中就已经存在。具体而言，古希腊时期的寓言以自然界动植物和神话故事为叙事内容，实际上充满了对观念和事物的形象解释，其中蕴含着拟人形象对神的世界的表达与阐释，对人的情感、生命的认知。如变成水仙花的纳卡索斯的"自恋"，艾柯自问自答的"回声"，达芙妮为拒绝阿波罗的爱意变成月桂树等，神话世界的想象与阐释经过古希腊人独特的诗性和理性思维构建了艺术的原始影像，为后世寓言解释提供了丰富的资源。波兰艺术史家比亚洛斯托基指出："象征对应于心灵的神话框架，图像对应于历史的框架。"① 想象与现实在图像的构建中联结起来，这实际上指出，古希腊时期的象征和寓言紧密相联，都具有指向另一物的内涵，而这种拟人化和寓言寓意的形成为后来西方文学艺术，包括故事、小说、绘画、雕塑、建筑、影像的创作提供了重要资源。

中世纪时期，基督教虽然批判了圣像崇拜和图像崇拜，却难以否定和

---

① ［波兰］比亚洛斯托基：《图像志》，杨思梁、宋青青译，载《新美术》1990年第1期，第74页。

第三章　文艺复兴时期寓言图像及里帕的《图像学》

掩盖图像，特别是寓言图像的寓意表达对宗教教义传播起到的重要作用。基督教图像主要通过象征符号、耶稣图像、其他圣像和圣经故事入画，形成了独特的宗教寓言图像。对宗教寓言图像的崇拜一方面使基督教教义得到较大的发展，另一方面促进了寓言图像的体系化，使其成为不识字者了解和直达神的旨意的媒介。"这种教谕理论在教会的早期业已形成。根据这种理论，图像是一种书写形式，为的是让不识字者看懂"①。人们通过可视的图像形象，又超越可见物的形式局限抵达神的精神世界，从而在中世纪绘画、雕塑、教堂等的图像中沟通了上帝、自然和人之间的关系，并以可视化的寓言图像重复展示。同时，动物寓言集作为中世纪重要的寓言文本，在图像的叙事中渗透着基督教思想和意味，使自然界动物和想象性动物都成为宗教代言者，讲述着关于教义的故事。如前面对中世纪动物寓言集图像的梳理，其中凤凰涅槃的故事图像与耶稣复活之间的深刻寓意表达与图绘功能，为进一步把握关于"复活""永生"的概念提供了视觉依据。动物的拟人化和宗教象征的寓意表达，即寓言图像的范围进一步扩大，成为宗教寓意载体，并在文艺复兴及其后的艺术中成为重要的标识和徽志。正如贡布里希所说："中世纪的基督教思想认为，人世间的每一件东西都是象征。现实的和历史中的每一事物、人物和事件都被认为是别的事物、人物或事件的象征，或被认为是某些概念和观念的象征。……中世纪艺术一般使用象征的图像，这些图像被认为是代码，能向每一个人，包括不识字的人，传递它们所包含的神旨。中世纪对象征的另一种态度出现在神秘思潮中。能被感官把握的图像是一种超越有形世界之界限达到精神世界的方法。"②

文艺复兴时期的艺术家重新发现和认识了古典文化，他们复兴了古典时期的自由艺术，并对那个时期的著作进行了研读和探讨。这样的过程始于人文主义者对修辞学和演说术的发掘，进而形成了以拉丁语文学为标准的精英文化，其影响是多方面的。古典时期的象征传统便是在这个时候再度受到艺术家推崇，并被运用到艺术作品之中的。贡布里希说："在文艺复

---

① ［英］E. H. 贡布里希：《象征的图像：贡布里希图像学文集》，杨思梁、范景中编选，广西美术出版社2015年版，第284页。
② ［英］E. H. 贡布里希：《象征的图像：贡布里希图像学文集》，杨思梁、范景中编选，广西美术出版社2015年版，第281页。

兴艺术的图像志中，……图画寓意和象征体系在人文主义艺术概念中占有非常重要的地位，……艺术品首先和最重要的任务就是描述一个故事。这个故事得选自权威的文献资料，不管是神圣的还是世俗的资料。"① 也就是说，文艺复兴艺术通过故事叙事来展示寓意，寓言画是文艺复兴艺术的重要代表，如波提切利的《维纳斯的诞生》《春》等。

  文艺复兴时期，人的觉醒和人本主义对古代艺术的推崇，使得艺术对人的表达与重视达到了新的高度。中世纪对圣父、圣子、圣母像的崇拜转向对人的主体认知与膜拜，但基督教的影响仍在延续。文学、绘画、雕塑等艺术作品从中世纪黑暗的压抑气氛转向对光明、自由的向往与表达，人是万物始源的思想贯穿艺术创作的主线。此时，新柏拉图主义的神秘论和亚里士多德的唯智论共同影响着人们对哲学理性概念的认知。在寓言图像发展视域中，对抽象概念的图绘与视觉表达走向了新的方向，呈现出新的图绘方式，"文艺复兴艺术常常能把古典艺术认为不可表达的东西转译成图像"②。中世纪不仅是对上帝图像的膜拜，对神话人物的象征寓意呈现，对动植物形象的隐喻性表达，更多是在拟人化形象的传统中，把拟人像与其他属像进行重组，表征出文艺复兴人本主义对人的认可，进而超越形式层面去追寻隐藏的深层的意义内涵。艺术家迫不及待地使用古典象征形象，一方面，从多个角度丰富了艺术作品的内涵，另一方面，与修辞学复兴一样代表了艺术家本人对古典文化的熟稔。然而，繁复的古典形象也给艺术家带来了不少困扰，就在这时候，一本图像志手册应运而生，即 1593 年切萨雷·里帕（C. Ripa）《图像学》的出版。该书中第一句话就体现了崇尚古典的主要原则："在表现不可见之物的图像时，图像的制作原理极为简单平凡，那就是模仿多才多艺的古罗马人和希腊人以及更早的人的书本、硬币和大理石上的记录。"③

  里帕《图像学》的出现既是作者勤勉的结果，也是时代使然。十六十七世纪期间，罗马天主教一方面激烈地对抗新教徒，另一方面要体现特伦

---

① ［英］E. H. 贡布里希：《象征的图像：贡布里希图像学文集》，杨思梁、范景中编选，广西美术出版社 2015 年版，第 286 页。
② ［英］E. H. 贡布里希：《象征的图像：贡布里希图像学文集》，杨思梁、范景中编选，广西美术出版社 2015 年版，第 278–309 页。
③ ［英］E. H. 贡布里希：《象征的图像：贡布里希图像学文集》，杨思梁、范景中编选，广西美术出版社 2015 年版，第 187 页。

第三章 文艺复兴时期寓言图像及里帕的《图像学》

托会议的改革精神,以巩固基督徒的信仰,真正确立教会在道德和信仰上的话语权,这就需要通过艺术的视觉手段来激发教徒的情感,创作大量的拟人化形象来表达善恶、美丑,并承载和传播道德寓意,形成一套可以把握的密码符号,并据此可以解释图像的隐含意义。里帕的《图像学》应运而生,里帕不仅继承了古代知识图谱,还以拟人化的形象为天主教服务,得到了罗马教廷的支持,成为当时权威的"拟人形象标准大百科",美学家温克尔曼甚至宣传《图像学》是"艺术家的圣经之一"[1]。贡布里希高度评价了里帕《图像学》的意义和作用,"中世纪和文艺复兴时期的许多原典专门讨论象征符号的解释,而且这些原典被当作词典一样加以引用"。"这类词典中最常用的是切萨雷·里帕1593年出版的《图像学》"[2]。可见,文艺复兴时期的寓言图像一方面继承了古典时期艺术的拟人化传统,另一方面里帕的《图像学》又成为拟人化的集大成者,成为后世文学艺术创作与鉴赏的潮流。正如贡布里希所说:"在人文主义时期,特别是16世纪,纹章和文学'奇想'之风盛行,设计新奇玄妙的拟人形象和属像的做法成为宫中的流行游戏。瓦萨里等手法主义画家喜欢用奥秘而又精制的拟人形象来颂扬赞助人。为此,切萨雷·里帕专门编了一本名叫《图像学》的拟人形象手册供画家和赞助人使用。该书后来成为巴洛克拟人形象的重要著作。……到了19世纪,拟人形象再度盛行,并出现'自由女神像'等巨大作品。……在20世纪艺术中,传统的拟人形象失去魅力,不过商业艺术、邮票、纸币和硬币中还流传着这一古典传统。"[3]

从寓言图像的发展历史看,里帕的《图像学》中"拟人形象是为了使人记起相关概念的全部特质。……这种图画的意图不在于图解,而在于帮助传道者记忆"[4]。由此来看,从中世纪后期开始,图像的寓言和象征叙事以及表达逐渐成为一种独立体系,在教堂雕塑、绘画、宗教画、纹章、徽志中都有丰富的寓言图像,寓意象征的表意已经进入人们的日常生活。文

---

[1] 陈怀恩:《图像学:视觉艺术的意义与解释》,河北美术出版社2011年版,第155页。
[2] [英] E. H. 贡布里希:《象征的图像:贡布里希图像学文集》,杨思梁、范景中编选,广西美术出版社2015年版,导言第40页。
[3] [英] E. H. 贡布里希:《象征的图像:贡布里希图像学文集》,杨思梁、范景中编选,广西美术出版社2015年版,第169页,注释。
[4] [英] E. H. 贡布里希:《象征的图像:贡布里希图像学文集》,杨思梁、范景中编选,广西美术出版社2015年版,第189–190页。

艺复兴时期，人们对象征、寓言及其图像的继承和发展在各种图像出版物中得到极大的表现。范景中在编撰整理西方美术史发展历程及其主要作家作品时，认为在美术领域中图像学已成为一个重要分支，并罗列了大量的图书出版物来证明从中世纪后期开始，寓言图像的象征、拟人化等因素对创作的影响。"在把古典神话看作道德寓意方面有持久的传统，这种潮流可以一直追溯到塞尔维乌斯对维吉尔评注的那种古典时代后期的著作（约公元400年），并且在贝尔叙尔的《奥维德的道德寓意》（巴黎，1509年）和薄伽丘的《诸神谱系》中达到高潮。……在16世纪，这类拟人化形象被大量使用于图画性和雕塑性的装饰构图中，但拟人化形象的相貌和属像却仅仅有一部标准化的著作，即里帕的《图像学》。……在所有的图像手册中，这部著作最为重要，尤其是在供给艺术家使用方面。它在欧洲被译为各种主要语言，一再重版，直到18世纪。"[1] 从此，人文主义意义上的寓言图像及图像志的发展得以确立，成为图像发展史上重要的里程碑。法国艺术史家马勒指出，"十七十八世纪欧洲寓意式艺术（寓言式艺术）的繁荣主要得益于16世纪意大利人切萨雷·里帕的《图像学》一书。"[2] 马勒把去世后沉寂已久的里帕重新带回人们的视野。在里帕《图像学》的影响下，深入地研究了图像学在12—18世纪的发展。也就是说，16世纪的寓言图像和寓言式艺术的研究及其后图像学理论的发展都离不开里帕的《图像学》，《图像学》也成为一个时代的丰碑和寓言图像研究的经典。

因此，里帕《图像学》的地位和意义让我们在研究文艺复兴时期的寓言图像或者图像志的时候不得不把它作为研究的首选。《图像学》对后世寓言图像和图像志的研究，特别是对潘诺夫斯基、贡布里希、米歇尔等人图像学理论的重大影响使其成为寓言图像研究不可回避的经典文本。

二、里帕《图像学》与图像学理论

从20世纪图像学理论的发展来看，中世纪、文艺复兴时期的寓言图像和图像学对现代理论家影响深远。马勒从宗教的寓言图像视角研究了中世

---

[1] 范景中主编：《美术史的形状Ⅱ》，中国美术学院出版社2003年版，第240–241页。
[2] C. P. Curran. "Ripa Revisited". *Studies: An Irish Quarterly Review*, 1943, 32 (126), p. 197.

第三章 文艺复兴时期寓言图像及里帕的《图像学》

纪艺术及艺术家的宗教图像资源。荷兰艺术史家霍格维尔夫被认为最早用"图像学"概念分析艺术品的文化和社会意义,但比亚洛斯托基说:"霍格维尔夫在扩展图像学方面的作用是有限的,因为他并没有历史解释的例子来为他的方法论建议做担保。"① 而潘诺夫斯基则从历史发展的角度,对图像学的历史及其艺术阐释进行了详细的论述和研究,特别是 1939 年出版的《图像学研究》首次把图像学方法与案例阐释结合起来,在《视觉艺术的含义》中区分了图像志和图像学,并对图像学的三个层次进行了论述,为现代图像学体系发展奠定了基础。图像志由希腊语 eikon(图像)和 graphein(书写)这两个词派生出来,从字面来看,图像志就是"图像书写"或"图像描述"。"图像志最初并不关注艺术作品的归属(确定作者)或作品的断代(确定时间)问题。……通常,图像志研究者也回避评判一件艺术作品的审美价值。……图像志首要和最重要的目标是确定艺术作品中描绘的是什么,并且揭示和解释艺术家想要表达的深层意义。其次,图像志要关注的是追索艺术家所使用的直接和间接材料——包括文献资料的和视觉的资源"②。潘诺夫斯基认为观者可以重返艺术家的创作历程,理解艺术家选择再现对象、形式及意义表达等问题,进而把图像的阐释分为三个层次:前图像志描述、图像志分析和图像学解释。

在前图像志描述阶段,解释的对象是第一性或自然主题,构成美术母题的世界;在图像志分析阶段,解释的对象是第二性或程式主题,构成图像故事和寓意;图像学解释阶段的对象是内在意义或内容,构成"象征"价值的世界。③ 从潘诺夫斯基图像学体系来看,里帕的《图像学》概念和图像处于图像志的分析阶段,里帕关于拟人像和属像的系统表达,为图像学的意义解读提供了方向和标识。如提香的寓言画《神圣的爱和世俗的爱》中左右两边女性的形象,从自然主题来看,石棺左边的女子身着盛装,怀里有一个装满金银珠宝的陶罐;右边的女子则是裸露的,左手拿着火焰,两人中间有个在玩耍的小男孩;画面上还能看到城堡、兔子、羊群等自然物象。在线条、色彩及风格中把握画面的气氛,这是潘诺夫斯基说

---

① [波兰]比亚洛斯托基:《图像志》,梁思梁、宋青青译,载《新美术》1990 年第 1 期,第 84 页。
② 常宁生编译:《艺术史的图像学方法及其运用》,载《世界美术》2004 年第 1 期,第 71 页。
③ [美]潘诺夫斯基:《图像学研究》,戚印平、范景中译,上海三联书店 2011 年版,第 13 页。

的前图像志描述阶段。但如果从故事寓言的角度来看，在里帕《图像学》关于 Felicità Eterna（永恒之福）和 Felicità Breve（短暂之福）的文字和图像的叙事中，我们似乎能更进一步了解，16 世纪华丽服饰的女子和裸体女子的共时呈现实际上隐含了提香对永恒和瞬间的理解。① 里帕的寓言图像集为这种解释提供了证据，但不足以阐明提香绘画的深意，因为提香的绘画充满了新柏拉图主义的意味。柏拉图关于两个维纳斯的讨论②在提香的绘画中得到充分表达：实际上，裸体女性代表着"天上维纳斯"，身着华服的女性代表着"地上维纳斯"，她们分别象征着永恒和"发生力"，小爱神丘比特在两人之间，但更靠近"地上维纳斯"，搅动着石棺中的水，表达着新柏拉图主义的观念——爱既是"混合"宇宙的原理，又是天地之间的中介。③ 潘诺夫斯基通过里帕和菲奇诺的帮助，阐释出提香画中关于"两个维纳斯"的主题及其绘画寓意是新柏拉图主义爱的寓言理论。潘诺夫斯基认为，"《圣爱和俗爱》是提香主动向新柏拉图主义哲学呈上赞誉的唯一作品"④。

　　由此可见，潘诺夫斯基把里帕的寓言图像作为图像解读第二层中关于寓言、故事的分析，并没有把里帕的《图像学》等同于"图像学"体系，因为关于图像的第三层次的阐释要运用综合直觉来分析艺术家选择主题和表现主题形式。在实际运用过程中，这三个层次是不分彼此，共同为图像的寓言表达与阐释提供路径，是一个综合运用的过程。实际上，对图像的图像学阐释更多的是对寓言画而言的，如吉尔伯特（C. Gilbert）所说："每一幅文艺复兴的画必须拥有一个秘密——一种比它初次出现时所传达的意思更深一层的含义吗？"⑤ 这也许是潘诺夫斯基把欧洲的风景画、静

---

　　① ［美］潘诺夫斯基：《图像学研究》，戚印平、范景中译，上海三联书店 2011 年版，第 153 页。

　　② 参见［古希腊］柏拉图著《柏拉图全集（5）》（增订本），王晓朝译，人民出版社 2016 年版，第 157 页。

　　③ ［美］潘诺夫斯基：《图像学研究》，戚印平、范景中译，上海三联书店 2011 年版，第 155 页。

　　④ ［美］潘诺夫斯基：《图像学研究》，戚印平、范景中译，上海三联书店 2011 年版，第 163 页。

　　⑤ ［美］霍丽：《帕诺夫斯基与美术史基础》，易英译，湖南美术出版社 1992 年版，第 143 页。

第三章 文艺复兴时期寓言图像及里帕的《图像学》

物画、风俗画以及"非具象"的美术作品排除在外的重要原因。① 贡布里希肯定了潘诺夫斯基对图像学的继承性,"自从潘诺夫斯基的开创性研究以来,我们一般用图像学表示对一种方案的重建,而不是对某篇具体原典的确定"②。但他同时指出潘诺夫斯基图像学理论的不足,并在其理论的基础上,强调作者意图的追寻和还原,并修正了潘诺夫斯基的理论。贡布里希认为,一件作品的意义就是作者想表现的意义,解释者所做的就是尽其所能确定作者的意图。这奠定了图像学解释的客观基础,修正了过度阐释和个人化的臆想。

可见,里帕的《图像学》是寓言图像的标准范本,图像学是一种关于图像、文本的寓意阐释,是一种理论体系,两者虽有交集但存在重大差别,是两个不同的概念范围。贡布里希所说:"如果我们要问为什么里帕要费神去设计这类难以辨认的拟人形象,那么答案只能在象征的一般理论中去找,不过这已经超出了解释图像这一直接的任务。"③ 也就是说,里帕的《图像学》是作为寓言图像的重要代表,他的拟人化形象为图像阐释提供了典籍。同时,从另一个角度看,他又是图像学发展的重要阶段和组成部分。从马勒、潘诺夫斯基、贡布里希等人对他的发掘和评价中我们已经深有体会。现代图像学理论系统主要是提出了艺术阐释的三个层面,不是严格意义上寓言图像的组成部分,实际上是寓言图像为图像学阐释提供了对象和中介。如德米斯基(H. Damisch)所说:"事实是,里帕的文章对于图像学,亦即图像的科学比任何自那时兴盛起来的'图像学'做了更加深入的阐释。他是第一和唯一阐述图像逻辑和有关图像叙述的程序、条件的学者,他明智地,如果不是清晰地划分了图像的严格图像学构成及其逻辑表达之间,他的描述和阐释之间的界限。'图像学操作者'使相互关联的事物逻辑发挥作用,为图像作为视觉描述在形而上学和隐喻条

---

① [美]潘诺夫斯基:《图像志与图像学》,邵宏译,载《诗书画》2017年第3期,第101-116页。
② [英] E. H. 贡布里希:《象征的图像:贡布里希图像学文集》,杨思梁、范景中编选,广西美术出版社2015年版,导言第33页。
③ [英] E. H. 贡布里希:《象征的图像:贡布里希图像学文集》,杨思梁、范景中编选,广西美术出版社2015年版,第41页。

件下进行表达铺平了道路。"① 由此看来,里帕作为一名图像学操作者,他的写作和寓言图像的描绘为图像学打下了基础。因此,我们接下来聚焦于文艺复兴时期的里帕及其作品的研究,深入分析他的拟人形象、属像、母题等内容对于后世寓言图像创作的影响,并从寓言图像及其传播和阐释的视角,进一步阐明里帕寓言图像及《图像学》文本对现代图像学体系建立的意义。由此,我们研究的是寓言图像而不是图像学理论,因此未对潘诺夫斯基、贡布里希、米歇尔等图像学理论家进行梳理,而是专注于里帕寓言图像的发展与传播研究。

第二节 里帕《图像学》的书名辨析和体例

《图像学》(*Iconologia*)的作者为意大利人切萨雷·里帕,目前,关于他生平留存的资料并不丰富。但从现有文献如 *Ripa Revisitied*②, *Cesare Ripa*:*New Biographical Evidence*③ 和国内黄燕的论文《切萨雷·里帕及其著作》等来看,里帕1560年生于佩鲁贾,具体的受教育情况不详,他受雇于罗马安东尼奥·萨尔维亚蒂主教(Cardina Antonio Maria Salviati),主要从事切肉的工作。由此推测,里帕的出身一般,可能未曾受过良好且系统的教育;但他非常热爱读书,也得到萨尔维亚蒂主教的赏识,可以在主教家中阅读大量的藏书,这就使里帕得以饱览群书并写下了 *Iconologia* 这本世纪经典。④ 因此,里帕在1593年出版 *Iconologia* 时,还把该书题献给萨尔维亚蒂主教,这都表明了里帕和主教本人及其家庭之间的亲密关系。在这里我们不去重复讲述里帕的生平,而是重点落在他驰名世界的寓言图像著作 *Iconologia* 的本体研究,从著作体例、构图、拟人化手法、属像种

---

① [法]胡伯特·德米斯基:《符号学与图像学》,郁火星译,载《艺术百家》2014年第4期,第107页。

② C. P. Curran. "Ripa Revisited". *Studies*:*An Irish Quarterly Review*, 1943, 126 (43), p. 197.

③ Chiara Stefani. "Cesare Ripa: New Biographical Evidence". *Journal of the Warburg and Courtauld Institutes*, 1990 (53), pp. 307 – 312.

④ Chiara Stefani. "Cesare Ripa: New Biographical Evidence". *Journal of the Warburg and Courtauld Institutes*, 1990 (53), pp. 307 – 312.

第三章 文艺复兴时期寓言图像及里帕的《图像学》

类、道德寓言形象和抽象观念的寓意表达等方面，深入阐明里帕 *Iconologia* 的特征及其在艺术史上的地位和影响等，进一步勾勒出十六十七世纪西方寓言图像的主要形态。

就目前国内来看，里帕 *Iconologia* 的书名翻译主要有两种，一是译为《图像学》，主要是以黄燕、范晓轩的研究论文为代表。二是译为《里帕图像手册》①，这个名称主要是在李骁翻译出版的里帕专著中使用。同时，李骁在出版前言中对书名翻译也做了介绍。李骁辨析 iconologia 一词的意大利语词型，指出"在里帕所处时期它包含着一个解释条目的关于古代图像及徽志的说明"②，认为该书属于图像志范畴，是图像手册，故取此译名。但这两种译名都还不够准确，因为从历时和共时的角度来看，里帕的 *Iconologia* 现有译名未能呈现出该书的原初图景，以及随着图像学体系的建立，现代人对该类图像的基本认知和理解的习惯也未能呈现。笔者认为，在兼顾历史性和当代性的语境中，应当译为《图像志手册》。

因为里帕 *Iconologia* 的首版是没有插图的，如果直接翻译为《图像手册》会引起误会，以为里帕从创作初始就是围绕相关图像展开的写作。但事实上，里帕主要运用了传统的寓言式书写方式特别是拟人化手法，对抽象概念进行了具象化的描写，当然他是在大量阅读借鉴中世纪草药插图、百科全书、阿尔恰托斯的《徽志集》、瓦莱里亚诺的《象形文字》等各种材料的基础上创作的，文字本身就充满了视觉的可视性和直观性。他的写作方法也受到普林尼《自然史》《动物志》和徽志、徽铭的影响，特别是西方动植物寓言拟人化手法的影响，从而把抽象概念进行了拟人化形象的创作，使条目具有图说的功能（Ekphrasis）。这是西方传统修辞学中对应中国"赋"的古典方法。所谓 Ekphrasis，是指用文字描绘某件真实存在的或想象中的艺术作品，与我国的题画诗有相似性。西方第一个 Ekphrasis 作品可能是《荷马史诗》中"伊利亚特"对"阿喀琉斯之盾"精美浮雕和寓意的详细描写。

也就是说，如果直接命名为《里帕图像手册》会有多种歧义：一是

---

① [意] 切萨雷·里帕：《里帕图像手册》，李骁译、陈平校译，北京大学出版社 2019 年版，中译者前言第 1 页。

② [意] 切萨雷·里帕：《里帕图像手册》，李骁译、陈平校译，北京大学出版社 2019 年版，中译者前言第 3 页。

令读者误认为是里帕图绘的手册，但实际上这里面的图像并非出自里帕之手；二是没有阐明"图像"本身的特点，实际上这里的"图像"和我们通常说的绘画、雕塑图像的本体有差别，强调的是图像的寓意象征内涵。因此，此译名容易产生多种阅读的可能性。里帕的 Iconologia 是在第二版后由出版商加入插图，这一做法使图书销量大增，也让里帕非常满意，于是此后该书所有的版本都是有插图的。这些插图都是以人为本体，占据画面的主要部分，充分表征出拟人化形象的习惯。

同时，我们要看到，里帕 Iconologia 中的插图并不是完全地以文绘图的图像再创作，而是受到已有徽志、神话绘画、雕塑等的影响。因为里帕在进行抽象概念的条目写作时，就已经充分参考了当时的徽志、徽铭等图像的创意，以及《象形文字》等，所以里帕的每个条目都不是凭空创造的，而是有据可循的，他在自己的作品出版时也明确谈到其来源。如关于"神圣的正义"中"天平"等属像，我们可以在早期许多神话绘画、雕塑作品以及一些书籍中看到它们的渊源。因此，里帕在"神圣的正义""不公""教学""均等"条目中都用了"天平"这个属像，使这些抽象概念具有了公平、正义的象征寓意。而不同艺术作品中同一属像的意义就具有内在的相似性，如意大利画家邦迪纳（G. D. Bondone）1306 年创作的正义女神壁画，意大利画家费奥雷（L. D. Fiore）在 1421 年创作的正义女神像，德国画家丢勒（Dürer）1499 年创作的版画《骑着狮子的正义女神》，意大利画家桑西（R. Santi）1508—1511 年在梵蒂冈签署厅天花板上创作的正义女神，荷兰画家维米尔（J. Vermeer）的《持天平的女人》等。可见，不管在里帕之前还是之后的艺术创中，在不同画家作品出现"天平"属像时，观者就能一目了然地了解其在作品中的抽象概念的内涵，正如歌德说的由特殊到一般的写作功能。由此看来，里帕的 Iconologia 应该说是一本图像志手册。

但是，如果书名译为《图像学》，在当下图像学的语境中则常常会让人联想到潘诺夫斯基、贡布里希和米歇尔的图像学概念，易造成概念的混淆。从西方图像学的发展历程来看，里帕的 Iconologia 是西方图像学传统中的重要一环，但当时并没有对图像志和图像学进行区分，也尚未形成当代复杂的图像学体系和内涵。1928 年，瓦尔堡学者霍格维夫（G. J. Hoogewerff）首次区分了图像志和图像学之间的关系，认为"前者是描述性的、事实收集性的、分析性的；后者运用前者的观察结果，是解释性

第三章 文艺复兴时期寓言图像及里帕的《图像学》

的、概要性的和注释性的"①。从英文后缀来看，iconography 后缀是"graphy"，是从希腊文 graphein（写作）发展来的，表述了描述性的内涵，是对各种形象的描绘和分类。"它只是搜集证据，进行分类，它并不认为自己有义务或有资格对这些证据的来源和意义进行研究。"② "而圣像学（Iconology）的后缀是（logy）——从 logos（希腊语：理性、理念）衍化而来，意为'思想'或'理智'——包括了某种解释性的内涵。"③ 因此，潘诺夫斯基认为"圣像学就是一种带有解释性的肖像学"，是"艺术研究中不可分割的一部分，而不只是初步的统计性调查"，"是一种从综合而不是从分析中发展而来的解释性方法"④。潘诺夫斯基说："肖像学分析是以对各种文学渊源中流传下来的特殊题材和概念的掌握为先决条件的，而无论这种掌握是通过有目的阅读还是通过口头流传达到的。"从这个角度来看，里帕的 *Iconologia* 是对形象、主题和概念的掌握和分析，当然也是肖像学分析不可缺少的部分，它为理解一些母题提供了肖像学分析的依据，但不能与时代、社会的精神意义相等同。潘诺夫斯基对图像学和图像志进行了深入的区分，规定了各自的性质、范围、目的等，并由此提出了理解绘画的三种方式或三个层次——"前图像志描述、图像志分析和图像学阐释"⑤。

由此可见，不论是从词源学还是从潘诺夫斯基图像学概念范畴来看，里帕的 *Iconologia* 既不是前图像志描述外形、色彩、线条等简单的自然线索认知与辨认，也不限于对图像符号象征意义的常规认识，里帕还力图表征出宗教的、抽象的、理性的观点和原则，力图寻找图像所处时代的"时代精神"，但整体来看还不够成熟。无论如何，里帕的 *Iconologia* 已经走在图像学发展道路上，并形成了一定的体系。如果按照潘诺夫斯基的图

---

① ［意］切萨雷·里帕：《里帕图像手册》，李骁译、陈平校译，北京大学出版社 2019 年版，第 2 页。
② ［美］E. 潘诺夫斯基：《视觉艺术的含义》，傅志强译，辽宁人民出版社 1987 年版，第 38 页。
③ ［美］E. 潘诺夫斯基：《视觉艺术的含义》，傅志强译，辽宁人民出版社 1987 年版，第 39 页。
④ ［美］E. 潘诺夫斯基：《视觉艺术的含义》，傅志强译，辽宁人民出版社 1987 年版，第 39 页。
⑤ ［美］E. 潘诺夫斯基：《视觉艺术的含义》，傅志强译，辽宁人民出版社 1987 年版，第 58 页。

像学三个层面——前图像志、图像志和图像学命名来看,里帕的 *Iconologia* 介于图像志和图像学之间的资料汇编和意义象征。因此,翻译为《图像学》似乎扩大了该书的内容,实际上抽象观念的图像寓意和象征会随着时间的发展而有所改变。

为了引文的统一性和简洁性,我们使用《图像学》这一译名,但事实上,在分析中我们就能发现里帕条目式的抽象概念写作具有前图像志和图像志的历史索引功能。同时,在17世纪以后寓言式作品的阐释中,我们又能看到里帕 *Iconologia* 一书关于图像学阐释表意的丰富性和指称功能。也就是说,里帕的 *Iconologia* 对潘诺夫斯基、贡布里希、米歇尔等人的图像学体系建构具有重要作用。"美术史研究中的术语'图像学'与'图像志'均有着悠久的历史,'图像学'最早应该就是里帕的《图像学》了,不过它实际上是一部标准化的图像志汇集。"[①] 因此,后面谈到里帕的 *Iconologia* 时,我们统一译为《图像学》而不再做说明。

辨析里帕书名的目的在于理清里帕著作的特征,以及其不同于《伊索寓言》的图像表达,同时,让我们在分析过程中不受制于书名、译名,而是要把重点落在书中文字、图像、体例、修辞和传播等方面的研究上。通过前面的分析,我们知道里帕于1593年出版《图像学》一书,书中以条目式整理、记录和创作了关于概念的拟人化形象修辞表达,使抽象的哲理概念得以形象化地表述。当时书中并没有插图,但这不影响它的受欢迎程度,里帕的《图像学》被翻译成多种语言在各国出版,如法语版、荷兰语版、德语版、英语版等。里帕在第二版修订时,增加了寓言形象条目,最为重要的是增加了152副木刻配图。[②] 这些插图被认为是当时著名画家阿皮诺(C. G. Arpino)骑士、富乐(I. Fuller)等人创作的。此后,每一版本都有插图。正如里帕《图像学》的英译者 P. 坦皮斯特在英译本"致读者"中所说:"古人十分喜爱这些图像,且见证了描绘诸神的多样性,由此巧妙地将自然和科学、神学和宗教的奥秘掩藏起来。这就是诗人创作寓言及进行解释时所汲取的源泉。细读此书的聪明读者将在书中遇见各种事物,这些事物不仅可供消遣,还将带来教益,以对美德的爱和对罪

[①] 杨宗贤:《切萨雷·理帕的〈图像学〉》,载《南京艺术学院学报》(美术与设计版)2010年第2期,第101页。

[②] 黄燕:《切萨雷·里帕及其著作》,载《新美术》2016年第3期,第104页。

恶的恨来激励读者，规范其行为举止。"① 此后，所有版本都有插图，并不断修订丰富。插图本出版后，里帕《图像学》中文字与图像的关系发生了变化，图像逐渐上升到重要的解读与阐释位置，甚至让人以为里帕《图像学》从一开始出版就有插图。但无论如何，"正是这本书的出版使西方人文主义的寓言图像志体系得以建立"②。由于条件限制，本文研究依据是1709年在伦敦出版的英译本，该书共326个条目，其中的插图研究同时参考意大利语版。

二、里帕《图像学》的体例

文艺复兴时期的艺术家复兴了古典时期的自由艺术，人文主义者对古典时期的修辞学、演说术及象征传统充满兴趣，并在艺术创作中大量使用古典象征形象来丰富作品的内涵，创作出一批充满寓意象征的作品，如波提切利的《三博士来朝》、提香的《智慧的寓言》等。然而，对这些丰富的神话象征符号的使用并没有一个相对可靠的参考依据，正是在这个背景下，里帕《图像学》的问世瞬间获得艺术家的追捧和赞赏，因为它为艺术家们提供了重要的拟人化形象和象征属像的资料，为观念的视觉化、寓言图的类型化奠定了基础。

里帕的《图像学》一书既不像普林尼《自然史》对自然界动植物、气象等的研究介绍，不像《动物志》对动物生态形态的研究考证，不像《徽志书》对徽志图像的研究，也不像《象形文字》对文字源起等的考据辨析，而是在这些著作的基础上，对抽象概念的具象化、视觉化和图说的重组再创造，并用词典条目的方式进行编排。也就说，里帕在书中用文字描述了理性、美德、德行、天文、性格等抽象概念，在特殊中讲述一般的概念，充分显示了他对古典神话、象形文字、圣经故事、宗教寓意的理解及当时人们对动植物、人造物、自然界的认知态度及它们蕴含的丰富寓意。里帕正是通过不同个体符号的组合与建构，在个体图像特性、象征属性的重组中再现出每个抽象概念深刻的寓意内涵。

---

① Cesare Ripa. *Iconologia*. London: Bens. Mott, 1709, p.1.
② ［意］切萨雷·里帕：《里帕图像手册》，李骁译、陈平校译，北京大学出版社2019年版，第1页。

从整体来看，里帕的《图像学》形象丰富多样，内容复杂，并不拘泥于某个学科领域，似乎里帕非常有雄心，希望能够为各个学科提供参考。里帕从古代文物、壁画雕塑、神话传说、中世纪动植物志、经典诗歌文学乃至舞台剧场景中广泛撷取视觉表达资源，对抽象名词进行视觉化呈现的习惯考溯源流，综合了古代徽志（emblems）、徽铭（impresaes）、徽征（devices）及寓意（allegory）创作传统，用文字构思创作出一系列拟人形象（personifications），并且以方便查阅借鉴的字母表顺序条陈撰集，提供给当时的诗人、布道者、演说家、艺术家甚至舞台设计者们作为创意参考①。

从目前的英文版来看，里帕《图像学》一共收录了326个条目，每个条目都配有一幅插图，条目的写作和插图的构图具有大体相同的模式。首先，从英文版的装订上看，左边页是四个条目的文字描述，右边页是与之相应的四幅插图，读者可以相互对照阅读。（图3-1）其次，从插图构图来看，除了"夫妻之爱""意大利和罗马""坎帕尼亚·菲利克斯""同盟"这4个条目的插图有两个人像外，每幅插图都以一个人（女性或男性）为构图中心，占据整个画面一半以上的位置，同时再附加不同的动植物、人造物或自然物共同完成画面构图。因此，大面积的人体像首先成为观看和思考的对象，而且每个人物像都不像古典时期以静止状态为主，他们描绘的都是动态过程中的行动。里帕打破了古希腊艺术和中世纪对静态圣像的崇拜，重视图像动态中的力量、寓意和象征的丰富性。这与文艺复兴时期强调人的主体能动性、自由思想的发展紧密相关，在后面关于拟人化形象的研究中我们再深入探讨其

图3-1 《图像学》内文体例

（资料来源 Cesare Ripa. *Iconologia*: or, *Moral emblems*, London: Printed by Benj. Motte, 1709, p.2.）

---

① 黄燕：《图像学视域中的徽志书传统——里帕〈图像学〉研究状况》，见《媒介批评（第八辑）》，广西师范大学出版社2018年版，第268页。

第三章 文艺复兴时期寓言图像及里帕的《图像学》

中的原因。最后,从图像构图元素来看,除了占据主要位置的人体像外,每幅插图还会有不一样的动物、植物、自然物、人造物等属像与人体像相互配合。正如比亚洛斯托基所说:"里帕的基本实体是人体(女人体比男人体更常用),其服饰、属像、姿势及其他特殊之处均表现所再现观念的特定实质。"[①] 而这些观念的"特定实质"就是具有象征意义的符号共同构成特定的寓意指向,形成观念的寓言图像。如书中冠冕、花环、狮子、蛇等符号反复出现,既有共性,又有特定寓意。葡萄冠冕和橄榄冠冕分别用在不同场合,前者是酒神祭祀的冠冕,后者是雅典娜的冠冕。我们将在后面深入研究同一属像在不同抽象观念中的用法,阐明它们之间的共性与个性及其在西方图像学发展中对寓言图像和寓言式艺术发展的叙事功能。

在图像的象征世界里,要使得丰富多样的图像的象征寓意形成相对统一的寓意内涵,使观者有迹可循,并成为画家、艺术家等公认摹仿的范本,那就要追溯到里帕的《图像学》。而对它的再次挖掘应该感谢马勒的推介。"在十七十八世纪的意大利,寓言形象和拟人化的抽象概念成了当时的时尚。在研究罗马波格泽别墅的贝尼尼作品时,我吃惊地发现他创造了精彩的'真理'形象,……用这种方式来表现'真理'形象是一种规范吗?这种传统又起源于哪里呢?我似乎意识到了某种寓言风格,有它自己的词汇和规则。在罗马学院的藏书室中,我最终发现了那本启发过所有意大利寓言的著作,那就是里帕的《图像学》,这本书曾经非常出名,尽管现在已经完全被遗忘了。这是一本带有插图的寓言词典,列举了把抽象概念拟人化的细目。我曾漫不经心地通读了此书,当'真理'的形象引起我的注意时,我不再怀疑这部著作的吸引力。"[②] 马勒指出了西方寓言插图的典范和标识作品就是里帕的《图像学》。比亚洛斯托基在对图像学发展历史的论述中也指出,中世纪后,包括巴洛克时代的艺术常用一种寓意的方式来构思,"神话和故事顺着那些道德化评论的路线经历各种寓意性的解释"[③]。而里帕的《图像学》一书则为这些解释提供模板和范例。

---

① [英] E. H. 贡布里希:《象征的图像:贡布里希图像学文集》,杨思梁、范景中编选,广西美术出版社 2015 年版,第 291 页。
② [法] 埃米尔·马勒:《图像学:12 世纪到 18 世纪的宗教艺术》,梅娜芳译、曾四凯校,中国美术学院出版社 2008 年版,第 173 页。
③ [法] 埃米尔·马勒:《图像学:12 世纪到 18 世纪的宗教艺术》,梅娜芳译、曾四凯校,中国美术学院出版社 2008 年版,第 173 页。

因此，我们就将之作为研究对象，探讨文艺复兴时期寓言图像的形式及其表意说理的叙事逻辑。

第三节　里帕《图像学》的拟人化形象

当我们阅读完里帕《图像学》的条目时发现，书中有情感、规则、自然、法学、伦理、行为等抽象概念的描述。为什么里帕都用了拟人化形象手法来图绘这些抽象观念呢？对这个问题的回答也许有助于我们更好地欣赏和解读寓言图像和寓言式艺术，并为寓言图像的创作和传播提供可资借鉴的理论总结。

一、拟人化形象的历史

对抽象化观念的认知与理解需要哲学思辨与理性思维，这对读者的知识水平有一定的要求，拟人化形象的修辞方法可以使抽象的观念获得具象的形象指导和理解的便捷性。柏拉图在关于"美是什么"的辩论中的形象分析中，得出"美是难的"观点，在柏拉图关于艺术分有理念，与真理隔着三层的观点中，我们就可以看到对抽象观念的描述与表达本身是困难的，里帕借助于拟人化形象的修辞表达则为抽象观念提供了较好的视觉依据。"中世纪的寓言与文艺复兴时期的神话体系并无真的不同，反倒互有融合之处。神话角色在文艺复兴前便存在，维纳斯和命运女神并未消失过。而寓言在十五世纪之后很长一段时间内仍有活力，在英国文学中就极为繁盛。"[①] 在里帕的《图像学》中，我们看到里帕延续了西方艺术史中拟人化形象的传统，把神话和寓言内容融合进拟人化形象以认知世界。当然，这并不是里帕的独创，在回顾西方文学艺术发展史中，我们可以看到，神话、寓言作为文学艺术的源泉，神人同形、同性的拟人化思维方式一直贯穿西方人的思想。

在古希腊神话或罗马神话中，诸神在文学艺术中常常成为某种自然力

---

① [荷] 约翰·赫伊津哈：《中世纪的衰落》，刘军、舒炜等译，北京大学出版社2014年版，第182页。

第三章 文艺复兴时期寓言图像及里帕的《图像学》

量或现象的化身，如宙斯代表雷神，波塞冬代表海洋，阿芙洛狄忒代表爱情；或者是不同领域的代表，如雅典娜代表智慧，阿波罗代表音乐和诗歌，阿瑞斯代表战争；等等。人类经验世界与神话的符号象征之间的关系一直被保留在艺术创作的实践中，甚至"这类语言通常是为了解释某些深奥抽象的概念，将古希腊众神和天文学以及星体联系起来，更多的是为了表现某些中世纪时期的知识系统。因此，这些寓言有时候很难翻译，也和以前古代的寓意相当不同"①。也就是说，抽象概念和奥林波斯山诸神的结合成为一个传统，从而使抽象概念与自然现象互换，产生具有道德寓意功能的所指，成为后人进行寓言式阐释的丰富资源；抽象概念获得了拟人化的形象，成为生动的、具体的可视形象再现在观者面前，即神话、寓言和拟人化寓意的结合成为一种思维方式存在于西方文学艺术中。里帕《图像学》的拟人修辞法就是从神话阐释中得到灵感和启发的，同时基督教《圣经》也是神人同形的拟人化思维的体现。《旧约全书·创世纪》中上帝造人时说："我们要照着我们的形象，按着我们的式样造人，使他们管理海里的鱼、空中的鸟、地上的牲畜和地上爬的一切昆虫。"贡布里希在论文《论拟人》和《象征的图像》中，论述了"拟人像"类型的成立根据。他同意在 14 世纪以前的"拟人"寓意传统具有优势，但是直到文艺复兴之后，拥有文字图像和铭题的形象才被真正确立起来。②"文艺复兴画家曾以神话，甚至宗教人文为掩饰再现了真实人物。他们为那些具有神话性质、宗教性质，甚至寓意性质的属像和特征的形象画上真人的面孔。"③ 这些都表明，拟人化形象思维伴随着人类社会的发展而不断发生变化。

同时，从文学文本的创作来看，回看前面关于《伊索寓言》图文关系的研究，我们可以发现，拟人手法伴随着寓言的产生，始终是一种重要的修辞方法。古希腊时期，寓言创作是平民百姓思想情感表达、宣泄的结果，在对奴隶主阶级的不满与讽刺中主要通过拟人化的动植物角色来叙事说理，人与人之间复杂关系的哲理表达在动植物寓言的拟人化讲述中形成

---

① [英] 马丁·坎普主编：《牛津西方艺术史》，余君珉译，外语教学与研究出版社 2009 年版，第 69—70 页。

② 陈怀恩：《图像学：视觉艺术的意义与解释》，河北美术出版社 2011 年版，第 135 页。

③ [英] E. H. 贡布里希：《象征的图像：贡布里希图像学文集》，杨思梁、范景中编选，广西美术出版社 2015 年版，第 294 页。

一种独特的文学样式。此后,《拉封丹寓言》《克雷洛夫寓言》等创作都在这个传统中延续。此外,在长篇文学的创作中将抽象概念拟人化的传统,可以在《荷马史诗》对"惊慌"和"恐怖"的描述中找到根源:"特洛亚人这样守望,阿开奥斯人却处在神降的惊慌中,那是令人寒栗的恐怖的伴侣,每一个勇敢的将领都感到难以忍受的悲哀。"① 而关于古希腊时期寓言的图像化及寓言图像的拟人化创作,在英国插画家亚瑟·拉克汉姆的插图本中表现得尤为明显,他大量采用了拟人化手法,重现了《伊索寓言》文学文本精彩的拟人化修辞。在前面关于《伊索寓言》插图的研究中我们已经对此做了深入阐述。

中世纪寓言和象征之间的胶着,使得符号的寓言象征边界难以切分,赫伊津哈在研究中世纪艺术发展中已经明确指出,拟人化手法是人们把握观念的方法。"所有中世纪意义上的现实主义都导致了一种神人同形同性论。它把一个实际存在归结为某一观念,人们总想目睹活生生的观念,这种效果只能通过拟人化来达到。由此产生出寓言,这不同于象征主义。象征主义表达两观念间的某种神秘联系,而寓言赋予此联系以可见的形式。"② 赫伊津哈把拟人化作为寓言重要的修辞方法,可以形象地再现出观念,即观念表达的形象化、可视化。"寓言体正是这样极大地打动了我们,它的理论主宰着中世纪的心灵。……十五世纪披挂着它的寓言形象,圣徒们也沾染此习性,并不断为每一思想的表达创造出新的拟人形象。"③ 赫伊津哈强调了为观念创造拟人形象是寓言的内在路径。"现实主义、象征主义和拟人化的寓言——这三种思想模式组成光的洪流,照亮了中世纪人的心灵。"④ 这种观念拟人化手法及其符号寓意的象征性表达在文艺复兴时期得到进一步的扩大。因为,文艺复兴时期的人本主义者把"人"的地位进一步提升并加以强调,从神性崇拜转向对人性的强调。因此,在

---

① [古希腊] 荷马:《荷马史诗·伊利亚特》,罗念生、王焕生译,人民文学出版社1994年版,第189页。

② [荷] 约翰·赫伊津哈:《中世纪的衰落》,刘军、舒炜等译,北京大学出版社2014年版,第175–176页。

③ [荷] 约翰·赫伊津哈:《中世纪的衰落》,刘军、舒炜等译,北京大学出版社2014年版,第181页。

④ [荷] 约翰·赫伊津哈:《中世纪的衰落》,刘军、舒炜等译,北京大学出版社2014年版,第176页。

第三章 文艺复兴时期寓言图像及里帕的《图像学》

文学艺术作品的创作中彰显人性的力量。里帕《图像学》的拟人化形象是人本主义思想及观念的寓言化再现。

在拟人化形象思维发展中，象征和寓言之间的关系对贡布里希有重要的影响，他从拟人化的角度对二者进行比较研究。在《象征的图像》中，贡布里希指出中西艺术图像都具有非常悠久的象征传统，但二者的方式和倾向却极为不同。文艺复兴时期的艺术中有大量的拟人像，比如乔托的《信德的拟人像》、波蒂切利的《诽谤》中的人名都是抽象概念"叛变""诽谤""欺骗""妒嫉""无辜""虚伪""愚蠢""真理"。贡布里希说："西方的语言结构使得抽象概念可以更容易用人的形式来形象化。"① 而且这种拟人像传统是西方艺术的独特之处。据贡布里希考察，这种拟人化倾向一方面和古希腊时期的神话传统相关，神话中诸神的神力没有显著的高下之分，命运之神福尔图娜、胜利女神维多利亚本身就是命运和胜利的化身。然而，中国古人诗性的思维方式决定了我们难以产生具有象征抽象观念的神明，也没有追求永恒观念的冲动。讲求"随类赋彩"②"随物赋形"③ 的中国理论家，较少采用西方艺术惯用的拟人像手法来表示心情。比如在西方艺术中，常常用头上戴满鲜花的少女象征欢乐，用被蛇撕咬的男子象征忧伤。而在中国艺术的表达中，一般不用拟人法来象征抽象概念，这应该是与中国传统思想中道法自然、天人合一的观念相一致。贡布里希还从词源的角度，肯定了拟人化发展的必然，"碰巧的是，印欧语系的各种语言都喜欢用这种所谓的拟人修辞法，因为这些语言大都给名词加上性，使它们能与生物的名称融为一体。在希腊语和拉丁语中，抽象名词几乎都是阴性，由于名词有了性，理念世界便住进了被拟人化的抽象概念"。④

可见，拟人化思维方式贯穿着西方哲学、艺术、文学等各个领域，里帕《图像学》中的拟人化形象是这种传统中集大成的一环，为寓言图像的发展做出重要贡献。接下来，我们将深入分析里帕《图像学》中拟人

---

① [英] E.H.贡布里希：《象征的图像：贡布里希图像学文集》，杨思梁、范景中编选，广西美术出版社 2015 年版，第 16 页。
② 谢赫，姚最：《古画品录·续画品录》，人民美术出版社 1959 年版，第 1 页。
③ 俞剑华：《中国画论类编》，人民美术出版社 1986 年版，第 628 页。
④ [英] E.H.贡布里希：《象征的图像：贡布里希图像学文集》，杨思梁、范景中编选，广西美术出版社 2015 年版，第 172 页。

形象的特点，阐明这一时期寓言图像表意的特性。

二、里帕拟人形象的解读

文艺复兴时期的艺术受到以往艺术的影响，关于神与上帝的认知仍保留着神人同形、同性思想因子。当人们都把视线锚定在里帕文字的拟人化表达时，我们应该看到里帕观念拟人化表达在图像再现，即插图版面世后获得了极大的改变与提升。

但是，贡布里希并不是完全认同"拟人化"起源这一说法。他认为，拟人形象事实上有其古典源泉，即柏拉图的"存在等级"（hierarchy of being）和"实体化习惯"（habit of hypostasis）。在柏拉图那里，"只有通过智性的直觉（intellectual intuition）才能最终掌握超越感官世界的理念（the idea）。不管柏拉图把这些理念想象成什么形状，如果他确实采用了什么形式来描绘理念的话，他可能会很自然地用那些抽象概念的拟人形象来将他们视觉化。"我们在里帕《图像学》拟人像中能看到新柏拉图主义思想的影响。贡布里希说："毕竟，寓言画源于古典时代的宗教意象，其中可以被再现（be represented）的神话人物与可以象征化（be symbolized）的抽象概念之间，界限尤其难于界定。"① 也就是说，古典时期寓言画与象征绘画不做具体的区分，都从系列神话人物的象征中获得意义表达的多样性。如宙斯是雷神的象征，也是至高统治者的符号；阿弗洛蒂特是爱情的象征，也是情欲的喻指。贡布里希对里帕拟人化形象的论述，说明这是从古典时期就一直延伸的认知世界的方法，深深地影响着西方根深蒂固的教化传统，只是在不同时期略有变化。里帕就是通过拟人形象的创作使读者在阅读和观看时，在拟人像的审视中把握抽象观念的具象意义，从而理解深藏其中的教化功能。因此，里帕对世界的认知正是对古希腊时期以来认知世界方式的传承。

里帕在《图像学》序言中也说明了拟人像的造型原则：拟人像是能够看见，并能被知性认识的概念，拟人像由人及其相似的属像构成，还要

---

① 黄燕：《里帕〈图像学〉的寓意资源》，载《艺术探索》2018年第6期，第49页。

第三章 文艺复兴时期寓言图像及里帕的《图像学》

避免同语反复。① 在这里，我们看到里帕的拟人化形象不只限于对神话人物的象征表达，而是在内涵和外延上都有了一定的变化。首先，里帕拟人化形象的规定呈现出文艺复兴时期重拾"人是外物的尺度"的希腊思想观念，用本性和偶性关系来规定人像与属像之间的关系，在构图中以人为中心，属像只是作为人的辅助性说明。其次，人像和属像的内在关系遵循相似性原则，但在实际写作过程中里帕却是比较含混的，因为概念与人像、属像、现象之间的相似性难以一一对应，而且这种相似性关系既不是约定俗成的也不具有自然本质联系，而多是使用者的直观感觉和意义附加。最后，里帕强调"拟人像必须避免同语反复的错误"。也就是说，不能用一个美丽的人形来表现和回答"什么是美"的问题，因为最终我们还是不知道什么叫"美"。陈怀恩认为，里帕的这个规则"似乎只是用来规范作为概念表达主体的人物，在配置物上可以放得比较宽松"②。也就是说，里帕关于抽象概念的描绘必须在拟人像和配置物/属像的整体关系中才能完成概念的图像表征。陈怀恩认为："由于拟人像所描绘的是概念，因此，里帕所选辑和说明的拟人图，几乎也可以说是文艺复兴哲学思想的具体表达。潘诺夫斯基的图像学研究巨细靡遗的说明了这种状况，以经院哲学的世界观来探索文艺复兴时期的绘画艺术，贡布里希凝练地概括说：'拟人图像可以被看成柏拉图理念的肖像。'"③ 也就是肯定了里帕拟人形象在新柏拉图传统中，既呈现了对现实世界的认知，又具有神秘的神话意味。

下面我们就以"罪"（sin）的抽象概念来看看里帕如何进行拟人化形象的表述及其深藏的历史内蕴。

里帕拟人化形象的描述一方面可以为抽象观念找到客观具象对应物，另一方面可以为理解和阐释抽象观点视觉化表达与寓意呈现实现可视化。从"罪"的观念表达来看这种相似关联性，关于"罪"的思想我们常常追溯到亚当的罪几乎给所有人类带来永恒灾难。奥古斯丁（A. Augustinus）说，亚当在堕落之前被赋予了自由意志，可以终生幸福地生活而避

---

① 转引自陈怀恩著《图像学：视觉艺术的意义与解释》，河北美术出版社2011年版，第148页。
② 陈怀恩：《图像学：视觉艺术的意义与解释》，河北美术出版社2011年版，第149页。
③ 陈怀恩：《图像学：视觉艺术的意义与解释》，河北美术出版社2011年版，第149页。

免犯罪，但由于他和夏娃都被撒旦诱骗吃了智慧树上的苹果，这是他们犯错的开始，于是道德的败坏就有可能侵入他们体内，并遗传给他们的后裔——人类。里帕结合了《圣经》中的伊甸园故事和奥古斯丁的思想，在《图像学》中描述"罪"的拟人像是"一个失明的年轻人，皮肤黝黑，赤身裸体，似乎正穿行于悬崖边的崎岖道路上。他身上缠着一条蛇，蛇正撕咬着他的心脏。年轻象征犯罪时的鲁莽和盲目，蹒跚的步伐表明他误入歧途，违反法律。黑色的肌肤和裸露的身体表明罪恶剥夺了人的优雅和纯洁的美德。蛇即是魔鬼，一直用虚假外表来诱惑人类"①。（图3-2）在里帕关于抽象概念"罪"的描述中，我们仿佛看到这个年轻男人就是亚当，他误食了苹果，破坏了与上帝的约定，被剥夺了自由幸福的生活，从而陷入了无法挽回的境地。

图3-2 《罪》
（资料来源 Cesare Ripa. *Iconologia*: or, *Moral emblems*, London: Printed by Benj. Motte, 1709, p.59.）

在里帕的《图像学》与《圣经》的故事中，我们能够形象地把握"罪"的概念内涵，在这种关联性中我们还能看到奥古斯丁关于原罪的思想论述。奥古斯丁的自由意志理论，从伦理学角度强调人的罪责思想，要求人必须向上帝赎罪。奥古斯丁认为造人伊始，人类始祖亚当处于纯洁状态，上帝赋予人自由意志，人拥有自由意志就有不犯罪和永生的可能性，就去行善。但人经不住撒旦的诱惑，滥用自由意志，因此犯罪而自我毁灭。奥古斯丁关于人类的罪责思想，最终指向希望通过赎罪，获得上帝救赎，只有信仰和热爱上帝，人才能得到幸福。

奥古斯丁阐述了源于柏拉图神秘的路线，而托马斯·阿奎那的论述则源于亚里士多德的理性路径，他也论述过罪恶概念。阿奎那在《神学大全》第48和49两题中分析了罪恶的本质和成因。阿奎那的自然神学观继

---

① ［意］切萨雷·里帕：《里帕图像手册》，李骁译、陈平校译，北京大学出版社2019年版，第127页。

第三章　文艺复兴时期寓言图像及里帕的《图像学》

承了亚里士多德的哲学，以纯哲学思辨的方法去研究自然身心问题，从而树立起中世纪经院哲学的典范。托马斯关于人的自由意志的理解与奥古斯丁不同，他认为人的自由既有知性又有哲理意味。只有通过知性的思考，才能判断逻辑关系；它涉及到人们阅读或对所思考对象的一种判断。阿奎那认为产生于上帝的存在就是善，而由人的意志产生的存在就是恶，把人的行为引向上帝，上帝即是至善。

可见上面的资料对我们理解"罪"拟人像有很大帮助。圣奥古斯丁说，"至恶就是没有任何尺度，因为它缺乏任何善好，人堕落的原因还得追溯到堕落者的意愿。"① 上帝赋予人的自由意志有不犯错的可能性，但由于受到诱惑，亚当和夏娃抛弃了这种不犯错的可能性，人的意志就已经被"原罪"污染。阿奎那说，"恶是善的反面，但是善的本性在于充满性，而这就意味着恶的本性在于非充满性"②。里帕对"罪"的本质描绘中，拟人像是一名瞎眼的男子，以年轻表示犯罪时的鲁莽和盲目，蹒跚的步伐表示他误入歧途，违反法律。在这里，罪恶的基本性质没有改变，缺乏、偏离、堕落、黑暗、破坏、恶行、贪婪、诡诈等都是其属性。里帕对于罪恶的描绘，就是吸收了奥古斯丁和阿奎那思想的图像化表达，并赋予罪恶以蛇的属像，因为"蛇"是魔鬼、是诱惑、是堕落，它的象征寓意非常明确地说明了罪的属性。

接下来，我们将对拟人化属像"蛇"做进一步探索，看看属像与抽象观念之间的关系是否是固定的、不变的。或者说里帕《图像学》的拟人化形象基于后世影响是否确实如麦格拉斯所言，"里帕显然满足了提供全面的拟人化清单和准确说明其正确表示的需求"③。还是像"沃纳（Werner）认为里帕组成《图像学》来说明寓言人物新的合理程序的基本假设是令人误解的"④。即沃纳认为里帕观念的图像化和寓言化会让人陷入不透明的漩涡中。然而，无论如何，里帕用拟人化形象描绘抽象概念的做法有其历史的必然性和重要意义。如伯克所说，通过拟人化表达抽象概

---

① ［古罗马］圣·奥古斯丁：《时间、恶与意志问题汇编》，石敏敏译，中国社会科学出版社 2020 年版，第 21 页。
② ［意］托马斯·阿奎那：《反异教大全第 1 卷·论上帝》，段德智译，商务印书馆 2017 年版，第 206 页。
③ Elizabeth McGrath. "Personifying Ideals". *Art History*, 1983, 6 (3), p.363.
④ Elizabeth McGrath. "Personifying Ideals". *Art History*, 1983, 6 (3), p.366.

念的做法，如果不是更早的话，至少在古希腊已经开始了。正义、胜利、自由等抽象概念的化身通常为女性。在文艺复兴时代出版的一本插图词典，即里帕的《图像志》中，甚至连"阳刚之气"这一概念也表现为女性。在西方传统中，这样一些化身是逐渐形成的。例如英国的化身约翰牛为男性，从18世纪开始出现。法国革命以后，人们做出了许多努力，将自由、平等和博爱转化为可视语言。①

通过分析可以看出，里帕拟人化形象的使用不仅是贡布里希认为的词源性的根源，更重要的是这种思维方式的悠久历史及其劝喻讽喻的教化结果，还有里帕对过去历史的总结。然而，不管对里帕拟人形象的评价是肯定还是否定，不能否认，里帕的《图像学》是一部拟人形象百科全书式的抽象概念汇总著作，为晚期文艺复兴和巴洛克艺术的拟人形象提供了一个标准图式。如《思想史词典》中提到切萨雷·里帕的《图像学》时说："由于这本书的出版，人文主义的寓意图像志体系才得以建立：古典神明、拟人形象、象形文字、符号和徽志把文字和图像结合了起来。"② 而《艺术词典》则把里帕的《图像学》评价为："是所有图像志手册中至为重要的，尤其在于它满足了艺术家的需求。……对于17和18世纪的寓意画，它是一个不可或缺的资料来源。"③ 即我们要重视里帕的拟人化形象是《图像学》重要的描绘方法，是寓言图像或寓言画的重要表现方式，是图解的重要符号。

第四节　里帕《图像学》的属像、母题及其变迁

一、何为属像

里帕《图像学》的拟人像不论是在文字文本还是在图像文本的构成

---

① ［英］参见彼得·伯克著《图像证史》，杨豫译，北京大学出版社2008年版，第81—82页。
② ［波］比亚洛斯托基：《图像志》，杨思梁译，见曹意强主编《艺术史的视野》，中国美术学院出版社2007年版，第313—345页。
③ 范景中主编：《美术史的形状Ⅱ》，中国美术学院出版社2003年版，第235页。

第三章　文艺复兴时期寓言图像及里帕的《图像学》

中都具有重要的地位。然而，上文已经说到，拟人像并不是里帕阐释"观念"的全部要素，在每个条目中还有动植物、自然物或人造物等辅助物，称为"属像"（attributes）。"属像"即"人物手中拿着的伴随人物出现以确定人物身份的符号，如宙斯的雷霆，赫尔枯勒斯的棍棒，圣彼得的钥匙，圣凯瑟琳的轮子；等等。一些拟人形象也由其属像而得到确定，如'正义'（即义德）的属像为天平，'希望'（即望德）的属像为锚；等等。在大多数宗教艺术和非宗教艺术中，人物都有自己的属像"[1]。它们对于观念描述与表达来说，同样具有重要的象征与阐释意义，"像拟人手法的其他特性一样，'属像'也源于神话"[2]。在神话题材的绘画作品中，神话人物身份的定性常常需要"属像"来支持。

也就是说，在里帕《图像学》对抽象观念的描绘中，除了拟人像外，每幅图及文字表意还涉及到动植物、自然物或天象等符号，这也是里帕《图像学》中重要的象征和隐喻，它们具有神话寓意和指示功能。贡布里希指出拟人像及其属像的关系是同时产生的，"合理化属像的需要与使神话理性化的愿望是同时产生的。因为早在神话被看成可隐藏自然真相又可揭示自然真相的寓言时，人们便产生了用象征语言解释天神的行动和外表的要求"[3]。他指出拟人像与属性之间既有偶然性又有历史的必然性，里帕的《图像学》正是对这种关系进行总结性再创造的必然结果。

通过前面对狭义寓言图像的分析我们知道，从古希腊时期开始，动物就具有作为一种伦理道德的象征功能，亚里士多德曾详细论述过不同动物的特征与性情："有些动物极为放荡，如鹧鸪与家鸡之类；另一些动物则较为收敛，如乌鸦一族，它们极少进行交尾……有些动物机巧而邪恶，如狐狸；有些动物伶俐、可爱而且擅做媚态，如狗；另有些动物温顺且易于驯化，如象……"[4] 此外，我们也能从荷马、维吉尔、奥维德、老普林尼

---

[1]　[英] E. H. 贡布里希：《象征的图像：贡布里希图像学文集》，杨思梁、范景中编选，广西美术出版社2015年版，第40页。

[2]　[英] E. H. 贡布里希：《象征的图像：贡布里希图像学文集》，杨思梁、范景中编选，广西美术出版社2015年版，第179页。

[3]　[英] E. H. 贡布里希：《象征的图像：贡布里希图像学文集》，杨思梁、范景中编选，广西美术出版社2015年版，第179页。

[4]　[古希腊] 亚里士多德：《动物志》，颜一译，收录于《亚里士多德全集》第四卷，苗力田主编，中国人民大学出版社1990年版，第9—10页。

等人的作品中看到许多有关动物的记载。在老普林尼的《博物论》（也译为《自然史》）①中，我们也可以找到早期关于老鼠、海狸、熊、猞猁等动物的描述与阐释。不管文字解释得多么充分，拟人化的概念只有通过属像才能得到说明。通过研究里帕的《图像学》，我们看到更多的不是亚里士多德式的逻辑学定义，而是各种不同图像和客观物体的自由组合。概括起来，这些图像主要有三种类型：一是神话世界中的动植物形象，二是自然的天象、物象，三是日常生活中的人造物等。亚里士多德在《诗学》中把隐喻类型概括为以属喻种、以种喻属、以种喻种和彼此类推四种类型。②亚里士多德认为，存在的事物是个别的，心灵之外没有一般的对象。实在论认为共相既是心灵中的一般概念，又是这些概念所对应的外部实在。"在这里，里帕用了亚里士多德在《修辞学》和《诗学》中阐述的隐喻理论。我们已经说过，'属像'确实可以被理解为图解性隐喻：四平八稳的正方体是严肃的恰当图像，就像滚动的车轮可以恰当地比喻命运的多变一样。"③在亚里士多德属像及唯名论的影响下，里帕的属种关系也别有韵味，他把抽象观念和拟人像缝合进寓意阐发，从而进行寓言构图。

但是，选择什么样的属像来匹配概念是一个"趣味和技巧"性的问题，里帕对此有清醒的认识，他说："除非我们知道了图像的名称，否则不可能深入到图像的意义之中，只有那些由于常用而为大家所熟悉的通俗形象除外。"④那么，里帕关于属像的选择是否有据可循？或者说同一属像在不同观念中的反复出现是否有不同的寓意和关联？在对"蛇"的属像研究中，也许能看到拟人像、属像和寓意画之间的复杂关系。不过，也有人认为固定的、标准化的拟人形象缺乏艺术生动性。在《图像学》插图中，我们就看到，有一些同样的服装、属像道具在不同的女神那里反复出现。⑤但里帕关于属像的归纳总结，在某种意义上阐明了人类集体无意识及艺术原型母题形成的历史必然。

---

① [古罗马] 普林尼：《自然史》，李铁匠译，生活·读书·新知三联书店2018年版。
② [古希腊] 亚里士多德：《诗学》，陈中梅译注，商务印书馆2010年版，第149页。
③ [英] E. H. 贡布里希：《象征的图像：贡布里希图像学文集》，杨思梁、范景中编选，广西美术出版社2015年版，第192页。
④ 孔令伟：《"观念的拟人化"及相关问题》，载《新美术》2009年第8期，第63页。
⑤ 孔令伟：《"观念的拟人化"及相关问题》，载《新美术》2009年第8期，第66页。

二、属像蛇的母题及其变迁

里帕的《图像学》共 326 个条目，属像类型繁多，其中使用到"蛇"的属像共有 27 处，而且是整本书中重复使用最多的动物属像，其次是狮子。我们以出现最多的、最有代表性的属像"蛇"为对象，追溯其表意象征的历史，进而反观里帕属像特征及其影响。

在里帕的《图像学》中，"蛇"的属像在"绝望""德行""传染""皈依""民主制""鄙视快乐""统治""忧郁""选举""一般年纪""异端""永恒的罗马""智力""欺诈""神圣罗马""阿普利亚""启迪""医学""阿非利加""世俗君主制""婚姻""罪恶""危险""向神抱怨""健康""军事策略""修辞学"中反复出现，但它们的含义各有不同。例如，关于"民主制"（Democratia：Democracy）（图 3-3）条目是这样叙述的：

> 一位衣着简朴的女子，头戴着榆树枝与葡萄藤编织的花环。她笔直地站立着，一手拿着石榴，一手抓着蛇。一些稻谷散落在地，一些装在麻袋中。
>
> 花环表示联合，简朴的衣着表示普通人的条件无法等同于那些身居更高位之人，因此她站得笔直。石榴表示一个民族集合成一个整体，他们的联合要根据其品性来管理；蛇表示联盟，但它爬行，不敢有奢求。稻谷则表示公共供给促成联合。①

在"鄙视快乐"（Disprezzo & distruttione de I piaceri & cattivi efftti：Despising Pleasure）（图 3-4）条目中，蛇从一条变成一群，里帕说：

> 一位全副武装的男人，头戴桂冠，正要与一条巨蛇搏斗。他身旁的一只鹳，正以喙和利爪与它脚下的群蛇搏斗。
>
> 全副武装是因为鄙视这些事物需要大气概。鹳表示与象征世俗快

---

① Cesare Ripa. *Iconologia*, or, *Moral Emblems*. London：Benj. Motte, MDCCIX. 1709, p.21.

乐和尘世思想的群蛇搏斗，它们总是在地上爬行。①

在"悲伤"（Dolore：Grief）（图3-5）条目中，"蛇"的寓意又不相同：

> 一位赤身裸体的男子，双手被反铐着，脚上带着锁链，身上缠绕一条正在撕咬他左半边身体的巨蛇。他似乎极度忧郁。
>
> 脚镣表示那些发表演说并发挥不寻常作用的知识分子，他们被困惑所束缚而无法专心于惯常的活动。蛇意指不幸和罪恶，它们引发毁灭，是导致悲伤的主要原因。②

图3-3 《民主制》

（资料来源 Cesare Ripa. *Iconologia*：or，*Moral emblems*，Printed by Benj. Motte，1709，p.21.）

图3-4 《鄙视快乐》

（资料来源 Cesare Ripa. *Iconologia*：or，*Moral emblems*，Printed by Benj. Motte，1709，p.24.）

图3-5 《悲伤》

（资料来源 Cesare Ripa. *Iconologia*：or，*Moral emblems*，Printed by Benj. Motte，1709，p.25.）

如果说前面这些含义可以归为具有否定情感的共相的话，那么在"医学"（Medicina：Physic）（图3-6）这个条目中，"蛇"的属像却具有了肯定的意义：

---

① Cesare Ripa. *Iconologia*, *or*, *Moral Emblems*. London：Benj. Motte，MDCCIX. 1709，p.24.
② Cesare Ripa. *Iconologia*, *or*, *Moral Emblems*. London：Benj. Motte，MDCCIX. 1709，p.25.

第三章　文艺复兴时期寓言图像及里帕的《图像学》

一位成年女性头戴桂冠,一手托着公鸡,一手拄着多节木杖,上面缠绕着一条蛇。

她的年龄表明,到了那个年纪的人不是傻瓜就是医生。月桂枝表示它在医学中有很大用处。公鸡表示警惕,因为医生每时每刻都应保持警惕。蛇以蜕皮来达到自我更新,人也如此,能通过治疗使气力复原。①

里帕在描述"健康"(Sanita：Health)(图3-7)这个条目时同样用了"蛇"的属像来象征健康和新生。

图3-6 《医学》

(资料来源 Cesare Ripa. *Iconologia*：*or*, *Moral emblems*, Printed by Benj. Motte, 1709, p.51.)

图3-7 《健康》

(资料来源 Cesare Ripa. *Iconologia*：*or*, *Moral emblems*, Printed by Benj. Motte, 1709, p.66.)

此外,在"统治"(Dominio：Dominion)条目中,罗马人认为蛇是统治权的主要标志;"欺诈"(Inganno：Deceit)条目中蛇尾表示欺诈;"神圣罗马"(Roma santa：Holy Rome)条目中,蛇象征偶像崇拜;等等。从这些属像的不同含义中我们看到,里帕对不同观念的描绘,有时取义于"蛇"的神话故事内涵与象征,有时取义于"蛇"作为一种生物的本能与特性。也就是说,蛇作为属像的共相特征既存在于每个条目中,又先于每

① Cesare Ripa. *Iconologia*, *or*, *Moral Emblems*. London：Benj. Motte, MDCCIX. 1709, p.51.

个条目存在，里帕根据属像的各方面内涵来丰富抽象概念的意义，在拟人化形象的描述中使其形象化和可视化。如"悲伤"条目中"蛇"的属像意义就是延续了神话故事作为堕落、罪恶的代名词；"健康"条目中"蛇"的属像意义则用蛇蜕皮的生物本能来象征新生，同样也成为"医学"概念的物象属性。由此可见，里帕《图像学》属像的使用与发展，正如他自己说的包括文学文本和图像文本，包括徽志书、自然史、动物志等。我们再从"蛇"的图像使用的角度，简要回顾一下西方蛇的造型及其寓意发展，从而能更清楚地看到里帕的《图像学》源泉及其作为系统图像志的经典意义。

首先，从古希腊神话关于万物起源的故事中，我们知道"蛇"是作为诱惑、堕落象征，它引诱了人子，是"魔鬼"和"撒旦"的代名词。蛇的反面形象还可以追溯到如古希腊神话中的美杜莎故事。美杜莎是蛇发女妖，凡是看见她眼睛的人都会石化。后来在雅典娜和赫尔墨斯的帮助下，英雄帕尔修斯砍杀了她。帕尔修斯将其头颅献给了雅典娜，因此该头颅被镶嵌在雅典娜的神盾中。"蛇发美杜莎"形象此后反复出现在文学和艺术作品中，如赫西俄德的《神谱》，奥维德的《变形记》。"蛇"就与"恶"的概念联系起来，在这里，蛇作为一种破坏力的象征，成为文学艺术中反复出现的母题。

其次，蛇以其特有的动物特性，同时还成为拯救的象征。在古希腊神话中，医疗之神阿斯克勒庇俄斯和健康女神阿克索的形象都与蛇相连，其中著名的阿斯克勒庇俄斯之杖和许癸厄亚之碗就是最著名的属像符号。在古希腊传说中，阿斯克勒庇俄斯是阿波罗和凡人科罗妮的儿子，具有高超的医术。一天，他正在潜心钻研病例时，一条毒蛇爬过来盘绕在他的手杖上。阿斯克勒庇俄斯把这条毒蛇杀死。谁知又出现了一条口衔草药的毒蛇，将草药敷在死蛇身上，蛇居然复活了。阿斯克勒庇俄斯看到这一幕突然醒悟：蛇为什么是智慧的象征？因为蛇有毒，既可以置人于死地，又可以拯救人。从此以后，阿斯克勒庇俄斯到各地行医都会带着手杖和盘在手杖上的蛇。此外，《圣经》记载："传说摩西有一根蛇杖，蛇盘旋镶在一根柱子上，如果有人被蛇咬了，只要凝视这根蛇杖，伤口就马上痊愈

第三章　文艺复兴时期寓言图像及里帕的《图像学》

了。"① 在《圣经·民数记》中，4000多年前，当以色列民正在旷野行进时，他们突然被许多野外的毒蛇所咬，众人生命危在旦夕，便向神发出紧急呼救。正当此时，带领他们的摩西向神祷告，于是耶和华神指示摩西制作铜蛇绕于杆子上，凡被蛇咬者，一望这杆子上的铜蛇，身上的蛇毒立除，疾病痊愈。摩西便遵照神的话，制作出一条铜蛇绕于杆子上，并叫众人仰望铜蛇可得痊愈。从此以后，行医的人都以此作为图腾和身份象征，"蛇杖"即"阿斯克勒庇俄斯之杖"，也就成为了西方医学行业的徽志。此外，蛇每年都蜕皮，这就被认为是恢复和更新的过程，木棒代表着人体的脊柱骨，是人体的中脉所在。而健康女神许癸厄亚是阿斯克勒庇俄斯的一个女儿，她有一个被蛇盘旋的碗，被称为许癸厄亚之碗（Bowl of Hygieia），它是希腊神话中的道具，多被描绘为一个碟状的药盘。许多石像及壁画上的许癸厄亚都以此碗喂饲一条长蛇，是现今世界常用的符号之一。仔细分类的话，"阿斯克勒庇俄斯之杖"代表着"医学"，而"许癸厄亚之碗"则代表着"药学"。从此，蛇与医疗、人的健康等概念紧密相联。里帕对"医学"和"健康"的概念描述都是在关于蛇的认知基础上的归纳总结的。

"蛇"的属像寓言一直传承至今并得到进一步发展，一些掌管医疗和卫生的政府部门和国际组织等的标志都会有蛇杖图案。如世界卫生组织的标志就是五大洲球星图上以针管穿过蛇，两边围绕橄榄枝，象征着全球人类的健康与和平。美国、英国、加拿大、德国等都用蛇徽作为医学标志，还有一些药店和医学院的校徽等都延续了"蛇"的属像的寓言内涵。

再次，蛇是权力的象征。在古埃及，法老和王后的头饰或王冠上都会用蛇的形象来表示其地位。在印度传统文化中，养蛇、训蛇不仅是一种职业，养蛇人和训蛇人也能占卜、预言，是不一样身份的象征。

此外，不仅在文学艺术创作中，在宫廷王权的象征中，"蛇"仍然拥有特殊的魅力。如《伊丽莎白一世女王：彩虹肖像》中珠宝镶嵌的蛇形出现在女王的衣服袖子上，成为重要的图绘，象征着女王的博爱和智慧。这也说明了抽象概念的图像寓意内涵会随着时代的发展凝固在视觉符号中，成为人们共同的记忆和交流符号。里帕《图像学》对抽象概念的拟

---

① 王琳梅：《"蛇"的中西文化内涵比较》，载《大学英语》（学术版）2010年第3期，第49页。

人化修辞和象征阐释，对文艺复兴时期寓言图像的发展和巴洛克艺术的发展都产生了极大影响。在巴洛克艺术代表彼得·保罗·鲁本斯的宫廷题材寓言画中，我们再次看到蛇的意象成为智慧的象征。例如，《路易十三的诞生》这幅画描绘了玛丽第一个儿子的诞生，鲁本斯以和平为主题设计了这个场景：抱着孩子的司法之神阿斯特拉，象征着未来国王的诞生，沿续了皇室的正统；婴儿身旁的蛇，代表的是健康；小狗则是佛兰德斯画家酷爱的一种表示忠诚的暗喻；画面左侧女神手中拿着的聚宝盆则象征着财富；玛丽气定神闲地坐躺着，眼神充满慈爱地望向新生儿，一派祥和气氛，从而使当时母子二人剑拔弩张的现实消解在属像的符号重构中。鲁本斯正是充分运用神话人物、属像等的象征寓意，融合了神话传说和玛丽王后的生平，再创造地赋予历史人物以神性，神话人物以人性，使整个画面在历史与虚构、想象与真实的交融中，在绚丽色彩和繁复的构图中呈现出丰富的寓意和象征。具体文本分析请参见下一章。

可见，"蛇"的属像含义的多元化，赋予了抽象概念不同的内涵。然而在"蛇"的属像与意象反复使用发展的过程中，我们看到蛇的象征寓意含义也逐渐稳定下来，成为文学艺术作品中的重要母题：一是作为罪恶、诱惑、堕落的代名词；二是作为健康、重生、拯救的象征；三是作为权力和神秘的象征等。这些都说明了里帕《图像学》抽象概念的拟人化形象和属像相结合的隐喻修辞，使得抽象概念可视化，也使视觉图像的象征性、寓言性阐释有据可循，成为西方图像学体系发展过程中的重要经典。

因此，通过对里帕《图像学》拟人化、属像和相关概念的分析可以看到，里帕不仅受到以往丰富图像资源的影响，还吸收了图绘概念寓意的方法，在拟人化形象的视觉形态和属像丰富寓意的选择中，构建抽象概念的特征，在不同属像符号中重组概念的意义内涵。贾达尔（C. Giarda）肯定了拟人形象寓言画在认知理性中的魅力："多亏有了这些画，从天堂贬入肉体的黑洞（肉体的活动得受感官的制约）的心灵才得以看到美德（Virtues）和学科（Arts）的美貌和形式，并因此而对美德和学科有更炽热的爱和欲望。美德和学科脱离了一切物质，却在色彩中得到暗示，如果

第三章 文艺复兴时期寓言图像及里帕的《图像学》

不是得到完美表现的话。"① 贾达尔从基督教神圣灵魂与世俗肉体的形象比喻中,阐明寓言式象征图像可以把抽象的学科和美德理念在迷人的色彩中激起观者的兴趣,给人以启发。贡布里希对此有详细的论述。他说:"这一思想方式的最迷人之处在于,它表现了抽象思维和艺术视觉化之间的亲缘关系。……不管用了哪个词,我都还会建议再用一个具体的图像来说明,拟人是思维和想象合生的孩子。"② 而且"这些图解最接近教谕性的图表,其中的拟人形象完全从属于观念,因而可以轻而易举地由文字标签取代"③。这都说明了隐喻的视觉化表达及其所能达到的教谕意义,是当时艺术哲学思想的重要内容。这也是里帕《图像学》一书的特色及其能够世代相传的重要原因。

由此可见,文艺复兴时期以里帕《图像学》为代表的寓言图像主要继承并发展了拟人化形象、属像、徽志等的寓言书写,形成了一套系统的图像志,并影响着后世的文学艺术家。正如潘诺夫斯基所说:"这部著作取材于古典、中世纪以及现代的资料,人们称之为'17世纪、18世纪寓言的钥匙'这是有道理的。甚至像贝尔尼尼、普桑、费米尔和米尔顿这样卓越的艺术家和诗人都利用过这部著作。"④《图像学》从首次出版到被翻译成多国文字,持续了数个世纪后归于沉寂,并在20世纪重回大众视野,这说明了这本图像志汇编手册为解读西方寓言式艺术作品,从图像表层进入深层,从感性到理性的阐释,辨析作品的寓言式内容提供了丰富资源。寓言图像的发展与传播也从狭义的关于寓言的图像化、寓言图像的宗教寓意到寓言图像的图像志发展的拓展,逐渐呈现出新的趋势,这将在后续的研究中进一步得到证实。

---

① [英] E. H. 贡布里希:《象征的图像:贡布里希图像学文集》,杨思梁、范景中编选,广西美术出版社2015年版,第170页。
② [英] E. H. 贡布里希:《象征的图像:贡布里希图像学文集》,杨思梁、范景中编选,广西美术出版社2015年版,第177页。
③ [英] E. H. 贡布里希:《象征的图像:贡布里希图像学文集》,杨思梁、范景中编选,广西美术出版社2015年版,第177页。
④ [美] E. 潘诺夫斯基:《视觉艺术的含义》,傅志强译,辽宁人民出版社1987年版,第189页。

第四章　巴洛克时期彼得·保罗·鲁本斯的寓言画[①]

文艺复兴时期对人的重视和关注，在里帕的《图像学》中得到充分的体现，观念的图像描绘充分运用了拟人化手法，为艺术的图像学理论体系构建进行了实践探索和总结。随着宗教改革，"特伦托会议（Council of Trent）宣布了与人文主义艺术概念相反的规则，这些规则组成了一种新的宗教图像志体系，并结束了中世纪艺术生机勃勃的传统。……理论文献中出现宗教图像志和世俗图像志的明显分离"[②]。在特伦托会议上，天主教和新教徒的争论中，图像不再只是随意的消遣，大量寓意图的出现，融合了各种文化特色。寓言画从文艺复兴到17世纪也有了进一步发展，不仅关注抽象概念的视觉呈现，而且与历史现实紧密融合，形成了独特的巴洛克寓言画。特别是佛兰德斯的巴洛克画派，在为宫廷、贵族创作的奢华、富丽的画面与色彩表达中，仍以神话和宗教题材的特色为主，加入了世俗精神，以身体的丰腴来表征巴洛克时期贵族享乐主义的浪漫色彩，使整个画面充满了戏剧性，呈现出不同于古典主义绘画的和谐宁静，不同于象征的一致性。该画派在能指和所指的寓意指称中，呈现出运动变化的充满激情的绘画风格。17世纪，佛兰德斯的巴洛克艺术家彼得·保罗·鲁本斯（P. P. Rubens）就是其中的杰出代表，他的寓言画，特别是《玛丽·德·美第奇一生》的组画构建的亦真亦幻的神话和历史的迷人空间，成为绘画史上的经典。同时，鲁本斯的创作风格、手法等对众多弟子如著名的戴克（A. V. dyck）有重要影响，形成了佛兰德斯画派，并影响了十

[①] 寓言画又名寓意画（allegorie pictures），有些译文引文翻译为"寓意画"，但都是指寓言画，具有另有所指寓意的图像。本书统一为"寓言画"。

[②] ［英］E. H. 贡布里希：《象征的图像：贡布里希图像学文集》，杨思梁、范景中编选，广西美术出版社2015年版，第292页。

第四章 巴洛克时期彼得·保罗·鲁本斯的寓言画

八十九世纪艺术家,如华多、德拉克洛瓦、雷诺阿、委拉斯凯兹等人的绘画风格。

本章就以巴洛克艺术大师鲁本斯的寓言画为主要研究对象,研究寓言画的题材内容、寓意指向、属像及其母题的变化等问题,进而探寻寓言图像在17世纪巴洛克艺术中呈现出来的新的艺术风格。

第一节 17世纪佛兰德斯的鲁本斯

一、画家与外交家:双面鲁本斯

鲁本斯出生在德国锡根小城的一个律师家庭,父亲在他12岁时就去世了,此后他跟随母亲回到了西班牙统治下的安特卫普家乡。母亲把他送到了伯爵夫人家做侍童,这让鲁本斯学到了正统贵族礼仪和教育,并精通多种语言。开明的母亲为他请了几位画家当老师,鲁本斯21岁时正式成为一名画家。1600年,鲁本斯到意大利游学8年,大量地临摹提香、丁托列托和韦罗内塞的画。后来,因偶然机会认识了曼图亚公爵贡扎加,并在他的委托下以外交使节身份前往西班牙,此后相继到罗马、佛罗伦萨和热那亚等地临摹钻研文艺复兴大师们的作品。其中,鲁本斯最感兴趣的是当时盛行的意大利巴洛克艺术,这种风格影响了他一生的创作活动,并逐渐形成自己的独特风格,鲁本斯由此成为了许多王公贵族青睐的画家。随着名气上升,订画的人日益增多,鲁本斯不得不让助手和学生先绘制,最后由他润色定稿。鲁本斯的绘画作品整体感强,色彩浓烈,构图气势恢宏。特别是他的历史题材和神话题材作品极富特色。

此外,鲁本斯还精通多国语言,除了是佛兰德斯首席宫廷画家外,还是著名的外交官。他到过意大利、英国、荷兰、西班牙等国出访交流,回到佛兰德斯后,得到宫廷的青睐,担任布鲁塞尔伊莎贝拉公主和阿尔贝特大公的宫廷画师,创作了一系列教堂装饰画。1621年,鲁本斯被任命为伊莎贝拉公主的顾问,多次随伊莎贝拉出国进行外交活动。1622年又以大使身份,被派往法国进行外交协商。在法国,鲁本斯受到王室的热烈欢迎和盛情款待,王后玛丽·德·美第奇邀请鲁本斯为卢森堡宫绘制系列组画，鲁本斯画了24幅（其中包括3幅肖像画）。这既是鲁本斯创作的一个高峰，也是巴洛克艺术的经典代表。

从某种程度上说，鲁本斯的家庭生活对他的创作有着非常重要的影响。鲁本斯一生经历了两次婚姻，总体上来看是非常幸福美满的。但鲁本斯失去了唯一的女儿克拉娜，在1626年第一任妻子伊莎贝拉也死于瘟疫，沉重的打击让鲁本斯有几年几乎停止了创作，主要从事外交工作，以此来疗治心中的伤痛。1629年，鲁本斯为西班牙和英国结盟之事前往英国进行游说。英国国王查理一世非常热爱艺术，对风度翩翩的鲁本斯也尊敬有加，但在结盟之事上委婉地拒绝了鲁本斯。鲁本斯苦苦思索打破谈判僵局的办法，看着架上的画，他有了妙计。鲁本斯赠给查理一世国王一幅画，国王专注地端详画面，一言不发，这就是著名的寓意画《密涅瓦捍卫和平》。查理一世深受触动，深深体会到"和平能给百姓带来幸福和繁荣的日子"，决定与西班牙签订和平条约。鲁本斯由此受到英国国王查理一世和西班牙国王菲利普斯四世的表彰，并分别赐予他骑士封号。

贡布里希对此进行了深入地描写，他说鲁本斯在不同国家宫廷中工作，是有"微妙的政治和外交使命"① 的。也就是说，鲁本斯不仅是国际政治的见证者，更是国际政治的参与者，他的作品不仅是时代的反映，有些时候还是国际事务关系的润滑剂。"寓意画通常被人认为相当枯燥而抽象，但在鲁本斯那个时代却成为表达思想观念的便利手段。"② 同时，贡布里希还高度评价了鲁本斯寓言画所具有的丰富而深刻的内涵，这也说明鲁本斯作品是只有经过深入解读和主动认知才能鉴赏的。"凡是一心沉浸在这幅画的丰富细部、生动对比和鲜艳色彩之中的人，都能看出这些观念对于鲁本斯来讲已不是软弱无力的抽象事物，而是生动的现实事物。大概就是因为这个特点，有些人必须首先对他的作品习惯起来，才能开始热爱和理解他的作品。"③ 要理解鲁本斯为玛丽王后做的传记式寓言绘画，我们就必须习惯于鲁本斯亦真亦幻，虚实结合，神话与历史交融的创作手

---

① ［英］E. H. 贡布里希：《艺术的故事》，范景中译、林夕校，生活·读书·新知三联书店1999年版，第402页。
② ［英］E. H. 贡布里希：《艺术的故事》，范景中译、林夕校，生活·读书·新知三联书店1999年版，第402－403页。
③ ［英］E. H. 贡布里希：《艺术的故事》，范景中译、林夕校，生活·读书·新知三联书店1999年版，第403页。

法，及其富丽堂皇、绚丽多姿的色彩构图和奇妙的画面布局。

可见，鲁本斯不仅是 17 世纪才华横溢的巴洛克艺术家，也是一位卓越的外交家，他能把两种身份完美演绎，在两者中自由转换。这同时也表明鲁本斯的绘画不是简单的表现和再现，而是画家丰富经历的写照与时代症候。

二、鲁本斯的寓言画

鲁本斯丰富的经历和对生活的热爱，让他一生辉煌灿烂。他创作了 2000 多幅作品，题材丰富，包括神话画、寓言画、宗教画、历史画、风俗画、肖像画、动物画、风景画等，这些绘画作品不是对绘画对象的再现，而是融合了鲁本斯对自然、社会、历史等的深刻认知与理解，运用寓言式的表现方法，在奢华画面、绚丽色彩、丰富构图、强烈的装饰中蕴含了深刻的理性思考。其中，鲁本斯的寓言画或寓言式艺术又是他众多题材中重要的样式之一。

何为寓言画？温克尔曼曾经把鲁本斯寓言画风格精辟地概括为："神话在绘画中一般被称作寓意；诗歌不亚于绘画以模仿作为自己的最终目的，但毕竟只靠模仿，没有神话，不可能有诗的创造；同样，没有任何的寓意，历史画在一般的模仿中也只能显示出平淡无味……"[①] 温克尔曼强调了历史题材画中寓意和神话意象的重要性及意义，鲁本斯就是能够把历史与神话完美融合而进行寓言表达的著名画家之一。

然而，并不是使用了神话的绘画或图像就是寓言画或寓言式艺术作品。西方绘画作品中大量以神话为题材，也不乏精品，如贝尔尼尼的雕塑、卡拉奇的湿壁画和勒莫安凡尔赛宫的天顶画等，他们带给观者更多是视觉的震撼、情感的激化。如贝尔尼尼《阿波罗和达芙妮》是取自希腊神话的雕塑，被小爱神丘比特爱情之箭射中的阿波罗疯狂地爱上了拒绝被爱情之箭射中的达芙妮，陷入情网的阿波罗疯狂地追求美少女达芙妮。但达芙妮处处躲避、冷若冰霜，她一听到阿波罗的脚步声，就向父亲呼救。当阿波罗一触及达芙妮身体，她就变成一株月桂树。贝尔尼尼在群像中把

[①] ［德］温克尔曼：《希腊人的艺术》，邵大箴译，广西师范大学出版社 2001 年版，第 50—51 页。

人物内心复杂的情感、瞬息万变的运动和戏剧性的题材完美结合起来，再现了神话世界惊心动魄的追爱故事，歌颂了人类的理想与爱情。虽然这个作品曾引起罗马城的轰动，但这不是寓言艺术，它并没有承载历史的话语。贝尔尼尼的神话雕塑并不指向任何思想领域的东西，他的人物总是在"此处"，并不言说"别"的东西，所以不是寓言画。在温克尔曼看来，"只有神话与历史相结合的历史画，才能将'思想''披'在图像之上，寓意才得以生产"①。"一个是'虚'，即神话故事，一个是'实'，即真实的历史。虚与实，神话与历史，对构成寓意而言，两者缺一不可"②。从这个角度来看，鲁本斯的寓言画把神话和历史、虚与实完美结合，完全符合温克尔曼对寓言画的要求。鲁本斯的绘画如史诗般恢宏，在每一个符号属像的象征中表征出另有所指的描绘，在他的作品中，我们看到了神启世界的内容，看到了历史的症候，在彼此照应又彼此互文中重建了现实话语表达。

例如，上面谈到鲁本斯送给英国国王查理一世的《密涅瓦捍卫和平》，就是一幅寓意丰富的寓言画。在画面中间偏右的位置，智慧之神密涅瓦奋力推开战神，破坏女神慌乱地带着战神撤退，寓意着战争阴影的散去。鲁本斯用了暗色调的画面作为背景，前景以明亮色彩为主。前景中和平女神用乳汁哺育着掌管财富的幼童，还有从战争的惊慌中转过来的儿童、演奏美妙音乐的女神……大家都沉浸在和平的欢乐世界里。查理一世深受触动，深深体会到"和平能给百姓带来幸福和繁荣的日子"。画面中的女神、瓜果、金银等是"丰富""和平"等概念的拟人化形象，使整幅图的画面充满张力。由此可见，鲁本斯的寓言画不同于里帕的《图像学》着重对抽象观念的拟人化、视觉化和象征的静态表达。鲁本斯的寓言画结合了历史的、神话的、真实的和想象的语言，在虚实画面中溢出深刻的寓意。

目前，国内外关于鲁本斯的研究主要集中在鲁本斯的绘画风格、色彩特征及其作品分析等方面。鲁本斯在佛兰德斯巴洛克艺术领域的重要地位无人否认，但在17世纪佛兰德斯文化语境下，关于鲁本斯历史寓言画风格及其如何表意的研究还不够丰富，对鲁本斯绘画中女性及其与性、政治

---

① 高艳萍：《温克尔曼的希腊艺术图景》，北京大学出版社2016年版，第39页。
② 高艳萍：《温克尔曼的希腊艺术图景》，北京大学出版社2016年版，第39页。

第四章 巴洛克时期彼得·保罗·鲁本斯的寓言画

等意识形态的关系研究也不够深入系统。鲁本斯作为17世纪佛兰德斯巴洛克艺术的代表,他把文艺复兴时期的人文主义思想与佛兰德民族文化和现实历史相融合,开创了热情洋溢的、色彩绚丽的、既具有强烈动感又具有深刻理性哲理意味的绘画形式。而且,在鲁本斯的诸多作品中,《玛丽·德·美第奇一生》系列组画是其中最耀眼的寓言画,也是鲁本斯创作的一个高峰,以及其天才般创作的见证。正如法国历史学家、哲学家丹纳所言,在佛兰德斯画家中,没有人能和鲁本斯抗衡。① 下面我们就深入分析鲁本斯寓言画及寓言图像从简单图画向组图的发展,以及其寓意表达的图文关系等问题。

第二节　鲁本斯寓言画的图像解码

一、玛丽·德·美第奇的委托项目

玛丽·德·美第奇出生于意大利豪门美第奇家族,是法国亨利四世的第二任妻子,路易十三的母亲。玛丽王后与亨利四世国王之间是政治婚姻,夫妻关系并不好,整个家庭关系也不够和谐,玛丽王后的一生也并不辉煌。路易十三十岁左右,亨利四世被暗杀,玛丽王后摄政,但遭到教会的强烈反对。随着路易十三的长大,玛丽不得不让路易十三摄政,但母子关系依然紧张。此后,路易十三把母亲玛丽赶出巴黎流放布卢瓦,后又软禁在卢森堡宫,最后玛丽被再次流放,客死异乡。在此期间,在枢机大臣黎塞留的调解下,玛丽王后和路易十三国王达成暂时的和解,玛丽被允许回到卢森堡宫。回到卢森堡,玛丽王后要求重修私邸卢森堡宫,需要装饰画,她就委托鲁本斯为她作画,从而有了《玛丽·德·美第奇一生》的寓言组画。

对于鲁本斯而言,这个项目确实可以给他带来丰厚的收入,但如何平衡玛丽王后和儿子路易十三国王之间微妙而复杂的关系,这是一个重要的问题。鲁本斯的系列组画既要能满足玛丽王后想记录她生平的要求,又不

---

① 参见〔法〕丹纳著《艺术哲学》,傅雷译,浙江人民美术出版社2017年版,第350页。

能危及路易十三的统治权威，完全的写实是一个危险的选择，但这一切都难不倒鲁本斯。因为他娴熟的寓言画创作手法将历史和神话的内容融合，再现了时代话语，以拟人化形象和众多属像完成了历史的隐喻叙事和神话化表达。在这里，鲁本斯的寓言画风格既不同于寓言的图像化，也不同于抽象概念的寓意图绘，他在神话、历史、属像、象征话语的重组中创造了佛兰德斯的寓言画。他既继承了文艺复兴时期对人的关注，又结合了佛兰德斯民族文化特色，开创了巴洛克艺术风格。法国美术家丹纳说："佛兰德斯只有一个鲁本斯，正如英国只有一个莎士比亚，其余的画家无论如何伟大，总缺少一部分天才。"① 鲁本斯既是佛兰德斯的画家，又是欧洲第一位代表巴洛克风格的艺术家。

鲁本斯在将近4年的时间里（1622—1625），根据玛丽的委托共为卢森堡宫作画24幅，除了3幅玛丽王后和玛丽父母的肖像画外，其他21幅都是以玛丽王后的一生为绘画主题，包括玛丽出生、到法国与亨利四世联姻、其子路易十三出生、其夫被刺杀后玛丽摄政、把政权移交给路易十三、玛丽与儿子争权及和解等一系列事件，并进行了艺术化、审美化和寓言化的创作。这一组画也代表了鲁本斯寓言画创作的高峰。下面我们主要以组画《玛丽·德·美第奇一生》为例，深入分析巴洛克时期鲁本斯寓言画的图像叙事策略及其时代特征。

二、时空并置与神人叠置

鲁本斯天才般的创作让我们往往难以琢磨，却又十分迷恋他作品的无形又无穷的魅力。贡布里希曾说："人们往往无法解释为什么会有天才的存在；试图解释天才的存在当不如去享受天才之士带给我们的快乐。"② 但为了解码鲁本斯历史、神话、政治和意识形态的话语，我们就需要去解读鲁本斯天才创作的策略，只有这样，我们才能看到17世纪巴洛克寓言艺术的独特魅力。

前面已经提到，玛丽王后委托鲁本斯为她的新巴黎宫殿卢森堡的西面

---

① ［法］丹纳：《艺术哲学》，傅雷译，浙江人民美术出版社2017年版，第228页。
② ［英］E. H.贡布里希：《艺术的故事》，范景中译，广西美术出版社2015年版，第283页。

第四章 巴洛克时期彼得·保罗·鲁本斯的寓言画

画廊绘制一系列大型画布,这是一个宏伟的通道和等候区,供游客参观她的国家公寓。也就是说,鲁本斯接受这个任务时,正是玛丽王后政治失败,路易十三国王允许流放的玛丽王后回到巴黎之时。母子关系虽有缓和,但实则玛丽被软禁在郊外的卢森堡宫,玛丽王后只能寄情于艺术来宣泄情绪。而鲁本斯面临的难题是如何消解历史事件的真实与玛丽王后树碑立传的野心之间的矛盾,这位集外交和绘画才能于一身的天才,用其独特的构思和创造性的构图,使历史与神话形成互文,用神话浪漫虚构手法把历史融入虚构的神话背景,通过对场景的重构与并置,人物的神话化重塑与创作,在亦真亦幻的情节中,在亦虚亦实的人物中使艺术欣赏成为画面的重心,历史的痕迹则消隐在绚丽的色彩、神话化的角色和裸体的女性身体展示中。

首先,消解历史时空的再现性,并置现实与想象时空,重构人物的时空关系,"撕裂"历史,重构"理想"的时空关系,这是包括赞助人玛丽王后和画家鲁本斯的时空"理解"。消解历史时空,以艺术的审美空间幻化现实空间。

在《玛丽·德·美第奇一生》的组画中,我们看到鲁本斯将历史与神话转换的娴熟策略。如关于玛丽与亨利四世的婚姻生活,我们在《玛丽的命运》(图4-1)、《玛丽的肖像被介绍给亨利四世》(图4-2)、《玛丽与亨利初见于里昂》(图4-3)这几幅画中可以看到诸多相似性的构图元素。

从空间结构来看,这三幅画都可分为上下两部分,上半部分是神化了的玛丽和亨利四世,他们被鲁本斯图绘为天后朱诺和天神朱庇特,孔雀和战车是玛丽的象征,鹰是朱庇特的象征。下半部分在世俗化的展示中回应了神启世界的话语。从人物关系来看,朱诺和朱庇特或彼此靠近或互相握着手,象征性地表达了他们的婚姻从一开始就得到了神的祝福。下半部分的绘画基本上以仰角方式来表达了俗世对神圣世界的崇拜与回应。在《玛丽的命运》中,命运三女神为玛丽准备的生命线是没有尽头的,缺少了代表剪断生命线的剪刀,从而象征了玛丽命运的永恒与沉浮。在《玛丽的肖像被介绍给亨利四世》中,玛丽的肖像由天使展示给亨利观看,在亨利略微向上的视觉凝视中勾连了世俗世界与神话世界,玛丽王后成为了天选的隐喻,得到天使的祝福。在《玛丽与亨利初见于里昂》这幅寓言画中,神化的和世俗的玛丽主动地臣服于法国,表示了对婚姻的认可,

图 4-1 《玛丽的命运》
（资料来源 https://www.louvre.fr/en/explore/the-palace/to-the-glory-of-a-queen-of-france。）

图 4-2 《玛丽的肖像被介绍给亨利四世》
（资料来源 https://www.louvre.fr/en/explore/the-palace/to-the-glory-of-a-queen-of-france。）

图 4-3 《玛丽与亨利初见于里昂》
（资料来源 https://www.louvre.fr/en/explore/the-palace/to-the-glory-of-a-queen-of-france。）

狮子是法国的象征，因为在法语中，狮子（lion）与里昂（Lyon）具有同源关系。然而，亨利四世确实如朱庇特那样花心，里昂还是他与情人加布

第四章 巴洛克时期彼得·保罗·鲁本斯的寓言画

里埃尔的定情城市。玛丽与亨利四世的政治婚姻并不像画面那么绚丽美好。但在鲁本斯对神话世界的借用与再现中,观者观看的焦点与重心常常被神启世界的虚幻与想象吸引,弱化了现实历史的矛盾与冲突。正如詹姆逊所说:"但你完全可以有理由认为(就是说,我在这里会认为),鲁本斯的绘画不仅承认那种传统叙事并以某种方式对它重构,而且还使它去叙事化。用我自己的话说,他抛开了顺序时间——命运的过去——现在——将来——以便达到意识的一种永恒的现在。这是叙事内容通过象征促成的一种替代。"① 鲁本斯的绘画充满了《圣经》一样的神启寓意。詹姆逊指出,鲁本斯重构的话语顺序,使过去的历史具有了永恒的当下性,在神话的借用中嵌入了历史的事实,使历史的真实又蒙上了神话的想象和寓意。

其次,人物叠置重塑历史和意识形态话语的审美化。鲁本斯寓言画中的人物既是现实中的历史人物,又是神话中的虚构人物,在人物身份的置换中重塑历史人物的想象性关系及玛丽王后的政治策略。玛丽王后希望重获政治权力和影响力,又希望得到儿子路易十三国王的谅解,这种矛盾的心理被鲁本斯完美地隐藏在神话人物的象征中。

就以玛丽王后与路易十三国王之间的关系构图来说,他们之间充满了权力矛盾,但玛丽和路易十三又是母子,如何平衡政权分离与母子相连之间的矛盾,确实是鲁本斯要考虑的重点,即如何在孝道与权力发生分离时,呈现出寓言的张力和艺术美感。在《路易十三的诞生》(图 4-4)这幅作品中,鲁本斯为这对水火不容的母子构想了曾经的甜美。在《委以摄政权》(图 4-5)中又表达了路易十三对母亲玛丽摄政的认可。在《路易十三摄政》(图 4-6)中,鲁本斯则把本身充满血腥的历史事件用祥和优雅的方式完成政权的交接。

我们以《路易十三摄政》为例,画中路易十三从玛丽·德·美第奇手中接过的船舵就是法国国家的象征,在这里,国家意识表现得非常明显,而不是纯粹描述玛丽的个人事迹。路易十三右手牢牢地握住船舵,象征着完全掌握着国家权力。因为"传统的象征之一是把国家比作一只船,统治者和他的主要大臣是领航员"②。路易十三成为了名副其实的掌舵者,

---

① [美] 弗雷德里克·詹姆逊:《叙事的身体:鲁本斯与历史》,王逢振译,载《艺苑》2016 年第 8 期,第 17 页。

② [英] 彼得·伯克:《图像证史》,杨豫译,北京大学出版社 2008 年版,第 81 页。

图 4-4 《路易十三的诞生》（资料来源 https://www.louvre.fr/en/explore/the-palace/to-the-glory-of-a-queen-of-france。）

图 4-5 《委以摄政权》（资料来源 https://www.louvre.fr/en/explore/the-palace/to-the-glory-of-a-queen-of-france。）

图 4-6 《路易十三摄政》（资料来源 https://www.louvre.fr/en/explore/the-palace/to-the-glory-of-a-queen-of-france。）

玛丽和路易十三为政权斗争的复杂关系隐秘在充满寓意的画面中，就如同潘诺夫斯基说的"掩蔽的象征"。① 船上的女神手举火炬和圆球，以拟人形象象征着法国这艘大船必然走向光明。"火炬"作为一个重要的属像不仅在里帕的绘画中反复出现，而且也多次在里帕的《图像学》中作为抽象概念"知识""晨曦""正义""智慧""声誉"的属像，分别表示心灵之眼必须获取知识；表示晨曦是天国的信使，始终在清晨之前到来，或意指理解之光等。可见，鲁本斯一方面把不堪的权力争夺以和谐的场景代替，给玛丽留足了脸面；另一方面选择以路易十三掌权获得法国掌舵权的事件入画，画中的女神一手托着象征权力的圆球，一手举着火炬，是法国拟人化的图像寓意，赋予路易十三权威的符号，自然不会引起国王的不满。在这里，我们也看到了里帕《图像学》中概念拟人化图像寓意象征的丰富符号，如圆球、火炬等象征权力、光明的属像在寓言画中都有出现。

在《真理的胜利》中（图 4-7），鲁本斯进一步象征性地表达了玛

---

① ［英］E. H. 贡布里希：《象征的图像：贡布里希图像学文集》，杨思梁、范景中编选，广西美术出版社 2015 年版，第 293 页。

第四章 巴洛克时期彼得·保罗·鲁本斯的寓言画

丽和路易十三之间的和解,把现实的不可能升腾到神的空间,消解了现实空间的紧张感,又赋予这种和解以一种理想化的表达。事实上,玛丽王后后半生流亡比利时和德国,最终客死异乡。但在绘画中,鲁本斯转移了视觉的焦点,在图像的下方,真理女神由时间老人搀扶着向上飞升,伴随着时间的流转,"真理"成为治国根本,玛丽和路易十三共同托举象征和平的花环,他们在天堂的和解是画家认为君主国的国家利益的理想,每个人的行为都要符合国家利益。

鲁本斯《玛丽·德·美第奇一生》系列组画除了内容上的虚实结合外,在画面人物和色彩构图上也都独树一帜。以《玛丽的诞生》(图4-8)和《路易十三的诞生》(图4-4)比较来看,鲁本斯笔触的重点都落在玛丽身上,玛丽作为天选之人的不同叙事内容,以及借助神话人物来构建玛丽对路易十三的喜爱。玛丽诞生时,众神为她送来各种祝福和美德,路易十三诞生时,众神祝福玛丽。鲁本斯始终在对玛丽的注视中消解母子之间的现实矛盾。温克尔曼对鲁本斯把历史主人公和事件与神话人物融合于画面的才华给予了肯定。在当时背景下完成玛丽王后的委托任务,鲁本斯既不能让国王路易十三感到威胁,也要注意玛丽与儿子路易十三之间微妙的关系变化,因此在主题选择和画面构图上都借助神话来寓指历史。

图4-7 《真理的胜利》
(资料来源 https://www.louvre.fr/en/explore/the-palace/to-the-glory-of-a-queen-of-france。)

图4-8 《玛丽的诞生》
(资料来源 https://www.louvre.fr/en/explore/the-palace/to-the-glory-of-a-queen-of-france。)

可见，鲁本斯的寓言画在神话和历史的相互指涉中，在作为历史的神话和作为现实的历史中重构了图像的话语秩序，神话介入了历史空间，历史借用了神话语境，从而在想象与真实的双重空间中关联起政治意识形态话语表达，在静止的画面中，以丰富的时空变动演绎着画家的语言、赞助人的语言、时代语言的多重变奏，从而使画面充满丰富寓意，具有丰富的可阐释性和深刻的历史烙印。因此，在鲁本斯的《玛丽·德·美第奇一生》的系列组画中，画家并不是为玛丽王后歌功颂德，而是在作品中表达了对近代君主制国家观念的看法和愿望。玛丽和路易十三之间的紧张关系，就是君主制制度和封建贵族制度之间的矛盾，当时法国国内也面临着君主制国家的改革。因此，鲁本斯的寓言画都非常有韵味，他始终在年轻的国王和他母亲之间的紧张关系中加以考察。玛丽在她的摄政期结束后一直想重掌政权，直到1617年路易十三夺取政权并将她流放到布卢瓦，她才彻底放弃。鲁本斯显然早就知道了这一点，他有意避免选择玛丽与儿子紧张关系的内容入画，哪怕是在《路易十三摄政》这幅画中，仍然以神话化的、华丽的、光彩夺目的画面来消解权力移交时历史现实的冷酷。

三、女性身体的裸露与意识形态的遮蔽

面对裸体，人们的直觉反应各不相同。保尔·瓦莱里在谈论裸体时说："裸体只有精神上的两重意义。一则，它象征着美；另一方面，它意味着猥亵……但是，对于人像画家来说，它是世界上最重要的事物。它以它的形体，不仅感染了作家和诗人，也打动了艺术家。……从最完美的形体到最完美的裸体，画家从中找到了最佳的创作机会。"[①] 在鲁本斯的寓言画中，女性裸体的寓言美彰显了巴洛克艺术的魅力。1861年，波德莱尔（Baudelaire）在《灯塔》一诗中就诗意地说："鲁本斯，遗忘之河，懒散的花园，鲜嫩的肉枕，上面不能恋爱，但生命在涌流，活动一直不断，像气息啊天空，像海涛在大海。"[②] 波德莱尔形象生动又富有画面感的诗句，高度凝缩了鲁本斯绘画作品中裸露身体充满着的生命动力与激

[①] ［意］罗桑德：《提香——比自然更逼真的艺术》，吴骊译，上海译文出版社2003年版，第160页。

[②] ［法］波德莱尔：《波德莱尔诗歌精选》，郑克鲁译，北岳文艺出版社2000年版，第16页。

第四章 巴洛克时期彼得·保罗·鲁本斯的寓言画

情。这也正是 17 世纪巴洛克画家善于表现人体强烈肉欲而形成的巴洛克风格,从而为人体描绘注入新的灵感。面对鲁本斯组画中的女性裸体,也许我们更应该细致琢磨其所承载的历史与时代的话语内涵。

在对鲁本斯寓言画的阐释过程中,人们往往对历史和神话的主题融合关注较多,却对他作品中大量出现女性裸体的原因探寻较少,常常把它作为西方文艺复兴后人的解放的必然,或者是简单地批判为鲁本斯水平的不足而不做深入探讨。事实上,鲁本斯画中裸体女性不是简单的视觉刺激与性奇观,而是具有独特的表意功能。正如贡布里希所说:"那些因为鲁本斯画的女人过于肥胖而反感的人,一般就注意不到鲁本斯画得是多么绝妙。"[1] 因此,从女性身体作为性、政治的叙事话语媒介来看,我们能进一步发掘《玛丽·德·美第奇一生》组画中意识形态表达的丰富性。玛丽·德·美第奇既是组画的女赞助人,又是画中人,既是观看者,又是被观看者,那么在多重身份叠合中,裸露的女性身体就不仅仅以吸引男性观者目光为目的,而是鲁本斯历史话语叙事的视点转移,或者应该说是满足了玛丽王后自我政治欲望的遮蔽需要,因为玛丽·德·美第奇的一生并不如伊丽莎白女王那么辉煌,也没有特别的治国才能,她在众人心中是杀夫、摄政、夺权的形象。画家既要记录这些真实又要遮蔽这些事实,身体作为性、政治的表达千百年来都是最好的言说对象。

在《玛丽·德·美第奇一生》组画中,几乎每幅都有裸体女性身体的视觉呈现。鲁本斯画中的女性身体充满了佛兰德斯平民式的肉感与活力,不同于拉斐尔笔下女性裸体的圣洁和不可侵犯,也不同于波提切利绘画中女性裸体舒展的身躯,曼妙身姿,丰腴健美又安详宁静的、优雅又性感的、强调身体美的展示。提香《神圣的爱和世俗的爱》被认为是文艺复兴中表现女性理想美的最佳作品。而拉斐尔、波提切利和鲁本斯三位画家创作的《三美神》虽然都取材于古希腊传说,但在不同画家笔下不同的站姿及身体肌肤的描绘中,可以看到相同裸体的不同表意。鲁本斯笔下的三位女神走向了世俗的表达,她们身体健硕,肉感,脂肪堆积,皮肤皱褶仿佛讲述着她们的富贵生活。丹纳评论说:"佛兰德斯人却不大容易接受这种观念。他生长在寒冷而潮湿的地方,光着身体会发抖。那儿的人体没有古典艺术所要求的完美的比例,潇洒的姿态;往往身材臃肿,营养过

---

[1] [英] E.H.贡布里希:《艺术的故事》,范景中译,广西美术出版社 2015 年版,第 283 页。

度;软绵绵的白肉容易发红,需要穿上衣服。"① 也就是说,鲁本斯对裸体女性身体的描绘表面上是指向富有的生活,实质上隐喻了皇室的权力关系。

但也有人把鲁本斯画中的裸体女性谴责为是"在这两个肉堆之间抛洒肉欲的妓女;她们让邪恶的欲望寄托在裸露的乳房之间。"② 毕加索对鲁本斯画中的裸体女性采取了批评态度,他说:"他(鲁本斯)是有天赋的,可这天赋却被他用来创作令人生厌的东西。"丹纳形容鲁本斯绘画中的女性裸体"居然把如花似玉,尽情炫耀的裸体当作感化世俗的题材,总之是大堆的人肉和衣着的铺陈,便是佛罗伦萨的狂欢节也没有如此强烈的刺激,如此嚣张的肉欲"③。丹纳一方面批判了鲁本斯夸张的肉体呈现,另一方面也说明鲁本斯的画作成功地吸引了不少观者的目光。那么,事实上如何呢?

首先,我们在西方艺术史视域下回溯裸体艺术的历史。早在古希腊时期,古代裸体像主要是对乳房、下腹和臀部等进行夸张的描绘,表达了原始宗教的生命冲动。如 1909 年在奥地利维也纳维伦堡发现的《维伦堡的维纳斯》(旧石器时代晚期,石灰石)雕像,虽然只有 11 厘米高,却整体形象夸张地突出了人体的生殖部位,反映了远古人类对女性身体作为生殖象征的实用价值。也就是说,女性裸体一直是艺术的表现对象。丹纳在《艺术哲学》中详细论述了希腊人对身体和裸体的崇拜与追寻,"在希腊这种特有的风气产生了特殊的观念。在他们眼中,理想的人物不是善于思索的头脑或者感觉敏锐的心灵,而是血统好,发育好,比例匀称,身手矫捷,擅长各种运动的裸体。"④ 即古典时期的女性裸体重视了生育本能的原始美。中世纪的宗教禁锢,对裸体艺术的发展也有极大影响,裸体则出现在基督教教义中,基督是首先以裸体出现的,女性裸体则较少。文艺复兴时期对人的解放与重视,裸体艺术就一直是欧洲艺术的核心。米开朗基罗及一些基督教人文主义者认为,美好的裸体是人类美德和完美的象征。米开朗基罗的《最后的审判》以古希腊罗马异教徒为模特,用大量裸体

---

① [法]丹纳:《艺术哲学》,傅雷译,浙江人民美术出版社 2017 年版,第 209 页。
② Geralding A. Johnson. "Pictures Fit for a Queen: Peter Paul Rubens and the Marie de' Medici Cycle". *Art History*, 1993, 16 (3), p.452.
③ [法]丹纳:《艺术哲学》,傅雷译,浙江人民美术出版社 2017 年版,第 219-220 页。
④ [法]丹纳:《艺术哲学》,傅雷译,浙江人民美术出版社 2017 年版,第 49 页。

第四章　巴洛克时期彼得·保罗·鲁本斯的寓言画

彰显了生命力。比亚洛托斯基说："在 17 世纪，一种新的表达严谨的宗教图像志体系与人文主义的题材、象征体系以及寓意画等并肩存在。文艺复兴期间引入艺术的古典裸体这时在宗教艺术中被严格禁止，但在世俗的神话作品和寓意作品中却找到了自由发展的余地。"① 也就是说，鲁本斯所处的巴洛克时代，裸体入画成为寓言画抵抗宗教的手段。

在西方裸体女性的发展历史中，裸露的女性身体从实用走向审美是历史发展的必然，是人对身体美的认知的提升，是对裸露身体的性特征的彰显，但极少在创作中作为一种艺术修辞手法。从这点来看，鲁本斯对女性裸体的描绘，不仅是对原始欲望、身体美感的再现，更重要的是开拓了把女性裸体作为一种修辞功能的艺术手法。从西方女性裸体艺术发展来看，各个时期都有不少女性身体的表达。鲁本斯的裸体绘画既延续了西方关于女性裸体的生育、生命力的隐喻，又赋予其新的意义。

其次，从 17 世纪佛兰德斯文化特征来看，裸体女性画风格与画家鲁本斯的故乡佛兰德斯有关。因为佛兰德斯比较冷，所以人们好食肉类，导致体态丰腴，脂肪过多。而这种体形在画家笔下就变成令人目眩的裸露肉体的展示，因此，丹纳讽刺鲁本斯在"开人肉铺子"②。巴洛克时期人们丰裕的生活、贵族奢华的风气影响着社会的发展，巴洛克画家由此乐于表现人体强烈的肉欲，很多画家都画了女性裸体。如《照镜的维纳斯》（1552）是提香的代表作之一。他笔下的维纳斯普遍肥硕而丰盈，兼有女性的柔顺、热烈及旺盛的生命力，这种造型风格曾经影响了几个世纪。后来鲁本斯的裸体绘画作品就明显带有提香的影子，如《镜子前的维纳斯》就是摹仿提香的画作。

然而，唯有鲁本斯在寓言画中赋予女性裸体特别的意识形态话语，但并不是每个人都能理解鲁本斯的良苦用心。古典时期对女性身体的关注主要集中在其生育能力，因此性别器官被夸张地表现出来。在佛兰德斯时期，我们要看到，鲁本斯画中的女性裸体并不是病态的，而是在健硕的体格中洋溢着旺盛的生命力，充满了运动感。这种创造性的寓意让我们不得不承认鲁本斯是一位伟大的艺术家，也不得不重新思考裸体等同于色情的

---

① ［英］E. H. 贡布里希：《象征的图像：贡布里希图像学文集》，杨思梁、范景中编选，广西美术出版社 2015 年版，第 292 页。
② ［法］丹纳：《艺术哲学》，傅雷译，浙江人民美术出版社 2017 年版，第 219–220 页。

肤浅认知。如在《真理的胜利》（图 4-7）、《玛丽·德·美第奇的教育》（图 4-9）等作品中，我们看到的裸体常常会把我们引向画面的另一端，思考其中的关系等。前者是时间老人拉着裸体的真理女神维尔塔斯飞向天堂，鲜艳饱满的色彩遮蔽了玛丽和路易十三的矛盾，寓意着母子情深；后者在美惠三女神美丽的胴体牵引下，指向玛丽作为众神天选之女的隐喻。

最后，也是最重要的原因，这是鲁本斯记录玛丽政治权力野心，满足玛丽愿望，以及迎合路易十三统治话语的视觉策略。在鲁本斯的作品中，我们常常看到赞助人与画中人（被画的人）合二为一，构成了一种被看与看的特殊的复杂关系。约翰逊（G. A. Johnson）说："'最近的批评家还谈到了鲁本斯的寓言修辞与玛丽·德·美第奇生活的历史现实之间的脱节。'甚至鲁本斯本人也抱怨说，美第奇美术馆的一些访客'没有掌握某些画作的真实含义'，并且'忽略了'某些主题。"[1] 其中影响阐释绘画艺术和政治直接关系的一个重要因素，是鲁本斯的视觉语言与他作品的赞助人是女性这一事实之间的内在冲突。"换句话说，仅仅对图像的含义进行解读还不够；人们还必须探索它们是如何表意的。"[2]

在《玛丽·德·美第奇一生》这一组图完成前后，鲁本斯发展了一种寓言式的绘画语言，它最终以裸体女性身体的象征性展示为基础。当鲁本斯将这一修辞在美第奇组画委员会（Medici Cycle Commission）中推行，主要的英雄人物是女性，鲁本斯将裸体女性身体作为寓言人物的部署，不可避免地在他和赞助人希望这些画投射出的信息和用来表现它们的视觉语言之间产生了摩擦。例如，在《玛丽·德·美第奇的教育》（图 4-9）中，鲁本斯把玛丽童年时期的教育及其理想化的神的选择进行了神话般的构图与叙事：画中雅典娜正在教授玛丽知识和智慧，裸体的美惠三女神赐予她美德，俄耳甫斯教授她音乐，从天而降的墨丘利带来上帝的祝福。在哲理神话和历史人物的结合中，象征性地表达了玛丽是天之娇女，拥有与生俱来的贵气。鲁本斯用了大量神话人物来喻指玛丽的才能。在男性掌权时代，玛丽摄政引发了不同的意见和反对党的攻击，因此鲁本斯所绘的裸

---

[1] Geralding A. Johnson. "Pictures Fit for a Queen: Peter Paul Rubens and the Marie de' Medici Cycle". *Art History*, 1993, 16 (3), p.449.

[2] Geralding A. Johnson. "Pictures Fit for a Queen: Peter Paul Rubens and the Marie de' Medici Cycle". *Art History*, 1993, 16 (3), p.449.

第四章　巴洛克时期彼得·保罗·鲁本斯的寓言画

体是一种视线转移，一种隐喻性策略。

约翰逊认为，在这幅画中，鲁本斯通过使用女性裸体视觉修辞手法，转移了玛丽王后要表达的她像男性一样学习治理政府的内容。① 在作品中我们看到，美惠三女神迷人的裸体占据画面1/3的位置，她们雪白透亮的肌肤在黑暗背景的映衬下更显耀眼，从而分散了观者的注意力，本是关于玛丽王后童年教育的中心就转向对女性裸体的注视。如约翰逊所说："他（鲁本斯）对这种视觉语言做出了规范的异性恋男性反应，从而在不知不觉中向观众展示了他基于裸体女性身体的表现策略是如何分散了观众的注意力。"②

同时，女性裸露的乳房还是母性的象征，是向男权臣服的转喻。裸露的女性身体，尤其是裸露乳房的符号出现在

图4-9 《玛丽·德·美第奇的教育》

（资料来源 https://www. louvre. fr/en/explore/the‑palace/to‑the‑glory‑of‑a‑queen‑of‑france。）

美第奇系列组图的其他几幅画中。如《玛丽与亨利初见于里昂》（图4-3），在画中，鲁本斯把玛丽和亨利分别描绘成天后朱诺和天神朱庇特的样子，两人互相握着的右手表示婚姻联盟正式建立，他们身后是举着火把的婚姻女神。从画面右上角开始延伸的彩虹象征着和谐与和平，在玛丽/朱诺的身旁有两只孔雀象征着美好与幸福。画面下半部分描绘的是两人见面的城市——里昂，狮子拉着战车也隐喻着里昂，驾车而来的玛丽王后这时并不是裸体的。正是在神话和寓言的结合中，鲁本斯使玛丽王后的裸体主题在神话人物朱诺身上找到合法化表达的媒介：在这里，玛丽俯视着并把裸露的乳房献给了丈夫，鲁本斯在这个构图中隐喻式地表明了玛丽接受

---

① Geralding A. Johnson. "Pictures Fit for a Queen：Peter Paul Rubens and the Marie de'Medici Cycle". *Art History*, 1993, 16 (3), p.451.

② Geralding A. Johnson. "Pictures Fit for a Queen：Peter Paul Rubens and the Marie de'Medici Cycle". *Art History*, 1993, 16 (3), p.451.

了自己作为服从国王的妻子和母亲的角色。虽然玛丽并不爱亨利,而且亨利喜欢的是情人加布里埃尔,但玛丽仍然接受了政治联姻。鲁本斯在众多复杂情感的现实中,表现了玛丽与亨利四世的和谐象征。

  在这里,鲁本斯通过孔雀、狮子、战车等注释着神话世界的玛丽/朱诺的构图,寓言式地叙述了玛丽对法国的忠诚,并神圣化了玛丽的职责。而且这幅画的构图呼应了《圣母的加冕礼》①。约翰逊认为:"玛丽·德·美第奇裸露的乳房是处女般的,是女性作为养育者和生殖者的终极象征。"② 从某种意义上说,鲁本斯对女性生育本能视觉化的强调,使女性向男性臣服的话语视觉化表达获得了外化形式。而鲁本斯把玛丽·德·美第奇指向圣母的假设又满足了女赞助者的心意。如在《玛丽与路易十三的和解》中,玛丽·德·美第奇就像同名的圣母玛利亚一样,"既是儿子的母亲又是神秘的新娘,她赤裸的乳房是这双重角色的符号象征"③。关于乳房作为处女属性的象征,我们可以在鲁本斯以"处女与儿童"为主题的几幅画中找到证据。"皇后裸露的乳房强调了她的女性和母亲特质。鲁本斯利用这些属性寓言式地描绘了玛丽·德·美第奇之所以强大,恰恰是因为她的性别,因为她有能力生育和养育国王的子女,从而确保了王朝的延续。通过性别特征对女性的定义,授权和成圣的女性形象出现在鲁本斯整个职业生涯,以及其他作品的创作中,这也凸显了哺育、哺乳作为这种女性的主要特征。"④

  此外,这些女性裸体作为被观看的对象,本身就蕴含着性别政治权力。鲁本斯绘画中对女性身体的观看,实际上包含男性观看和玛丽观看的双重话语系统。玛丽·德·美第奇意识到观看这些绘画的男性朝臣会被裸体所诱惑,而失去批判力量。因此,在这种隐含的异性恋男性观众如俄耳甫斯凝视裸体的优雅一样,对玛丽王后政治野心的关注会被画中反复出现

---

  ① 《圣母的加冕礼》外文名 *The Coronation of the Virgin*,作于1609—1611年,藏于俄罗斯圣彼得堡艾米塔吉博物馆。

  ② Geralding A. Johnson. "Pictures Fit for a Queen: Peter Paul Rubens and the Marie de' Medici cycle". *Art History*. 1993, 16 (3), p.451.

  ③ Geralding A. Johnson. "Pictures Fit for a Queen: Peter Paul Rubens and the Marie de' Medici Cycle". *Art History*, 1993, 16 (3), p.451.

  ④ Geralding A. Johnson. "Pictures Fit for a Queen: Peter Paul Rubens and the Marie de' Medici Cycle". *Art History*, 1993, 16 (3), p.452.

的裸体女性所遮蔽。这就是鲁本斯常用的策略——加强对女性裸体的强调。因此,从整体来看,这一系列组画中的许多裸体女性,要么占据画的中心,要么处于图像的最前端。例如《玛丽·德·美第奇的教育》(图4-9)、《马赛登陆》(图4-10)、《真理的胜利》(图4-7)等,女性身体常常为白色或粉白色,与周围暗色调环境形成对比,以抓住人的眼球,成为读图的起点和焦点。"通过使用这些类型的构图和色彩策略,鲁本斯实际上是在将这些裸体解读为仅仅是为了视觉消费而显著展示的诱人的彩绘身体,而不是为了维护女王的利益而设计的复杂图像中的重要人物。"①

图4-10 《马赛登陆》
(资料来源 https://www.louvre.fr/en/explore/the-palace/to-the-glory-of-a-queen-of-france。)

此外,在对这些裸体女性的观看中,玛丽认为她可以通过"观看"获得权力。鲁本斯这里创作的女性裸体肯定不可能是女王的形象,他也不敢如此大胆地把女王作为男性观看凝视的对象。实际上,鲁本斯所绘的这些裸体还呈现出女性主体与男性观者、艺术与旁观者之间的复杂关系。也就是说玛丽·德·美第奇的系列绘画既是自我观看也是被他者凝视的对象。因此,鲁本斯用一种象征式的隐喻关系来强调女人既是诱人的维纳斯,又是贞洁的处女,具有双重角色身份,即玛丽王后在二者视觉关系中获得了权力。如在《玛丽的肖像被介绍给亨利四世》(图4-2)中,鲁本斯还讲述了玛丽对亨利四世的观看,或者说他们彼此间的凝视。

在这幅绘画中,法国国王亨利四世热情地注视着他的准新娘玛丽·德·美第奇的肖像,该肖像由一群天上的神灵赠予他。同时,玛丽·德·美第奇直接凝视着画外的观众。女王身旁的黑色彩绘框框限制了女王的形

---

① Geralding A. Johnson. "Pictures Fit for a Queen: Peter Paul Rubens and the Marie de' Medici Cycle". *Art History*, 1993, 16 (3), p.457.

象,这使她的身姿变成了一件"单纯的"艺术品,这件艺术品却可以被外在的观看者、亨利四世、神灵和女神随意审视。同时,玛丽·德·美第奇通过自信而坚定的向外凝视摆脱了"单纯"的人像和装饰,赋予了她与观众直接交流的力量,这种力量否认了图像中的其他大多数人物,包括国王本人、男性和女性、主体和客体、现实和技巧的水平。《玛丽的肖像被介绍给亨利四世》的复杂性可以归因于17世纪文化中女性的表现和被表现的女性之间存在的歧义。① 约翰森说:"鲁本斯为瓦利塞拉的圣母玛利亚教堂所作的绘画,是他创作的几幅作品之一,实际上是关于圣母玛利亚的绘画。在这幅图像中,普蒂举起了一幅圣母和孩子的画,供外部观者和构图中的天使崇拜。美第奇组图的肖像画与这类绘画相呼应:长着翅膀的神举着玛丽·德·梅迪亚斯·圣母玛利亚的肖像,从下面被外部观者和图像中的人物欣赏,包括她的未来丈夫亨利四世。"② 在这里,"观看"是绘画的主题,同时也有关于观看女性赞助人的问题。画中的玛丽·德·美第奇也在看向画外,如镜像式地用挑战性的目光直视观看者。约翰逊把这种凝视和观看读作鲁本斯把玛丽·德·美第奇的掌权合法化的证明,"通过把画中的玛丽·德·美第奇看作镜子,暗示着亨利四世从她身上看到了自己,女王在声称自己是丈夫的合法继承人时急于强调的一点"③。与此同时,国王似乎在他的准新娘的肖像中寻找自己的镜像,玛丽·德·美第奇在肖像展示中的目光是自觉地向外看的:她是一个完全意识到被外部观者从画中和从外观看的女人。"从某种意义上说,作为系列组画的赞助者,被代表的玛丽·德·美第奇的向外凝视就像是站在画中的真正的玛丽·德·美第奇的镜像。然而,同样重要的是,她毫不犹豫地凝视着这一组画的其他主要观众,也就是正式访问她的宫殿的男性朝臣,尤其是她的国王儿子。"④ 正是通过她意识到自己是朝臣和国王(亨利四世和路易十三)

---

① Geralding A. Johnson. "Pictures Fit for a Queen: Peter Paul Rubens and the Marie de' Medici Cycle". *Art History*, 1993, 16 (3), p. 448.

② Geralding A. Johnson. "Pictures Fit for a Queen: Peter Paul Rubens and the Marie de' Medici Cycle". *Art History*, 1993, 16 (3), p. 458.

③ Geralding A. Johnson. "Pictures Fit for a Queen: Peter Paul Rubens and the Marie de' Medici Cycle". *Art History*, 1993, 16 (3), p. 461.

④ Geralding A. Johnson. "Pictures fit for a Queen: Peter Paul Rubens and the Marie de' Medici cycle". *Art History*, 1993, 16 (3), p. 461.

第四章 巴洛克时期彼得·保罗·鲁本斯的寓言画

等男性凝视的对象,玛丽·德·美第奇获得了权力。玛丽·德·美第奇平静而稳定地回望着外面的人,她采取了一种与观察她的男人相同的姿势。事实上,作为场景中唯一一个似乎意识到外部观者存在的人物,正是她最有力、最直接地与观众交流的表现,就像圣母的肖像,她向外的凝视让她能够直接影响聚集在她前面的崇拜者。在玛丽·德·美第奇试图利用美第奇系列绘画重新获得她最近失去的个人政治权威的过程中,玛丽凝视的力量发挥了重要作用。①

玛丽王后要求鲁本斯创作的这些作品有她的客观目的,不仅是记录她的生平,她还预设了作品对观看者的影响,或者说玛丽王后希望这些作品能够为她的政治生涯和日后生活带来转机。玛丽王后精心挑选和编辑了她一生中主要的事件,构想看画的人是法国宫廷的造访者,尤其是希望给她的儿子路易十三国王能够留下深刻印象,并希望缓解母子关系,希望能重获儿子的信任,恢复她以前的一些权力和影响力。然而,事与愿违,1631年,玛丽王后被迫逃离法国,永久流亡国外。可见,从男性观看的角度来说,不希望玛丽王后把她的权力欲望过分彰显出来,所以观者对画作中女性裸体或半裸体也是容忍的。因此,要平衡历史、政治、现实和理想之间的关系,鲁本斯发挥了天才的创意与想象,在神话世界和现实历史之间进行了创造性的融合与想象,形成了神话空间与现实空间并置的构图、神话人物与现实人物的融合,而神秘的、亦真亦幻的视觉语言实现了历史现实的神话化和审美化表达。

在17世纪法国文化中,对这些裸露身体和乳房的作品还有另一种解读,任何敢于在公共场合袒露胸部的女性被喻为面临的可怕命运,这种画面谴责为"在这两个肉堆之间抛洒肉欲的妓女;她们让邪恶的欲望寄托在裸露的乳房之间"②。然而,对鲁本斯画作的批判,也许是未能真正把握他寓意手法的深刻性,19世纪法国伟大的画家德拉克洛瓦就能超越裸体对视觉的诱惑,看到鲁本斯绘画的意义。他说:"一切肤浅的人对鲁本斯的画法的厌恶,说明这个辉煌的艺术家的非凡的力量,也说明他缺乏只

---

① Geralding A. Johnson. "Pictures fit for a Queen: Peter Paul Rubens and the Marie de' Medici cycle". *Art History*, 1993, 16 (3), p. 461.

② Geralding A. Johnson. "Pictures fit for a Queen: Peter Paul Rubens and the Marie de' Medici cycle". *Art History*, 1993, 16 (3), p. 452.

有在装腔作势和卖弄风情的形式中才能见得到的、那种迷人的东西。"①总之，对鲁本斯所绘女性裸体的解读是见仁见智的，但在鲁本斯寓言画中我们必须揭开身体后的密码，领悟其意识形态话语策略，因为"鲁本斯本质上的父权视觉修辞不仅包括图像学，还包括寓言、神话和历史的动态互动，色彩和构图的战术运用，以及对当代女性形象的引用。只有通过剖析这些视觉表现的策略，并在17世纪的文化背景下进行分析，我们才能开始理解鲁本斯为什么用父权视觉修辞方法描绘曾经强大的玛丽王后。她企图在一个男性主宰的社会里通过绘画委托项目来重新获得影响力，由此不可避免的矛盾就出现了。"② 也就是说，看着鲁本斯所绘的充满肉体欲望的女性裸体，我们停住的目光应该多一分理性的思考，少一分本能的冲动，才能真正把握鲁本斯寓言画的秘密。

第三节　鲁本斯寓言画的属像及其母题

一、鲁本斯寓言画的属像

鲁本斯的寓言画中通过跨越时空让神话和历史互为文本，在西方裸体艺术的背景中，把女性裸体绘画发展到新的高度，以女性身体叙事来替代政治、权力话语。除此之外，鲁本斯《玛丽·德·美第奇一生》的组画延续了拟人化形象和属像的叙事功能，贡布里希说："鲁本斯也不得不运用象征艺术中的另一种资源：徽志或属像。比如，由于和谐已不复存在，所以地上的那捆箭被折断，变得毫无用处了。"③ 换句话说，鲁本斯既重视了身体的话语，又延续了对属像符号的隐喻象征。因此，观鲁本斯之画，需仔细端详每个元素，包括实体符号、色彩符号和象征符号；思鲁本

---

① [法]德拉克洛瓦:《德拉克洛瓦论美术和美术家》，平野译，河北教育出版社2002年版，第198–213页。

② Geralding A. Johnson. "Pictures Fit for a Queen: Peter Paul Rubens and the Marie de' Medici Cycle". *Art History*, 1993, 16 (3), p. 463.

③ [英]E. H. 贡布里希:《象征的图像：贡布里希图像学文集》，杨思梁、范景中编选，广西美术出版社2015年版，第179页。

第四章 巴洛克时期彼得·保罗·鲁本斯的寓言画

斯之画,既要立足历史事实,又要具有艺术审美素质,把握亦真亦幻的叙事与深厚的人文韵味及历史症候。

具体而言,以《玛丽·德·美第奇一生》组画为例,我们可以看到其中的属像主要分为动物、植物、自然物、神话人物和拟人化形象。首先,从神话人物入画来看,鲁本斯为了实现跨越现实时空的神话表达与再现,大量使用了神话人物为玛丽的一生服务,从《玛丽的诞生》《玛丽的命运》《玛丽的教育》《玛丽的肖像被介绍给亨利四世》到《玛丽与亨利初见于里昂》等,每一幅画中都有天神为玛丽赐福和祝福,鲁本斯把玛丽并不辉煌的一生用神话的方式幻化成上帝的安排和祝福。其中最特别的是常常把玛丽和亨利四世神化为天后朱诺和天神朱庇特,以隐喻两者关系的和谐与完美。如在《玛丽的肖像被介绍给亨利四世》和《玛丽和亨利初见于里昂》中,两人的婚姻关系犹如天神的联姻,婚姻之神美化了二者的幸福生活。

其次,动物寓言一直以来都是寓言文学艺术的主要话题。在这一组画中,鲁本斯也使用了狮子、孔雀、鹰、蛇、狗等动物属像来表达历史的现实和对现实问题的象征。如狗作为人类的伙伴,一直是忠诚友好的象征,也是佛兰德斯画家酷爱的一种婚姻忠诚的暗喻。虽然玛丽王后和亨利国王的婚姻并不幸福美满,但是,在鲁本斯的画作里反复出现的"狗"的属像仍然承载着玛丽对亨利的忠诚寓意。如在《路易十三的诞生》(图4-4)中的小狗表示玛丽对婚姻家庭的忠诚及作为母亲的称职。在《圣德尼教堂加冕》(图4-11)中,鲁本斯把玛丽的宠物狗放置在画面的前景,特别强调了这里发生的一切仍然是以忠诚为前提的,即便是在加冕仪式上,玛丽仍然忠诚于亨利。在《亨利四世的死亡和摄政宣告》中(图4-12),鲁本斯仍然把小狗放置于画面的前侧来暗示忠诚,并重点意在反驳谣言,有人说亨利四世是被玛丽安排的杀手刺死的;等等。在鲁本斯的绘画中出现的"狗"的属像次数之多,不得不引起人们的关注,而且在观者的图像学知识范围内,关于"狗"的属像,人们是非常容易理解且能把握画家与赞助人的意图。"狮子"代表权力和力量、"孔雀"代表高贵等,这些属像还可以丰富画面的内涵和层次。

最后,鲁本斯绘画时对自然物的使用也是很熟练,自然物也贯穿在《玛丽·德·美第奇一生》组画的叙事中。玛丽对自己作为王后和女王的身份地位和功绩的记录,使鲁本斯不得不认真思考赞助人的要求。因为,

西方寓言图像及其变迁

图4-11 《圣德尼教堂加冕》
（资料来源 https://www.louvre.fr/en/explore/the-palace/to-the-glory-of-a-queen-of-france。）

图4-12 《亨利四世的死亡和摄政宣告》
（资料来源 https://www.louvre.fr/en/explore/the-palace/to-the-glory-of-a-queen-of-france。）

在法国，《萨里克法典》明确禁止女性继承王位，而玛丽从摄政到加冕再到被迫移交政权的政治活动，某种程度上说是不合法的。然而，在关于权力的讲述中，鲁本斯却巧妙地将其置换并合法化，在多次权力的更迭中，反复出现了一个属像"圆球"。如在《委以摄政权》（图4-5）中，圆球出现在画面的中心位置，玛丽和亨利共同托举着作为权利交接象征的蓝色圆球，它象征着"王国所有的权利"，也表示亨利希望自己死后由玛丽摄政，辅佐路易十三。在《亨利四世的死亡和摄政宣告》（图4-12）中，玛丽女王（此时已经不是王后）出现在凯旋门门框内，右手从拟人化的法国手中接过象征权力的圆球，周围被各色权贵簇拥，人们跪在她面前，表示全法国人民对她俯首称臣。鲁本斯用艺术的手法美化了女王摄政的欲望。事实上，玛丽女王在亨利被谋杀的当天就宣告登位，没有悲伤的迹象。而在《路易十三摄政》（图4-6）中，由拟人化的女神一手托着象征权力的圆球，一手举着火炬，同时路易十三手握船舵再次强化了权力的更迭。"圆球"成为鲁本斯讲述王室整个政治话语中"权力"的象征与隐喻，为与玛丽王后相关的权力故事找到了视觉表达媒介。我们回顾里帕的《图像学》，其中也记录了不少"圆球"的属像特征。如"地球仪""神圣的正义"等。这里"圆球"或"地球仪"作为国土、权力、力量的属像意义在图像发展史中已被观者接受和认可。另外，鲁本斯还以鸢尾花和百合花的更替，隐喻式地说明了玛丽·德·美第奇从王后向女王身份的转变。《圣德尼教堂加冕》中，玛丽身上的披风是在法国蓝绸缎上点缀金色的百合花，代替了亨利四世时期的鸢尾花装饰，代表着玛丽女王时代的到来。

二、"真理"母题的图像阐释

在对鲁本斯《玛丽·德·美第奇一生》组画的属像研究中，我们可以看到寓言画或者说寓言式艺术的表征方式，需要拟人形象、属像及其符号重组与构图来完成寓意的展示与阐释，寓言式艺术创作在十七十八世纪仍然是重要的表现方式。现在，我们以"真理"为母题进一步从历史的角度研究西方寓言画传统发展特征，追溯其母题的寓意发展。

在《真理的胜利》中，"真理"和"时间"拟人化形象占据了画面的中心和视觉焦点。前面我们已经分析了鲁本斯画中裸露的女性身体成为男性观看的对象。作为视觉转移的修辞方法，女性身体毫无疑问容易成为视觉的焦点，这正是鲁本斯作品的一大特点。而且，将"真理"化身为裸体女性也不仅是鲁本斯的喜好，同时也是寓言式艺术创作发展成熟的结果。鲁本斯用时间老人把真理女子抓住升向天堂，以表示玛丽和路易十三最后的和解，隐喻着一种理想的政治状态。事实上，这对母子始终没有和解。然而，在拟人化形象的隐喻中，我们能够理解作为赞助人玛丽和画家鲁本斯的愿望。

关于"真理"的裸体形象的视觉化表达，我们回溯西方文学艺术发展史可以看到，这已经成为一个凝固的符号。在文学作品的创作中，古罗马的塞内加在《论忿怒》中说"时间揭示真理"，意大利的达·芬奇在《笔记》中说"真理是时间的女儿"。在里帕的《图像学》中我们看到，"真理"的条目是如此描绘的：

> 一位裸体美人右手托着太阳，左手拿着一本打开的书和棕榈枝，一只脚踩着地球仪。
>
> 赤裸，因为十足的单纯，也是她的天性。太阳表示她因澄清而欢乐。书表示万物的真理可以从好作者那里找到。棕榈树表示她越被压制越向上生长。地球表示不朽，她是世界万物中最为强大的，因此将地球仪踩在脚下。[①]（图4-13）

---

① Cesare Ripa. *Iconologia*. London：Bens. Mott, 1709, p. 78.

可见，裸体在西方一直有着神圣的寓意象征，比世界上所有的财富都珍贵。比鲁本斯稍晚的17世纪意大利巴洛克著名雕塑家吉安·洛伦佐·贝尼尼（G. L. Bernini），在1646年制作了一尊寓言式雕塑，也命名为《真理》。贝尼尼仍用拟人化形象把真理塑造成裸体女人像。与里帕《真理》的图像相比，两者造型非常相似。真理女神都把地球仪踩在脚下，右手托着太阳隐喻着光明。贝尼尼还用陵墓和断柱的形式制造了一种凌乱的动感，描绘了时间的流逝及其后果。而且这尊雕像同样如鲁本斯绘画一样塑造了丰腴的体态和妖娆的姿势，符合巴洛克时期贵族的审美需要。"对巴洛克艺术家来说，真理似乎应当就用撩人的姿色出现"①。

图4-13 《真理》
（资料来源 Cesare Ripa. *Iconologia*, Printed by Benj. Motte, 1709, p. 78.）

然而，在文艺复兴时期的绘画大师桑德罗·波提切利（S. Botticelli）著名的寓言画《诽谤》（1475）中，"真理"的裸体拟人像就已经给人留下深刻印象。这幅寓言画是波提切利根据古希腊画家阿贝拉在一幅画中用文字记载的寓言故事而创作的同名寓言画《对阿贝拉的诽谤》，它应该是严格意义上的寓言图像，是富有戏剧舞台效果的抽象概念画。其中，"诽谤""叛变""虚伪""无知""轻信""无辜"等抽象概念都用了拟人化形象，喻指了现实生活的景象。整幅图只有"真理"和"无辜者"是裸体的，显示出纯洁美好；与其他坏人皆以锦衣华服包裹邪恶的躯体形成鲜明的对比。从《真理》的构图看，拟人化形象手法确实有助于抽象概念的视觉化、图像化和寓意化。"真理"是《诽谤》的中心人物，画家将其处理成女性裸体形象。她体型修长，神态安详，手臂伸向上苍，纯洁而高傲，在邪恶的包围之中显得孤立而脆弱。波提切利的《诽谤》带给后人

---

① 陈怀恩：《图像学：视觉艺术的意义》，河北美术出版社2011年版，第153页。

无限的阐释空间。而关于"真理"裸体形象的神圣性，成为图像志研究的依据，此后也常常被画家们反复使用。如在意大利画家提香1514年创作的《世俗的爱和神圣的爱》中，裸体女子代表着天上女神，神的美是无需任何装饰的。

"顺便提一下，我们发现，17世纪自然史的某些方面与中世纪的自然史并没有显著的差异。"① 也就是说，马勒认为属像在象征中并没有发生改变，他们在不同的寓言作品中具有相同的内涵。如里帕、贝尼尼和鲁本斯三人关于"真理"的描绘，他们所用的属像基本相同，都有太阳、书、裸体女人像、地球仪。一直到现在，这种拟人像的使用和"真理"的图像学研究已经成为一种常识铭刻在人们的记忆中。如普林斯顿大学高等研究院的院徽也颇有寓意。院徽上有两个女性，一个裸体，一个披罗纱，两人挽手而立，文字标注为"真理和美"，可见这也是拟人像构成的寓意图。左边"真理"拿着镜子照亮万物，右边的"美"宛如维纳斯女神灵动而娇媚。里帕在《图像学》中把"美"（图4-14）描绘为头部隐藏于云中的一束神性之光。然而，在这里，普林顿大学高等研究院的院徽的设计者把两个拟人像并置构图，在显与隐、裸与藏之间让我们看到了提香《世俗的爱与神圣的爱》的影子，以便世人更好地去把握"真理"与"美"的寓意。总之，寓言画和寓言式艺术经过艺术家的创作和发展已经成为西方艺术史上一种重要风格，影响着后世的艺术创作。寓言式艺术的表意要从主体、属像及其构图等方面进行阐释，发展到19、20世纪成为图像学理论系统的重要内容，这可以在潘诺夫斯基、贡布里希、米歇尔等人的图像学理论中得到启发和论证，这是本书研究范围之外的又一个重要问题。

第四节　17世纪后的寓言图像

通过对鲁本斯寓言画的图像分析可以看到，鲁本斯有一支神奇的画笔，能够兼顾赞助人的委托、画家的思想、观者的视角、历史的现实和审

---

① ［法］埃米尔·马勒：《图像学：12世纪到18世纪的宗教艺术》，梅娜芳译、曾四凯校，中国美术出版社2008年版，第356页。

图 4-14 《美》
(资料来源 Cesare Ripa. *Iconologia*, Printed by Benj. Motte, 1709, p.10.)

美的表达。鲁本斯是一个天才画家,巴洛克时期富丽、绚烂、缤纷的色彩,佛兰德斯的文化给予他丰富的养分,"他在安排色彩缤纷的大型画面和在赋予画面以充沛的活力方面都有无与伦比的天赋,这些天赋相互结合使鲁本斯获得了以前的画家望尘莫及的声誉和成功。他的艺术是那么合适为宫殿增添豪华和壮丽,为人间的权势人物增光生色,所以在他的领域内仿佛具有垄断者的地位"[①]。作为巴洛克艺术尤其是寓言画的代表,在鲁本斯所处的时代,几乎没有人能与之抗衡。"鲁本斯总是以美丽的形式和丰富的色彩,表现甜美温馨的人间最美好的画面,在他的作品中糅合了佛兰德斯的文化和文艺复兴的思想,既丰富生动又有创新,人体如同是一股激流,充满生气和活力,画面中既饱含叙事性的语言又充满装饰性的艺术特色,通俗易懂、一目了然。"[②]

---

① [英] E. H. 贡布里希:《艺术的故事》,范景中译、林夕校,生活·读书·新知三联书店1999年版,第401页。
② [法] 弗里德·卡拉萨特:《西洋美术巨匠辞典》,阎雪梅译,吉林美术出版社2006年版,第112—115页。

第四章 巴洛克时期彼得·保罗·鲁本斯的寓言画

鲁本斯不但作品数量多、质量高,而且还培养了众多弟子,其中,著名的凡·戴克成为鲁本斯的第一助手,后受到英王查理一世的青睐,成为"直属于陛下的首席画家"。鲁本斯的弟子也为其风格的传承与发展起到了重要作用。可以说,17世纪佛兰德斯艺术中最重要的形式之一就是寓言画。在鲁本斯的绘画中融合了奢华的王公贵族、资产阶级和天主教会思想,寓言式地表征出现实的错综复杂与艺术的审美趣味。比亚洛斯托基高度概括了鲁本斯寓言画的特征:"在鲁本斯的作品中,这种新图像志的各个方面也许都得到了最好的表现。在他的作品中,寓意概念、古典神明和英雄、神话人物的胜利及世俗统治者的胜利等画面伴随着天主教圣徒的殉教以及圣体的胜利一同出现。在理论上已开始分道扬镳的东西竟然还能在一个伟大艺术家的作品中和谐共存"①。"温克尔曼将'崇高诗人'之名赋予鲁本斯,赞其将绘画艺术神化到了史诗般的境界,他的历史画把历史和寓意最好地结合了起来。"② 也就是说,鲁本斯的绘画题材丰富、形式多样,对佛兰德斯及整个西方绘画的发展具有重大意义。17世纪后期,法国皇家美术学院就出现了一批鲁本斯主义者,之后还继续影响了十八十九世纪的画家。"他(鲁本斯)自己亦遗下巨大的影响:在他本土,凡·戴克与约尔丹斯固是他嫡系弟子;即在法国,18世纪的华托曾在梅迪契廊下长期研究他的'白色与金色的底面上的轻灵的笔触';格勒兹以后又爬在扶梯上寻求他的色彩的奥秘;维伊哀·勒布朗夫人又到格勒兹的画幅中研究;末了,德拉克鲁瓦,这位法国的色彩画家亦在疑难的时候在鲁本斯的遗作上觅取参考资料。"③ 但也有人说,"圣徒传、寓言和变形故事,成了近百年来近代画家作品中永久的、几乎是唯一的题材。他们不断地采用,不断地翻新,最后终于使艺术哲学家和鉴赏家感到厌烦和反感"④。这也许是从18世纪开始,寓言式艺术走向衰落的一个原因。同时,十八十九世纪浪漫主义的兴起,文学艺术领域对象征艺术的推崇,一定程度上影响了寓言的发展。直到19世纪末20世纪初,随着图像学的发展,寓言

---

① [英] E.H.贡布里希:《象征的图像:贡布里希图像学文集》,杨思梁、范景中编选,广西美术出版社2015年版,第292页。
② 高艳萍:《温克尔曼的希腊艺术图景》,北京大学出版社2016年版,第38页。
③ 傅雷:《世界美术名作二十讲》,天津社会科学出版社2004年版,第197页。
④ [德] 温克尔曼:《希腊人的艺术》,邵大箴译,广西师范大学出版社2001年版,第30页。

又重回大众视野，伴随着媒介的发展，寓言图像呈现出新的样态。

具体而言，浪漫主义文学发生于18世纪末，到19世纪上半叶达到繁荣。而这时期欧洲革命和战争不断，政治的黑暗、社会的不平等使得思想家们努力寻找启蒙的力量和新的精神寄托，这种社会情绪反映在文学艺术领域形成了浪漫主义思潮。浪漫主义崇尚自然，把历史传说、神话故事、自然奇观和异域风情融合起来表达理想中的世界和人生，呈现出雄奇瑰丽的艺术特征；内容以追求"自由、平等、博爱"和个性自由解放为目的，反对古典主义的清规戒律，颇具骑士风格，骑士文学也获得了巨大发展。浪漫主义时期纷繁复杂的社会、新兴的城市工商业资产阶级的兴起和个人抱负施展的愿望等对寓言艺术的发展产生了重要影响。

从理论层面来看，浪漫主义时期是寓言艰难踯躅、被边缘化的时期，因为大部分诗人、评论家把象征意象当作浪漫主义诗歌的本质特征，认为其表现了主客体统一和通过想象能实现完整性的表达，是可以独立存在的观念，其意义具有无限的丰富性；寓言则因为内容与形式的分离和抽象的哲理表达而受到批判，这一时期的寓言理论研究，也总是被作为象征的反面来言说的。

歌德在理论上首先把象征和寓言对立起来讨论。在比较自己和席勒对实现一般和特殊统一这一目标的不同出发点时，他表现出了对寓言的贬斥。歌德批判了寓言在诗的形式表达上偏重于理性的思考，批判了寓言从概念到形象的逻辑发展方向，批判了寓言不符合诗的想象和显出特征的整体美的要求，从而认为席勒偏重于哲学思考的方式不适合诗的创作。英国浪漫主义诗人威廉·布莱克甚至把寓言看成是一种劣等的诗而对之极为厌恶。谢林在歌德的基础上用图式—寓言—象征三段式来讨论"特殊"和"一般"这两个基本范畴，从而赋予寓言新的用法，即用特殊来指称一般，并认为可以用寓言的方法去阅读任何文本。谢林对寓言的分析较为详细和深入，他看到了寓言在绘画、阅读等诸多领域更为广泛的意义，而不限于诗的领域。但谢林和整个浪漫主义传统一样贬低寓言，肯定象征是具体的，在具体形象之外还有象征的意义，能从众多的意象中寻找到共同的特征，实现个别事物和普遍本质的联系。所以，在浪漫主义者看来，象征基于理性和认知，是与总体性、明晰性、逻辑性联系在一起，一切事情都可以在象征的表达中得到确切的答案。英国马克思主义者伊格尔顿不无揶揄地指出这一点，"对于浪漫主义，象征确实成为解决一切问题的万应灵

第四章　巴洛克时期彼得·保罗·鲁本斯的寓言画

药。在象征之内，日常生活中无法解决的一系列矛盾冲突——主体与客体，普遍与特殊，感觉与概念，物质与精神，秩序与自发——都可以奇迹般的得到解决"①。

实际上，同期仍然有人给予寓言以肯定和支持。施莱格尔（F. Von）似乎要挑战康德关于美的定义，认为："一切美都是寓意"，"正因为其不可言状，所以只能通过寓意才能表现最高级的美"，艺术于是成了神话，甚至"神圣的魔术"②。他从寓言和美具有不可准确言说的特征来确认寓言在文学艺术中的作用。赫尔德（J. G. VonHerder）则认为原始人通过象征、寓意、比喻来思考，三者结合在一起便构成了寓言和神话。因此，诗歌不是对自然的摹仿，而是"对创世和命名的神性的摹仿"③，也就是说，诗歌象征意义的表达要依赖寓言和神话所包含的神性特征。诺瓦利斯从语言的角度肯定了寓言是适合诗的语言，是为表达而表达的。后来，叔本华也捍卫诗歌中的寓言，他说，诗中的概念是物质性的，直接给予诗人的任务在于从共相组成的语言中抽绎出具体的东西、视觉性的东西，因此是从一般中推出具体的个别的事物的艺术。④ 虽然他们努力证明寓言在文学中的作用，但由于在论证上并没有太多的新意，在当时对象征呼声很高的情况下，他们的观点没有得到人们的重视，寓言仍被看成是寄寓教义的空洞载体，处于美学领域的边缘。寓言绘画、雕塑等艺术则因其宗教的神秘性和程式化而受到诟病。

真正为后来寓言再次兴起做出重要贡献的是克罗伊策和佐尔格。前者把寓言和象征这组范畴和时间这个范畴联系起来，肯定了寓言在修辞认识过程中的优势，⑤ 他这个观点后来为本雅明所吸收。本雅明认为寓言就是一种否定之否定，能在破碎的意象中把握历史的整体，这是一种反总体性的表达。解构主义则是在吸收语言学知识的基础上，在寓言这种能指和所

---

① ［英］伊格尔顿：《二十世纪西方文学理论》，伍晓明译，陕西师范大学出版社1986年版，第26页。
② Tzvetan Todorov. *Symbolism and Interpretation*. New York：Cornell University Press，1982，p. 21.
③ ［美］雷纳·韦勒克：《近代文学批评史》（第一卷），杨岂深、杨自伍译，上海译文出版社1997年，第249页
④ ［德］叔本华：《作为意志和表象的世界》，石冲白译，商务印书馆1982年版，第332－333页。
⑤ ［法］茨维坦·托多罗夫：《象征理论》，王国卿译，商务印书馆2001年版，第278页。

指的断裂中，看到寓言的否定力量，发展出寓言式阅读的批评方法。可见，克罗伊策和佐尔格都认为寓言和象征一样重要。此后，伽达默尔也认为应该恢复寓言应有的地位，从而确定了寓言在现代阐释学中的地位。

同时，从艺术实践的视角来看，英国浪漫主义画家、诗人勃莱克的诗歌和诗歌插画为寓言艺术的发展做出了开拓性的探索。他不但为自己而且为米尔顿、但丁、莎士比亚等人的作品作插图。勃莱克有时以圣经故事入画，常用象征手法，塑造怪诞形象来表现幻想世界以及作家对自由向往和人类命运关切的深刻寓意。他作品由于太过独特，在当时并未得到足够的重视。而19世纪后半叶，印象主义、新印象主义和后印象主义艺术用光学科学来指导艺术实践的方法，对寓言式艺术发展有着重要影响。特别是后印象派画家强调用主观情感去改造客观物象，要表现"主观化了的客观"，要变形。[1] 如塞尚的《吸烟者》，高更的《我们从哪里来？我们是什么？我们往哪里去？》等充满寓意和象征性的作品一直影响着现代影像艺术的发展。

从我国寓言图像发展来看，中国的寓言画并没有像西方寓言画那样成为一个主要流派并得以延续和发展。这与我国主要以山水画为主，强调诗情画意不同，而且要在山水诗意中寄托寓意哲理并不那么容易。但我国寓言思维和寓言作品还是伴随着文学艺术发展而发展的。王夫之说："意犹帅也无帅之兵，谓之乌合，李杜所以称大家者，无意之诗，十不得一二焉。烟云泉石，花鸟苔林，金铺锦帐，寓意则美。"[2]（《夕堂永日绪论》）王夫之强调了诗、画要有寓意，才能美。苏轼在《书鄢陵王主簿所画折枝》中说："论画以形似，见与儿童邻。作诗必此诗，定知非诗人。"这些观点都是强调了绘画要有文史底蕴方能动人。盛大士说："作诗须有寄托，作画亦然。旅雁孤飞，喻独客之飘零无定也。闲鸥戏水，喻隐士之徜徉肆态也。松树不见根，喻君子之在野也。杂树峥嵘，喻小人之昵比也。"[3] 虽然说得比较程式化，但也指出绘画是要有寓意的道理。还有宋代李成的《读碑窠石图》也以其深刻的寓意流传于世。

进入20世纪，物质极大丰富、技术迅猛发展，特别是中后期电子信

---

[1] 邵大箴，奚静之编著：《欧洲绘画简史》，天津人民美术出版社1987年版，第162页。
[2] 杨大年：《中国历代画论采英》，河南人民出版社1984年版，第87页。
[3] 俞剑华：《中国画论类编》，人民美术出版社1986年版，第263页。

第四章　巴洛克时期彼得·保罗·鲁本斯的寓言画

息技术革命带来了现代社会生活方式的巨大变化。浪漫主义和现实主义文学已无法表达消费时代碎片化、断裂式、瞬间性和欲望化的社会现实，单一的艺术样式也难以囊括变幻莫测的现代生活。在这种语境下，寓言言此意彼、另有所指、言意错位的表意方式获得了巨大的发展空间，寓言的图像形态也从单一型走向了复合型，特别是寓言与图像媒介的结合，促进了寓言图像向图像的寓言化和寓言性作品的现代发展，成为20世纪以来重要的文学艺术样式，并影响着其他艺术形式的发展。如卡夫卡、奥威尔、卓别林等都是著名的寓言艺术家。寓言也成为一种自觉的表意方式并为其他领域所接受。

此时的寓言已呈现出不可抵挡的复兴势头，已经从狭义的文学体裁、宗教寓意和理性表达中释放出来，在电影、绘画、建筑和文学等领域绽放光芒。里赫曼（A. G. Lehmann）就把寓言的地位抬得较高，认为寓言本身并不是对艺术价值的破坏，"寓意（寓言）同样可以是伟大的艺术"[①]，是具象和抽象相结合的艺术，所以寓言并不应该受到艺术的排挤。利维斯（Lewis）则从艺术领域之外一个更大的范围论述了寓言的重要性，"从某种意义上说，寓言不属于中世纪，而属于整个人类，甚至属于人类的一般思维。"它是人类思维和语言的普遍特征，从图像化而言通过寓言，思想和语言表现了非物质化（immaterial）的东西[②]。可见，利维斯认为寓言表达了物质性之外的非物质性、语言之外的意义，以及难以直接言说的寓意。

当寓言与图像相提并论时，寓言的传承、创作、传播等重要问题的现代转型是新时期寓言研究的重要问题；寓言和图像之间的关系，寓言的图像化和图像的寓言化的关系，图像时代寓言的审美特征与传统寓言作品之间的差异等都是寓言现代发展必须面临的问题。在21世纪智能时代，寓言的图像化表征获得了丰富的发展，出现了新的形态，我们无法预知未来技术带给我们的影响和改变。但我们可以确定，不管社会如何发展，寓言以其广阔的包容性和丰富寓意，必将继续繁荣，继续为现代生活提供新的思考路径。

[①] A. G. Lehmann. *The Symbolist Aesthetic in France*: 1885 – 1895. Oxford: Basill Blackwell, 1974, p. 258.

[②] C. S. Lewis. *The Allegory of Love: A Study in Medieval Tradition*. New York: Oxford University Press, 1958, p. 44.

第五章　20世纪媒介技术视域下图像的寓言化及影像叙事

通过对西方《伊索寓言》的图像与文字关系、中世纪动物寓言集的寓言图像叙事、里帕的《图像学》中拟人化形象观念的寓言图和鲁本斯寓言画的研究，我们可以看到寓言的图像化包括寓言故事插图、动植物寓言图像、宗教寓言图像、观念寓言图像、拟人化寓言图像及神话和历史同构的寓言画等，它们通过画面构图指向别的寓意内涵，并主要以劝喻、说服、传播教义或哲理为主，都是静态的寓言图像。伴随着20世纪机械复制技术的发展，图像的生产从手工制作转向以机械复制为主，寓言图像的内涵和外延随着技术复制和图像时代的到来，也出现了新的变化，在图像成为重要叙事语言的时代，图像的寓言化趋势越来越明显，包括寓言性文本的影像化、拟像化和图像/影像的寓言式书写，并逐渐发展成为一种重要的艺术风格或类型，人们称为寓言性或寓言式图像（allegorical images）。

第一节　媒介技术与图像的寓言化

一、20世纪媒介技术对寓言的影响

进入20世纪，诗歌、散文、戏剧、小说等文学样式进一步发展成熟，并呈现相互交融的趋势，文学的多元化发展是社会发展的必然。20世纪，物质极大丰富、技术迅猛发展，特别是中后期电子信息技术革命带来了现代社会生活方式的巨大变化。浪漫主义和现实主义文学已无法表达消费时代碎片化、断裂式、瞬间性和欲望化的社会现实，单一的艺术样式也难以

第五章　20世纪媒介技术视域下图像的寓言化及影像叙事

囊括变幻莫测的现代生活。在这种语境下，寓言文体"言此意彼，另有所指"的表意方式获得了巨大的发展空间，寓言的文体样式从单一型走向复合型。特别是寓言与小说的结合，促进了寓言小说向寓言性小说和寓言式书写的现代发展，成为20世纪以来重要的文学艺术样式，并影响着其他艺术形式的发展。寓言作为一种自觉的表意方式为其他领域所接受。如卡夫卡、奥威尔、戈尔丁等著名的寓言作家，他们的寓言性作品为寓言性电影的创作提供了丰富的资源，并成为寓言式批评的重要形式。此时，"寓言已经成为后现代文化理论和批评的宏大叙事。在寻找文本的'平滑'表面之下不同被压抑的故事的过程中，不同的话语——如德鲁兹的，拉康的，阿尔都塞的，德曼的和詹姆逊的话语——都重写了中世纪的寓言阐释手法以适于自身的目的和兴趣"[①]。

20世纪末，信息数字技术的发展促进了视觉文化的兴盛，消费图像成为现代人自觉或不自觉的行为方式。市场对眼球经济的追逐、受众对图像的迷恋，使"图像转向"成为20世纪末21世纪初以来人们关注的核心。赵宪章曾说："如果说19世纪文学理论的核心话题是'文学与社会'，那么，20世纪的文学理论的核心话题就是'文学与语言'；如果继续展望21世纪的文学理论，它的核心话题应该是'文学与图像'。"[②] 21世纪的网络、手机、平板电脑等新媒介相比于传统媒介的优势，一定程度上使视觉感受超越了文字阅读的快感，读图的速度超越了读文的静思，图像的魅力以绝对优势占据了现代人的生活重心。

21世纪是图像的时代，寓言作为重要的文学样式，进入21世纪必然与图像发生重要联系，图像的寓言化是图像时代的产物。特别是影像技术的出现，图像的视听消费方式对文学文本的存在方式形成了严峻的挑战，同时也为寓言文学的现代发展与传播提供了契机。随着商品经济的迅速发展，物对人的控制日益加强，导致了人的异化。现代西方马克思主义者伊格尔顿尖锐地指出，在资本主义发展的历史进程中，人的身体出现了严重的分裂和对立，具体表现为作为劳动的、意志的和欲望的身体与文化表达的内在矛盾。这种分裂是以社会生活的分工为基础的，在意识形态方面表

---

① ［加］谢少波：《抵抗的文化政治学》，中国社会科学出版社1998年版，第41–42页。
② 赵宪章，曾军：《现实关怀及其问题——对话中国文学理论未来之走向》，载《学术月刊》2012年第6期，第8页。

现为认识价值、伦理价值和审美价值之间的分裂。也就是说,人类的情感、需要、欲望等潜意识随着社会生产力的发展而变化,阶级社会以前的神话表达规律再也无法完全说明资本主义制度下艺术生产和文化消费的特点。古典的模仿艺术不能充分表达现代人丰富的欲望需求,不能表征出这种破碎的、不完整的、多元化的社会现实。换句话说,神话以艺术符号的形式保存下来后,与神话产生的物质基础相分离,其中人类的丰富潜能和智慧以艺术的形式保存下来,成为后来艺术发展的要素。寓言就是在这种情况下孕育出来的一种艺术形式和理论形态。从产生伊始,寓言就很关注人类精神世界的建构,并运用各种变形来表现内在世界的复杂性,它言意分离的形式特征是人类进入阶级社会后表现价值分裂的重要选择之一。读图的视觉体验告诉我们,消费社会必须在寓言式的阐释经验中,才能真正把握图像的魅力。"寓言主要把阐释看作是一种策略,它训练读者观察那些在日常经验中起作用而又不易发现的、富有价值但却捉摸不定的抽象事物的微妙变化。"① 本雅明的寓言理论也指出,照相术给传统艺术韵味带来的变化,巴洛克艺术中的辩证意象充满了寓言的意味。复制技术带来的复制性、逼真性和生动性的诱惑,极大地改变了现代人的阅读习惯,寓言文本的阅读进入了图像再现的空间,寓言的存在形式在图像的时空中发生了重要变化。

二、媒介技术拓展了图像的寓言化表达

1839年,法国人达盖尔(L. Daguerre)发明了"达盖尔银版照相法",英国人塔尔博特(F. Talbot)也发明了"碘化银纸照相法",这两项发明标志了现代摄影技术的诞生,也是图像机械化生产的重要转折。不同于前图像时代的美术画像和文学形象,机械复制方式生成的影像成为现代图像的主导模式。从此,图像的形态与机械媒介紧紧地纠缠在一起。印刷术发明前,图像以绘画、雕塑等静态的、独一无二的"韵味"存在。随着机械复制时代、电子时代和生控复制时代的到来,图像的存在方式发生了巨大变化,图像不再仅仅是静态的独一无二的,图像还是

---

① Deborah L. Madsen. *Allegory in American: From Puritanism to Postmodernism*. London: Macmillan Press, 1996, p.124.

第五章 20世纪媒介技术视域下图像的寓言化及影像叙事

动态的、可以无限复制的。本雅明对照相术的分析和机械复制艺术的研究，使越来越多的理论家注意到图像已成为20世纪以来最重要的艺术表达形式。李格尔就深刻地指出了图像视觉的冲击力，并说明人们对图像的接受不再是"观看"，而是转变为主动地"读解"，在图像的阅读中试图掌握深层意义。

图像的强势存在不仅对文学，而且对其他艺术样式都产生了重要影响。贝尔也指出："目前居'统治'地位的是视觉观念。声音和景象，尤其是后者，组织了美学，统率了观众。"[①] 现代人从印刷时代经机械复制时代进入电子信息数字时代，从模糊的印刷图像向逼真的复制到高清的数字成像，从"震惊"到"接受"，再到"内化"的图像认知和体验，充分表明了图像成功地改变了人们的生活方式。现在年轻一代已经大大减少了阅读纸媒的时间，出生在21世纪、伴随着电子传媒和图像成长的一代，即将成为挑战传统文字阅读方式的生力军。网络、3D影像、VR、AI等技术带来的视觉狂欢，满足了受众的视觉需求，同时，视觉意义丧失的表征危机也随之到来。影像的流变性、消费性、娱乐化消解了受众对意义的深度追问，而寓言的深刻性在影像故事叙事中的运用，救赎了快餐化的消费性。也就是说，寓言图像形态多元化发展是社会发展的必然，特别是影像的寓言式表达（寓言性影像）在现代社会更适应受众追求视觉快感和现实批判的审美需要，为寓言的现代传播开拓了新的渠道。影视作品是用声音和画面讲故事的艺术，它的叙事时间具有较强的限定性，因此，它更强调故事的集中体现和劝诫、教育意义的表达。影视作品以视听为主的审美方式具有意识形态传递的隐蔽性，在这种喜闻乐见的形式中，作品的寓意表征可以很好地呈现出向主流意识形态价值观转向与回归的特点。进入现代后现代以来，艺术对现实的批判性通过审美的形式进入人们的日常生活，而影视艺术作品具有受众面广、到达率和关注度较高及易于各年龄段和各文化层次的人观赏的特性，比文学文本更容易传播，受众也更容易接受。事实上，早期的默片电影就已经呈现此种特点，如卓别林的《摩登时代》在工业时代普通工人境遇的表演中，讽刺了资本主义社会物质文明下人的异化和人被机械化的现实。伴随技术进步，《阿凡达》以先进的

---

① ［美］丹尼尔·贝尔：《资本主义文化的矛盾》，赵一凡译，上海三联书店1989年版，第154页。

3D 技术向大众讲述了地球人为了自身的利益，摧毁了潘多拉星球上原始的纳美部族人的生活家园，但最终人类被打败了的寓言故事。观众在先进的 IMAX - 3D 技术的带动下，享受了一次盛大的视听盛宴。更重要的是，在气势恢宏、充满梦幻与想象的影像中，我们更能感受到影片对工业技术文明造成的自然生态破坏的批判和对人类欲望深渊的焦虑。而李安的《少年派的奇幻漂流》就是一部现代寓言电影，它的故事结构、故事内容与传统寓言故事相一致。导演在最后讲述的有关动物的故事就是典型的寓言，他赋予不同动物的拟人化效果就是一种寓意的再现。这种影像的表达不仅仅是文学和图像载体差异导致的结果，事实上是寓言在图像时代形式和理论表征的现代发展。

寓言性图像就是在现代媒介艺术形式下隐含着对文化消费语境的反思，在形式的快感中表达现代人的真实情感，努力在"娱乐至死"的年代唤醒大众的审美意识、历史意识和理性思考的能力。虽然并不是所有的作品都能有如此深刻的哲理，但至少在某些影像中表达了这种反讽功能。鲍德里亚说："我们生活在一个信息越来越多而意义越来越少的世界。"[1]在图像的时代也是图像消费越来越多、越来越快，但图像意义的深刻性被消费性消解的危机尚未引起足够的重视。当然，图像消费在图像时代成为现代人日常生活的一部分，图像的瞬间性、流动性和碎片化使现代人越来越缺乏思考的时间和空间，变得越来越肤浅、空虚、迷惘、焦虑和无助。寓言的深刻性使人们在图像消费时代找到思考的载体。因此，现代许多图像的表征已呈现出寓言性，或者说借用寓言的表达方式在图像为媒介的文本中呈现出深刻性，提供现代人思考的新时空。这也是越来越多具有寓言性图像文本受到大众喜爱的重要原因：寓言是一种有深度的叙事，图像是一种视觉直观，现代人终于在图像的寓言化叙事中找到深刻寓意哲理的生产机制和阐释路径。接下来，我们借助卓别林的默片电影，进一步深入阐明寓言性电影独特的叙事策略和审美批评，进而体会影像寓言式书写与阐释的魅力。正如美国俄勒冈州立大学的布迪（T. Bude）所说："寓言真的是关于我们所读的文本，我们所看的电影，或我们所看的绘画的内在内容吗？还是我们选择如何融入文本、电影或一件艺术品的方法？寓言之所以吸引人，是因为为了让它发挥作用，作为读者的你需要把它当成一个寓言

---

[1] 吴琼，杜予编：《形象的修辞》，中国人民大学出版社 2005 年版，第 99 页。

来看待。……但当我们思考寓言到底是什么时,它不只是'一个故事、一幅画或其他艺术作品,使用符号来传达隐藏的或不可告人的意义,通常是道德或政治意义'。相反,寓言是我们对待一件艺术品的期望和意图,就好像它有一个隐藏的或不可告人的意义。"① 因此,我们就应该从"寓言是我们对待一件艺术品的期望和意图"的角度来看待 20 世纪以来寓言性电影的创作及其传播的现代意义,以便更深入地把握图像寓言化的美学意蕴。

第二节 卓别林寓言性电影的影像叙事

电影是 20 世纪的伟大发明之一,它不但带给人们更多消遣与乐趣,而且改变了人们的"观看"方式,让人们在更大的舞台看世界。从法国卢米埃尔兄弟发明摄影机,并拍摄放映了第一部短片《火车进站》带给人们的震惊,到美国导演弗拉哈迪(R. Flaherty)拍摄的第一部人类学纪录片《北方的纳努克》开始,电影作为一种新媒介带来的艺术审美体验的改变和认知世界、反映现实的变化,是技术发展带来表意符号变化的结果。其中,集演员、导演、编剧于一身的卓别林作为早期无声电影的代表,他的寓言式电影以入木三分的表演,对下层人民的困苦、资本主义血淋淋的剥削进行了深刻揭露。他以嬉笑怒骂的寓言式叙事开创了寓言图像现代表达的新形式,即电影的寓言化,至今仍具有无限魅力。接下来,我们主要研究在发达资本主义的背景下,卓别林如何通过都市景观、都市文化来表征寓言性电影的美学风格,探索寓言式图像的现代性意义。

一、都市寓言的影像化书写

19 世纪资本主义社会工业革命给大都市带来了勃勃生机和生活方式的巨大改变,这在历史、文学等书籍中都有记载和描述。而电影作为一种新兴的叙事媒介和视觉艺术也绽放出迷人的光彩,尤其是卓别林的《淘金记》《马戏团》《城市之光》《摩登时代》和《大独裁者》等经典电影

---

① Tekla Bude. What is an Allegory?[J/OL].[2021-4-5] https://liberalarts.oregonstate. edu/wlf/what-allegory.

以其精彩的故事和富于想象的声画，至今仍能给人们身临其境的视觉震撼和深刻的哲理思考。

对于资本主义工业革命给人们带来的进步与困窘的表达，卓别林的电影主要向观众呈现了火车、百货商店、街道、城市建筑、机器、工厂、人群等都市现代化元素。他利用电影技巧，采用近景、中景、特写等镜头语言来突现城市的流动、瞬息万变和不安；他运用天才的表演和丰富的肢体语言塑造了各种各样的人物。特别是流浪汉——"夏尔洛"这一经典的小人物形象，通过他遭遇的种种意外与不幸，展现了资本主义社会下层人民的艰难困苦，进而批判了资本主义社会的不公，揭示了劳动人民被剥削、受压迫的命运。同时期著名的马克思主义哲学家瓦尔特·本雅明在19世纪巴黎迷人的城市风光、城市建筑的幻象中，敏锐地察觉到现代技术的发明使玻璃、汽灯广泛运用于大城市建筑，构造了一种奇特的现代建筑风格——拱廊街。它现在是世界各国大都市流行的专供行人使用的市中心步行街。拱廊街既是室外建筑物，也是行人通向各个商店的街道，同时还是一个完美的室内居所，是闲逛者、拾垃圾者的理想卧室；它宽敞、明亮、装饰得美轮美奂，非常适合各种各样的行人进行各种各样的活动，因此每天都会有大量的人群涌来。街上的人流裹挟着个体向前流动，个体要在变幻莫测中适应新的情况找到自己的位置，以适应前进的步伐，而不至于被人流所吞没。事实是，在川流不息的人群中已经无暇区分是非、善恶与美丑，保持个体的独立性更是困难重重。资本主义的大都市既是现代文明的象征，又是吞噬人性的怪兽。

因此，卓别林电影并不是孤立地再现资本主义的繁华，而是将人道主义精神和社会批判宗旨融入喜剧，在滑稽的、充满噱头的表演中演绎了人物的艰辛与乐观、善良与真情，以及当时资本主义社会的光怪陆离。如《淘金记》讲述了资本主义时代，大批贫民为了生存远赴美国阿拉斯加州淘金，历经磨难，在大部分人失败的经历中，卓别林构建了一个穷人获得美好爱情的梦幻结局。同样在《城市之光》中，流浪汉和卖花女的爱情故事成为美国严重经济危机困境中一束温暖的光。在《寻子遇仙记》中，流浪汉和弃儿之间的真情，在物欲横流的资本主义社会显得那么珍贵和甜美。卓别林就是通过《淘金记》《城市之光》和《寻子遇仙记》等一系列塑造以贫民夏尔洛为主角的喜剧电影来揭示社会现实。卓别林主要以身穿肥大裤子、脚踏大头皮鞋、头戴破烂礼帽、留着硬毛刷胡子、手持细手

第五章　20世纪媒介技术视域下图像的寓言化及影像叙事

杖、迈着企鹅步的流浪汉形象出现；以大众日常生活为素材，通过大胆的情节设计，讲述了现实生活的贫困与冷漠。如夏尔洛煮皮鞋充饥、溜冰、跳"面包舞"，与警察之间充满戏剧性的追逐，小丑般的人物却梦想富裕生活等情节，再配以夸张而滑稽的表演，进而给观众呈现了一个既正直又老于世故，既纯朴忠厚又略带狡黠，既可怜巴巴又神气活现，既笨手笨脚、屡犯错误，又身怀绝技、常常化险为夷的、令人发笑的、让人怜惜的小人物形象。夏尔洛是一个集流浪汉、绅士、诗人、梦幻者特征于一身的芸芸众生中的一员。用本雅明的话来说，可称为"职业密谋家"，他所有时间都是花在密谋活动上了。夏尔洛们，这些在资本主义社会底层的弱势群体，注定要到处谋生、对抗生活的压力和内心的恐惧，但也表现出一些美好的乌托邦理想。本雅明在当时环境下也表达了同样的愿望："每个时代不仅梦想着下一个时代，而且还在梦想时推动了它的觉醒。它在自身孕育了它的结果。"[①]他们都希望能改变不合理的资本主义制度，期待新生活的开始。

卓别林电影正是通过对现实生活的浓缩、具体人物形象的精致刻画和表演来解读都市图像，在碎片化意象的重组中讲述"另有所指"的影像寓言，在繁荣的都市景观中清醒地看到资本主义工业技术的进步和弊端，批判了资本主义社会的异化现实。

二、都市异化的寓言式批评

如果说卓别林对资本主义社会现象的描述都略带诗人和喜剧家气质的话，那么他对资本主义机器主义的批判则是一针见血、入木三分。卓别林似乎深谙马克思主义关于劳动者和资本家之间压榨与被压榨、剥削与被剥削的论述，进而从劳动人民的现实境况来反观资本家的罪恶，使电影的内容和形式能真正实现大众化、普及化。

机械化时代生产力的发展，使一切复杂的劳动都简单化、程式化，新的产品不断涌现，现代人的生活呈现全面繁荣的景象。但是，密谋家、闲逛者、拾垃圾者、醉酒者等波希米亚式生活的无家可归者反而增多了，也

[①] [德]瓦尔特·本雅明：《发达资本主义时代的抒情诗人》，张旭东、魏文生译，生活·读书·新知三联书店1992年版，第195页。

就是马克思早已表述过的:"劳动为富人生产了奇迹般的东西,但是为工人生产了赤贫,劳动创造了宫殿,但是给工人创造了贫民窟。劳动创造了美,但是使工人变成畸形。劳动用机器代替了手工劳动,但是使一部分工人回到野蛮的劳动,并使另一部分工人变成机器。劳动创造了智慧但是给工人生产了愚钝和痴呆。"① 在资本主义社会,人被物所役使,物的异化被人的异化所代替,劳动者丧失了主动性,只能按照机器程序的要求进行劳动。换句话说,劳动者只是生产流水线上的一个开关或零件而已,人的丰富本质已经被剥离出人的灵魂。"例如,在19世纪公共汽车、有轨电车和无轨电车完全建立起来之前,人从来没有被放在这么一个地方,在其中他们竟能几分钟甚至数小时之久地相互盯视却彼此一言不发。"② 对此,我们也许感觉不到什么异样和不适,因为这是我们每个人都普遍经历过的,是一种越来越习惯的行为方式。但是,在19世纪以前,人与人联系密切,这种长时间相视无言的状态是不可想象的。这些都是工业社会中人们体验的典型表现,人们不再深入交流、充分表达,而是在追求私人利益时无暇顾及内心的真实感受,而显示出冷漠、孤寂的社会关系。

  卓别林的电影把这种机器进步对人的奴役和掌控表现得淋漓尽致。如在《摩登时代》里,有大量表现复杂机器设备高速运转和机械厂工人在机器面前手忙脚乱地进行流水线作业的镜头。人已经完全成为机器的一部分,人的五官感觉也已机械化、僵化。夏尔洛的工作就是从早到晚拧螺丝帽,这种重复性的机械动作让他的行为已经到了无法自控的地步,这是由"工人在机器旁的动作与前面的动作是毫不相关的,因为后者是前者的不折不扣的重复"③ 所造成的。所以当他离开机器,回到日常生活空间时,他已经失去了正常的行为能力。夏尔洛的手总还是做着拧螺丝帽的动作,见到女士裙子上的纽扣也会产生那种不由自主去拧的心态和行动,最后被当成疯子送进精神病院。而资本家为了谋取更多暴利,不断提高机器运转速度,甚至想方设法强占工人的休息时间,他们发明了"吃饭机",企图让工人吃饭的时候还能继续工作。夏尔洛成为了吃饭机器的试验品,机器

---

① [德] 马克思:《1844年经济学哲学手稿》,人民出版社1985年版,第49页。
② [德] 瓦尔特·本雅明:《发达资本主义时代的抒情诗人》,张旭东、魏文生译,生活·读书·新知三联书店1992年版,第165页。
③ [德] 瓦尔特·本雅明:《发达资本主义时代的抒情诗人》,张旭东、魏文生译,生活·读书·新知三联书店1992年版,第149页。

第五章 20世纪媒介技术视域下图像的寓言化及影像叙事

主宰着工人饭菜的种类、吃饭的速度、次序。然而,吃饭机的失灵则让夏尔洛饱受折磨,他不但吃不到食物,还被吃饭机的各种零件打得鼻青脸肿。卓别林正是在这种认真而滑稽的表演中营造了浓烈的喜剧气氛,更重要的是他升华了影片的内涵,揭示了在资本主义工业化进程中,机械化带来了资本家的巨额利润和对工人劳动非人性的掠夺。人异化为机器,成为机器的附属品,最终失去了自身的价值。现代工业技术进步的发展被资本家利用,成为可怕的剥削工具和手段,资本主义社会制度使贫富两极分化现象愈演愈烈。

又如在电影《马戏团》里,夏尔洛没有偷钱包,而他人的钱包却在自己兜里,因而被警察追得满大街乱跑;为了躲避追捕无意闯入马戏团的表演场地,其阴错阳差的逃跑行为引来在场观众激动的欢呼,他也意外收获了一份工作,但没过多久就失业了。在这一连串意想不到的变化中,现代人得到的不是意外惊喜,而是一连串的打击、失望、无奈和恐惧。正如本雅明指出的:"害怕、厌恶和恐怖是大城市的大众在那些最早观察它的人心中引起的感觉。"[①] 在卓别林的电影里,夏尔洛是最能深切体验现代都市震惊的人。走在大街上,他会经常遭遇一些莫名其妙的事情。本雅明明确地把这种状况与某些衰落的艺术类型及其现象进行勾连。他指出,经验在贬值,讲故事的人在逐渐消失,口头文学叙述在减弱,书面创作占据了主导地位,这都与机械复制时代艺术的特点紧密相连。机械复制使产品更逼真,可以批量生产,不断扩大流通范围,从而一定程度上消解了传统艺术的膜拜价值,而被商品拜物教所替代,艺术品则更趋于大众化,从而带来传统艺术"韵味"[②] 的丧失。他还特别指出,电影复制艺术造成了韵味的衰落,取而代之的是审美的新效应——震惊。因此,本雅明认为机械复制时代的艺术具有革命的力量,它打碎了凝结在韵味之中的商品拜物教,打破了统治阶级因独占艺术,造成的艺术创作与传播等方面的局限。卓别林的电影风靡全球的事实就很好地说明了电影工业带来的艺术大众化的新景观。

从卓别林的角色表演和影像叙事来看,我们可以清楚地看到资本主义

---

① [德] 瓦尔特·本雅明:《发达资本主义时代的抒情诗人》,张旭东、魏文生译,生活·读书·新知三联书店1992年版,第145页。
② 所谓"韵味"(aura),指传统艺术的不可复制性、独一无二性和积淀下来的历史意义。

社会虽然物质丰富，然而人与人之间、人与物之间的矛盾越来越严重；在现代技术进步的大机器生产中，仍以私人利益、商业利益为目的，扭曲了现实的人性，人被异化了、物化了。卓别林在表演中予以辛辣的讽刺，让观众在影像消费的愉悦中思考各种残酷现实的内因，看到工业文明带来的便利与弊端。

三、寓言性电影的美学特征

发达资本主义社会的财富带给大众的并不是幸福与欢乐，而是更深刻的伤痛与剥削，对此文学家和哲学家们以犀利的笔触勾勒出资本主义社会的断裂与破碎。然而，卓别林电影则以表面轻松幽默的喜剧化影像，寓言式地批判资本主义社会现实，实践了寓言式电影戏谑式批判的美学特征。

何谓"喜剧"？鲁迅先生说："喜剧将那些无价值的撕破给人看。"[①] 在卓别林电影中就是给现实的人、事、物披上一件滑稽的外衣，以掩饰事物本身的丑陋与卑劣，当这件外衣被撕破给人看时，事物的真实面孔原形毕露，并遭到众人的嘲弄、讽刺和否定。与本雅明重视寓言的内容和形式之间的内在关联性不同，卓别林的喜剧重点表现了内容和形式的错位、现象与本质的不协调与不和谐。如卓别林在电影中与众不同的、长期不变的小丑扮相不但增强了喜剧气氛，而且在表演过程中充分运用道具来制造各种喜剧场面：夏尔洛的皮鞋可以煮了当肉吃，他穿在身上的破毛衣随时可以绕成毛线球，他的企鹅步跑得比兔子还快，他的紧身礼服和肥腿裤永远是那么不协调。夏尔洛经常在不经意之间遭受变故，走在大街上不小心就被当作小偷而被追赶，或被当作反动分子头目被投进监狱；有时候又会在一夜之间成为亿万富翁，或混入了上流社会的交际圈；有时候在工作时被机器卷进卷出，在流水线上变成麻木机械的工具人……这一连串滑稽可笑的表演让观众在笑过之余深切体会到普通大众生活的艰辛，以及小人物的凄苦和无奈，从而认清资本主义社会的本质，思考自我存在的价值，这种含着泪水的笑就是卓别林特有的幽默。更重要的是，这种天才般的喜剧艺术还能够实现本雅明那样的哲理批判效果。卓别林喜剧电影中隐藏的悲剧

---

① 鲁迅：《鲁迅全集》（第1卷），人民出版社1981年版，第297页。

第五章 20世纪媒介技术视域下图像的寓言化及影像叙事

意识以审美变形的方式呈现出来，在影片结束后让人回味无穷，达到了"寓庄于谐"的美学效果。如在电影《城市之光》中，卖花女一直误以为给她钱治病的是一个英俊潇洒的百万富翁，等眼睛治好后才发现帮助自己的是一个如乞丐般的穷人；在电影《大独裁者》中，犹太理发师被当作独裁者辛格尔而受到隆重欢迎，于是他趁机举行了一场维护民主主义的演说，最后喊出了"士兵们，以民主的名义，我们团结起来！"。这些可笑误会的价值，就在于它们体现了当时人们的愿望和社会状况，在错置的场景设计中揭示出社会的真实。同时，卓别林还喜把梦境的美好与现实的残酷形成对比，将现实疏离出来，以一种陌生化的表达方式，把资本主义社会中熟视无睹的破败景象重新呈现出来，努力在表面的玩笑下隐藏内在的严肃性，并深入地揭露资本主义社会的种种幻象。

可见，卓别林寓言电影的美学特征是直接通过影像的造梦功能，以幽默的、喜剧的风格来展示人间百态，努力给观众带来快乐和笑声，让人的情感得到宣泄和满足。同时，卓别林喜剧电影的笑声与眼泪同在的，这种带有讽刺、反讽美学特征的影片，更有利于一部分被事实所麻醉的观众在无穷无尽的愉快后获得一种感触，进而反思影片的深意，鼓舞人们面对现实生活，这是一种快乐之后的阵痛。这恰恰与本雅明对资本主义的表征不同。本雅明善于在对资本主义社会灰暗、沉闷、衰败、颓废意象的描述中揭露资本主义社会繁荣表面下隐藏的异化现实，并以一种寓言的观看方式启发人们在这些看似破碎的、废墟的意象中凝结起革命的力量，保持一种积极的、乐观的态度。然而，这种弥赛亚式①的救赎思想隐含在字里行间，需要用心去品味。

因此，我们说卓别林的电影是寓言图像的现代化，是寓言性电影的经典。他在表面轻松的、戏谑的、幽默的影像组合中，另有所指地讲述着资本主义世界人的困境与无助，进而通过细腻深刻的哲学思考以及形象生动的电影影像，让现代人清醒地看到"人"永远是每个时代最核心的关键词。寓言性电影对当今资本主义社会的弊端具有持久的批判力，这也是寓言性图像具有旺盛生命力的重要原因。然而，不仅西方的电影具有寓言批判力，我国的电影也越来越重视寓言式书写的重要性。

---

① 本雅明是一名犹太人，深受犹太教传统的影响，有很强的"弥赛亚"意识（"弥赛亚"是犹太教中的"救世主"）。

第六章 21世纪寓言文本的跨媒介叙事

第一节 从文字到影像：寓言性文本的图像叙事

随着机械复制技术的发展，进入21世纪，新兴技术特别是VR、AI虚拟影像等对传统文学艺术产生了重要影响，一方面改变了文学文本的存在方式和传播方式，另一方面大众经历了从读文到读图到观像，从旁观者到参与者到沉浸式体验的变化，使文学获得了新的叙事方式和表意形式。也就是说，文学与影像之间的关系更密切，特别是对于寓言文本的视觉化、影像化的跨媒介改编与传播来说，主要通过现代影像技术以大众的、可视的方式再现寓言的深刻寓意和哲理。如西方马克思主义者詹姆逊所说："强调寓言因而便是强调再现深层现实的艰巨性甚至不可能性"，"寓言是一种知其不可为而为之的再现论。"[①] 而媒介技术对传统文学艺术的介入，必然带来叙事方式和表现方式的变化。寓言作为一种重要的文学样式，"言此意彼，另有所指"的寓意改编，在不同媒介特性中必然呈现出不同的叙事方式和传播效果。

也就是说，媒介技术对于寓言性文本的再创作与现代传播具有重要意义。不同的媒介载体具有不同的叙事特征。18世纪60年代，德国莱辛在《拉奥孔》中讨论了诗与画，即文与图不同的符号特征及其表现方式的差异，认为文与图有高低优劣之分，"生活高出图画有多么远，诗人在这里也就高出画家多么远"[②]。莱辛认为，图像与文字相比具有明显的不足，

---

① ［美］弗雷德里克·詹姆逊：《"政治"、"美学"与马克思主义的创造性》，张旭东译，载《文艺理论研究》1996年第6期。

② ［德］莱辛：《拉奥孔》，朱光潜译注，人民文学出版社1979年版，第75页。

第六章 21世纪寓言文本的跨媒介叙事

"绘画由于所用的符号或模仿媒介只能在空间中配合,就必须要完全抛开时间,所以持续的动作,正因为它是持续的,就不能成为绘画的题材。绘画只能满足于在空间中并列的动作或是单纯的物体,这些物体可以用姿态去暗示某一种动作。诗却不然……"① 从莱辛对诗与画的论述中,我们看到自启蒙时期人们就认识到媒介差异对文本意义生成的作用。20世纪加拿大学者麦克卢汉提出"媒介即讯息"理论,从传播媒介的角度进一步阐明了媒介与讯息和意义具有共生关系。麦克卢汉说:"所谓媒介即是讯息,只不过是说:任何媒介(即人的任何延伸)对个人和社会的任何影响,都是由于新的尺度产生的;我们的任何一种延伸(或曰任何一种新的技术),都要在我们的事务中引进一种新的尺度。"② 麦克卢汉指出传播最本质的因素是媒介,媒介伴随着技术创新,每一次媒介变迁都会影响人和环境的改变。"任何媒介(无论广播还是轮子)都有一个趋势:创造一个全新的环境。此环境往往难以察觉。"③ 媒介环境的改变带来了艺术生产的变化,而且"对人的组合与行动的尺度和形态"正是由媒介塑造和控制的。④ 进而,麦克卢汉以电影为例,阐明电影媒介对速度和时间的处理方式实际上就是电影媒介技术的优势,"仅仅靠加快机械的速度,电影把我们带入了创新的外形和结构的世界"⑤。他进一步阐明了现代媒介技术对意义表达与传播的重要性。因此,当寓言从文字走向图像/影像,其形态、叙事与传播肯定会发生变化,需要我们进一步在新的媒介时代对寓言的跨媒介文本进行深入的比较研究,以便更好地阐明寓言图像向寓言性图像发展和图像寓言化的内在动力及其叙事策略与传播路径。2003年,美国麻省理工学院教授詹金斯(H. Jenkins)在《麻省理工科技评论》杂志上首次提出"transmedia storytelling"("跨媒介叙事")。2006年,他在专著《融合文化:新媒体和旧媒体的冲突地带》中对该词进行了界定,"一个跨媒体故事横跨多种媒体平台展现出来,其中每一个新文本都对整个故事做出了独特而有价值的贡献。跨媒介叙事最理想的形式,就是每一

---

① [德]莱辛:《拉奥孔》,朱光潜译注,人民文学出版社1979年版,第83页。
② [加]麦克卢汉:《理解媒介》,何道宽译,商务印书馆2000年版,第33页。
③ [加]麦克卢汉:《麦克卢汉如是说》,何道宽译,中国人民大学出版社2006年版,第64页。
④ [加]麦克卢汉:《理解媒介》,何道宽译,商务印书馆2000年版,第34页。
⑤ [加]麦克卢汉:《理解媒介》,何道宽译,商务印书馆2000年版,第38页。

种媒体出色地各司其职，各尽其责"①。

从西方丰富的寓言性文本来看，现有不少作品已经被改编成影视、动画，如长篇诗体寓言《列那狐传奇》，寓言小说《天路历程》，寓言性小说《格列佛游记》和《鲁滨逊漂流记》等伴随着信息技术的发展被改编成电影、动画，在现代社会得到再发展，并逐渐为寓言性电影的创作打下了良好的基础。从众多寓言作家的寓言性文本的创作来看，奥地利小说家卡夫卡就是一个高峰。对此，迈德森曾盛赞说："现代寓言方法是由弗兰茨·卡夫卡创造的——他的作品为从理论上说明美国寓言做出了重要贡献——他把重点放在个体试图参与秩序系统并在世界形成空间感。"② 同时，从寓言文本创作的数量、质量及其影像改编和视觉表达等方面来看，卡夫卡是作品改编最多、媒介形态最多和影响最大的寓言作家之一。卡夫卡丰富的创作及跨媒介文本研究，我们难以在一章内容中全部囊括，同时基于对跨媒介文本的最新形态的选择，接下来，我们主要以卡夫卡的寓言性小说③《变形记》为主要研究对象，从文学阅读到视觉观看和影像改编的跨媒介叙事中，深入研究寓言的影像化叙事策略及其现代传播问题，以期为寓言视觉化和影像化提供可资借鉴的实践经验和理论总结，并进而思考技术与艺术融合发展的创新路径。

第二节　卡夫卡《变形记》及其跨媒介文本

著名小说家卡夫卡及其作品享誉全球，他的代表作《城堡》《审判》《变形记》等寓言性小说以其鲜明的主题、独特的视角和深刻的哲理备受欢迎。随着媒介的发展，卡夫卡小说作品的改编也逐渐丰富起来，我们可以在戏剧、电影、动画、游戏等艺术样式中，看到卡夫卡作品的跨媒介改

---

① ［美］亨利·詹金斯：《融合文化：新媒体和旧媒体的冲突地带》，杜永明译，商务印书馆2012年版，第157页。

② Deborah L. Madsen. *Rereading Allegory: A Narrative Approach to Genre.* London: Macmillan, 1995, p. 129.

③ 寓言性小说是指既具有传统寓言言此意彼的特征，又具有小说成熟的表现形态的叙事。具体参见拙著《西方寓言文体和理论及其现代转型》，中国社会科学出版社2015年版，第44—56页。

第六章 21世纪寓言文本的跨媒介叙事

编与探索。但是，如何体现卡夫卡作品深刻的哲理内涵、丰富的想象、留白的悬置等文字叙事，实现跨媒介再叙事和再阐释，阐明寓言性小说的跨媒介叙事逻辑，展现寓言性小说图像化、视觉化叙事的媒介特性等问题，对改编者而言是一个巨大的挑战。

就卡夫卡的寓言性小说《变形记》而言，它已经被多国翻拍成电影，这些电影主要是对故事内容的跨媒介改编与叙事。在表6-1中，我们看到在1977年美国动画家丽芙（C. Leaf）的《萨姆沙先生变形记》以沙画动画的形式、富有创意的阴郁的画面色彩，重点再现了格里高尔变成虫的小说情节。其他的电影改编主要采用了真人扮演，通过演员的对话、表演和行动再现了《变形记》小说的主要内容，电影的画面都不约而同地以暗色调为主，格里高尔的扮演者都比较清瘦，同时又充满忧郁气质。在众多的改编作品中，我们选取了新近的戏剧和电影文本，着力于在媒介技术发展背景下，对传统寓言文本的再媒介化和传统寓言性文本的现代传播问题的研究。下面主要以2013年英国皮塔（A. Pita）导演的、英国皇家芭蕾舞团表演的舞剧《变形记》，2010年匈牙利卡多斯（S. Kardos）导演的、荣获好莱坞独立电影一等奖的沉浸式互动电影《变形记：沉浸式卡夫卡》为主要分析对象，希望通过不同艺术形式的比较研究，进一步阐明寓言性文本跨媒介叙事和传播等问题。

表6-1 卡夫卡《变形记》的改编形式

导演	语言	形式	发行
内梅克（J. Nemec）	德语	电影	1975年
丽芙（C. Leaf）	英语	沙画动画	1977年
戈达德（J. Goddard）	英语	电影	1987年
阿塔尼斯（C. Atanes）	西班牙语	电影	1994年
福金（V. Forkin）	俄语	电影	2002年
艾斯韦斯特（F. Estévez）	西班牙语	电影	2004年
卡多斯（S. Kardos）	英语	实验电影短片	2010年
史特罗帕斯（S. Stroumpos）	希腊语	舞台剧	2012年
皮塔（A. Pita）	英语	舞剧	2013年

西方寓言图像及其变迁

"舞剧是以舞蹈为主要艺术手段,结合音乐、美术、哑剧等具有一定戏剧情节的舞台表演艺术。舞剧主要运用演员的肢体动作即身体的各种舞姿来交代剧情、塑造人物、揭示主题,而这些舞蹈动作就形成各种类型和风格的舞蹈。剧中的舞蹈分情节舞和表演舞两种:情节舞用来交代故事情节,表演舞用来描绘剧情发生的时代和环境的特征。"[①] 皮塔导演的舞剧《变形记》以动作和舞蹈为主的演示再现了卡夫卡小说的文本内容,从文字的书面叙事到舞台叙事,不用一句台词对白。我们选择这部舞剧作为研究对象主要基于两点:一方面这是一部具有卓越创意的戏剧表演;另一方面在技术发展背景下,一些虚拟影像技术、VR、AI技术对戏剧舞台的介入,能使舞台表演更具奇观化色彩,而这部舞剧并没有大量借鉴这些技术,而是在保持戏剧表演的基础上,主要依靠演员的动作、场景等有限的媒介讲述一个深邃的哲理寓言,其中独特的叙事方式值得我们重视与阐发。同时,在新媒介技术下,传统阅读的经验受到了技术震惊的冲击,形成了新的沉浸式体验。匈牙利导演卡多斯创作的《变形记:沉浸式卡夫卡》,以全景沉浸式镜头展示了"变形"的视觉冲击,主要突出媒介技术视域下,媒介发展对传统叙事经典的挑战,这部电影不同于以往电影的改编叙事,其中全景镜头、计算机编程等技术的运用,使电影的叙事与表意有了巨大变化。

实际上,被称为寓言性小说的影像化改编,哲理韵味的图像化与视觉化表达成为其中的难题。就戏剧和电影而言,台词对白可以为小说哲理的阐释提供媒介。然而,在皮塔的舞剧中几乎没有台词和对白,在卡多斯电影中始终没有出现格里高尔的甲虫形象,但他们都在一定程度上巧妙地通过视觉、影像再现了卡夫卡小说所蕴含的哲理意味。叙事学家布雷蒙指出在跨媒介叙事中,故事是其中最重要的核心。他说:"(故事)独立于其所伴生的技术。它可以从一种媒介转换到另一种媒介,而不失落其基本特质:一个故事的主题可以成为一部芭蕾剧的情节,一部长篇小说的主题可以转换到舞台或者银幕上去,我们可以用文字向没有看过影片的人讲述影片。我们所读到的是文字,看到的是画面,辨识出的是形体姿态。但通过文字、画面和姿态,我们追踪的却是故事,而且这可以是同一个故事。而被叙述的对象则有其自身的意指因素,即故事因素:既不是文字,也不是

---

① 戴平主编:《戏剧美学教程》,上海书店出版社2011年版,第298页。

画面，又不是姿态，而是由文字、画面与姿态所指示的事件、状态或行动。"① 戈德罗指出："影片的载体确实与书写叙事和舞台叙事的载体有很大的差别，但是，这三种叙事之间依然显示出一些'亲属'的联系。"② 这实际上也说明了这三种媒介的跨媒介叙事具有内在的逻辑关系和可实践性。接下来，我们就主要从叙事学视角，深入分析皮塔的舞剧和卡多斯的沉浸式互动电影。由于它们与同类型的戏剧和电影不同。目前，国内也未见相关的系统研究，因此，本章节通过对《变形记》小说、舞剧和沉浸式互动电影的跨媒介叙事研究，进而探索寓言性小说从文字到图像的发展逻辑等，具有重要的理论价值和实践意义。

第三节　寓言性图像叙事视角的选择与聚焦

小说、戏剧、电影作为不同的艺术样式，具有不同的媒介属性、表意方式和传播效果。但它们都是讲故事的艺术，是叙事的艺术，当它们以自己的方式讲述同一个故事时，故事叙事的方式必然受到媒介特性的影响，呈现出不同的跨媒介叙事视角。关于叙事视角的分类，法国学者热拉尔·热奈特概括了托多罗夫的叙述者问题，提出用"聚焦"来替代"视角、视野和视点"这些过于专业的视觉术语。③ 他说："托多罗夫用叙述者＞人物这个公式来表示（叙述者比人物知道的多，更确切地说，叙述者说的比任何人物知道的都多）；在第二类里，叙述者＝人物（叙述者只说某个人物知道的情况），这就是卢博克说的'视点'叙事，布兰的'有限视野'叙事和普荣的'同视角'；在第三类中，叙述者＜人物（叙述者说的比人物知道的少），这就是被普荣称作'外视角'的'客观'叙事或'行为主义'叙事。由于视角、视野和视点是过于专门的视觉术语，我将采用较为抽象的聚焦一词，它恰好与布鲁克斯和沃伦的'叙述焦点'相

---

① 转引自 [美] 西摩·查特曼著《故事与话语：小说和电影的叙事结构》，徐强译，中国人民大学出版社 2013 年版，第 7 页。
② [加拿大] 安德烈·戈德罗：《从文学到影片——叙事体系》，刘云舟译，商务印书馆 2010 年版，第 121 页。
③ [法] 热拉尔·热奈特：《叙事话语 新叙事话语》，王文融译，中国社会科学出版社 1990 年版，第 129 页。

对应。"① "我们把第一类,即一般由传统的叙事作品所代表的类型改称为无聚焦或零聚焦叙事,将第二类改称为内聚焦叙事,它又分为三种形式:固定式……不定式……多重式,如书信体小说可以根据几个写信人的视点多次追忆同一事件;第三类将改称为外聚焦叙事。"②

然而叙事中重要的视角问题,在不同媒介的转换中呈现出不同的媒介叙事特征,不同叙事视角的观看带来不同的权力关系、人物关系的发展与变化。小说叙事视角在舞台、荧幕中的表达具有不同的叙事路径和效果。

一、小说:零聚焦与内聚焦的混合叙事和寓言表达

小说《变形记》讲述了旅行推销员格里高尔早上醒来变成一只甲虫,此后开始回忆变虫前的经历、变虫后家人的变化,直至甲虫(格里高尔)死亡的故事。在人与虫的交往中,在人与虫的视觉转换中,小说主要采用了零聚焦和内聚焦的视角交替,使读者在零聚焦全知视角的阅读中了解小说的发展进程,在内聚焦限知视角中深刻体会角色的心理,特别是格里高尔变成甲虫后的心理变化。正如麦基(R. Mckee)指出的,"长篇小说独一无二的力量和神奇在于戏剧化地表现内心冲突。这是散文的长项,要比戏剧和电影强得多。无论是采用第一人称还是第三人称,小说家都可以潜入思想和感情,通过微妙之处、情节密度和诗化意象在读者的想象中投射出内心冲突的混乱和激越。在小说中,个人—外界冲突可以通过描写来勾画,用语言刻画出人物与社会或环境斗争的画面,而个人冲突则是通过对话来构建"③。卡夫卡用既平实又奇幻、既简洁又深邃的语言,寓言式地批判和揭露了资本主义社会的冷酷现实。

具体而言,从小说一开始,格里高尔就变成了甲虫,卡夫卡以倒叙的全知视角推动人物间的行动和故事进程。小说中对话所占篇幅并不多,主要是讲述者以零聚焦视角进行故事叙事,使读者能够完整地把握人物性格

---

① [法]热拉尔·热奈特:《叙事话语 新叙事话语》,王文融译,中国社会科学出版社1990年版,第129页。
② [法]热拉尔·热奈特:《叙事话语 新叙事话语》,王文融译,中国社会科学出版社1990年版,第129–130页。
③ [美]罗伯特·麦基:《故事——材质、结构、风格和银幕剧作的原理》,周铁东译,中国电影出版社2001年版,第427–428页。

第六章　21世纪寓言文本的跨媒介叙事

特点。然而，人物角色之间的对话或独白式的叙述、内聚焦的限知视角调节了小说的叙事节奏，增强了人物的生动性和真实性。比如，变形初始，小说用大段文字并且是以甲虫的视角，倒叙地交代了格里高尔的职业、经历以及情绪等复杂的心理活动，使读者在短时间内获取大量信息，这是戏剧表演和电影画面难以直接呈现和表达的。小说写道：

"我出了什么事啦？"他想……

"还是再睡一会儿，把这一切晦气事统统忘掉吧。"他想……

"啊，天哪，"他想，"我挑上一个多么累人的差事！长年累月到处奔波。在外面跑买卖比坐办公室做生意辛苦多了。再加上还有经常出门的那种烦恼，担心各次火车的倒换，不定时的、劣质的饮食，而萍水相逢的人也总是泛泛之交，不可能有深厚的交情，永远不会变成知己朋友。让这一切都见鬼去吧！"①

卡夫卡通过零聚焦叙述了格里高尔早上起来变成甲虫的事实，面对这种突变的状况，卡夫卡同样以全知视角交代了格里高尔的心理活动。然而，格里高尔第三人称视角的自述，某种程度上比全知视角的讲述更能令人信服，更能让人感受到他的焦虑与无助，更能体会他叫天天不应叫地地不灵的孤独感。格里高尔心理独白的直接讲述与全知视角的叙述相得益彰，充分展示出小说叙事的时间性和完整性。

但是，总体来看，小说中的对话和第三人称的内聚焦叙事并不是特别多，整部小说主要是叙述者以全知全觉的零聚焦叙事视角讲述着格里高尔的命运及其他角色的性格与变化。特别是小说主要以全知的零聚焦叙事，通过讲述格里高尔变成甲虫直至生命终结，表征出冷漠的社会关系。格里高尔变成甲虫后，父亲再也没有进入过他的房间，就像丢弃一件物品那样漠不关心。而且父亲和格里高尔的三次相遇都发生了暴力冲突：第一次，格里高尔变形后，父亲吓得用经理的拐杖把格里高尔赶回房间；第二次，格里高尔把母亲吓晕，父亲从外面回来暴躁地用苹果把格里高尔砸回房间；第三次，在与房客共进晚餐邀请妹妹到客厅拉琴时，格里高尔的出现使得父亲的忍耐达到了极限，他担心会引起房客的不满。妹妹此时也从担

---

① ［奥地利］卡夫卡：《变形记》，叶廷芳等译，中央编译出版社2018年版，第88－89页。

心、关心变成格里高尔最彻底的抛弃者。卡夫卡用内聚焦即妹妹葛蕾特的视角强化了冲突。妹妹拍着桌子说："我们必须设法摆脱它。我们照料它、容忍它，我们仁至义尽了嘛，我认为，谁也不会对我们有丝毫的指责。"① 这最终促成了全家人不再关心格里高尔，母亲的悲悯和曾经的焦虑也都消解了，他们不再忍受，实际上也从未体谅过格里高尔的困境。一家人一直盘算着如何把变形的格里高尔搬出房间。

在全知叙事视角下，经理的唯利是图，父亲的凶暴，母亲的胆怯懦弱，妹妹最终变得异常冷漠等，都立体地揭露和批判了资本主义社会人情、人性、亲情、友情的扭曲变形。而卡夫卡小说的限知视角主要用于对格里高尔心理活动的描述，使读者能够深刻把握格里高尔变成甲虫后的复杂心理，体会到格里高尔的焦虑和担心、无奈和惊奇，以及不能言语的状态下的慌乱、无助、悲伤乃至绝望。限知视角介入全知视角制造了读者阅读的障碍，改变了叙事节奏；零聚焦和内聚焦叙事视角的交融，既把握了叙事的时间性，又能让人体验格里高尔内心世界的凄楚，文字的丰富性在叙事视角的交融中增强了读者阅读的情感，激发了想象力。然而，这种想象性的时间性阅读体验，在戏剧和电影的视觉观看中带来了新的叙事体验和叙事视角。

可见，卡夫卡的《变形记》作为一篇寓言性小说，秉承了寓言"言此意彼，另有所指"的叙事特点。小说主人公格里高尔早上醒来就变成了甲虫，在虫与人的纠结中，在虫的身体牢笼中，在人的身体和思想的双重禁锢中，在以金钱和资本为纽带的家庭关系和社会关系中，格里高尔在虫的世界里躲避着现实世界的焦虑，但并没有逃离现实的困境，最终以自我的死亡终结了家庭的"苦难"，拯救了家人的"幸福"，以一人的死亡换来一家的重生。小说以冷峻、沉静、冰冷而尖锐的笔触，揭示了资本主义社会金钱至上的生存法则、冷漠的情感和被遮蔽的人性和人情。然而，戏剧和电影有限的时空无法完整地展示小说的篇幅，媒介差异和跨媒介的叙事使得不同媒介文本呈现出不同的叙事和美学风格。在不同的媒介艺术中，叙事视角的变化对小说内容的再叙事具有不同的阐释重点。

---

① ［奥地利］卡夫卡：《变形记》，叶廷芳等译，中央编译出版社 2018 年版，第 123 页。

二、戏剧舞台：演示者不定式内聚焦叙事和寓言的视觉化

作为舞台空间的叙事艺术，戏剧的讲述主要通过对白、独白和行动展开，对白和独白的展开往往构成了叙事者视角，引领着观众的思绪。当对白和独白缺席时，演员的表情、行为、动作就成为最重要的叙事符号，灯光、布景、道具等作为附着符号的所指功能就更凸显。戏剧通过演员的行动来展开叙事，每位演员都成为叙述者，牵引着观众的视觉焦点。巴赞谈到戏剧演员在舞台有限空间中的表演时说："演员就是一个聚焦点，也会发散出光。演员唤起每个观众的共鸣，犹如在他们心中燃起一团火。"① 戏剧舞台上的每个演示者都是叙事的视点，编剧作为隐含的大叙事者的观念也只能通过戏剧演员来完成。

皮塔改编的舞剧在舞台戏剧的展示表演中，叙述者和叙事视角发生了较大的变化。舞台戏剧表演的空间性使小说叙事性的时间进程发生了空间化转向。舞台的叙事视角在这部基本上没有台词对白、旁白的戏剧表演中，观众只能在戏剧表演者的动作演示中获得引导，戏剧舞台的演示者承担着叙事者的角色和功能，舞台叙事视角是内聚焦并且是不定式内聚焦。

关于舞台内聚焦的演示及无明确"意识焦点"的特点，戈德罗进行了系统的论述。他在分析戏剧舞台表演叙事传播模式时，提出用"演示"（monstration）取代"表现"（represatation），因为"使用'演示'这一术语可以阐明不是通过述说人物的经历，而是通过展现人物的活动表现故事这一种传播模式的特征"②。戈德罗进一步提出"演示者"（monstrateur）的概念，"建议使用该词表示负责舞台叙事传播的一种理论实体，相当于书写叙事的基本叙述者"③。可见，舞台表演的演示者承担着文字叙事者的功能。"我们以'舞台叙事'单指'通过人物的演出所传播的叙事'，

---

① ［法］安德烈·巴赞：《电影是什么？》，崔君衍译，江苏教育出版社2005年版，第162页。

② ［加拿大］安德烈·戈德罗：《从文学到影片——叙事体系》，刘云舟译，商务印书馆2010年版，第107页。

③ ［加拿大］安德烈·戈德罗：《从文学到影片——叙事体系》，刘云舟译，商务印书馆2010年版，第107页。

这就排除了书写的戏剧作品,其书写性绝不属于演示的范畴,剧作不涉及演示者"①。舞剧的演示者作为叙述者从而消解了小说叙事者的全知视角,演示者的限知视角对于观众而言,既限制了观看视点,也无法演示全部焦点,只能是展示或演示的一部分,因为"书写叙事的基本叙述者让读者'看见'他人他事,那么,舞台上的人物叙述者则只能让观众看见自己或听到自己,他本人和其他演员在同一个现象学层次上被看见或被听到。无论作为人物,还是作为帕维所说的'超人物',他不是也不可能是一个名副其实的'意识焦点'"②。也就是说,舞台上多个人物的行动形成内聚焦叙事的多元化,造成观看视点的转移与变化,而观看意识的焦点因关注差异而具有可选择性。因此,在对格里高尔的生活演示中,舞剧的叙事者即演示者的视角就在舞台演员的表演与互动中呈现出多元的限知视角,从而带来不同的观看体验和叙事功能。

"戏剧的观众作为真实的观看者,直接观看演员们的行动,无须通过一种叙述活动的'意识焦点'。相反,书写叙事的读者只能看见基本叙述者这一中介意识排列在书本页面上的一些抽象符号。演示者是展现(直接的看见),叙述者是表现(间接的看见)。"③ 也就是说,舞台上的每一位演示者具有同时叙事的表意功能,不同演示者的内聚焦视角形成了交叉叙事,呈现出文本未能表达的共时叙事性。戈德罗说:"叙述者根本不可能完整无缺地按照事件顺序讲述故事(相反,对于演示者来说,这是最容易做到的)。"④ "言语叙事的本义,就是表明其内容是被讲述的。言语叙事的'自然倾向',就是表现为始终是一个叙述者的生产。"⑤ "相反,演示者更容易倾向于制造一个'无叙述者的叙事',一个无陈述者的话

---

① [加拿大]安德烈·戈德罗:《从文学到影片——叙事体系》,刘云舟译,商务印书馆2010年版,第107页。
② [加拿大]安德烈·戈德罗:《从文学到影片——叙事体系》,刘云舟译,商务印书馆2010年版,第114-115页。
③ [加拿大]安德烈·戈德罗:《从文学到影片——叙事体系》,刘云舟译,商务印书馆2010年版,第115页。
④ [加拿大]安德烈·戈德罗:《从文学到影片——叙事体系》,刘云舟译,商务印书馆2010年版,第118页。
⑤ [加拿大]安德烈·戈德罗:《从文学到影片——叙事体系》,刘云舟译,商务印书馆2010年版,第118页。

第六章 21世纪寓言文本的跨媒介叙事

语。我们已经说过,舞台叙事的'意识焦点'难见踪影,难以辨认。"① 也就是说,舞台叙事的叙述者与演示者合一的视点,使得舞台的叙事"意识焦点"难以凸显,视觉焦点在同一舞台演员的演示中交集转换,打破了传统文字语言叙事的传播机制。

具体而言,舞台的叙事者即演示者身份,使舞台叙事视角有了新的变化。在小说中,格里高尔内心活动可以通过文字详细描述,呈现出时间线性经验。然而,在戏剧舞台空间的演示中,皮塔通过重复的动作来表征和强调这种情感。如舞剧一开始重复了三次格里高尔上班、下班、回家的行动轨迹,在小说里是通过格里高尔第一人称内聚焦叙述出来,在舞台上只能通过重复演示来完成叙事。随着格里高尔行动路线的重复表演,母亲每天准备晚餐,晚上临睡前为格里高尔准备一个青苹果,父亲传统古板又不苟言笑,妹妹每天都要练习舞蹈等的表演中,观众从不同演示者的表演中看到的不仅是格里高尔的乏味,更看到了家庭成员之间缺乏温情,晚餐的团聚总是那样的匆忙、无言与冷漠。正如热奈特(G. Genette)在谈到小说"重复"时说:"'重复'事实上是思想的构筑,它去除每次出现的特点,保留它与同类别其他次出现的共同点,是一种抽象:'太阳','早上','升起'。"② 这里是"讲述 n 次发生过 n 次的事……"③ 同样,格里高尔每天重复的场景也具有思想的表达功能,抽象出了格里高尔"枯燥""乏味""无趣"的生活状况,以强化和突出格里高尔变形前生活的千篇一律即将到达忍耐的极限和情绪的爆发点。由此,格里高尔的心理活动和生存状态,在重复行动和表演中实现了可视化和具象化,观众可以直接观看和感受到格里高尔枯燥而乏味的生活。

而且,多个演示者的表演丰富了情感的表达。"在戏剧中,内心冲突是通过潜文本来戏剧化地表现的。当演员从内心使人物活起来时,观众可

---

① [加拿大]安德烈·戈德罗:《从文学到影片——叙事体系》,刘云舟译,商务印书馆 2010 年版,第 118 页。
② [法]热拉尔·热奈特:《叙事话语 新叙事话语》,王文融译,中国社会科学出版社 1990 年版,第 73 页。
③ [法]热拉尔·热奈特:《叙事话语 新叙事话语》,王文融译,中国社会科学出版社 1990 年版,第 74 页。

以通过其言谈举止看到其外表底层的思想感情。"① "戏剧独一无二的本领和魅力在于戏剧化地表现个人冲突。"② 如在格里高尔变成甲虫后，父亲母亲再也不理会他，似乎忘记了儿子的存在。清早起床，母亲吸完氧后做着健身操，父亲若无其事地看报纸，根本没有人去理会女佣第一次看见甲虫般的格里高尔时被吓得高声尖叫，也没有人告诉她发生了什么。一边是女佣的惊慌失措，一边是格里高尔父母亲的淡定自若，三位演示者的内聚焦视角共时演示的戏剧冲突，是小说全知零聚焦视角历时的线性叙事难以呈现的。貌似每个人都在专注自己的事情，实则反应了亲情的冷漠、人情的物化。当女佣结束了清扫工作后，她向格里高尔父亲索要了两次报酬，嘴巴还在喋喋不休地抱怨。这些细节的表演，增补了小说未曾叙述的内容，父母亲是真的不愿面对格里高尔，女佣也许也只是为了更高的报酬而忍受着变成甲虫的格里高尔。

皮塔改编的舞剧在"语言"的缺席中，彰显了演示者的叙事力量和戏剧舞台媒介的魅力。戈德罗说："戏剧舞台所运用的是一种表现事件的方式，而不是事件自我讲述的方式。""展现行动的视点与原作者所采用的视角并非相同。一部戏剧的每一回新的演出都可能创造一个新的'本文'"③ "舞台叙事的本文是一种当天的、随机的、转瞬即逝的本文。"④ 可见，几乎无对白台词的舞剧的叙事主要倚靠演员，叙述者即演示者的内聚焦，多个演示者的共时态又形成了内聚焦视角的不确定性和可变性，为观众提供了不同的面相和体验，搭建起立体的叙事关系。如格里高尔变成虫后家人的反应，跨越了小说时间的历时性，在演示者不同内聚焦呈现中，强化了人情的冷漠及格里高尔的悲惨境遇。同时，舞台的限知视角少了小说全知视角的整体把握，却多了一些戏剧性冲突、悬念与伏笔。如格里高尔变成甲虫后，舞剧增加了格里高尔梦意境的表演。在昏暗的灯光

---

① ［美］罗伯特·麦基：《故事——材质、结构、风格和银幕剧作的原理》，周铁东译，中国电影出版社 2001 年版，第 428 页。
② ［美］罗伯特·麦基：《故事——材质、结构、风格和银幕剧作的原理》，周铁东译，中国电影出版社 2001 年版，第 428 页。
③ ［加拿大］安德烈·戈德罗：《从文学到影片——叙事体系》，刘云舟译，商务印书馆 2010 年版，第 106 页。
④ ［加拿大］安德烈·戈德罗：《从文学到影片——叙事体系》，刘云舟译，商务印书馆 2010 年版，第 106 页。

下，格里高尔离开了床，床又离开地面悬置半空，隐喻着脱离正常的轨迹，进入格里高尔梦意境的无意识层面。在观看的有限信息中，观众无法明确掌握格里高尔的梦意象，只能在动作表演的限知与聚焦中解释其中的意蕴：这是格里高尔变成甲虫的原因还是结果，或者是格里高尔自我解脱的欲望表达；亦或这不是梦，而是格里高尔变成甲虫后遭受的又一次心理创伤。这是舞台演示给我们留下的难解之谜。

三、电影：沉浸技术下的固定式内聚焦叙事和寓意影像化

2010年，匈牙利导演卡多斯拍摄的实验电影短片《变形记：沉浸式卡夫卡》，即沉浸式实验电影，不同于以往真人扮演电影的叙事视角和镜头剪辑，主要采用了全景镜头的影像语言。具体而言，该电影"体系结构的基本概念如下：我们首先借助特殊的摄像头系统（将六个镜头装入一个微小的头架中）捕获高保真球形视频流（通常称为沉浸式媒体）。摄像头捕获的图像被压缩并实时发送到我们的服务器计算机，每秒可传输高达30帧的图像，然后将它们映射到相应的球体上以进行可视化。"[①] 而且，全景摄像机是在遥控机器人摄像机的帮助下，在场景中不断移动。也就是说，电影"为了实现最大的视觉覆盖范围，并按照昆虫的第一人称视角创建布景的极低视角，我们设计了一种遥控机器人摄像头平台，该平台经过定向和编程可与演员互动。记录系统通过无线方式连接至手动计算机，该计算机又控制了 IRobot Create 平台，该平台安装在电机和传感器头上。"[②]

电影叙事学先驱者拉费说，"叙事由一个'画面操纵者'、一个'大影像师'安排"，[③] 即大影像师操作画面的机制，是一个不可见的叙事者。然而，卡多斯实验电影短片主要选取了甲虫的低视角，成为极端的限知叙

[①] Barnabas Takacs. metamorphosis: Towards Immersive Interactive Film [J/OL]. (2018-6-6), http://www.panocast.com/BarnabasTakacs/docs/ImmersiveInteractiveFilm_whitepaper.pdf.

[②] Barnabas Takacs. metamorphosis: Towards Immersive Interactive Film [J/OL]. (2018-6-6), http://www.panocast.com/BarnabasTakacs/docs/ImmersiveInteractiveFilm_whitepaper.pdf.

[③] [加拿大] 安德烈·戈德罗，[法] 弗朗索瓦·若斯特：《什么是电影叙事学》，刘云舟译，商务印书馆2005年版，第14页。

事视角,强化了叙事视角的讲述效果。以低视角的互动、沉浸为主的视角变化,消解了大影像师的身份,以甲虫视角的360°球形摄影机来抓取画面,并进行画面剪辑,以实现甲虫视角的沉浸式叙事。正是这种沉浸式互动电影的生产使观众成为沉浸体验者,镜头成为了观众的眼睛,全景影像为"变形"的主题叙事提供了新的视域。在固定式限知视角中,观众只能随着镜头的移动看到特定的对象和有限的空间,同时在镜头的变形中体验格里高尔的心理感受。

与舞台演示者的内聚焦限知视角相似,这部沉浸实验电影也使用了限知视角的叙事。但又与戏剧不同,因为该电影具有名副其实的"意识焦点",是固定式的内聚焦,格里高尔的第一人称视角始终是电影的唯一叙事视角,电影从甲虫的视角记录了看到的、听到的和想到的内容。麦基说,"电影独一无二的能量和辉煌在于戏剧化地表现个人——外界冲突,展示处于社会和其他环境中的人类为生存而斗争的巨大而生动的意象。"[1]电影不同于小说叙事,它需要在叙事视角的呈现中时刻关注观者的影像体验,运用影像剪辑技巧来实现互动性与沉浸性。"一些不同类型的舞台实践有意将演示者的声音推至叙事的前台,演示者想要因此赋予自己一种叙述者的形象,试图在戏剧实践中找到类似于书写的讲述和话语的方式,在这方面,影片演示者能比舞台演示者做得更充分。"[2]也就是说,从叙述者到演示者,从舞台的演示者到电影的演示者之间,叙事视角会随着不同的媒介发生不同的变化。从叙述者到演示者的关系来看,电影是介于叙述者和演示者之间的叙事,电影中的演员既是叙事者,也是演示者,但媒介介质的区别使得叙事的效果有重要差异。电影声画、镜头为主的媒介,蒙太奇、长镜头的剪辑效果,可以有效地重构叙事视角,重组时空关系。在这部沉浸式互动电影中,电影使用不出镜的摄像机制造了甲虫的低视角。从下往上的仰角或从上往下的俯角,人的外形、表情、空间的形状都是非常态的,如同样一盏灯,在甲虫俯仰视角的观看里都是变形的。因为甲虫无法获得与人相似的观看视角,或者说导演有意把小说的多视角、第三人

---

[1] [美]罗伯特·麦基:《故事——材质、结构、风格和银幕剧作的原理》,周铁东译,中国电影出版社2001年版,第428页。

[2] [加拿大]安德烈·戈德罗:《从文学到影片——叙事体系》,刘云舟译,商务印书馆2010年版,第53页。

第六章　21世纪寓言文本的跨媒介叙事

称视角转换为格里高尔甲虫第一人称的限知视角，从而凸显出卡夫卡小说"变形""异化"的主题，即强化了人的变形与异化、亲情的变异和人心的冷漠。同时，沉浸式实验电影的限知叙事视角，集中展示了非人化叙事和多重视角的叠加强调了反常视角的叙事魅力。艺术依托技术的发展获得了陌生化的表达，观看的视点实现了多重"变形"的隐喻。

首先，人的视角变成了虫的视角，从人看变成虫看。甲虫低视角的观看和叙事视角必然与人的叙事视角相区别，整部电影始终没有转换观看的视角，一直保持了从格里高尔甲虫的视角观看，即从甲虫视角来看其他角色人物之间的关系。叙事视角的限定，决定了格里高尔甲虫视角无法叙述他看不到的空间，只能通过声音、对话来增强电影叙事能力。与小说文字叙事的时间线性相比较而言，电影的画面遮蔽了叙事的内容，如小说关于早上格里格尔没按时上班，父母亲和妹妹敲门的描写：

> 这时有人小心翼翼敲他的房门。"格里高尔。"有人喊——是母亲在喊，"现在六点三刻，你不想出门了？"好和蔼的声音！……但是这场简短的谈话却使其余的家里人都注意到格里高尔令人失望地现在还在家里，而这时父亲则已经敲响了侧边的一扇门，敲得很轻，不过用的是拳头。……而在另一扇侧面旁边妹妹却轻声责怪道："格里高尔？你不舒服吗？你需要什么东西吗？"[1]

这段话把父母亲敲门的动作和位置描写得很仔细，而电影中，低视角全景镜头限定了叙事视角，即电影中无法展示家人的表情动作，在格里高尔低视角的限制性叙述中，观众只能看到匆忙的脚步，听到急促的敲门声和呼喊声，在门里听到妹妹的催促声。甲虫的叙事视角完全被空间区隔限制了叙事的对象。

整部电影主要是甲虫贴地爬行的仰角或从天花板等高处往下的俯视视角，基本没有平视视角，哪怕是家人之间的交流仍从甲虫的非人视角来观看，因此整部电影的画面都是倾斜的、变形的甚至是伴随着甲虫爬行运动产生晃动的，给人一种沉浸的虫视角，进而消解了人的观看权力。

---

[1] ［奥地利］卡夫卡：《变形记》（上册），叶廷芳、洪天富等译，中央编译出版社2018年版，第90页。

其次，虫的变形变成了人的变形，虫眼看世界里的人都是变形的、非正常的。电影中的叙事视角，从小说的家里人看格里高尔的变形转变为格里高尔甲虫视角看其他人的变形。电影大部分用了景深镜头，在多个摄像机镜头的组合剪辑中，展示出不同机位的观看特效。沉浸技术的使用强化了看与被看的互动模式。在摄像机与人物的互动中，我们看到镜头拉伸的动态效果，使得甲虫与人的互动反应更逼真。如母亲被格里高尔吓晕时，父亲竭力驱赶他，在父亲前进与格里高尔后退之间的互动博弈中，正是通过计算机编程完成了互动镜头的拉伸，形成了低视角的观看，凸显了父子冲突。又如女佣进入格里高尔房间打扫卫生时，女佣用扫把逗弄甲虫，镜头的逐渐后退，女佣从近景到全景镜头画面的变化，我们仿佛感受到甲虫由于受到惊吓而在不断退缩的行动轨迹。电影在虫视角的变形中强化了互动感。同时，头戴式VR设备的使用，使格里高尔不管是人形还是虫形都未出现在电影画面中，镜头即甲虫的眼睛，成为整部实验电影的叙事视角，通过全景互动场域下的虫的观看，人发生了变形，进而隐喻了父子亲情的变形、人际关系的变形。技术的发展由此再造情境的真实，深化了体验的逼真与在场感。

可见，摄影机的镜头随着甲虫的移动在不停地晃动，完全打破以往电影镜头追求美感及景别组合规律，转向了镜头真实互动的美学追求。而小说"变形"的家庭、社会关系的主题，也在变形影像中获得生动的寓意表征；不可视的人际关系、情感世界在沉浸式实验电影变形镜头的可视化中，呈现了人心的变形。整部电影以甲虫视角的观看、明显的聚焦意识，有意消解了"人"的视角，强化了虫视角下的世界。因此，从小说中的人看虫、戏剧中的人虫互看，到电影中的虫看人，虫的世界中人、事、物必然是非正常的展示，是人的异化的隐喻。

四、不同叙事视角下的"甲虫"之死

戈德罗指出："影片的载体确实与书写叙事和舞台叙事的载体有很大的差别，但是，这三种叙事之间依然显示出一些'亲属'的联系。"① 实

---

① ［加拿大］安德烈·戈德罗：《从文学到影片——叙事体系》，刘云舟译，商务印书馆2010年版，第121页。

第六章　21世纪寓言文本的跨媒介叙事

际上也说明了这三种媒介的跨媒介叙事具有内在的逻辑关系和可实践性。《变形记》小说叙事以全知视角讲述了格里高尔变形的故事。舞剧和电影彻底改写了小说的叙事视角。舞剧的无台词、无对白、无字幕的表演,依靠演员的动作、舞蹈、表情、音乐和音响音效来完成叙事。电影以沉浸互动式摄像技术从格里高尔作为甲虫的非常态视角讲述变形的故事,在技术拓展的基础上的故事叙事呈现出了跨媒介的特点。以文字为媒介的小说叙事以时间性、叙事性和想象性为核心;电影的声画媒介、镜头剪辑以时空性为主;戏剧的舞台表演以展演的不可复制性、现场性等呈现出不同的叙事路径。

前面已经分析了小说、舞剧和实验电影叙事视角的差异,接下来,我们进一步就不同媒介对同一故事情节的叙事与呈现进行比较研究,以便更好地阐明《变形记》跨媒介叙事视角与故事再阐释及其寓言表征之间的关系。卡夫卡小说《变形记》的主要人物格里高尔变成甲虫,遭受着身体和心理的打击,最终以"死亡"告终。小说用零聚焦全知视角对此进行了描述:

然后他的脑袋并不由自主地完全垂下,他的鼻孔呼出来最后一丝微弱的气息。

"你们快来瞧瞧吧,它死了;它躺在哪儿,完全没气了!"

萨姆沙先生说,"现在我们可以感谢上帝了。"他画了一个十字,那三位妇女学他的样。

随后三个人便一起离开寓所,他们已有好几个月没这样做了,他们坐电车出城到郊外去。这辆电车里只有他们这几个乘客,温暖的阳光照进了车厢。他们舒舒服服靠在椅背上商谈着未来的前景,结果表明,仔细一考虑,他们的前景一点儿也不坏,因为他们彼此还从未询问过各自的工作,原来这三份差使全都蛮不错,而且特别有发展前途。……他们想到,现在已经到了为她找一个如意郎君的时候了。当到达目的地时,女儿第一个站起来并舒展她那富有青春魅力的身体时,他们觉得这犹如是对他们新的梦想和良好意愿的一种确认。①

---

① [奥地利]卡夫卡:《变形记》(上册),叶廷芳、洪天富等译,中央编译出版社2018年版,第126—129页。

在小说中，读者很清楚地读到父母亲、妹妹面对格里高尔的死并没有表现出应有的伤心与难过，反而急忙辞退女佣、写请假信、安排出游，最终小说在一家人美好的愿景中结束了叙述。整部小说低落的伤感的情绪和紧张的焦虑的关系在结尾处发生了转折，小说的语言文字充满了"色彩"感。正是如此，与整篇小说的叙事形成了对比与反差，更强烈地表征出格里高尔命运的悲剧性，资本主义社会的冷漠无情在小说的语言张力中得以拓展与强化。

然而，舞剧不定式内聚焦的演示，把死亡情节改编为格里高尔从卧室的窗户跳了出去。在小说描述中，"窗户"和晨曦、希望相关联，而在舞台则成为格里高尔死亡之象征。从叙事视角来看，格里高尔跳窗即为"死亡"之意象，此时舞剧中格里高尔的叙事焦点消失了，无法表征甲虫的世界。从巴赞的理论来看，格里高尔的演示者焦点彻底离开观者的视域，减少了信息的传递，观者的视觉焦点转向了舞台上父母亲和妹妹的表演。在舞台一束金光照亮了格里高尔卧室的窗，同样一扇窗从黑夜走向了白昼，与妹妹金黄色的舞裙交相辉映，彰显了家人既忧愁又解脱的复杂情感。观众在格里高尔的家人身上读出了令人回味的情绪与意味。

实验电影和小说、舞剧都不同，电影使用了固定式内聚焦的甲虫低视角，在格里高尔死亡后，电影的影像也终结了，它不能继续用甲虫的视角来讲故事，也不能以想象性的内容来表达故事的情感。实验电影从甲虫低视角的仰角观看，看到家人围观甲虫的死亡，电影此时以黑屏终结了故事的讲述。格里高尔固定式内聚焦视角伴随着甲虫的死亡而终结，不可能感知此后家里发生的变化，因而留下了空白和想象。在沉浸式的体验中，观众在甲虫视角的戛然而止中体验了死亡的悲哀与无助。电影的内聚焦限知视角的终结与消失带来了新的体验与悲剧情绪的延续。"根据我们的结果和生产经验，我们认为与虚拟现实相关的沉浸式互动电影是产生引人入胜和沉浸式媒体内容的可行途径，因此它可以作为新一代媒体的基础。"①格里高尔的死亡在沉浸式互动电影中，为现代观众提供了令人震惊的亲身体验，"死亡"黑屏的视觉震撼是甲虫低视角内聚焦叙事的美学价值。

总之，叙事视角的聚焦与媒介特性使不同艺术样式的文本叙事呈现出

---

① Barnabas Takacs. Metamorphosis: Towards Immersive Interactive Film [J/OL]. (2018-6-6), http://www.panocast.com/BarnabasTakacs/docs/ImmersiveInteractiveFilm_ whitepaper.pdf.

不同的视觉观看路径，对文本的内容叙事与焦点引导从混合式向单一或固定式的转变，由此产生不同的观看体验和新的美学意蕴，引发了技术与艺术关系的思考。

第四节　寓言性空间再造与空间景观的视觉化

叙事空间是叙事过程的重要向度，而空间叙事有其独特的表意功能。文学是时间的艺术，戏剧和电影都可以说是时空的艺术，但戏剧和电影的时间和空间关系大有不同。从空间来说，戏剧空间是有限的，电影空间是无限的，甚至可以是虚拟的、想象的、拟态的，不同的空间场域对于故事内容的呈现与表达具有不同的叙事景观。小说、戏剧和电影的空间书写与表达从媒介特性来看也各有不同，在对卡夫卡《变形记》空间叙事的比较中，我们可以看到寓言性文本空间的书写和建构与媒介技术的密切关系，以及其叙事逻辑与哲理意蕴表达路径的不同。

一、小与大：叙事空间的遮蔽与缺失

小说的空间一般作为人物、事件、行动发生的地点和场景，成为故事发展的重要组成部分。然而，在小说《变形记》中，空间场景的描写只有寥寥几笔。小说讲述格里高尔变形是发生在家里，所以室内居住空间成为小说唯一的空间选择。小说提到格里高尔的卧室和家里的起居室即客厅的公共空间，但对每个空间特征并没有进行详细的描写，只是在小说开头用一段话介绍了格里高尔的卧室：

> 他的房间，一间略嫌小了些、地地道道的人住的房间静卧在四堵熟悉的墙壁之间。在摊放着衣料样品的桌子上方——萨姆沙是旅行推销员——挂着那幅画，这是他最近从一本画报上剪下来并装在了一只漂亮的镀金镜框里的。画上画的是一位戴毛皮帽子围毛皮围巾的贵妇人，她挺直身子坐着，把一只套没了她的整个前臂的厚重的皮手筒递给看画的人。

> 格里高尔接着又朝窗口望去，……①

　　从小说关于卧室的描写中，我们似乎看到了格里高尔的生存状况与其狭窄的生存空间一样令人窒息。而墙上的那幅画报，也许与格里高尔推销的产品衣料有关，皮毛制品古往今来都是比较昂贵的物品的象征，于格里高尔而言他买不起。通过卧室空间与装饰的展示，读者在关于空间物件的描述中感受到其所隐含的格里高尔的窘境及现实与理想的距离。这一切似乎都让人感到沮丧与悲伤。但实际上，一开始格里高尔并不悲观，他对未来是有目标和希望的，他希望攒够钱送妹妹上音乐学院，帮父亲还清债务，还希望换个更大的房子。同时，格里高尔对自己感到非常自豪和骄傲，"格里高尔暗自思忖，一边心里感到一种莫大的自豪，因为他能够让他的父母和妹妹在一幢如此美好的寓所里过上这样一种生活"②。他每天努力工作，一方面可以为家人提供生活保障；另一方面也暗示了家人是他奋斗的动力和目标。因此，当家人都嫌弃他时，格里高尔也就必然走向毁灭。

　　小说在格里高尔变成甲虫后还有一句话描写了他的房间，"夜阑人静时起居室的煤气灯才熄灭，……可是他（格里高尔）被迫匍匐在其地板上的这间高大空旷的房间使他感到恐惧，他说不出是什么原因，因为这毕竟是他已经住了五年的房子呀"③。这里似乎在说格里高尔房间的"大"，这不是和小说开头的描写自相矛盾吗？实际上，仔细思忖并不矛盾。通过对小说语境的分析解读我们看到，夜深人静之时，格里高尔感到了恐惧，一是恐惧自我的变形，二是恐惧家人的变化。这里写卧室的"空旷"主要是基于心理空间而言，而不是如前面对卧室的物理空间的展示。此时是格里高尔变成甲虫的第一天，到了晚上，格里高尔又饿又忧愁，而且家人的反应反差太大了，"清晨那会儿，所有的门全锁着，大家都想进来见他，现在他开开了一扇门，其余的门显然在这一天里已经打开了，却又谁

---

① ［奥地利］卡夫卡：《变形记》（上册），叶廷芳、洪天富等译，中央编译出版社 2018 年版，第 88 页。
② ［奥地利］卡夫卡：《变形记》（上册），叶廷芳、洪天富等译，中央编译出版社 2018 年版，第 102 页。
③ ［奥地利］卡夫卡：《变形记》（上册），叶廷芳、洪天富等译，中央编译出版社 2018 年版，第 102 页。

也不来了，而且钥匙也反插在外面"①。因此，格里高尔感到内心的孤独与凄凉，再小的房子与内心的孤独与悲伤相比，总是令人心里空落落的，无所依靠的孤独感也就被放大了。所以，卡夫卡的空间描写并不矛盾，恰恰在空间的小与大的转换比较中，深刻地批判了资本主义现实社会的冷漠，进而在物理空间向心理空间的转义中，深化了小说的主题寓意。

总体而言，小说《变形记》中的空间描写几乎是缺失的，至少在事件的时间讲述中是被遮蔽的。如果从莱辛在《拉奥孔》关于诗与画的艺术划分来看，小说作为时间艺术，空间的退隐是媒介特性使然。人们在文字阅读的过程中，更多的是积累了时间性的经验，空间的视觉特性难以在小说中呈现。卡夫卡《变形记》的故事叙事发生在几乎不变的"家"的空间中，然而，就是这寥寥几笔的空间描写，却成为戏剧和电影空间叙事依据和故事重要的场景。编剧在叙事空间中进行了不同的视觉化建构，在舞台和荧幕上使空间超越了小说的空间功能，赋予空间独特的叙事魅力和深刻的寓意。

二、对抗与冲突：舞台空间的并置与对比

戏剧作为舞台艺术，空间成为重要的叙事要素，必须能够承载线性的叙事功能。"戏剧空间是指为戏剧人物的行为所需要、为戏剧情景发生所提供的演剧环境。它的形态和容量可以相同于也可以小于或大于真实的生活空间，使它更集中、更强烈、更富有形象的表现力。"② 也就是说，戏剧舞台空间既是物理空间又是心理空间，空间的变化具有叙事功能。空间即场景，即叙事。舞台空间的区隔是私人与公共、个体与群体、身份与权力的象征。如美学家朗格（S. K. Langer）所说："舞台，无论有无描述性布景，都为虚构的动作提供了一个'天地'"。③ 舞台空间是动作、意义表达的媒介与意义展示的场所。

在英国舞剧《变形记》中，舞台的空间由梯形和长方形构成的两个

---

① ［奥地利］卡夫卡：《变形记》（上册），叶廷芳、洪天富等译，中央编译出版社2018年版，第102页。
② 戴平主编：《戏剧美学教程》，上海书店出版社2011年版，第222页。
③ ［美］苏珊·朗格：《感情与形式》，刘大基、傅志强、周发祥译，中国社会科学出版社1986年版，第373页。

主要区域，分别是客厅和格里高尔的卧室。导演重新展示了小说中几乎"遮蔽与缺失"的空间书写，在并置空间和对比空间的叙事中彰显了空间叙事的舞台戏剧性。而且，从色彩角度来看，整个舞台全部都以白色为主，包括所有家居都是白色的，简约却不简单，在简约中蕴含着深邃的意味，承载着原著者和导演深刻的哲理探索，为舞剧奠定了"冷"的基调和情感色彩，与卡夫卡小说的冷眼观看世界万象具有内在的一致性。小说的故事就在这有限的空间中展开，在声、光、电的配合下完成了时空叙事与转换。

首先，并置空间的叙事构建了复调式的空间对话。在简约而有限的空间中，舞剧拓展增补了小说的内容，呈现了时间的空间化表达。如格里高尔变形前的工作情况，小说以倒叙的方式进行简要叙述。然而，在舞台上则按照时间线索进行了空间表达。舞剧一开始是：格里高尔六点起床穿戴整齐，离开卧室，在客厅带走母亲每天给他准备的一个青苹果，走出家门去上班。舞台上关于室外空间的展示以暗色调和的、无明显边界的区域凸显了空间的叙事功能。室外空间的暗色调表明了他每天早出晚归，辛苦工作，常年如一日，周而复始。在舞台灯光亮与熄的转换中，在卧室与客厅的转场中讲述了格里高尔工作的无趣、烦琐与无奈。格里高尔由于承担着养家糊口的重任，因此他不得不努力工作，也不得不接受现状，消解了自我主体的意识与个性。因此，在冷色调的卧室里，没有一丝温暖的气息，白色的墙、白色的家居、白色的床、白色的被子，令人感觉仿佛误入了医院病房，这难道不是格里高尔从精神失调到失常的空间隐喻吗？

正是在戏剧舞台有限的空间里，经过皮塔的精心编排，舞台空间张力在不断扩大，在卧室和客厅两个空间的并置中建构了戏剧冲突，深化了情感表达。"并置"是美国著名文学批判家弗兰克在《现代小说中的空间形式》一文中提出的重要创作批评概念。他说，"并置""是指在文本中并列地置放那些游离于叙述过程之外的各种意象和暗示、象征和联系，使它们在文本中取得连续的参照与前后参照，从而结成一个整体；换言之，并置就是'词的组合'，就是'对意象和短语的空间编织'"①。戏剧舞台有限空间的区隔与并置构成了特有叙事空间和空间叙事功能。空间叙事正是

---

① ［美］约瑟夫·弗兰克等：《现代小说中的空间形式》，秦林芳译，北京大学出版社1991年版，译序Ⅲ。

第六章 21世纪寓言文本的跨媒介叙事

在空间的多维展示中,讲述着没有"绝对的终结"的话题。因此,戏剧舞台的"并置空间"就是同一时间不同空间场域中的叙事,演绎着同一时间下两个或两个以上空间的故事,进而构成完整的叙事。如在小说中格里高尔变成甲虫,第二天醒来,小说是按照时间和人物线索来叙述:妹妹"为了测试他的嗜好,她给他送来品种繁多的食物,全都摊在一张旧报纸上。有不新鲜的、半腐烂的蔬菜……"① 往日父亲有读报的习惯,但"现在人们却听不到一点声音……"② 导演把同一时间不同空间中发生的事情并置于同一空间,在空间的重组中使故事的冲突更明显。舞台上,卧室里的格里高尔变成甲虫后,行动困难,饮食习惯发生变化,在黑暗的卧室里,心情无比沮丧与低落,只有妹妹努力地为他准备食物。而在同一时间里,客厅里的父母亲似乎忘记了格里高尔的存在,对女儿葛蕾特的忙碌视而不见,母亲优雅地进行形体锻炼,父亲惬意地读报纸,进而使焦虑与安逸、热情与冷漠、看见与无视的矛盾与冲突在并置空间中凸显,观众深刻地体会到卡夫卡批判资本主义社会人情的冷漠,也能感受到舞剧导演巧妙的空间建构。

其次,对比空间中的声光色构建了视觉奇观。在舞剧中,皮塔除了用并置空间重组小说的故事内容外,还通过构建对比空间来强化舞台造型的变化和视觉景观。该戏剧舞台上的空间区隔主要通过灯光的明暗,而不是以幕布的升降、场景、道具的更换来实现转场或空间迁移。整部舞剧表演在一个相对固定的空间里,由相连接的长方形和梯形构成内空间(即室内空间)和在此边界之外的外空间(即室外空间),并在灯光明暗对比和明暗不同聚焦中完成了空间的区隔和叙事,实现了时间的空间化表达。如变形前格里高尔每天的行动轨迹包括家里和家外,但有限的舞台空间难以承载家庭和社交的全部空间视觉化。因此,家里就成为了舞台的中心与核心,通过灯光聚焦强化了家里空间的主叙事场;家外则是舞台的边缘,始终以昏暗的灯光来构建次要的空间场域。暗色调从时间角度来看,一般不会指向白天,要么是天没亮,要么是天已晚,实则隐喻着格里高尔披星戴

---

① [奥地利]卡夫卡:《变形记》(上册),叶廷芳、洪天富等译,中央编译出版社2018年版,第103页。
② [奥地利]卡夫卡:《变形记》(上册),叶廷芳、洪天富等译,中央编译出版社2018年版,第102页。

月地努力工作，在空间的迁移中实现了时间叙事流。又如明亮的客厅里租户们在狂欢，黑暗的卧室里格里高尔则忧郁而孤独，在这共时的明暗空间对比中进一步彰显了人与社会的冲突。戏剧舞台上的光与色具有强烈的时空叙事能力。19世纪末瑞士戏剧家阿披亚在谈论舞台灯光与气氛、情调塑造的关系时指出："通过投映画面与色光结合的手段在舞台上能够创造环境，甚至更真实的东西，他们在投射光之前是不存在的。"① 舞台空间在光、影、色的变化对比中承载着情感和意义。

从色彩建构的对比空间来看，变形前，格里高尔的家里无论是卧室还是客厅都以白色为主，象征着他简单、重复、单调与无趣的生活状态，也为舞剧奠定了"冷"的基调和情感色彩。在变形后，甲虫身上的黑色粘液逐渐浸染了卧室的床铺、地板、墙壁等，随着时间的推移，黑色的卧室与白色的客厅形成了强烈的视觉张力，使观众在一黑一白的空间观看中，产生丰富的想象。黑色的粘液象征着格里高尔人形的逐渐消失、意识的逐渐弱化。实际上"不管舞台设计者打出什么样的旗号或被人贴上什么样的标签，他总是自觉或不自觉地在与空间打交道。他总是在有限的物理空间内筹划运作；总是在形状、色彩、光之间流连徘徊；总是期盼创造幻象的或非幻象的戏剧空间"②。这里一黑一白的空间对比巧妙地在视觉空间的直觉观看中营造了心理空间的幻象。

此外，皮塔还构建了现实与梦境的跨时空对比。戏剧舞台演员要表演梦意境和心理的、无意识的内容并不如小说的文字描述、电影空间场景的建构和剪辑那样容易。在这个舞剧中，没有对白，只有演员的肢体展示。然而，在格里高尔有限的卧室空间中，导演为观众呈现了一个令人震惊的格里高尔之梦。在昏暗的灯光下，格里高尔的床离开地面，悬置在半空中；格里高尔也离开了床，隐喻着脱离正常的轨迹，进入格里高尔梦意境的无意识层面。格里高尔的噩梦中出现了许多满身漆黑的虫子（虽然舞台上只出现两个，但实际上导演指向的是群体），他们在格里高尔的身上不停地缠绕、挤压、推搡，在肢体的纠缠中，格里高尔不断挣扎，恐惧的眼神在黑夜中显得更恐怖。格里高尔的卧室彻底由白色变成黑色，卧室和客厅两个可视空间的切分，在一黑一白的视觉对比中，强化了对心理的冲

---

① 戴平主编：《戏剧美学教程》，上海书店出版社2011年版，第227页。
② 胡妙胜：《阅读空间——舞台设计美学》，上海文艺出版社2002年版，第1-2页。

击,成为一种独特的象征符号。如黑格尔所说,象征首先是一种符号,"是一种在外表形状上就可暗示要表达的那种思想内容的符号"[①]。在舞剧中,格里高尔身上黑色的液体与黑夜里的黑衣人具有了黑暗意识的所指,观众在视觉观看中获得知觉空间心理图式,感受到恐怖、紧张、阴暗的梦魇。

可见,并置的空间叙事主要是抓住了不同叙事对象的共性,多场域地讲述同一话题的叙事方法,形成了同一主题的复调叙事效果,丰富了话语的表达功能。戈特弗里德·本通过桔瓣的引喻,强调不同并置空间叙事线索主题的向心力[②],即共同为同一个主题服务,从而增加叙事的层次和深度。就像巴赫金通过"复调"来阐明叙事多声部之间构成和谐的乐章,在多空间场域的叠加或并置中丰富空间话语,深化主题。对比空间的叙事则是在不同的空间差异化呈现中,或者是同一空间的光影变化中,在视觉观看的对比中形成意义和心理的区别。然而,不管是并置空间还是对比空间,都是舞剧增补小说意义内涵和哲理阐释的重要方法。

三、沉浸与奇观:影像空间的变形与倒置

电影是时空的艺术,不同空间场景的转换和时间的杂糅呈现出新的叙事特征。前面已经谈到,卡多斯沉浸式互动实验电影短片《变形记:沉浸式卡夫卡》与以往电影作为时空艺术影像镜头的剪辑不同,它主要用了360°球形全景镜头拍摄,并通过头戴式沉浸设备,使观者成为电影中的人物,以角色身份扮演实现观看互动体验。全景摄影镜头改变了观看视野、空间的展示及景深镜头的变化等。整部电影在室内封闭空间拍摄完成,与戏剧舞台空间全敞开的不定式内聚焦不同,这是固定式聚焦叙事下低视角的空间观看与呈现。因此,全景镜头下的空间完全是变形的,伴随着机器甲虫的爬行,其镜头不断晃动使得空间也在不断发生变形,这种摇摇欲坠的感觉,给观众带来新的观看体验。而空间也因甲虫或是贴地爬行,或是爬到天花板上形成了变形或倒置的景观。

---

① [德]黑格尔:《美学》(第2卷),朱光潜译,商务印书馆1979年版,第11页。
② [美]约瑟夫·弗兰克等:《现代小说中的空间形式》,秦林芳译,北京大学出版社1991年版,第143页。

作为书写文本的小说无法使空间变形可视化，戏剧舞台也难以使可视化的空间长时间变形，而 VR 虚拟沉浸式互动电影则改变了、挤压了空间成像，使空间变形倒置。从物理空间来说，房子作为建筑的一部分是有形的、固定的、可视可触摸的。在桑多·卡多斯电影里的空间，为了适合于摄影机运动，电影里卧室面积远远大于小说里的卧室面积，卧室与客厅连通的双开门也凸显了卧室的面积。作为一种时间性叙述，小说里的卧室、起居室、楼梯等人物活动空间并没有表征出视觉性和可看性，小说没有对空间进行详细的描写，只是作为人物活动场所和事件发生的空间背景而已。然而，在戏剧和电影中，空间是人物、事件发生的具体地点，是必须出现的、难以悬置的。"故事空间包含事件、人物、以及在话语中呈现和发展的情节所发生的（不同）地点。"[①] 因此，电影以甲虫低视角观看来呈现的空间，以地面平视或从下往上的仰拍镜头为主，从而制造了空间的变形和变形空间的观看距离，形成非正常的、倒置的、不完整的空间。不管从哪个方位来看，都消解了人正常的活动空间和观看空间，凸显了"变形"的主旨。

具体而言，实验电影的主要空间虽然也是客厅和卧室。但由于与戏剧舞台在场观看的共时性不同，实验电影中甲虫有限的视线里只能呈现有限的空间。而且，沉浸式电影的实验性压缩了空间表达，以往全景、远景镜头几乎消失，多以近景甚至特写镜头为主，人与人之间近距离接触消解了空间的展示功能，彰显的只是背景功能。不论甲虫移动到哪里，空间永远处于变形状态，进而强调了人际关系的变形。戏剧的并置空间呈现了全家人同一时间不同空间行为的对比，舞台通过时空拼接来完成表意。而在电影中，关于这部分内容的表演，只能采用时间化的空间叙述。只有妹妹送食物打开房门，连通了卧室与客厅时，格里高尔的甲虫视角才能看到门外客厅的空间。对遮蔽空间的听察成为格里高尔感知空间的方式。受众在沉浸式的体验中，感知现场空间的孤独与遮蔽空间的奥秘。所以，格里高尔甲虫低视角的空间体验，是在自言自语中完成空间想象。对不可见遮蔽空间的表达则以听觉言说为主。同时，沉浸式的心理空间也是基于甲虫低视角和头戴式虚拟设备。在这个完全变形的空间展示中，观众长期沉浸于甲

[①] ［挪威］雅各布·卢特：《小说与电影中的叙事》，徐强译、申丹校，北京大学出版社 2011 年版，第 50 页。

虫视角的观看，建构了后现代空间的虚拟想象与现实异化。也就是说，与小说、戏剧的空间叙事相比，沉浸式互动电影实现了空间的叙事隐喻。电影使用的头戴式镜头，从虫的视角呈现的空间景观，实际上是格里高尔心理行为的外化象征，创造了空间的奇观。在格里高尔的世界里，一切发生了变形。变形空间里的变形家具，变形的人像，变形的活动等，讲述着变形的故事，从空间奇观转向视觉奇观的体验和心理奇观的建构。

从接受者角度看，360°全景镜头选取与剪辑构建的沉浸式空间体验，打破了过去旁观者的第四堵墙。观看者成为空间行动的一员，在空间互动沉浸中体验甲虫的"困境"，打造了独特的沉浸式空间。观者从一开始就必须从甲虫视角来理解空间变形。低视角空间结构沉浸于甲虫视角，体验了低视域变形空间带来的压抑的、封闭的孤独感。如父亲在驱赶格里高尔时，空间的忽远忽近，女佣打扫房间时用拖把逗弄甲虫时，镜头拉伸变化等都制造了晃动的、令人炫目的空间景观。在空间的扭曲变形展示中隐喻了人与人之间的变形、社会的变形。

可见，沉浸式互动电影在技术与空间的结构中，将卡夫卡小说"变形"的主题最直接地视觉化了，在空间变形的奇观化中，重构了关于空间的想象，再现了小说的哲理展示，缝合了"变形"的视觉化和知觉化表达，为经典寓言性小说再现提供了新的表达路径。

第五节 "门"与"窗"的隐喻

卡夫卡《变形记》小说中的空间描写相对单一，但空间的边界在"门"的符号意象中得到清晰的展示。"门"与"窗"在小说中成为重要的隐喻，甚至在卡夫卡不同小说的创作过程中，"门"也是反复书写的意象。如在《法的门前》《城堡》《审判》等作品中，有形无形的门成为主人公难以逾越的坎，成为卡夫卡心中抹不去的烙印。在视觉化和影像化的《变形记》中，门不仅是空间区隔的标志，更是推动剧情的重要媒介，并承载着深刻寓意的经典符号。

一、小说之门和窗的中心与控制

小说一开始,格里高尔早上醒来发现自己变成甲虫,母亲也发现他没去上班,由此家里人着急地轮流来敲门、喊门,"这时有人(母亲)小心翼翼敲他床头的房门……而这时父亲则已经敲响了侧边的一扇门,敲得很轻,不过用的却是拳头,而在另一扇侧门旁边妹妹却轻声责怪道"①,最后秘书主任也来了。在小说关于敲门的描写中,我们可以推测格里高尔的房间至少有三个门,靠近床头的门和两个侧门,狭小的空间却有三个门,说明了格里高尔房间的私密性并不强,又似乎暗示着家里的每个人都非常需要格里高尔,都与他紧密联系。每个人从不同的门进入格里高尔的空间,而进入方式的不同承载着不同的信息。小说中门的转换、空间方位的移动,表达了全家人的急切心理。然而,外面的人始终没能进来。格里高尔庆幸长期出差养成了锁门睡觉的习惯。此时,小说的门是格里高尔"安全、放心"的心理寄寓,也是门外人努力要冲破的障碍。由此形成门里门外的矛盾冲突。门外的人千方百计要打开门,门里的人却不愿开门。然而,门一打开就犹如打开了潘多拉魔盒,吓坏了众人。总体而言,小说重点写了三次开门,伴随着门的开与关,故事在推进,人心也发生了重要变化,简单的开门关门就成为人心的试金石。

第一次开门,是格里高尔未能像往常一样按时上班,全家人甚至秘书主任也来了,他们迫切想打开门看看到底发生了什么。然而,第一次开门就变成了灾难。变成甲虫的格里高尔吓跑了秘书主任,吓呆了母亲,惹怒了父亲,父亲用棍棒把格里高尔驱赶回房间。从此,门外的人要关上门,不让门打开,格里高尔卧室的门由此彻底成为一堵墙的存在,它要彻底阻隔室内空间客厅与卧室的连接关系。格里高尔的变形带来的后果是父母亲不忍也不愿去看他,不敢也不愿踏入他的房间,他们再也不主动要求开门,也不允许格里高尔开门,除了妹妹给他送食物不得不开门。格里高尔心里瞬间明白,也很无奈。"清晨那会儿,所有的门全锁着,大家都想进来见他,现在他开开了一扇门,其余的门显然在这一天里已经打开了,却

---

① [奥地利]卡夫卡:《变形记》(上册),叶廷芳、洪天富等译,中央编译出版社2018年版,第90页。

又谁也不来了,而且钥匙也反插在外面"①。

第二次开门,是妹妹葛蕾特和母亲要把格里高尔卧室里的家具搬走,想给他挪地方。然而,这次开门又是一次灾难,母亲仍然无法接受他的样子,"一眼看见印花墙纸上那个巨大的棕色斑点,她还没来得及回过神来意识到她看到的是格里高尔……随即便好像完全绝望似地张开双臂,一头栽倒在沙发榻上,不动弹了"②。母亲最终还是被格里高尔的样子吓昏过去。格里高尔爬出卧室想帮忙,被从外面回来的父亲愤怒地用苹果驱赶回房,并被苹果砸伤,"紧接着又飞来的一只简直陷进他的后背里去了"③,因此,格里高尔的身体每况愈下。当然,父亲的不满情绪再一次增强了。

第三次开门,实际上是女佣忘了关门,格里高尔听到妹妹拉小提琴的声音不由自主地爬到客厅,房客们无意中第一次看到变形的大甲虫纷纷要求解除租约。此时,妹妹的情绪也爆发了,她坚决地说:"我们必须设法摆脱它","我也受不了了","他必须离开这儿","这是唯一的途径"④。最终,一直关心他的妹妹却首先成为坚决抛弃他的人,格里高尔内心备受打击。"他认为自己必须离开这里,他的这个意见也许比他妹妹的意见还坚决呢。……窗户外面的朦胧晨曦,他还经历着了。然后他的脑袋便不由自主地完全垂下,他的鼻孔呼出了最后一丝微弱的气息"⑤。第二天清晨,门被老妈子摔打着,打开后发现格里高尔/甲虫死了。此时"门"存在的意义消失了,人们再也不关心门的开或关,再也不需要掩盖格里高尔作为甲虫的存在。"门"实际上是格里高尔生存或毁灭的象征,当人们还关注门时,格里高尔有生存的希望,当人们不再关心门时,格里高尔的毁灭就走向了必然。

如果说,小说中的门是向内连通,努力打开又永久关闭,在连接与阻

---

① [奥地利] 卡夫卡:《变形记》(上册),叶廷芳、洪天富等译,中央编译出版社2018年版,第102页。
② [奥地利] 卡夫卡:《变形记》(上册),叶廷芳、洪天富等译,中央编译出版社2018年版,第112页。
③ [奥地利] 卡夫卡:《变形记》(上册),叶廷芳、洪天富等译,中央编译出版社2018年版,第115页。
④ [奥地利] 卡夫卡:《变形记》(上册),叶廷芳、洪天富等译,中央编译出版社2018年版,第124页。
⑤ [奥地利] 卡夫卡:《变形记》(上册),叶廷芳、洪天富等译,中央编译出版社2018年版,第125页。

隔中成为一对矛盾，那么窗作为向外连接的通道，则成为向往外面世界的隐喻。虽然在小说中与窗相关的描写寥寥无几：

> 他的房间，一间略嫌小了些、地地道道的人住的房间静卧在四堵熟悉的墙壁之间。……格里高尔接着又朝窗口望去。①
> 窗户外面的朦胧晨曦他还经历着了。然后他的脑袋便不由自主地完全垂下，他的鼻孔呼出了最后一丝微弱的气息。②

在这只言片语中，我们能感受到，窗是向外的，是对未来的美好的向往，是希望与出口。格里高尔变形初期，他望向窗外希望事情有转机；当他死亡时，他同样对窗外的晨曦有期盼，也许卡夫卡隐喻着死亡就是重生。于格里高尔而言，窗是他能够离开卧室的唯一通道，但他最终还是未能逃脱悲剧命运。可见，在"门"与"窗"的符号抽象中，承载着作者对生命意义的反思。

二、舞剧之门和窗的虚实同构

小说中对门的文字叙事尚未进行视觉化呈现。然而，在舞剧和电影中，可视化的空间和影像，使得"门"作为场景中的道具成为故事叙事的重要景观，成为讲述的纽带。同样是"门"，舞剧的"门"是区隔与连接，实验电影的"门"是区隔与窥视。然而，皮塔用以虚写实的方法来展示戏剧舞台上的门及其意义表达。

舞台空间限制了门的设置，在舞台上，格里高尔的卧室有一个门和一扇窗。门的改变由此带来了同一故事情节的改写与变化。如小说中关于格里高尔变成甲虫无法开门的情节在舞台上就有了很大的变化。格里高尔的卧室从小说中的三个门、一扇窗到在舞台上只有一个门、一扇窗，成为区隔与连接的意象。在格里高尔变形前，门是用来沟通的、可以打开的。每

---

① ［奥地利］卡夫卡：《变形记》（上册），叶廷芳、洪天富等译，中央编译出版社2018年版，第88页。
② ［奥地利］卡夫卡：《变形记》（上册），叶廷芳、洪天富等译，中央编译出版社2018年版，第125页。

第六章 21世纪寓言文本的跨媒介叙事

天格里高尔开门去上班,进卧室关门睡觉,日复一日,成为习惯。每天家里人也都习惯了格里高尔准时开门去上班。

然而,当母亲看到苹果还在桌子上,知道格里高尔没出门就去敲门,然后是父亲、妹妹和秘书主任也都去敲门。由于没有小说里写的三个门,因此,母亲、父亲、妹妹不能从不同方位敲门,而是在同一扇门上不断叠加敲门动作和情绪,最后秘书主任也加入敲门队伍中。舞台上把敲门情节可视化,在四个人的敲打撞击下,终于把门从外面撞开,改写了小说中格里高尔从里面把门打开的空间顺序。小说是格里高尔打开门,母亲吓呆,秘书主任吓跑,父亲拿着棍子拼命把甲虫/格里高尔赶回房间,运动轨迹是从门外到门里。在舞台上,这群人从外面把门撞开,冲进了格里高尔的房间,并伴随着舞者表演绕着卧室躲闪甲虫,最后集体急忙地逃离卧室,重重地关上了格里高尔的房门。正是伴随着演员开门关门的动作、灯光明暗变化和声响的高低起伏,舞台之门的实有之功能得以彰显。而舞台上的开门方向也都转向由外向里,第一次门被父母亲、妹妹和秘书主任四人从外面撞开,第二次母亲被妹妹从外面推进卧室,第三次虽然是格里高尔爬出卧室,但是在妹妹愤怒的言行斥责下退回到卧室里。此时的格里高尔非常伤心,因为就连一直细心照顾他的妹妹都不能容忍了。虽然舞台上并未出现门的实体,然而伴随着音响音效,"嘭"的一声巨响,直击观者的视听感官,震碎了人心,震裂了家庭关系和社会关系。父母亲的不愿看,秘书主任的夺门而逃。演员动作表演和舞台声响的配合使"虚"的门视觉化,真实地再现了"门"作为冰冷阻隔的符码。

舞剧的最后,女佣打开卧室窗户,希望能让室内空气流通,然而,却成为格里高尔终结生命的窗户。在夜深人静的黑夜里,格里高尔从窗户跳了出去,彻底从家里消失了。第二天,当阳光从窗外照射进来,父母亲、妹妹终于第一次集体走入格里高尔的卧室,他们对格里高尔的死似乎有一丝悲伤又有一丝安慰。明媚的灯光聚焦在身着金灿灿华服的妹妹身上,仿佛新的篇章已经打开。

皮塔在有限的空间中充分利用了门与窗的对比,开门是灾难,开窗是新的开始。然而,不管开门还是开窗,于格里高尔而言都是悲剧性的,"窗"的希望只是对活着的人有意义。格里高尔从窗口跳出去结束了生命,家人在同一扇窗的晨曦中看到了希望,这是多么具有讽刺意味的一幕。

三、电影之门和门缝的遮蔽与窥视

小说中关于门与窗的想象,在实验电影中有了重要变化,在电影中只有门没有窗。实验电影里的"门"是变形的,还有大门缝,是既可遮蔽又可窥视之门。前面已经说过,小说对人性的冷漠、现实的荒诞和社会的扭曲的批判性描述,成为作品的内在核心。而人与人之间的沟通常常因为一扇门而变得困难。"门"成为卡夫卡小说中的重要意象。

实验电影《变形记:沉浸式卡夫卡》基本上还原了小说里格里高尔卧室里的三扇门,实际上可以说是三扇门的宽度为正门双开门和侧门单开门,但门的下方有一条大大的缝隙,为格里高尔变成甲虫贴地爬行的低视角提供观看的通道。门在这里不仅仅有空间区隔的作用,更重要的是从格里高尔的甲虫视角改变了观看的视点和情感表达的路径。甲虫低视角贴地爬行,使上半部分的空间观看与表达比较容易成为盲区,只有下半部分的空间成为主要场景。卡多斯巧妙地用"门缝"跨越了"门"的阻隔,在遮蔽中找到观看之道。门缝就成为了窥视之口,既拓展了空间观看与叙事,又增补了文本的意义内涵。

沉浸式互动实验电影以甲虫低视角的观看,限制了可见区域,特别是中上部分的空间呈现,而门的区隔更压缩了电影表现空间。卡多斯充分运用了门缝的窥视功能,使格里高尔能够"看"门外的情况。关于敲门的情节,在实验电影里,一边变成甲虫的格里高尔透过门缝看到门外人匆忙而烦乱的脚步;而另一边的侧门导演也很聪明地用木框骨架的玻璃门,透视出妹妹焦虑的身影,从而在门的"实"与门缝的"空"中交相呼应,增强了影像的可看性。门外父母亲、妹妹和秘书主任焦虑的表情并不能像小说那样详细描写,也不能像舞剧那样生动演示,但电影却能给予观者沉浸式的欲望体验。电影在重写敲门情节时,讲述的空间视角是从格里高尔卧室的门缝向外拓展,而不是反之。因此,从门的意义上说,阻隔了外部力量的冲击,但门缝使格里高尔同时又能窥视门外人的行动,当然门外的人也企图通过门缝窥视门里的情况,彼此成为窥视的对象,这在看却不得全貌的半遮蔽中强化了情绪与冲突。当甲虫在打开门的一刹那,门外的人都进来了,当他们发现变形的格里高尔时,全又夺门而逃,门也永久地关上了。此后,格里高尔甲虫的低视角观看几乎都是通过门缝的窥视来完成的。

　　沉浸式互动体验的甲虫视角消解了人的视角和活动空间的呈现。甲虫观看区域受低视角和卧室空间的限制，只能"透过"门缝看向别处。在小说中"听"到的，在影像视觉表达中只能透过门缝窥见。穿过门缝，甲虫格里高尔看到了父母亲和妹妹为生活奔波而感到难过和自责；看到父亲拿出多年的积蓄而感到宽慰；听到了悠扬的琴声而禁不住越过房门为妹妹助兴，想再次融入家庭活动，最终却引发了一家人的暴怒。可见，门缝的窥视实为甲虫的凝视，在甲虫的凝视中门缝里看到的一切是如此的异于平常；甲虫眼里的人都是变形的，无法进行正常交流。门限制了甲虫的活动空间，却又不是彻底的遮蔽。在看而不得的欲望矛盾中，甲虫格里高尔看清了人性的扭曲、世态的炎凉，最终在无望中以死亡终结了"无声"的抵抗。

第六节　灵晕重构与寓言的跨媒介传播

　　进入 21 世纪，媒介技术对传统艺术的影响与渗透越来越受到人们的关注，当编剧导演们在一个世纪后（《变形记》于 1912 年完成，1915 年出版）重新呈现小说《变形记》时，也必然蕴含着时代的气息。从媒介变迁的角度来看，卡夫卡小说的灵韵与魅力在机械复制时代并没有消失，反而以新的媒介形态深入实践了技术与艺术的融合发展，再造了艺术韵味和审美景观。

　　前面已经提到，卡夫卡的小说《变形记》具有戏剧、电影、游戏、动画、广播等不同的媒介形态，借助着新的媒介呈现出新的观看魅力，在世界各地得到进一步的发展与传播。因此，在媒介技术视域下，我们应该重新审视传统艺术的现代传播和经典的再媒介化。关于传统艺术遭遇机械复制技术冲击的问题，西方马克思主义者瓦尔特·本雅明已经有了较成熟的思考，他在《讲故事的人》一文中谈到，讲故事的现场感使讲故事充满了历史的韵味。然而，在媒介时代，讲故事方式的改变，听故事或看故事经验的变化，都带来了审美经验和审美体验的差别。在《机械复制时代的艺术作品》一文中，本雅明对技术文明尤其是摄影技术的辩证分析，深刻地指出了机械复制技术对艺术的影响最重要的是对独一无二的艺术韵味的消解。有人就从传统艺术韵味膜拜价值的消失来批评摄影、电影等复制艺术的展示性、消费性,却没有看到本雅明不同于其他法兰克福学派学者对大众文化的彻底否定。实际上,本雅明客观地分析了机械复制艺术带来的新的景观。他说:"机械技术可以将复制品传送到原作可能永远到不了的地方。摄影与唱片尤其能使作品与观者或听者更为亲近。"① 即技术复制使艺术作品的无限复制成为可能,使艺术走向大众。从这个角度来看,跨媒介叙事的研究为我们重新审视艺术韵味的现代性问题提供了新的视角,为传统经典的大众传播打开了新的媒介路径。

从媒介特征来看,戏剧作为现场表演艺术,具有独特的艺术韵味,特别是舞剧以动作为主的演示对观众的视觉观看和情感体验具有重要影响。美国著名美学家朗格说:"组成戏剧的基本的概念是动作。动作总是从过去中导源而来而又直接指向未来,并且也总是孕育着某些就要发生的事情。"② 皮塔导演的这部以动作表演为主的舞剧,尤其是格里高尔变成甲虫的行为完全通过演员的动作来表达,带给观者不同于小说阅读的视觉体验与创意。著名表现派大师布莱希特说:"演员借助他的全部肌肉和神经,在一种模仿的动作中来观察同代人,这种动作同时又是一种思维过程。"③ 也就是说,戏剧作为一种即时即灭强调现场性的表演艺术,本身就具有独一无二的、不可复制的灵晕(aura)④。而现代戏剧运用现代的光影技术再造了现代艺术的韵味,重构了讲故事的人的经验,通过舞台演员的在场表演,以及观众的现场观看,在演与看的同一剧场中建构了过去讲故事时代说与听的共时关系。同时,媒介技术的介入,使戏剧舞台呈现了跨媒介的技术魅力,丰富了舞台表现力。在这部舞剧中,电视机影像的使用给舞剧的表演埋下了悬念与引子。首先出现在舞台上的是一家人围坐在餐桌旁,父亲盯着电视机里不断挣扎的甲虫,眼镜片里反射着甲虫的镜像,母亲在旁边认真擦拭着餐具,妹妹在惬意地看书,似乎独缺格里高

---

① [德] 瓦尔特·本雅明:《迎向灵光消逝的年代:本雅明论艺术》,许绮玲、林志明译,广西师范大学出版社 2004 年版,第 61 页。
② [美] 苏珊·朗格:《感情与形式》,刘大基、傅志强、周发祥译,中国社会科学出版社 1986 年版,第 355 页。
③ 中国社会科学院外国文学研究所编:《外国剧作家论剧作》,中国社会科学出版社 1982 年版,第 107 页。
④ 我们国内有翻译为灵韵、灵晕、灵光、光韵、光晕、气氛,现统一为"灵晕"。

第六章　21世纪寓言文本的跨媒介叙事

尔。然而,电视机里的甲虫又是谁呢?电视对戏剧舞台的意义产生而言,它既是媒介又是道具的双重符码为舞剧的叙事留下了引子——"甲虫"意象的媒介隐喻,进而使整部舞剧笼罩在独特的气氛中,伴随着甲虫之喻而深入展开。

本雅明在戏剧和电影的比较中谈到艺术韵味,他说戏剧舞台演员的表演直接面对观众具有艺术的"灵晕",而电影演员的表演则丧失了"灵晕"。"因为'灵晕'在于他的'此时此地'现身。'灵晕'不能忍受任何的复制。在剧场中,麦克白的'灵晕'与扮演这个角色之演员的'灵晕'是不可分的,这也是在场观众有目共睹的。而片场内摄影的特别之处就在于摄影机取代了观众的位置。在此情况下,演员的'灵晕'势必要消逝——而其所扮角色的'灵晕'也跟着消逝。"[①] 皮兰德娄(Pirandello)也讨论了电影中演员和观众的关系,"小小的放映机在观众面前玩弄演员的影子游戏,而演员也只能满足于摄影机前的表演"[②]。可见,本雅明和皮兰德娄关注的电影是传授的单向传播关系,他们未能预料到VR、AI等虚拟影像技术的发展,使电影的观看走向了互动体验,观众成为"积极"的接受者,甚至是参与者的巨大变化,影响了电影灵晕的生产。如沉浸式互动电影就改变了演员与摄影机、观众与演员之间的关系,不再是单向的、被动的,而是具有了积极主动的参与性。

也许,本雅明不止强调了真品的历史韵味,他更重视的是艺术作品独一无二的不可复制性和逼真性,所以他才说戏剧舞台是具有灵晕的此地此刻的重要性,而电影是无母本的无限拷贝,消解了灵晕的生产。然而,在卡多斯沉浸式互动式电影中,计算机编程和头戴显示器(HMD)等技术的运用,改变了本雅明谈论的机械复制时代艺术的生产方式,进入了米歇尔说的"生控复制时代"。米歇尔在本雅明机械复制时代的艺术批评思路发展路径上,根据计算机、基因等生物技术对艺术,特别是电影生产创作的影响,进一步论述了艺术发展的新的媒介环境和媒介路径。"我将大胆地说,生控复制已经代替沃尔特·本雅明所说的机械复制而成为了我们这

[①] [德] 瓦尔特·本雅明:《迎向灵光消逝的年代:本雅明论艺术》,许绮玲、林志明译,广西师范大学出版社2004年版,第74页。

[②] [德] 瓦尔特·本雅明:《迎向灵光消逝的年代:本雅明论艺术》,许绮玲、林志明译,广西师范大学出版社2004年版,第73页。

个时代的基本技术决定性因素。如果说机械复制性（摄影、电影以及相关工业进程，如流水线生产）统治了现代主义的时代，那么生控复制（高速计算机、视频、数字影像、虚拟现实、因特网以及基因工程的产业化）则统治了我们称之为后现代的时代。"① 也就是说，后现代语境下，艺术的变化渗透着技术的因素。

米歇尔在《生控复制时代的艺术品》一文中，给"生控复制"下了个定义，"生控复制是结合计算机技术与生物科学，使得克隆和基因工程成为可能。而在更广泛的意义上，它指的是正在改变这个星球上所有生命状态的新技术媒介与新政治经济结构。也就是说，大至创造充满赛博格的美丽新世界的宏大计划，小至美国健身房最常见的肥胖中年人满身大汗地锻炼、身上接通各种数字监控器来记录他们的生命体征甚至更重要的数据——尤其是消耗的卡路里，这些都是生物控制"②。这正如在卡多斯《变形记：沉浸式卡夫卡》互动电影中，计算机连接的头戴式显示器，可以设计导演想要的场景，可以随时记录观者的互动，构建不同的影像景观，转向观者的互动反应，生成不同的影视观看体验。"生控论也许已经在电影里找到它最好的媒介。"③ 其实，本雅明早已认识到电影融合技术与艺术所具有的优势，"电影这种优越性有助于艺术与科学的互相融合，而这正是电影最重要的地方。……科学与艺术迄今往往各行其道，可是有了电影，从此以后我们可以说摄影的技术发展与科学探索已结合为一体，这是电影的一大革命性功能。"④ 导演卡多斯用六个镜头组成的甲虫视角的摄影镜头，就是计算机编程智能机器化的甲虫带给观者不同的模拟体验，"生物更像是模拟式的"⑤。观众可以通过全景摄像机不同镜头获得不同的空间感受。

---

① ［美］W. J. T. 米歇尔：《图像何求？》，陈永国、高焓译，北京大学出版社 2018 年版，第 348－350 页。

② ［美］W. J. T. 米歇尔：《图像何求？》，陈永国、高焓译，北京大学出版社 2018 年版，第 343－344 页。

③ ［美］W. J. T. 米歇尔：《图像何求？》，陈永国、高焓译，北京大学出版社 2018 年版，第 363 页。

④ ［德］瓦尔特·本雅明：《迎向灵光消逝的年代：本雅明论艺术》，许绮玲、林志明译，广西师范大学出版社 2004 年版，第 87 页。

⑤ ［美］W. J. T. 米歇尔：《图像何求？》，陈永国、高焓译，北京大学出版社 2018 年版，第 346 页。

第六章 21世纪寓言文本的跨媒介叙事

同时，米歇尔进一步论述了生控复制时代原件和复制品之间呈现的新的关系，复制品不再低于原件，而是对原件的提升。"生控复制则使得原件的位移更进一步，并且反转了原件与复制品的关系。现在如果说起来，复制品甚至比原件有更多的'灵晕'"①。米歇尔进一步从数字技术的角度，阐释了本雅明强调的原作的"灵晕"在生控复制时代发生的变化。他说："对声音和影像的数字复制完全不会损害到生动性和逼真性，而且可以对原始材料进行改善。艺术品的照片可以通过'擦洗'功能来去除瑕疵与灰尘；原则上，油画的老化效果可以用数字的方法进行擦除，从而令复制品能展现作品最初的状态。当然，这仍然会造成本雅明所说的灵晕消除，因为灵晕本就与作品的历史、传统联系在一起；不过如果'灵晕'指的是恢复原初的活力、原件的生命气息，那么数字复制品可以比原件本身听起来、看起来更像原件。"② 生控复制时代的技术使作品的逼真性、生命力远远超越了原件。鲍德里亚的拟像概念对形象生产及其超真实的论述，深刻地探讨了复制品超越原件甚至没有原件的仿拟的超现实的逼真性。

因此，在生控复制时代，在不同媒介叙事中我们也许能重构经典的灵晕或再造奇观化经典。随着时间的流逝、译品的传播，卡夫卡小说成为世界各国讲述的重要组成部分，成为文学传统教育的主要部分，它作为书写的文本得以保存，同时也在学院教育和听觉媒介如广播的发展中得到讲述与流传，具有讲故事的魅力。通过上面对戏剧的媒介叙事视角和叙事空间及视觉隐喻的研究，我们看到戏剧作为一种现场的艺术表演，融合现代技术，重构了故事的韵味和艺术魅力。而电影作为机械复制艺术的代表，按照本雅明的观点消解了艺术的韵味，制造了无限复制的消费艺术。然而，生控复制时代，虚拟技术和头戴式观影设备的发展，重现了讲故事的场景，观者在沉浸式互动电影中可以根据自我的选择，在不同场景中体验互动影像的超真实魅力。《变形记：沉浸式卡夫卡》实验电影360°球形的6个摄像头的影像路径、甲虫内聚焦固定视角的观看与讲述带来了新媒体艺

---

① ［美］W. J. T. 米歇尔：《图像何求?》，陈永国、高焓译，北京大学出版社2018年版，第352页。

② ［美］W. J. T. 米歇尔：《图像何求?》，陈永国、高焓译，北京大学出版社2018年版，第352页。

术的新体验,制造了不同于传统艺术的奇观和新的艺术韵味。从某种程度上说,沉浸互动电影的参与性使艺术的观看具有了独一无二性和不可复制性,可以在同一时间带给人们不同的空间体验,每个人都可以享有独一无二的超真实的拟像观看。

关于小说、戏剧和电影的灵晕关系,也许我们可以用伊·谢弗雷尔的一段话进行总结:"一部小说可以翻译为不同的语言,原作也可以有若干版本,人们可以以多种方式阅读和评论小说,但是,小说文本才是不断改编的源泉;一部电影可以放映一次或千次,仍然保持同一电影不变。反之,一部戏剧,正如一部歌剧或一段乐章一样,每次演出都会有新的理解,每次都要接受直接性、直观性和同时性的考验。"[①] 戏剧的每一次灵晕都不同,小说作为"源泉"的地位也是改编即跨媒介叙事的重要范本。因此,在这个意义上说,伴随媒介技术迅猛发展,我们更应该重返经典,思考经典的现代意义和跨媒介传播的路径,从而推进经典的再经典化。不应该沉迷于技术的魅惑,应该看到故事是媒介叙事的核心,情感是媒介叙事的主线。在生控复制时代,要看到技术对经典的现代叙事与传播的强大推动力,倚靠媒介技术可以重塑经典灵晕。正如在卡夫卡寓言性小说的跨媒介影像表达中,我们也许能看到其中的有效路径,为寓言的现代传播不断探索和总结新路径。

[①] [法]伊·谢弗雷尔:《戏剧:文化碰撞与多元文化主义之症结》,史忠义译,载《文学评论》2000年第3期,第138页。

结　语

在前面对西方寓言图像从古至今及中外发展的研究中，我们看到寓言图像内涵丰富，外延不断变化，虽然经历不同的起落，但具有极强的生命力。图像时代，有些寓言图像似乎脱离了文字文本而独立存在，但图像的寓言化表达仍与文本具有相同的内在叙事逻辑，仍以寓言符号讲故事的方式来表意说理，仍以劝喻教义为主要目标。与寓言的图像化相比，图像的寓言化不仅强调图文关系、抽象观念表达的拟人化手法，以及历史与神话相容的寓意内涵，图像的寓言化还通过图像的寓言式叙事和阅读来表达深刻的寓意，抵制现代社会的碎片化和肤浅化。寓言图像叙事的形式既能满足受众的视觉欲望，又能为反思现代社会问题提供寓言式的审美路径。也就是说，现代寓言性图像或者说图像的寓言化在视觉时代表征出新的审美特征。

首先，寓言性图像的多义性。寓言性图像叙事方式不同于口口相传的口头语言和印刷时代的文字书写，不同于文学文本阅读的历时性和文字表意的确定性；寓言图像通过声音和画面来讲故事，它具有读图的共时性和图像表意的不确定性。也就是说，文学语言具有限定性和抽象性，"语言的再现不能像视觉那样再现它的客体——即不能将客体呈现在眼前。它可以指涉一个客体，描写它，联想它的意义，但却不能像图像那样把客体的视觉面貌呈现给我们"[①]。图像呈现的具象性赋予观众客观对应物，受众在图像空间完成时间的叙事，形成了意义的多种阐释。赵宪章曾经深入阐明了图像的虚指带来表意的不确定性特征。[②] 米歇尔对 1985 年 *MAD* 杂志

[①] ［美］W. J. T. 米歇尔：《图像理论》，陈永国、胡文征译，北京大学出版社 2006 年版，第 138—139 页。

[②] 赵宪章：《语图符号的实指和虚指》，载《文学评论》2012 年第 2 期，第 88—98 页。

第257号封面和封底两幅画的分析①，同样也说明了图像阐释的不确定性。这两幅图画不仅仅展现了关于露阴者和裸体者的斗争，而且是20世纪后半叶美国白人男性青少年通俗文化的表达，正是这个图像景观让我们读到更多的内涵：这两幅关于裸体者遇到露阴者的图画，从心理学角度看，充满了性的寓意象征。两种关于性的、身体的叙事与表达发生了剧烈的矛盾与对抗。在封面图画中，我们看到这位叫做阿尔弗列德·E. 纽曼的露阴者穿着衣服出现在裸体沙滩上，而且还站在了高处，这是一种充满挑衅的暗示，挑战裸体沙滩上裸体者的身体。露阴者是通过身体的局部展示来引起性欲窥视的渴望，这是露阴者存在的价值和欲望的表达。而裸体沙滩的公共领域则彻底颠覆了露阴者存在的空间，露阴者要为权力而战。在西方的文化里，身体的自由是他们追求的权利，而关于露阴者和裸体者之间的争论从来没有停止过。1985年美国 MAD 封面和封底刊登的两幅图画的象征就是一种权力的对抗。米歇尔也说："如果 MAD 的封面画的是性理论，那么其更加根本的使命就是图绘在权力、欲望和知识的交叉中可视与可读之间的关系。"② 这两幅图画正是通过身体图像的表现来表征性、欲望、权力等问题。又如电影《罗生门》讲述了一个寻找杀人凶手的故事，但影片在每个人言说镜头的不同剪辑中营造了一种无时空界限的话语场，每种杀人的行为都可能发生，都可能是同时存在于同一空间里，甚至是真实的。观众永远无法获得最终所谓的"正确"答案。但这并不重要，关键在于电影指出了每个人为了自己的利益而编造的谎言，试图遮蔽事实真相。我们还可以从作品中每个人身上获得关于人的本性与欲望的不同解读。当然，除了影像符号本身讲述的故事外，影像符号背后对社会的关注、对人性的思考等问题都具有很强的寓言性，观众必须在这种时空断裂中寻找思考的突破口，体验影像带来的视听冲击和心灵震撼。影像是以一个个镜头为叙述语言，通过拼贴、组合或蒙太奇手法来完成故事叙事的艺术，由此影像文本呈现出断裂的、碎片的、流动的和易逝的特点，观众只能在影像的回忆中完成审美表达，从而给故事叙述带来多种可能性，比如

---

① ［美］W. J. T. 米歇尔：《图像理论》，陈永国、胡文征译，北京大学出版社2006年版，第67-70页。
② ［美］W. J. T. 米歇尔：《图像理论》，陈永国、胡文征译，北京大学出版社2006年版，第70页。

结　语

阐释的多样性和寓意的多元化。我们也必须掌握和认清图像表意方式，才能真正完成对图的观赏，因为"如果我们不掌握展现不可见因素的方式，我们就永远不会理解一幅画"①。

其次，寓言性图像的戏仿。寓言影像作品用戏仿的方式来制造出一种熟悉的陌生化效果，以表达深刻的寓意。所谓戏仿，即戏拟或滑稽模仿，通过对源文本的故事、场景、人物、对话等戏仿来制造一种陌生化效果，从而实现反讽、滑稽、戏谑的审美风格，并传递出不同于源文本的主旨，甚至是以对源文本的颠覆与解构为目的，努力突破现有的生存模式，张扬自我意识，揭示被成规遮蔽的世界的本来面目。艾布拉姆斯把戏仿解释为：模拟某篇作品的严肃的素材与手法或是某位作家的创作风格，来表现浅俗或风马牛不相及的主题。②戏仿最早是一种文学修辞的常用手段，而在一个以影像视听为主的大众文化消费时代，这种手法更普遍和更明显地与现代技术结合运用在电影、电视、网络作品中，而影像符号的生动性、具象化则更易于表征出戏仿的效果。同时，戏仿活动必然在源文本和仿本之间完成，两个文本之间就构成了"互文本"关系。通过戏仿可以赋予仿本更多的意义，而不需要明确指出其来源与出处，这就与寓言文本中隐含既定的类型化形象的节约原则相一致。而且，戏仿的主要目的不是追求仿本叙事的经典性，相反，戏仿往往是以打破经典或源文本为目的。这种寓言化的表达让我们可以同时体验两个或两个以上文本的意义，并做出冷静的思考与比较。如美国梦工场自2001年以来推出的系列动画电影《怪物史莱克》，正是以其戏仿精神获得了良好的社会效益和收视效果。《怪物史莱克》大肆调侃了迪斯尼公司的动画片《小红帽》《青蛙王子》《白雪公主》《睡美人》《灰姑娘》《莴苣公主》《小美人鱼》《彼得·潘》等，打破了传统童话故事美好的叙述结构，以及英俊王子和美丽公主式的人物形象，塑造了外表丑陋但内心善良、勇敢的怪物史莱克形象，打破了大众的审美观念和童话给予美好回忆的结构。影片中本应说实话的魔镜却撒了谎，矮子法奎尔国王娶菲奥娜不是因为爱情而是为了王位，结尾三位美丽的姑娘白雪公主、睡美人和灰姑娘为了争夺花束而大打出手。相比而

---

① ［美］W. J. T. 米歇尔：《图像学》，陈永国译，北京大学出版社2012年版，第45页。
② ［美］艾布拉姆斯：《欧美文学术语词典》，朱金鹏、朱荔译，北京大学出版社1990年版，第31页。

言，丑陋的史莱克则显得更真诚和可爱。该戏仿电影模糊了鲜明的是非观，揭示了现实的严酷和残忍，是一部贯穿世俗化思想的反传统的现代童话。瑞典 Hold Your Horses 乐队的音乐短片 *70 Million*，在短短两分多钟的时间里戏仿了从古典到现代世界名画，宛如一部西方绘画简史。它不仅仅是令人愉悦的音像视频，而且还在戏仿名画的过程中消解了经典的精英化，以大众娱乐的方式挑战了传统经典化，歌词对古典时期"慢生活"的向往和对现代社会冷漠的嘲讽也在曲调的戏仿中呈现出来。我国也有一些类似的戏仿作品，如电影《大话西游》对经典《西游记》的戏仿，《大话西游》也是大家公认的寓言作品。《大话西游》以无厘头的台词、表演和剧情等似乎讲述了一个很搞笑的世俗爱情故事，但实际上它让我们体会到因为时间的渺茫和个体的彷徨所构筑的问题和它不确定的答案，可以说是对现代人生存问题的追问。可见，后现代作品采用戏仿、拼贴的手法不是为了反映现实，而是为了反思现实，制造一种熟悉的陌生化效果来引起大众的思考与沉淀，它是一种去中心化的审美反思。

最后，寓言影像超现实的虚拟再现——拟像的现代性。20 世纪末以来，数字技术的发展和运用，数字虚拟空间和时间，仿真世界超真实的存在，即"拟像"的建构和表征得到越来越多艺术家的青睐。通常人们认为，艺术作品是对现实的模仿，而超现实的虚拟图像却彻底消解了现实，通过拟像为现代人创造生活景观，因为影像的生成与机械复制技术之间的关系决定了影像的真实性不再仅仅建立在"眼见为实"的模仿的基础上，影像的技术逻辑使其既具有逼真性，同时又超越了真实。也就是说，照片、荧幕、屏幕上的各类影像具有难辨真假的逼真性，超真实性是被制造出来的真实。因此，影像作为现实事物的再现，既具有现实的真实，又具有虚拟的假象，是超越现实存在的一种超真实的拟像，拟像是影像超现实发展的结果。鲍德里亚指出，"拟仿的超级现实主义"就是说影像不再以真实为起点，而是以影像的美为目的。"这也是现实在超级现实主义中的崩溃，对真实的精细复制不是从真实本身开始，而是另一种复制终结开始，如广告、照片等——从中介到中介，真实化为乌有，变成死亡的讽喻，但它也因为自身的摧毁而得到巩固，变成一种为真实而真实，一种实物的拜物教——它不再是在先的客体，而是否定和自身礼仪性毁灭的狂

结　语

喜，即超真实。"① 在鲍德里亚看来："超现实与想象的东西再无牵连，也与事实和想象之间的区分再无牵涉，只给模型的轨道式重现和被拟仿的差异生成留下了空间。"② 数字时代，虚拟技术的模型轨道制造的虚拟影像对现实的偏离造成的审美效果，是现实影像所无法比拟的，拟像对现实的构建功能是现代图像发展的重要趋势。它是以拟仿（simulation）逻辑，按照软件程序的模型来生产一个超真实（hyperreality）的拟像（simulacrum），因为"拟像物从来就不遮盖真实，相反倒是真实遮盖了'从来就没有什么真实'这一事实。拟像物就是真实"③。这也是越来越多的制造者和观影者喜欢拟像化叙事的重要原因，拟像是对真实的撕裂，人最怕正视的自我部分在拟像的超现实表征中被呈现出来。寓言化的拟像就是在拟像叙事中表达出无意识存在，探索现代人生存的困境及其表达。如由英国小说家乔治·奥威尔的寓言性小说改编的同名电影《动物庄园》，以电影语言，通过声画的视觉冲击，讲述了动物庄园里动物们的反抗与被压迫的命运，实际上是讽喻了所谓"所有动物一律平等"的美好假象，如同当时统治者编织的谎言，人类犹如动物一样受本能支配，难以褪去身上贪婪的私欲。又如李安导演的《少年派的奇幻漂流》，事实上除了电影 3D 技术给人以视觉冲击外，电影的拟像化叙事和寓言故事的融合是影片的最大亮点。在人与动物之间的斗争、妥协和融合的建构中，李安运用故事套故事的叙事结构，主要讲述少年派和名叫帕克的孟加拉虎在一条船上 227 天漂流的拟态空间中，探索人性、兽性、欲望、生存、理念等现实问题，超现实的表达让人们在享受视听震撼后，冥想其寓言叙事的独特性。观众常常对影片结尾关于故事的第二个版本与影片呈现出来的故事结构之间孰真孰假津津乐道。但事实上，导演本人都无法给出标准答案，影片只是在拟像和寓言化表达的融合中，弥补了拟像超真实的虚幻性，在寓言关于拟像的表面叙事中追寻拟像下隐含的真实意愿，是现代寓言拟像化即影像寓言化的重要意义。

　　寓言图像的现代发展与传播，除了载体的变化，即表现形式的变化外，寓言的内容在图像时代从模仿的真实向超现实的拟像、景观和仿像的

---

①　[法]鲍德里亚：《象征交换与死亡》，车槿山译，译林出版社 2006 年版，第 105 页。
②　吴琼编：《视觉文化的奇观》，中国人民大学出版社 2005 年版，第 81 页。
③　吴琼编：《视觉文化的奇观》，中国人民大学出版社 2005 年版，第 101 页。

虚拟化转变。随着机械复制技术的发展，艺术韵味的丧失，艺术的膜拜价值向商品的展示价值转移；随着生控复制技术的发展，艺术以拟像、模拟的虚拟图像来探索超现实世界，表达人们难以捉摸的世界景观，以虚拟的拟仿来图绘超现实的真实，以寻求深度表达和交流的途径。进入消费社会，超真实影像带来的迷幻性、幻象性的欲望，是一种潜在的欲望表征。这种欲望的表征与消化是图像在寓言表达中所追求的审美效果。费瑟斯通指出："对鲍德里亚来说，正是现代社会中影像生产能力的逐步增强、影像密度的加大，它的致密程度，它所涉及的无所不在的广泛领域，把我们推向了一个全新的社会。在这个社会中，实在与影像之间的差别消失了，日常生活以审美的方式呈现出来，也即出现了仿真的世界或后现代文化。"[①] 尤其是20世纪末21世纪初以来，图像的消费、视觉阅读成为现代人主要的娱乐方式，图像消费改变了人们对真实与非真实的认知。而要改变图像消费"至死"的危机，就必须赋予图像以寓意，让人在愉悦中有反思的空间。图像的拟像化给予人们新感性和超现实性，努力把人们从世俗的日常生活中拯救出来，寓言表达的寓意实现了这种救赎功能。寓言性拟像以其消解现实存在，模拟构建"完满"的世界，在拟像的审美表达中以寓言式叙事来表达深层寓意以实现救赎功能。这就是拟像寓言化的现代性，即图像与寓言结合打造了新的图像表征方式，这也是图像时代寓言发展的新形式。

通过对寓言图像特征及其变迁、寓言的图像化和图像的寓言化（寓言性图像）审美特征等方面的研究，我们可以看到信息化时代寓言图像的现代变体及其转型是时代发展的必然。寓言图像思维的现代发展也带来了创作和阅读的变化。我们今天生活在充斥着各种各样的图像或影像的世界里，极大地改变了传统文学阅读习惯。图像在现代社会以绝对优势凌驾于文字之上，成为现代人日常生活消费的主体。图像时代重要的表征不仅是媒介变化带来的图像形式的变化，更重要的是图像话语的意识形态批判的丰富性。米歇尔也说："不管图像转向是什么，应该清楚的是，它不是回归到天真的模仿、拷贝或再现的对应理论，也不是更新的图像'在场'的形而上学，它反倒是对图像的一种后语言学的、后符号学的重新发现，

[①] ［英］迈克·费瑟斯通：《消费文化与后现代主义》，刘精明译，译林出版社2000年版，第98页。

结 语

将其看作是视觉、机器、制度、话语、身体和比喻之间复杂的互动。它认识到观看（看、凝视、扫视、观察实践、监督以及视觉快感）可能是与各种阅读形式（破译、解码、阐释等）同样深刻的一个问题，视觉经验或'视觉读写'可能不能完全用文本的模式来解释。最重要的是，它认识到，我们始终没有解决图像再现的问题，现在它以前所未有的理论从文化的每一个层面向我们压来，从最精华的哲学理论到最庸俗的大众媒体的生产，使我们无法逃避。"① 米歇尔看到了图像"在场"的"不在场"，它是诸多意识形态话语的集合。寓言作为一种意识形态话语的表达与图像的融合就具有多层次的寓意。彼得·伯克重新阐释了潘诺夫斯基的图像三层解释，指出图像的寓言式表达及其审美意识形态批判的路径。他说："他（潘诺夫斯基）把图像的解释分为三个层次，分别对应于艺术作品的三层意义。第一个层次是前图像学的描述，主要关注于绘画的'自然意义'，并由可识别出来的物品（树、建筑物、动物、人等）和事件（餐饮、战役、队列行进等）构成。第二个层次是严格意义上的图像学分析，主要关注于'常规意义'（将图像中晚餐识别为最后的晚餐，或把战役识别为滑铁卢战役）。第三个层次，也是最后一个层次，是图像研究的解释，它不同于图像学，因为它所关注的是'本质意义'，换句话说就是'解释决定一个民族、时代、阶级、宗教或哲学倾向基本态度的那些根本原则'。"② 图像的阐释和寓意的表达，与民族的意识形态关系密切，即在图像的表达中渗透着民族文化的差异性表现，图像的寓言式阐释是文本意义生成的重要路径。

同时，我们也要看到图像时代寓言性图像的创作与生产及其消费也面临着一定的挑战，并没有出现各种寓言图像蓬勃发展之势。尤其是自媒体时代，人人都有麦克风，人人都有摄像机，图像的生产者从专业化、学院化走向大众化、平民化；图像的生产越来越容易，也越来越多，图像内容也呈现出日常化、生活化、娱乐化，甚至庸俗化。而寓言图像深度意义对平面化的抵制，使其在某种程度上与大众拉开了距离。如短视频以其"短平快"的特性深受普通大众喜爱，其不追求意义的深度，而是满足于

---

① ［美］W. J. T. 米歇尔：《图像理论》，陈永国、胡文征译，北京大学出版社2006年版，第7页。

② ［英］彼得·伯克：《图像证史》，杨豫译，北京大学出版社2008年版，第41页。

图像的视听愉悦；短视频以其个性化的表达催生了一批平民"网红"，使这些人在虚拟网络世界中获得了膜拜式的满足。在这种背景下，寓言图像"言此意彼，另有所指"的影像生产和哲理意义表达就受到了一定的影响，快餐式的、碎片化的图像生产与便捷的打赏方式使得有意义的深度思考、表达与评价成为一种"奢侈品"，这值得我们警惕和反思。当然，我们也要看到短视频的全民生产也催生了一些寓言式短视频，助力了道德伦理的宣传教育。因此，我们更要看到寓言作为充满活力和包容性的文学艺术样式和理论形态，不管如何变化，其表意的深刻性和阐释的多义性始终不会改变，图像可以在寓言的世界里获得新的视野和拓展，寓言也终将走向新的发展。正如寓言图像思维已逐渐渗透人们的日常生活，寓言图像的创作与寓言式阅读也必将伴随人类走向未来。

参考文献

一、中文专著

[1] 艾布拉姆斯. 欧美文学术语词典 [M]. 朱金鹏, 朱荔, 译. 北京: 北京大学出版社, 1990.

[2] 巴拉兹. 电影美学 [M]. 何力, 译. 北京: 中国电影出版社, 2003.

[3] 巴什拉. 空间的诗学 [M]. 张逸婧, 译. 上海: 上海译文出版社, 2009.

[4] 白本松. 先秦寓言史 [M]. 郑州: 河南大学出版社, 2001.

[5] 白本松. 逍遥之祖:《庄子》与中国文化 [M]. 郑州: 河南大学出版社, 1995.

[6] 鲍德里亚. 象征交换与死亡 [M]. 车槿山, 译. 南京: 译林出版社, 2006.

[7] 鲍曼. 流动的现代性 [M]. 欧阳景根, 译. 上海: 上海三联书店, 2002.

[8] 鲍桑葵. 美学史 [M]. 张今, 译. 北京: 商务印书馆, 1985.

[9] 贝尔. 资本主义文化矛盾 [M]. 赵一凡, 等, 译. 北京: 生活·读书·新知三联书店, 1989.

[10] 本雅明. 发达资本主义时代的抒情诗人 [M]. 张旭东, 魏文生, 译. 北京: 生活·读书·新知三联书店, 1992.

[11] 波德莱尔. 波德莱尔诗歌精选 [M]. 郑克鲁, 译. 太原: 北岳文艺出版社, 2000.

[12] 伯杰. 眼见为实:视觉传播导论 [M]. 张蕊, 等, 译. 南京: 江苏美术出版社, 2008.

[13] 伯克. 图像证史 [M]. 杨豫, 译. 北京: 北京大学出版社, 2008.

[14] 布封. 自然史 [M]. 陈焕文, 译. 南京: 江苏人民出版社, 2011.

[15] 布斯. 小说修辞学［M］. 付礼军, 译. 南宁：广西人民出版社, 1987.
[16] 蔡清富, 黄辉映. 毛泽东诗词大观［M］. 成都：四川人民出版社, 2015.
[17] 蔡志忠. 蔡子说：漫画家蔡志忠的半生传奇［M］. 台北：远流出版社, 1993.
[18] 蔡志忠. 庄子说［M］. 北京：商务印书馆, 2009.
[19] 曹道衡, 刘跃进. 先秦两汉文学史料学［M］. 北京：中华书局, 2005.
[20] 曹意强. 艺术史的视野［M］. 杭州：中国美术学院出版社, 2007.
[21] 常任侠. 佛经文学故事选［M］. 上海：上海古籍出版社, 1982.
[22] 陈怀恩. 图像学：视觉艺术的意义与解释［M］. 石家庄：河北美术出版社, 2011.
[23] 陈怀宇. 动物与中古政治宗教秩序［M］. 上海：上海古籍出版社, 2012.
[24] 陈龙. 在媒介与大众之间：电视文化论［M］. 上海：学林出版社, 2001.
[25] 陈蒲清. 世界寓言通论［M］. 长沙：湖南教育出版社, 1990.
[26] 陈蒲清. 中国古代寓言史［M］. 长沙：湖南教育出版社, 1996.
[27] 陈犀禾. 电影改编理论问题［M］. 北京：中国电影出版社, 1988.
[28] 崔大华. 庄学研究［M］. 北京：人民出版社, 1992.
[29] 丹纳. 艺术哲学［M］. 傅雷, 译. 杭州：浙江人民美术出版社, 2017.
[30] 德波. 景观社会［M］. 王昭凤, 译. 南京：南京大学出版社, 2006.
[31] 德拉克洛瓦. 德拉克洛瓦论美术和美术家［M］. 平野, 译. 石家庄：河北教育出版社, 2002.
[32] 段宝林. 西方古典作家谈文艺创作［M］. 沈阳：春风文艺出版社, 1980.
[33] 范景中. 美术史的形状Ⅱ［M］. 杭州：中国美术学院出版社, 2003.
[34] 方东树. 昭昧詹言［M］. 北京：人民文学出版社, 1962.
[35] 费瑟斯通. 消费文化与后现代主义［M］. 刘精明, 译. 南京：译林出版社, 2000.
[36] 丰子恺. 丰子恺文集：艺术卷四［M］. 杭州：浙江文艺出版社, 1990.

[37] 冯钢. 艺术符号学 [M]. 上海：东华大学出版社，2013.
[38] 冯宪光. "西方马克思主义"美学研究 [M]. 重庆：重庆出版社，1992.
[39] 冯友兰. 中国哲学简史 [M]. 北京：新世界出版社，2004.
[40] 冯原. "建筑·记忆"主题沙龙：城市建筑 [M]. 哈尔滨：黑龙江科学技术出版社，2015.
[41] 弗兰克. 现代小说中的空间形式 [M]. 秦林芳，译. 北京：北京大学出版社，1991.
[42] 福柯：知识考古学 [M]. 谢强，马月，译. 北京：生活·读书·新知三联书店，2003.
[43] 福斯特. 小说面面观 [M]. 广州：花城出版社，1984.
[44] 高艳萍. 温克尔曼的希腊艺术图景 [M]. 北京：北京大学出版社，2016.
[45] 歌德. 诗与真 [M]. 刘思慕，译. 北京：人民文学出版社，1983.
[46] 格罗塞. 艺术的起源 [M]. 蔡慕晖，译. 北京：商务印书馆，1984.
[47] 公木. 公木文集：第四卷 [M]. 长春：吉林大学出版社，2001.
[48] 贡布里希. 象征的图像：贡布里希图像学文集 [M]. 杨思梁，范景中，编选. 南宁：广西美术出版社，2015.
[49] 贡布里希. 艺术的故事 [M]. 范景中，译. 南宁：广西美术出版社，2015.
[50] 贡布里希. 秩序感：装饰艺术的心理学研究 [M]. 范景中，等，译. 长沙：湖南科学技术出版社，1999.
[51] 古典文艺理论译丛编辑委员会. 古典文艺理论译丛 [M]. 北京：人民文学出版社，1964.
[52] 郭庆藩. 庄子集释 [M]. 成玄英，疏. 北京：中华书局，1961.
[53] 郭庆光. 传播学教程 [M]. 北京：中国人民大学出版社，1999.
[54] 郭预衡. 中国古代文学史长编：先秦卷 [M]. 北京：首都师范大学出版社，1992.
[55] 海德格尔. 林中路 [M]. 孙周兴，译. 上海：上海译文出版社，2004.
[56] 荷马. 荷马史诗 [M]. 罗念生，王焕生，译. 北京：人民文学出版社，1994.

[57] 赫伊津哈. 中世纪的秋天[M]. 何道宽, 译. 桂林: 广西师范大学出版社, 2008.

[58] 赫伊津哈. 中世纪的衰落[M]. 刘军, 舒炜, 等, 译. 北京: 北京大学出版社, 2014.

[59] 黑格尔. 美学[M]. 朱光潜, 译. 北京: 商务印书馆, 1996.

[60] 侯斌英. 空间问题与文化批评: 当代西方马克思主义空间理论[M]. 成都: 四川文艺出版社, 2015.

[61] 胡全生. 美国后现代主义小说叙述结构研究[M]. 上海: 复旦大学出版社, 2002.

[62] 黄燕. 图像学视域中的徽志书传统: 里帕《图像学》研究状况[C]. 媒介批评: 第八辑. 桂林: 广西师范大学出版社, 2018.

[63] 霍布斯鲍姆. 史学家: 历史神话的终结者[M]. 马俊亚, 郭英剑, 译. 上海: 上海人民出版社, 2002.

[64] 季羡林. 比较文学与民间文学[M]. 北京: 北京大学出版社, 1991.

[65] 杰姆逊. 后现代主义与文化理论[M]. 唐小兵, 译. 北京: 北京大学出版社, 1997.

[66] 卡拉萨特. 西洋美术巨匠辞典[M]. 阎雪梅, 译. 长春: 吉林美术出版社, 2006.

[67] 凯尔纳, 贝斯特. 后现代理论: 批判性的质疑[M]. 张志斌, 译. 北京: 中央编译出版社, 1999.

[68] 凯尔纳. 媒体奇观: 当代美国文化透视[M]. 史安斌, 译. 北京: 清华大学出版社, 2003.

[69] 坎普. 牛津西方艺术史[M]. 余君珉, 译. 北京: 外语教学与研究出版社, 2009.

[70] 克拉考尔. 电影的本性: 物质现实的复原[M]. 邵牧君, 译. 北京: 中国电影出版社, 1981.

[71] 克罗奇. 美学或艺术和语言哲学[M]. 黄文捷, 译. 北京: 中国社会科学出版社, 1992.

[72] 莱辛. 拉奥孔[M]. 朱光潜, 译注. 北京: 人民文学出版社, 1979.

[73] 郎擎霄. 庄子学案[M]. 上海: 上海书店, 1992.

参考文献

[74] 李阐. 漫画美学［M］. 台北：群流出版社，1998.

[75] 李天铎. 重绘媒介地平线：当代国际传播全球与本土趋向的思辨［M］. 台北：台湾亚太图书出版社，2000.

[76] 里帕. 里帕图像手册［M］. 李骁中，译. 北京：北京大学出版社，2019.

[77] 林希逸. 庄子鬳斋口义校注［M］. 周启成，校注. 北京：中华书局，1997.

[78] 刘成纪. 物象美学［M］. 郑州：郑州大学出版社，2002.

[79] 刘熙载. 艺概［M］. 上海：上海古籍出版社，1978.

[80] 鲁迅. 汉学史纲要［M］. 北京：人民文学出版社，1957.

[81] 鲁迅. 鲁迅全集：第1卷［M］. 北京：人民出版社，1981.

[82] 鲁迅. 且介亭杂文二集［M］. 北京：人民文学出版社，2006.

[83] 罗贯中. 三国演义［M］. 西安：三秦出版社，2016.

[84] 罗桑德. 提香：比自然更逼真的艺术［M］. 吴骦，译. 上海：上海译文出版社，2003.

[85] 马克思. 1844年经济学哲学手稿［M］. 北京：人民出版社，1985.

[86] 马勒. 哥特式图像：13世纪的法兰西宗教艺术［M］. 严善錞，梅娜芳，译，曾四凯，校. 杭州：中国美术学院出版社，2008.

[87] 马勒. 图像学：12世纪到18世纪的宗教艺术［M］. 梅娜芳，译，曾四凯，校. 杭州：中国美术学院出版社，2008.

[88] 马振方. 小说艺术论［M］. 北京：北京大学出版社，1999.

[89] 芒福德. 城市发展史：起源、演变和前景［M］. 宋俊岭，倪文彦，译. 北京：中国建筑工业出版社，2005.

[90] 茅盾. 神话研究［M］. 天津：百花文艺出版社，1981.

[91] 茂莱. 电影化的想象：作家和电影［M］. 邵牧君，译. 北京：中国电影出版社，1989.

[92] 美国不列颠百科全书公司. 简明不列颠百科全书：第9卷［M］.《不列颠百科全书》国际中文版编辑部，译. 北京：中国大百科全书出版社，1986.

[93] 米尔佐夫. 视觉文化导论［M］. 倪伟，译. 南京：江苏人民出版社，2006.

[94] 米歇尔. 图像理论［M］. 陈永国，胡文征，译. 北京：北京大学

出版社，2006.

[95] 米歇尔. 图像学［M］. 陈永国，译. 北京：北京大学出版社，2012.

[96] 帕斯图罗. 中世纪动物图鉴［M］. 王烈，译. 上海：上海社会科学院出版社，2020.

[97] 潘诺夫. 信号·符号·语言［M］. 王仲宣，等，译. 北京：生活·读书·新知三联书店，1991.

[98] 潘诺夫斯基. 视觉艺术的含义［M］. 傅志强，译. 沈阳：辽宁人民出版社，1987.

[99] 潘诺夫斯基. 图像学研究：文艺复兴时期艺术的人文主题［M］. 戚印平，范景中，译. 上海：上海三联书店，2011.

[100] 培根. 论古人的智慧［M］. 李春长，译. 北京：华夏出版社，2006.

[101] 裴斐. 意象思维刍议·诗缘情辨［M］. 成都：四川文艺出版社，1986.

[102] 浦安迪. 明代小说四大奇书［M］. 沈亨寿，译. 北京：中国和平出版社，1993.

[103] 浦安迪. 浦安迪自选集［M］. 北京：生活·读书·新知三联书店，2011.

[104] 浦安迪. 中国叙事学［M］. 北京：北京大学出版社，1998.

[105] 普林尼. 自然史［M］. 李铁匠，译. 上海：上海三联书店，2018.

[106] 邵大箴，奚静之. 欧洲绘画简史［M］. 天津：天津人民出版社，1987.

[107] 沈同衡. 漫画漫谈［M］. 上海：上海人民美术出版社，1956.

[108] 叔本华. 作为意志和表象的世界［M］. 石冲白，译. 北京：商务印书馆，1982.

[109] 舒里安. 作为经验的艺术［M］. 罗悌伦，译. 长沙：湖南美术出版社，2005.

[110] 司马迁. 史记［M］. 北京：中华书局，2010.

[111] 苏宏斌. 现代小说的伟大传统［M］. 杭州：浙江文艺出版社，2004.

[112] 塔拉斯蒂. 存在符号学［M］. 成都：四川教育出版社，2012.

[113] 塔塔科维兹. 中世纪美学［M］. 褚朔维，李国武，等，译.

北京：中国社会科学出版社，1991.

[114] 唐兰. 古文字学导论 [M]. 增订本. 济南：齐鲁书社，1987.

[115] 托多罗夫. 象征理论 [M]. 王国卿，译. 北京：商务印书馆，2001.

[116] 瓦特. 小说的兴起 [M]. 高原，董红钧，译. 北京：生活·读书·新知三联书店，1992.

[117] 王焕镳. 先秦寓言研究 [M]. 北京：中华书局，1959.

[118] 王仁芳，王惠庆.《伊索寓言》（插图寓言）[M]. 上海：上海科学技术文献出版社，2004.

[119] 王叔岷. 庄子校诠 [M]. 北京：中华书局，2007.

[120] 王诒卿，刘清滢.《庄子》精解 [M]. 北京：人民文学出版社，2010.

[121] 王庸声. 现代漫画概论 [M]. 北京：海洋出版社，2005.

[122] 韦勒克. 近代文学批评史 [M]. 杨岂深，杨自伍，译. 上海：上海译文出版社，1997.

[123] 维戈茨基. 艺术心理学 [M]. 周新，译. 上海：上海译文出版社，1985.

[124] 维柯. 新科学 [M]. 朱光潜，译，北京：商务印书馆，1997.

[125] 温克尔曼. 希腊人的艺术 [M]. 邵大箴，译. 桂林：广西师范大学出版社，2001.

[126] 闻一多. 闻一多全集 [M]. 北京：生活·读书·新知三联书店，1982.

[127] 沃伦. 文学理论 [M]. 北京：生活·读书·新知三联书店，1984.

[128] 吴承恩. 李卓吾批评本西游记 [M]. 李卓吾，评. 长沙：湖南岳麓书社，2006.

[129] 吴琼，杜予. 形象的修辞 [M]. 北京：中国人民大学出版社，2005.

[130] 吴琼. 视觉文化的奇观 [M]. 北京：中国人民大学出版社，2005.

[131] 吴秋林. 世界寓言史 [M]. 沈阳：辽宁少年儿童出版社，1994.

[132] 伍德. 沉默之子：论当代小说 [M]. 顾钧，译. 北京：生活·读书·新知三联书店，2003.

[133] 席勒. 审美教育书简 [M]. 冯至, 等, 译. 上海: 上海人民出版社, 2003.

[134] 萧湘文. 漫画研究: 传播观点的检视 [M]. 台北: 五南图书出版股份有限公司, 2002.

[135] 谢赫, 姚最. 古画品录·续画品录 [M]. 北京: 人民美术出版社, 1959.

[136] 许慎. 说文解字 [M]. 北京: 中华书局, 1998.

[137] 亚里士多德. 动物志 [M]. 吴寿彭, 译. 北京: 商务印书馆, 1979.

[138] 亚里士多德. 解释篇 [M]. 方书春, 译. 北京: 商务印书馆, 1986.

[139] 亚里士多德. 诗学 [M]. 陈中梅, 译注. 北京: 商务印书馆, 2010.

[140] 亚里士多德. 形而上学 [M]. 苗力田, 译. 北京: 中国人民大学出版社, 2003.

[141] 亚里士多德. 修辞学 [M]. 罗念生, 译. 北京: 生活·读书·新知三联书店, 1991.

[142] 亚里士多德. 亚里士多德全集 [M]. 苗力田主编, 北京: 中国人民大学出版社, 1990.

[143] 严北溟. 中国古代寓言故事选 [M]. 程十发, 插图. 上海: 上海人民出版社, 1980.

[144] 阎国忠. 基督教与美学 [M]. 沈阳: 辽宁人民出版社, 1989.

[145] 颜世安. 庄子评传 [M]. 南京: 南京大学出版社, 1999.

[146] 杨大年. 中国历代画论采英 [M]. 郑州: 河南人民出版社, 1984.

[147] 伊格尔顿. 二十世纪西方文学理论 [M]. 伍晓明, 译. 西安: 陕西师范大学出版社, 1986.

[148] 伊斯特林. 文字的产生和发展 [M]. 北京: 北京大学出版社, 1987.

[149] 伊索. 《伊索寓言》诗365首 [M]. 黄杲炘, 译. 西安: 陕西师范大学出版总社, 2017.

[150] 伊索. 全本伊索寓言: 英汉对照插图本 (Ⅰ-Ⅲ) [M]. 李长山, 等, 译. 北京: 中国对外翻译出版公司, 2003.

[151] 伊索. 伊索寓言: 插图本 [M]. 方平, 编译. 上海: 上海译文出版社, 1994.

[152] 伊索. 伊索寓言: 全集·插图本 [M]. 杜雷图, 陈书凯, 编译.

北京：蓝天出版社，2005.

[153] 伊索. 伊索寓言［M］. 黄杲炘，译. 西安：陕西师范大学出版总社，2017.

[154] 伊索. 伊索寓言［M］. 王焕生，译. 北京：人民文学出版社，2008.

[155] 伊索. 伊索寓言［M］. 周启明，译. 北京：人民文学出版社，1955.

[156] 伊索. 伊索寓言500则［M］. 黄杲炘，译. 西安：陕西师范大学出版总社，2016.

[157] 伊塔洛卡尔维诺. 宇宙奇趣全集［M］. 张密，杜颖，翟恒，译. 南京：译林出版社，2012.

[158] 俞剑华. 中国画论类编［M］. 北京：人民美术出版社，1986.

[159] 袁珂. 中国神话传说［M］. 北京：中国民间文艺出版社，1984.

[160] 袁行霈. 中国文学史：第一卷［M］. 北京：高等教育出版社，2009.

[161] 詹安泰. 中国文学史：先秦两汉［M］. 北京：高等教育出版社，1957.

[162] 詹明信. 晚期资本主义文化逻辑［M］. 北京：生活·读书·新知三联书店，1997.

[163] 詹姆逊. 快感：文化与政治［M］. 王逢振，等，译. 北京：中国社会科学出版社，1998.

[164] 张德兴. 二十世纪西方美学经典文本：第一卷［M］. 上海：复旦大学出版社，2000.

[165] 章学诚. 文史通义［M］. 李春伶，校点. 沈阳：辽宁教育出版社，1995.

[166] 赵逵夫. 先秦文学编年史：上［M］. 北京：商务印书馆，2010.

[167] 赵宪章. 中国文学图像关系史［M］. 南京：江苏凤凰教育出版社，2020.

[168] 赵毅衡. 符号学原理与推演［M］. 南京：南京大学出版社，2011.

[169] 郑振铎. 印度寓言［M］. 北京：商务印书馆，1925.

[170] 中国社会科学院语言研究所. 现代汉语词典［M］. 北京：商务印

书馆, 2012.

[171] 周巩固. 漫画西方智慧: 伊索寓言 [M]. 长春: 吉林摄影出版社, 2003.

[172] 朱立元. 当代西方文艺理论 [M]. 上海: 华东师范大学出版社, 2008.

[173] 庄子. 庄子道家智慧一本通 [M]. 麦贤宾, 注译. 北京: 石油工业出版社, 2015.

二、中文期刊

[1] 巴图.《五卷书》蒙译考 [J]. 蒙古学信息, 1997 (4): 26 – 30.

[2] 包慧怡. 虚实之间的中世纪动物寓言集 [J]. 读书, 2009 (9): 153 – 160.

[3] 包兆会.《庄子》语言符号的"图像化再现"机制、途径及效果 [J]. 文艺争鸣, 2017 (6): 100 – 106.

[4] 包兆会. 论语图符号学视野中庄子的象 [J]. 文艺理论研究, 2017 (6): 35 – 43.

[5] 鲍延毅. 可贵的求索　斐然的成绩: 林纾译述《伊索寓言》试评 [J]. 山东师范大学学报, 1991 (3): 77 – 79.

[6] 常旋旋. 简析《审判》中的卡夫卡特色 [J]. 重庆科技学院学报 (社会科学版), 2012 (7): 108 – 110.

[7] 陈斌. "蔡旋风"蔡志忠 [J]. 瞭望周刊, 1992 (2): 35 – 36.

[8] 陈少明. 通往想象的世界: 读《庄子》[J]. 开放时代, 2004 (6): 49.

[9] 陈四益. 读图的烦心 [J]. 出版史料, 2004 (11): 71 – 72.

[10] 程惠哲. 电影改编研究 [J]. 文艺理论与批评, 2007 (5): 50.

[11] 刁生虎. 庄子对中国"象喻"文学的贡献 [J]. 青海社会科学, 2012 (1): 186 – 192.

[12] 范玉刚. 当下语境中的"大众"与"大众文化"[J]. 中共中央党校学报, 2007 (3): 98 – 103.

[13] 高建平. 文学与图像的对立与共生 [J]. 文学评论, 2005 (6): 130 – 139.

［14］郭兴陆. 以漫画助读难句［J］. 中学语文教学，2004（4）：39－40.

［15］黄燕. 里帕《图像学》的寓意资源［J］. 艺术探索，2018（6）：48－59.

［16］黄燕. 切萨雷·里帕及其著作［J］. 新美术，2016（3）：99－106.

［17］黄永玉. 创作雪峰寓言插图的几点经验［J］. 美术，1954（3）：8－9.

［18］季羡林. 关于巴利文《佛本生故事》［J］. 世界文学，1963（5）：73－76.

［19］蒋寅. 语象·物象·意象·意境［J］. 文学评论，2002（3）：69－75.

［20］金寿铁. 新实践理性批判：论恩斯特·布洛赫希望哲学的存在论与元宗教［J］. 马克思主义与现实，2014（2）：109－115.

［21］峻冰，冯子倪. "怪物"、寓言与后民族电影［J］. 艺术评论，2020（3）：73－87.

［22］克拉克，麦克蒙.《中世纪的异兽与灵鸟：动物寓言集及其遗产》导论［J］. 许溪，译. 新美术，2020（9）：98－104.

［23］孔令伟. "观念的拟人化"及相关问题［J］. 新美术，2009（8）：52.

［24］李冰清. 五感寓意画：以欧洲中世纪艺术为例［J］. 艺术学研究，2019（10）：90－105.

［25］刘璐. 电影《寄生虫》的荒诞寓言与叙事类型［J］. 电影文学，2020（3）：144－146.

［26］刘生良.《庄子》与象征型文学［J］. 中州学刊，2014（6）：157－162.

［27］龙迪勇. "出位之思"：试论西方小说的音乐叙事［J］. 外国文学研究，2018（12）：115－131.

［28］龙迪勇. 从戏剧表演到图像再现：试论汉画像的跨媒介叙事［J］. 学术研究，2018（11）：144－157.

［29］龙迪勇. 空间叙事本质上是一种跨媒介叙事［J］. 河北学刊，2016（6）：86－92.

［30］龙迪勇. 图像叙事与文字叙事：故事画中的图像与文本［J］. 江西

社会科学，2008（3）：28 - 43.

[31] 莫国辉，章礼霞. 隐喻在动物寓言中的运作机制［J］. 淮南师范学院学报，2006（1）：101 - 103.

[32] 潘江曼. 蔡志忠古典漫画的越界与越读［J］. 电影评介，2010（3）：90 - 91.

[33] 阮筠庭. 漫画语言散议［J］. 新美术，2007（4）：78 - 80.

[34] 孙海婴. 从寓言插图的特点看董克俊《雪峰寓言（续编）》插图［J］. 新美术，2012（2）：63 - 65.

[35] 陶然. 蔡志忠的古籍漫画［J］. 东方艺术，1994（2）：27.

[36] 王景琳. 庄子对寓言艺术的贡献［J］. 北京大学学报（哲学社会科学版），1986（3）：110 - 116.

[37] 王丽莹，王永波，王守君. 试论蔡志忠漫画对国学文化的漫画化解读［J］. 教育教学论坛，2017（8）：70 - 71.

[38] 王琳梅. "蛇"的中西文化内涵比较［J］. 大学英语（学术版），2010（3）：123 - 124.

[39] 王美艳，赖守亮，邓志强. 中世纪西欧建筑中的怪兽饰的起源和类别［J］. 株洲师范高等专科学校学报，2006（12）：33 - 36.

[40] 王琦. 创作木刻的开路人：托马斯·比维克［J］. 名作欣赏，1981（3）：125 - 127.

[41] 王强. "标出性"理论与当代新闻文化［J］. 新闻界，2015（23）：24 - 29.

[42] 王伟. 蔡志忠漫画特征解析［J］. 艺海，2013（9）：82 - 83.

[43] 维特科夫尔. 东方奇迹：怪物史上的一项研究［J］. 梅娜芳，译. 美苑，2006（8）：49 - 61.

[44] 小满. 西方神兽 中世纪宗教艺术中的动物［J］. 东方艺术，2007（9）：22 - 33.

[45] 杨向荣，黄培. 图像叙事中的语图互文：基于蔡志忠漫画艺术的图文关系探究［J］. 百家评论，2014（4）：83 - 90.

[46] 杨宗贤. 切萨雷·理帕的《图像学》［J］. 南京艺术学院学报（美术与设计版），2010（2）：100 - 101.

[47] 詹姆逊. 叙事的身体：鲁本斯与历史［J］. 王逢振，译. 艺苑，2016（4）：10 - 21.

[48] 张洪兴.《庄子》形象体系论［J］.船山学刊，2010（1）：102-104.

[49] 张娟.改编自《西游记》的国产动画电影探微［J］.当代电影，2016（11）：179-182.

[50] 张鹏，张祝平.浅析《西游记》明代插图本对孙悟空性格的阐释［J］.现代语文（学术综合版），2014（1）：29-31.

[51] 张树云.鲁迅与中国现代版画［J］.南京艺术学院学报，1981（5）：25.

[52] 张亚婷.中世纪英国动物叙事与远东想象［J］.外国文学研究，2016（6）：73-82.

[53] 赵白生.民族寓言的内在逻辑［J］.外国文学评论，1997（2）：22-29.

[54] 赵静蓉.文化记忆与符号叙事：从符号学的视角看记忆的真实性［J］.暨南学报，2013（5）：85-90.

[55] 赵宪章，曾军.现实关怀及其问题：对话中国文学理论未来之走向［J］.学术月刊，2012（6）：5-12.

[56] 赵宪章.超文性戏仿文体解读［J］.湖南师范大学社会科学学报，2004（6）：101-109.

[57] 赵宪章.诗歌的图像修辞及其符号表征［J］.中国社会科学，2016（1）：163-181.

[58] 赵宪章.文学成像的起源与可能［J］.文艺研究，2014（9）：16-29.

[59] 赵宪章.文学和图像关系研究中的若干问题［J］.江海学刊，2010（1）：183-191.

[60] 赵宪章.语图符号的实指和虚指［J］.文学评论，2012（2）：88-98.

[61] 赵毅衡.文化符号学中的"标出性"［J］.文艺理论研究，2008（3）：2-12.

[62] 周宪.读图时代的图文战争［J］.文学评论，2005（6）：140-148.

[63] 庄海洪.《庄子》的现代生命力：评蔡志忠《庄子说——自然的箫声》［J］.职大学报，2004（3）：36-39.

三、学位论文

[1] 安然. 蔡志忠古籍漫画艺术研究［D］. 西安：陕西科技大学，2013.

[2] 陈锦辉. 寓言题材之绘画创作研究［D］. 台南：台湾长荣大学视觉艺术研究所，2006.

[3] 房祥莉.《伊索寓言》经典形象视觉化设计研究［D］. 济南：山东工艺美术学院，2017.

[4] 傅守祥. 欢乐诗学：消费时代大众文化的审美想象［D］. 杭州：浙江大学，2005.

[5] 吕华. 浅析象征主义绘画中的几种动物图像［D］. 杭州：中国美术学院，2016.

[6] 潘江曼. 美学视野下的蔡志忠古典漫画研究［D］. 广州：暨南大学，2011.

[7] 魏久志. 象征的图像与殡葬观念的变迁［D］. 上海：上海大学，2016.

[8] 吴岩岩. 关于中世纪罗马式建筑雕塑的表现性［D］. 杭州：中国美术学院，2012.

[9] 张霁月. 新中国革命题材电影中的寡母寓言（1949—1978）［D］. 上海：上海大学，2011.

四、英文专著

[1] AESOP. Aesop's Fables-Illustrated in Black and White By Nora Fry［M］. London：Pook Press，2012.

[2] AESOP, WALTER C, EDMUND E. The Baby's Own Aesop：Being the Fables Condensed in Rhyme with Portable Morals［M］. New York：F. Warne，1908.

[3] AESOP. Aesop：Five Centuries of Illustrated Fables［M］. London：The Metropolitan Museum of Art Published，1964.

[4] AESOP, VERNON J. Aesop's Fables［M］. London：William Heinemann，New York：Doubleday，1912.

[5] AESOP. Aesop's Fables：With text based chiefly upon Croxall, La Fon-

参考文献

taine, and L'estrange [M]. London, Paris & New York: Galpin & Company, 1883.

[6] BEWICK T. Bewick's Select Fables of Aesop and Others in Three Parts [M]. London: Longmans, 1878.

[7] BURTON-CARVAJAL J. Surprise package: Looking southward with Disney [M]. New York: Routledge, 1994.

[8] HOLMAN C H. A Handbook to Literature [M]. 4th ed. Indiana: Indianapolis Printed, 1980.

[9] LEWIS C S. The Allegory of Love: A Study in Medieval tradition [M]. New York: Oxford University Press, 1958.

[10] CESARE R. Iconologia [M]. London: Bens. Motte, 1709.

[11] WIMSATT C W. The Verbal Icon: Studies in the Meaning of Poetry [M]. Lexington: University of Kentucky Press, 1954.

[12] DANIEL G. From the past to future: the role of mythology from Wincklemann to the early Schelling [M]. Bern: Peter Lang AG, International Academic Publishers, 2007.

[13] DEBRA H. Medieval Bestiaries: Text, Image, Ideology [M]. England: Cambridge University Press, 1995.

[14] EDWARD H. Aesop in England: The Transmission of Motifs in Seventeenth-Century Illustrations of Aesop's Fables [M]. Virginia: University of Virginia Press, 1979.

[15] EDWARD H. Francis Barlow: First Master of English Book Illustration [M]. California: University of California Press, 1978.

[16] ELIZABETH M, LARISA G. Book of Beasts: The Bestiary in the Medieval World [M]. California: J. Paul Getty Museum, 2019.

[17] FLORENCE M. Mediaeval Latin and French Bestiaries [M]. North Carolina: University of North Carolina at Chapel Hill Press, 1962.

[18] FREDRIC J. The Political Unconscious [M]. New York: Cornell University Press, 1981.

[19] HONING, EDWIN D. Conceit: The Making of Allegory [M]. Oxford: Oxford University Press, 1996.

[20] JOHN M. Allegory [M]. London and New York: Methuen, 1981.

[21] JOSEPH G. Some universals of grammar with particular reference to the order of meaningful elements [M] // Universals of Human Language. Cambridge: MIT Press, 1963.

[22] KEN C, TIM C. Medieval Bestiary: A Complete Handbook of Medieval Beasts Paperback [M]. London: White Wolf, 1991.

[23] MARTIN K. The Human Animal in Western Art and Science. The Louise Smith Bross Lecture Series [M]. Chicago: University of Chicago Press, 2007.

[24] JAMES M R. The Bestiary [M]. Oxford: Roxburghe Club, 1928.

[25] MCKENDRY J J. Aesop: Five Centuries of Illustrated Fables [M]. New York: The Metropolitan Museum of Art, 1964.

[26] MICHAEL J C. Physiologus: A Medieval Book of Nature Lore [M]. Chicago: University of Chicago Press, 2009.

[27] MORRISON E. GROLLEMONDE L. Book of Beasts: The Bestiary in the Medieval World [M]. Los Angeles: J. paul Getty Museum, 2019.

[28] MICHAEL J C. Physiologus [M]. Austin: University of Texas Press, 1979.

[29] RICHARD D F. Le Bestiaire d'Amour [M]. Pairs: éd. Gabriel Bianciotto, 2009.

[30] ROD E. The Study of Second Language Acquisition [M]. Oxford: Oxford University Press, 1994.

[31] JAKOBSON R, HALLE M. Fundamentals of Language [M]. The Hague: Mouton, 1956.

[32] RON B. Bestiaries and their Users in the Middle Ages [M]. London: Sutton Publishing, 1998.

[33] RUDOLF W. Allegory and the Migration of Symbols [M]. London: Thames & Hudson, 1987.

[34] WHITE T H. The Bestiary: A Book of Beasts [M]. New York: G. P. Putnam's Sons, 1960.

[35] BURCHFIELD R W. The Oxford English Dictionary [M]. 2nd ed. Oxford: Oxford University Press, 1989.

[36] THOMAS B. Bewick's Select Fables of Aesop and Others [M]. Lon-

don：Bichers &son，1871.

［37］ TZVETAN T. Symbolism and Interpretation ［M］. New York：Cornell University Press，1982.

［38］ UMBERTO E. The Name of Rose ［M］. New York：Harcourt Brace Jovanovich，1983.

［39］ WILLENE B C. MERADITH T M. Beasts and Birds of the Middle Ages：the Bestiary and Its Legacy ［M］. Philadelphia：University of Pennsylvania Press，1989.

［40］ WILLENE C. The Second Family Bestiary：Commentary, Art, Text and Translation ［M］. Cornawll：The Boydell Press，2006.

五、英文期刊

［1］ ALISA L G, ROBERT B, RICHARD H. Illustrations for Aesop's Fables：The Creation of a Series with a Preliminary Historical and Aesthic Analysis ［J］. ADMIN，2013（10）：25－26.

［2］ CURRAN C P. Ripa Revisited ［J］. Studies：An Irish Quarterly Review，1943（6）：197－208.

［3］ CHIARA S. Cesare Ripa：New Biographical Evidence ［J］. Journal of the Warburg and Courtauld Institutes，1990（8）：307－312.

［4］ MCGRATH E. Personifying Ideals ［J］. Art History，1983（9）：363－368.

［5］ GERALDING A J. Pictures fit for a Queen：Peter Paul Rubens and the Marie de' Medici cycle ［J］. Art History，1993（9）：447－469.

［6］ KATHERINE A. The Picture of Nature：Seventeenth-Century English Aesop's Fables ［J］. Journal for Early Modern Cultural Studies，2009（10）：25－50.

［7］ LAURA G. Aesop Illustrations：Telling the Story in Images ［J］. Martin Kemp，2008（12）：55－78.

六、电子资源

[1] 《大圣归来》导演田晓鹏专访：最喜江流儿执着放弃黑暗版结局遗憾 [N/OL]. 中国日报, 2015 – 09 – 07 [2017 – 10 – 7]. http://www.chinadaily.com.cn/interface/yidian/1083961/2015 – 07 – 23/cd_ 21390497.html.

[2] 西方绘画的起源 [EB/OL]. (2017 – 10 – 7) [2021 – 10 – 20]. http://www.mifang.org/bk/e61/p13.html.

[3] 孙悟空的 19 种形象谁才是真正的"齐天大圣"[EB/OL]. (2015 – 9 – 28) [2021 – 10 – 20]. https://photo.sina.cn/album_56_52240_372035.htm?ch = 56&vt = 4&hd = 1.

[4] Aesop's Fables with His Life: in English, French, and Latin, Newly Translated [EB/OL]. (2019 – 1 – 20) [2021 – 10 – 20]. https://dspace2.creighton.edu/xmlui/handle/10504/82265.

[5] The Secret Meanings Behind the Beasts in a Medieval Menagerie [EB/OL]. (2017 – 8 – 18) [2021 – 10 – 20]. https://www.atlasobscura.com/articles/medieval – bestiary – allegories.

[6] 阿什莫尔寓言集 [EB/OL]. (2016 – 8 – 6) [2021 – 10 – 20]. https://www.jooyee.com/en/article/detail?id = 1175.

[7] 如何捕获一只神兽？中世纪动物的辨识指南 [EB/OL]. (2016 – 8 – 6) [2021 – 10 – 20]. https://www.sohu.com/a/461318758_ 114988.

[8] The Aberdeen Bestiary University of Aberdeen [EB/OL]. (2016 – 8 – 6) [2021 – 10 – 20]. https://www.abdn.ac.uk/bestiary/ms24.

[9] The Ashmole Bestiary, Bodleian Library [EB/OL]. (2016 – 8 – 6) [2021 – 10 – 20]. https://digital.bodleian.ox.ac.uk/objects/faeff7fb – f8a7 – 44b5 – 95ed – cff9a9ffd198/surfaces/9b6198ad – 3a48 – 4da1 – bac7 – bb47dfcef66e/.

后　记

　　视觉时代，文学与图像问题越来越成为学者们关注的重点，"寓言图像"是文学图像发展长河中的一种重要样式。寓言与神话、童话、传奇、小说等文体不同，它们的图文关系和叙事表意各有千秋。寓言图像"言此意彼，另有所指"的寓意哲理表达，使其与小说插图的叙事性、诗意图的诗性等相比呈现出较强的哲理性。而西方寓言图像、印度寓言图像和我国的寓言图像又有着重要的区别，其中错综复杂的关系着实需要细致梳理。因此，课题从立项到书稿的出版，寒来暑往经历了漫长的时光，从起初对课题研究不得要领到经过对资料的慢慢爬梳，我逐渐看到寓言图像丰富的矿藏，看到不同文明中寓言图像的差异性和复杂性，越来越明确研究的重点和方向，书名也由最初的《寓言图像及其传播》修改为《西方寓言图像及其变迁》。我由此开始了对西方寓言图像的研究，历经数年，很庆幸此书终于得以和读者见面。

　　实际上，选择这个题目皆缘于我博士期间开始关注西方寓言的相关问题。从国家社会科学基金项目"寓言理论及其现代转型"的立项，到出版了《西方寓言文体和理论及其现代转型》一书，我和寓言"较上了劲"。第一个课题完成时，在导师的建议下，我从寓言理论转向对寓言图像的研究。后来，第二个国家社会科学基金项目也获得立项，我因此继续和寓言"战斗"。其间有过惶恐，但既然开始，便不能半途而废，因此我沉静下来，在痛并快乐中一点点地积攒。在这个过程中，有发现新资料、新问题和新想法的愉悦，也有思绪杂乱写不下去的痛苦。寓言图像与寓言一样复杂而多变，但把这些散落的珍珠串联在一起时，我们又看到它们耀眼而夺目的光芒。从古希腊时期石刻崖画、杯底上简单的动物图像，到纸本插图上粗糙简陋的多元化的寓言性构图，让人惊叹于古人认知的深刻性；中世纪精美彩色寓言插图的面世，完全可以用"震惊"来形容，至今仍绽放迷人的光彩；而切萨雷·里帕《图像学》的问世带给人们另一种寓言图像拟人化景观；彼得·保罗·鲁本斯寓言画中神话与历史的完美融合与绚丽的构图迄今仍称得上视觉奇观；20 世纪电影的诞生，使寓言图像在蒙太奇的剪辑中重塑了寓言的时空；21 世纪 VR、AR、AI 等虚拟影像技术的发展，使现代寓言影像创作给受众带来了新的沉浸式体验，寓言图像展现出独特的跨媒介叙事特征。正是在丰富多彩的寓言图像世界的摸爬滚打中，我慢慢体会到寓言图像的"意味"和魅力，也越来越痴迷于寓言图像的研究。当然，本书肯定还有不足之处，恳请读者批评指正！

　　在这里我要感谢恩师赵宪章教授在我学术路上的引领、启发、鼓励和帮助。当我一次次迷茫彷徨时，老师给予我勇气，不断给我意见和建议，并帮我搜集资料，这些都让我非常感动，也鞭策着我更努力地去钻研。同时，我要感谢汪正龙教授，汪教授热情大度，不断提携后辈，感谢汪教授一路以来的关心、帮助；感谢于德山教授、韩清玉教授、李森教授等在我书稿写作中给予的支持；感谢中山大学出版社李先萍编辑及其同仁对书稿出版的辛苦付出；感谢一路上给我鼓励的家人和朋友们！

罗良清
2022 年春于南京